ENQUANTO HOUVER LIMOEIROS

ZOULFA KATOUH

ENQUANTO HOUVER LIMOEIROS

Tradução
Laura Folgueira

1ª edição
Rio de Janeiro-RJ / São Paulo-SP, 2023

VERUS
EDITORA

Título original
As Long as the Lemon Trees Grow

ISBN: 978-65-5924-152-1

Copyright © Zoulfa Katouh, 2022
Todos os direitos reservados.

Tradução © Verus Editora, 2023
Direitos reservados em língua portuguesa, no Brasil, por Verus Editora. Nenhuma parte desta obra pode ser reproduzida ou transmitida por qualquer forma e/ou quaisquer meios (eletrônico ou mecânico, incluindo fotocópia e gravação) ou arquivada em qualquer sistema ou banco de dados sem permissão escrita da editora.

Esta edição não pode ser exportada para Portugal, Angola e Moçambique.

Verus Editora Ltda.
Rua Argentina, 171, São Cristóvão, Rio de Janeiro/RJ, 20921-380
www.veruseditora.com.br

CIP-BRASIL. CATALOGAÇÃO NA FONTE
SINDICATO NACIONAL DOS EDITORES DE LIVROS, RJ

K31e

Katouh, Zoulfa
  Enquanto houver limoeiros / Zoulfa Katouh ; tradução Laura Folgueira. - 1. ed. - Rio de Janeiro : Verus, 2023.

  Tradução de: As long as the lemon trees grow
  ISBN 978-65-5924-152-1

  1. Ficção canadense. I. Folgueira, Laura. II. Título

23-82245
CDD: 819.13
CDU: 82-3(71)

Gabriela Faray Ferreira Lopes - Bibliotecária - CRB-7/6643

Revisado conforme o novo acordo ortográfico.

Seja um leitor preferencial Record.
Cadastre-se no site www.record.com.br e receba informações sobre nossos lançamentos e nossas promoções.

Atendimento e venda direta ao leitor:
sac@record.com.br

*A Hayao Miyazaki,
que fundou minha imaginação.*

*A Ali Al-Tantawi,
que revolucionou minha imaginação.*

*E a todos os sírios que amaram,
perderam, viveram e morreram pela Síria.
Voltaremos para casa um dia.*

كُلُّ لَيْمونَةٍ سَتُنْجِبُ طِفْلاً   وَمُحالٌ أَنْ يَنْتَهِيَ الْلَّيْمونُ
نِزار قَبَّاني

Cada limão gerará uma criança, e os limões jamais se esgotarão.

— Nizar Qabbani

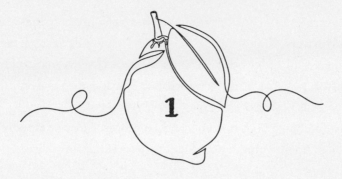

1

Há três limões murchos e, ao lado, uma sacola plástica de pão pita mais seco que mofado.

É só o que este supermercado tem a oferecer.

Miro com olhos cansados antes de pegá-los, meus ossos doendo com cada movimento. Dou mais uma volta pelos corredores empoeirados e vazios, torcendo para de repente ter deixado alguma coisa passar. Mas só encontro uma forte sensação de nostalgia. Os dias em que meu irmão e eu entrávamos correndo neste mercado depois da escola e enchíamos os braços de sacos de batatinhas e balas de ursinho. Isso me faz pensar em Mama e no jeito como ela balançava a cabeça, tentando não sorrir para os filhos corados e deslumbrados que davam o máximo para esconder os espólios de guerra na mochila. Ela acariciava nosso cabelo...

Sacudo a cabeça.

Paro.

Quando os corredores se provam verdadeiramente vazios, sigo até o balcão para pagar pelos limões e pelo pão com as economias de Baba. Com o que ele conseguiu sacar antes daquele dia fatídico. O proprietário, um homem careca de sessenta e tantos anos, me dá um sorriso cheio de compaixão antes de devolver meu troco.

Em frente ao mercado, uma cena desoladora me recebe. Não recuo, acostumada ao horror, mas aquilo amplifica a angústia em meu coração.

Rua rachada, o asfalto reduzido a escombros. Prédios cinza ocos e decadentes enquanto as intempéries tentam terminar o que as bombas militares começaram. Destruição completa e absoluta.

O sol vem lentamente derretendo os restos do inverno, mas ainda está frio. A primavera, símbolo de vida nova, não se estende à desgastada Síria. Muito menos à minha cidade, Homs. A miséria reina marcante nos galhos mortos, pesados, e nos destroços, combatida apenas pela esperança no coração das pessoas.

O sol está baixo no céu, começando o processo de se despedir de nós, as cores lentamente mudando de laranja para um azul escuro.

Murmuro:

— Margaridas. Margaridas. Margaridas perfumadas.

Vários homens estão em frente ao mercado, o rosto emaciado e marcado pela desnutrição, mas os olhos brilhantes, acesos. Quando passo, escuto pedaços da conversa deles, mas não me demoro. Sei do que estão falando. Há nove meses que ninguém fala de outra coisa.

Caminho rápido, sem querer escutar. Sei que o cerco militar infligido sobre nós é uma sentença de morte. Que nossos suprimentos de comida estão diminuindo e que estamos morrendo de fome. Sei que qualquer dia desses o hospital vai atingir um ponto em que remédios se tornarão um mito. Sei disso porque hoje fiz cirurgias sem anestesia: as pessoas estão morrendo de hemorragia e infecção, e não tenho como ajudá-las. E eu sei que vamos todos sucumbir a um destino pior que a morte se o Exército Livre da Síria não conseguir impedir os avanços militares na parte antiga de Homs.

Enquanto caminho para casa, a brisa fica gelada e eu aperto o hijab ao redor do pescoço. Estou agudamente consciente do sangue seco que conseguiu entrar por debaixo das mangas do meu jaleco. Para cada vida que não consigo salvar durante meu turno, mais uma gota de sangue se torna parte de mim. Não importa quantas vezes eu lave as mãos, o sangue de nossos mártires penetra em minha pele, em minhas células. A esta altura, provavelmente já está codificado em meu DNA.

E, hoje, o eco da serra oscilante da amputação que o dr. Ziad me fez acompanhar está preso em looping na minha mente.

Durante dezessete anos, Homs me criou e cultivou meus sonhos: me formar na universidade com notas altas, garantir um ótimo emprego como farmacêutica no Hospital Zaytouna e finalmente conseguir viajar para fora da Síria e ver o mundo.

Mas só um desses sonhos se realizou. E não da maneira como eu imaginei.

Um ano atrás, depois de a Primavera Árabe gerar fagulhas pela região, a Síria agarrou a esperança que nascia nas massas e bradou pela liberdade. A ditadura reagiu abrindo as portas do inferno.

Com o exército deliberadamente alvejando médicos, eles se tornaram tão escassos quanto as risadas. Mas, mesmo sem médicos, as bombas não pararam, e, com o Hospital Zaytouna mal se segurando em pé, eles precisavam de todas as mãos disponíveis que conseguissem encontrar. Até a equipe de limpeza foi promovida a enfermagem. Tendo passado um ano na faculdade de farmácia, eu era o equivalente a uma médica experiente, e, depois de o último farmacêutico ser enterrado sob os escombros de sua casa, não havia outra escolha.

Não importava o fato de eu ter apenas dezoito anos. Não importava que minha experiência médica fosse restrita às palavras em meus livros didáticos. Tudo isso foi remediado quando o primeiro corpo apareceu na minha frente para ser costurado. A morte é uma excelente professora.

Nos últimos seis meses, participei de mais cirurgias do que consigo contar, e fechei mais olhos do que jamais imaginei.

Esta *não era* para ser a minha vida.

O restante do caminho até em casa me lembra das fotos em preto e branco em meus livros de história mostrando a Alemanha e Londres depois da Segunda Guerra Mundial. Casas esmagadas cuspindo a madeira e o concreto do interior como um intestino perfurado. O cheiro de árvores queimadas até virar cinzas.

O ar frio corta o tecido desgastado do meu jaleco, e o toque duro me faz tremer. Murmuro:

— Tanaceto. Parece margarida. Trata febre e artrite. Tanaceto. Tanaceto. Tanaceto.

Finalmente vejo minha casa, e meu peito se expande. Não é a que eu dividia com minha família; é a que Layla me deu depois de uma bomba cair na que eu morava. Sem ela, eu estaria na rua.

A casa de Layla — nossa casa, acho — é térrea e fica encaixada entre outras iguais. Todas têm buracos de balas decorando as paredes, como uma arte mortal. Todas são silenciosas, tristes e solitárias. Nosso bairro é um dos últimos onde as casas ainda estão quase todas em pé. Em outros, as pessoas dormem sob tetos arrebentados ou nas ruas.

A fechadura está enferrujada e range quando giro a chave e grito:

— Cheguei!

— Estou aqui! — responde Layla.

Viemos a este mundo juntas, quando minha mãe e a dela dividiram um quarto de hospital. Ela é minha melhor amiga, minha rocha e, por ter se apaixonado pelo meu irmão, Hamza, minha cunhada.

E agora, com tudo o que aconteceu, minha responsabilidade e a única família que me sobrou no mundo.

Quando Layla viu esta casa pela primeira vez, ficou imediatamente encantada com a estética pitoresca, então Hamza comprou para ela na mesma hora. Dois quartos eram perfeitos para os recém-casados começarem a vida. Ela desenhou galhos de videira verdes do pé de uma das paredes até o topo, flores roxas de lavanda em outra e cobriu o piso com tapetes árabes grossos que eu a ajudei a comprar no Souq Al-Hamidiyah. Ela pintou a cozinha de branco para contrastar com as prateleiras de nogueira, que encheu com um sortimento de canecas que decorou. A cozinha dá para a sala de estar, onde, antigamente, seus materiais artísticos lotavam cada cantinho. Papéis manchados por suas digitais coloridas jogados no chão, tinta de sua paleta pingando dos pincéis. Muitas vezes eu vinha e a encontrava deitada embaixo do cavalete, o cabelo castanho-avermelhado espalhado como um leque, olhando para o teto e cantando sem fazer som uma antiga canção popular árabe.

A casa era a encarnação da alma de Layla.

Mas não é mais. A casa perdeu o brilho, as cores desbotaram por completo, deixando um tom cinza encovado atrás de si. É a casca de um lar.

Vou até a cozinha e a encontro deitada no sofá com estampa de margaridas na sala. Coloco a sacola de pão pita no balcão. Assim que a vejo, minha exaustão desaparece.

— Vou esquentar a sopa. Quer?

— Não, estou bem — responde ela. Sua voz, ao contrário da minha, está forte, cheia de promessa de vida. É um cobertor quentinho que me aconchega em memórias doces. — Como foi a coisa do barco?

Merda. Finjo me ocupar de colocar a sopa aguada de lentilha na panela e acender a boca do fogão a gás portátil.

— Certeza que não quer um pouco?

Layla se senta, a barriga de sete meses de gravidez esticando o vestido azul-marinho.

— Me fala como foi, Salama.

Colo os olhos na sopa marrom, ouvindo as chamas sibilarem. Desde que eu me mudei para cá, Layla está pegando no meu pé para falar com Am no hospital. Ela escutou as histórias de sírios que encontraram segurança na Alemanha. Eu também. Alguns dos meus pacientes conseguiram passagens para atravessar o Mediterrâneo por intermédio de Am. Como ele encontra os barcos, não faço ideia. Mas, com dinheiro, tudo é possível.

— *Salama.*

Suspiro, enfiando um dedo na sopa e vendo que está quase morna. Mas meu pobre estômago ruge, sem se importar se está quente de verdade, então tiro do fogão e me sento ao lado dela no sofá.

Layla me olha com paciência, as sobrancelhas levantadas. Seus olhos azul-oceano estão impossivelmente arregalados, quase dominando seu rosto. Ela sempre pareceu a encarnação do outono, com sua paleta de cabelo avermelhado, sardas esparsas e pele clara. Mesmo agora, com toda a dor, ela ainda parece um ser mágico. Mas vejo como seus cotovelos estão pontudos, de um jeito estranho, e como suas bochechas antes cheias se afinaram.

— Não perguntei para ele — finalmente digo, dando uma colherada na sopa e me preparando para o resmungo dela.

E ela não decepciona.

— Por quê? A gente tem um pouco de dinheiro...

— É, dinheiro que vamos precisar para sobreviver quando chegarmos lá. Não sabemos quanto ele vai pedir, e, além disso, as histórias...

Ela sacode a cabeça, mechas de cabelo caindo pelo rosto.

— Tá, eu sei. Algumas pessoas não estão... chegando em terra firme, mas a maioria está! Salama, nós *precisamos* tomar uma decisão. Precisamos ir embora! Antes de eu começar a amamentar, sabe? — Ela ainda não terminou, sua respiração ficando pesada. — E nem *ouse* sugerir que eu vá sem você! Ou você e eu entramos juntas em um barco, ou nenhuma de nós vai. Não vou estar Deus sabe onde, assustada pra caramba e sozinha, sem saber se você está viva ou morta. De jeito *nenhum* isso vai acontecer! E não podemos ir andando até a Turquia, foi você mesma que me disse isso. — Ela aponta para a barriga inchada. — Sem falar que, com os guardas da fronteira e atiradores espalhados que nem formigas, levaríamos um tiro assim que saíssemos da área do Exército Livre da Síria. A gente só tem *uma* opção. Quantas vezes tenho que repetir isso?

Dou uma tossida. A sopa escorrega grossa pela minha garganta, caindo feito pedra no estômago. Ela tem razão. Está no terceiro trimestre; nem ela nem eu podemos andar seiscentos quilômetros até estar em segurança, desviando da morte pelo caminho.

Coloco a panela na mesa de centro de madeira de pinho à nossa frente e fico olhando para minhas mãos. As cicatrizes cruzadas que as cobrem são as marcas que a morte deixou quando tentou tirar minha vida. Algumas são tênues, prateadas, enquanto outras são mais irregulares, a pele nova ainda parecendo em carne viva, apesar de as feridas já estarem curadas. São um lembrete para trabalhar mais rápido, superar a exaustão e salvar mais uma vida.

Faço menção de cobri-las com as mangas, mas a mão de Layla pega uma das minhas suavemente, e levanto os olhos para ela.

— Eu sei por que você não está querendo perguntar a ele, e não é por causa do dinheiro.

Minha mão se contrai sob a dela.

A voz de Hamza sussurra em minha mente, tingida de preocupação. *Salama, prometa para mim. Prometa.*

Sacudo a cabeça, tentando dissolver a voz dele, e respiro fundo.

— Layla, eu sou a única farmacêutica que sobrou em três bairros. Se eu for embora, quem vai ajudar todo mundo? As crianças que choram. As vítimas dos atiradores. Os homens feridos.

Ela agarra forte o vestido.

— Eu sei. Mas *não* vou sacrificar você.

Abro a boca para dizer alguma coisa, mas paro quando ela faz uma careta, apertando os olhos.

— O bebê está chutando? — pergunto imediatamente, chegando mais perto. Embora eu tente não demonstrar preocupação, demonstro. Com o cerco, vitaminas pré-natais são escassas e exames são limitados.

— Um pouco — admite ela.

— Está doendo?

— Não. Só é desconfortável.

— Tem alguma coisa que eu possa fazer?

Ela indica que não com a cabeça.

— Estou bem.

— Sei. Eu vejo de longe quando você está mentindo. Vira — digo, e ela ri antes de obedecer.

Massageio os nós nos ombros dela até sentir que a tensão está indo embora de seu corpo. Ela mal tem gordura sob a pele, e, toda vez que meus dedos se conectam com o acrômio e a escápula dela, eu tremo. Isso... Isso está errado. Ela *não devia* estar aqui.

— Já pode parar — diz Layla após alguns minutos. Ela me dá um sorriso de gratidão. — Obrigada.

Tento sorrir de volta.

— É a farmacêutica em mim, sabe? A necessidade de cuidar de você está em meus ossos.

— Eu sei.

Eu me abaixo e coloco as mãos na barriga dela, sentindo o bebê chutar um pouco.

— Eu te amo, bebê, mas você tem que parar de machucar a sua mãe. Ela precisa dormir — digo, com uma voz doce.

O sorriso de Layla aumenta, e ela afaga a minha bochecha.

— Sorte sua ser tão adorável, Salama. Um dia desses alguém vai te agarrar e te levar para longe de mim.

— *Casamento?* Com a economia desse jeito? — respondo e dou uma risadinha de desdém, pensando na última vez que minha mãe me contou que íamos receber uma tia e o filho dela para um café. O engraçado é que eles nunca chegaram. A revolta começou naquele mesmo dia. Mas eu me lembro de ficar zonza de alegria com aquela visita. Com a perspectiva de me apaixonar. Pensando nisso agora, parece que estou vendo uma garota diferente, que usa o meu rosto e fala com a minha voz.

Layla franze a testa.

— Pode acontecer. Não seja tão pessimista.

Dou risada da expressão de afronta dela.

— Como você quiser.

Essa parte de Layla não mudou. Na época, quando liguei para contar da visita, ela chegou à minha porta em quinze minutos, segurando uma sacola enorme cheia de roupas e maquiagem, dando gritinhos.

— Você vai usar isto! — anunciou ela depois de me arrastar até meu quarto, desenrolando seu cafetã azul-celeste. Era de um tecido fino que deslizou suave pelos meus braços. A barra era bordada em ouro, assim como a faixa na cintura, de onde a roupa fluía pelos lados como uma cachoeira. A cor me lembrou o mar feito de chuva em A viagem de Chihiro. Quer dizer, era mágica.

— Combine isso com um delineador azul e ele vai implorar para te ver de novo. — Ela deu uma piscadinha, e eu ri. — Você fica lindíssima de delineador azul!

— Ah, eu sei. — Levantei as sobrancelhas. — É uma das vantagens de ter a pele marrom.

— Já eu fico parecendo um cadáver com hematoma. — Ela secou lágrimas imaginárias dos olhos, a aliança reluzindo.

— Quanto drama, Layla — falei, rindo.

O sorriso dela ficou malicioso; seus olhos azuis brilharam.

— Tem razão. O Hamza gosta. Muito.

Imediatamente, tapei os ouvidos com as mãos.

— Eca, não! Não preciso saber de nada disso.

Gargalhando, ela puxou meus braços, tentando me deixar mais desconfortável, mas não conseguia juntar duas palavras de um jeito coerente. Não com minha expressão mortificada fazendo-a ter acessos de riso.

O som de Layla suspirando me tira do devaneio.

— A vida é mais do que apenas sobreviver, Salama — diz ela.

— Eu sei — respondo. Nosso clima de provocação desapareceu.

Ela me dá um olhar afiado.

— Sabe mesmo? Porque eu vejo como você se comporta. Você só está preocupada com o hospital, com o trabalho, comigo. Mas não está vivendo *de verdade*. Você não pensa em por que essa revolução está acontecendo. É como se nem *quisesse* pensar. — Ela pausa, segurando meu olhar, e minha boca seca. — É como se você não se importasse, Salama. Mas eu sei que se importa. Você sabe que essa revolução tem a ver com retomar o controle da nossa vida. Não é para sobreviver. É para lutar. Se você não consegue lutar aqui, não vai lutar em lugar nenhum. Nem se mudar de ideia e a gente chegar na Alemanha.

Eu me levanto e faço um gesto apontando para a tinta descascada e desolada nas paredes. Para o nada.

— Lutar pelo *quê*? A gente vai ter sorte se o pior que acontecer aqui for a morte, e você sabe muito bem. Ou vamos ser presas pelo exército, ou uma bomba vai nos matar. Não tem nada pelo que lutar, porque *não podemos* lutar. Ninguém está ajudando! Eu sou voluntária no hospital porque não *suporto* ver as pessoas morrendo. Mas é *só isso*.

Layla me olha, mas não há irritação em seus olhos. Só compaixão.

— A gente luta enquanto estiver aqui, Salama, porque este é o nosso país. Esta é a terra do seu pai, e do pai dele antes disso. Sua história está entranhada neste solo. Nenhum país do mundo vai te amar igual ao seu.

As lágrimas fazem meus olhos arderem. As palavras dela ecoam dos livros de história que líamos na escola. O amor pelo país está em nossa medula. Está em nosso hino nacional, que cantávamos toda manhã desde o primeiro dia de aula. As palavras, na época, eram só palavras. Mas agora, depois de tudo isso, elas se tornaram nossa realidade.

Nosso espírito é rebelde, e nossa história é gloriosa.

E as almas de nossos mártires são guardiãs formidáveis.

Evito o olhar de Layla. Não quero que ela me faça sentir culpada. Já tive culpa demais.

— Eu já perdi o suficiente nesta guerra — digo, cheia de amargor.

A voz dela está firme.

— Não é uma guerra, Salama. É uma revolução.

— Que seja.

E, com isso, vou para o meu quarto, fechando a porta atrás de mim para conseguir respirar. As únicas coisas que me importam — as únicas coisas que ainda tenho no mundo — são Layla e o hospital. Não sou um monstro. Tem pessoas sofrendo e eu *posso* ajudar. Foi por isso que eu quis ser farmacêutica. Mas me recuso a pensar em *por que* elas acabam no hospital. Por que tudo isso está acontecendo. O *por que* levou Mama embora. Eu me lembro dos dedos dela gelados contra os meus. Levou Baba e Hamza, Deus sabe para onde. Não quero ficar presa no passado. Não quero chorar pensando em como vou terminar minha adolescência sem ter nada exceto esperança perdida e um sono cheio de pesadelos. Quero sobreviver.

Quero minha família. Só quero minha família de volta.

Mesmo *se* o que Layla diz for verdade.

Coloco o único pijama que me sobrou. Um blusão e uma calça pretos de algodão. Até que é decente se eu um dia precisar fugir no meio da noite. No banheiro, ignoro meu reflexo exausto e o cabelo castanho seco caindo abaixo dos ombros e abro a torneira por hábito. Nada. O bairro está sem água e eletricidade há semanas. Antes, chegava em rompantes, mas parou completamente com o cerco. Por sorte, choveu semana passada, então Layla e eu colocamos baldes para coletar a água. Uso um punhado para a ablução e oro.

Os raios fracos de sol desapareceram das tábuas arranhadas do piso do meu quarto, e o véu escuro da noite toma conta de Homs. Meus dentes batem um pouco de ansiedade antes de eu fechar os lábios, engolindo grosso. O controle que exerço durante o dia falha quando o sol se põe.

Eu me sento na cama, fecho os olhos e respiro fundo. Preciso desanuviar minha mente. Preciso me concentrar em alguma coisa que não o medo e a dor que se enraizaram em minha alma.

— Alisso-doce. Doce como o nome — murmuro, rezando para meus nervos não me deixarem na mão. — Pétalas brancas. Usado como analgésico. Também para resfriados, cólicas abdominais e tosse. Doce. *Doce.*

Funciona. Meus pulmões começam a distribuir o oxigênio uniformemente no sangue, e, ao abrir os olhos, vejo o emaranhado de nuvens cinza em frente à minha janela. O vidro está rachado na lateral, de quando a casa de Layla recebeu o impacto de uma bomba próxima, e a moldura está lascada. Quando me mudei para cá, precisei lavar o sangue da vidraça.

Apesar de a janela estar trancada, um vento frio varre o quarto, e eu tremo, sabendo o que está prestes a acontecer. O horror que vejo não fica confinado ao hospital. Meu terror se transformou em minha mente, ganhando uma vida e uma voz que nunca deixam de aparecer, noite após noite.

— Quanto tempo vai ficar aí sentada sem falar comigo? — A voz grave vem da direção da janela, fazendo minha nuca se arrepiar.

A voz dele me lembra a água congelante que jogo no corpo quando chego em casa encharcada de sangue dos mártires. É a pedra pesando em meu peito, me afundando na terra. É densa como um dia úmido e ensurdecedora como as bombas que o exército joga em nós. É disso que é feito nosso hospital e os sons sem palavras que produzimos.

Eu me viro devagar na direção dele.

— O que você quer agora?

Khawf me encara. O terno dele está bem passado e limpo. Fico perturbada, porém, pelas manchas vermelhas que cobrem seus ombros. Estão lá desde que nos conhecemos, e ainda não me acostumei. Mas também não gosto de olhar nos olhos dele — azul-glacial. Com seu cabelo preto como a meia-noite, ele não parece humano, o que, suponho, é a ideia. Ele parece o mais próximo de humano quanto consegue tentar ser.

— Você sabe o que eu quero — a voz dele ondula, e eu estremeço.

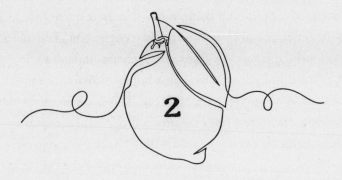

2

Perdi tudo em julho do ano passado.

Tudo no período de uma semana.

Na época, eu estava em uma cama de hospital, lágrimas silenciosas fazendo arder os cortes em meu rosto, minha coxa esquerda doendo da queda e as costelas machucadas protestando dolorosamente toda vez que eu respirava. Minhas mãos estavam atadas com uma gaze tão compacta que parecia uma luva. Estilhaços haviam aberto buracos em minhas mãos; o sangue jorrava como uma fonte. Mas tudo isso era suportável.

O único ferimento sério era na nuca. A força da explosão me fez sair voando, e o concreto atingiu a base do meu crânio, me marcando para sempre. O dr. Ziad me costurou. Foi a primeira vez que o vi. Ele me disse que eu tive sorte de escapar só com uma cicatriz. Acho que estava tentando me distrair do fato de que Mama não tivera tanta sorte assim. De que a bomba a arrancara de mim e eu nunca mais poderia abraçá-la.

Naquele dia, mais tarde, quando Khawf apareceu e me disse seu nome, levei um tempinho para perceber que só eu o via. No início, achei que as drogas estivessem me fazendo ter visões — que ele fosse desaparecer quando a morfina acabasse. Mas ele continuou ao meu lado, sussurrando coisas horríveis enquanto eu chorava por Mama. Mesmo quando a dor abrandou, e minhas costelas se curaram, e as mãos cicatrizaram, ele não foi embora. E, assim que essa convicção chegou, logo veio o pânico.

Ele era uma alucinação que tinha vindo para ficar. E que, toda noite nos últimos sete meses, cruelmente puxa cada um dos meus medos, dando vida a eles.

Não há outra explicação. Resumi-lo a fatos científicos é a única forma de eu conseguir enfrentá-lo.

— O que fizer você se sentir melhor. — Ele dá um sorriso cheio de maldade. Passo a mão pela cicatriz em minha nuca, sentindo as bordas endurecidas contra os dedos.

— Margaridas — sussurro. — Margaridas, margaridas.

Khawf tira o cabelo dos olhos e pega um maço de cigarros no bolso da camisa. O maço é vermelho, sempre do mesmo tom das manchas nos ombros dele. Ele puxa um tubo comprido e aperta entre os lábios antes de acender. A ponta queima, comendo as bordas, e ele dá um trago longo.

— Quero saber por que você não falou com Am — diz ele. — Não prometeu ontem que ia falar? Como está me prometendo toda noite? — A voz dele é baixa, mas não tem como ignorar a ameaça que envenena cada palavra.

Foi assim que começou com ele: um comentário maldoso aqui e ali, cutucando meus pensamentos a respeito de ir embora da Síria, até um dia ele decidir que eu devia pedir um barco para Am. E não parou de exigir que eu faça isso. Às vezes me pergunto como meu cérebro foi capaz de conjurar alguém como ele.

Uma gota de suor frio escorre pelo meu pescoço.

— Sim — consigo responder.

Ele dá uma batida no cigarro e a cinza cai, desaparecendo bem quando deveria atingir o chão.

— O que aconteceu?

Uma garotinha de cinco anos com cabelo castanho encaracolado morreu com o tiro de um franco-atirador no coração enquanto eu salvava o irmão mais velho dela da sepse. Eu sou *necessária*.

— Eu... não consegui.

Ele aperta os olhos.

— Você não conseguiu — repete, seco. — Então imagino que você queira ser esmagada por esta casa. Viva, e quebrada, e sangrando. Sem ninguém vindo te salvar, porque, afinal, como alguém viria? Músculos tão atrofiados pela desnutrição como os seus mal conseguem levantar outros corpos, quanto mais concreto. Ou talvez você queira ser presa. Levada para onde estão seu baba e Hamza. Estuprada e torturada em troca de respostas que você não tem. Deixar os militares oferecerem a morte como recompensa, não punição. É isso que você quer, Salama?

Meus ossos gelam.

— Não.

Ele sopra um último rastro de fumaça antes de pisar no cigarro com o calcanhar do sapato oxford. Aí, se afasta da janela e para na minha frente. Levanto a cabeça para encará-lo. Seus olhos são frios como o rio Orontes em dezembro.

— Então, *não consegui* não é desculpa — diz ele. — Você prometeu que ia pedir um barco a Am hoje. E três vezes ele passou e você *não pediu*. — Os lábios dele se tornam uma linha fina, um músculo tenso no maxilar. — Ou quer que eu volte atrás em meu acordo?

— Não! — grito. — *Não*.

Com um estalar de dedos, ele poderia alterar completamente minha realidade, desencadeando uma alucinação depois da outra, mostrando a todo mundo que a fachada que criei é feita só de galhos frágeis contra um vento forte. O dr. Ziad não me deixaria mais trabalhar no hospital. Não se eu fosse um perigo para os pacientes. Preciso do hospital. Preciso dele para esquecer minha dor. Para manter minhas mãos ocupadas, para que a mente não grite até ficar rouca. *Para salvar vidas.*

Pior, eu estaria empilhando mais preocupações e ansiedades em cima de Layla, afetando a saúde dela e do bebê. *Não*. Vou suportar tudo por ela. Vou me afogar em lágrimas e oferecer minha alma a ele se conseguir manter Layla segura sabendo que estou bem.

E por isso Khawf prometeu ficar longe durante o dia e confinar na noite os terrores que me mostra. Longe dos olhos alheios.

Um sorriso nada gentil dobra os lábios dele para cima.

— É sua última chance, Salama, e juro para você, se não pedir a ele amanhã, vou destruir o seu mundo.

A raiva acorda entre as batidas do medo em meu coração. Meu inconsciente pode estar me controlando, mas é *meu* inconsciente.

— Não é tão fácil, Khawf — sibilo, afastando da mente o olhar no rosto do menino quando segurou a irmãzinha nos braços, o corpo pequeno dela. Tão *pequeno*. — Am talvez não tenha um barco. E, mesmo que tenha, o preço vai ser tão alto que não vamos poder pagar. Aí, o *único* meio de escapar seria indo a pé até a Turquia. O que ia fazer de nós o alvo perfeito para os militares. Isso *se* a Layla sobreviver à caminhada!

Ele levanta as sobrancelhas, divertindo-se.

— Por que você está escolhendo ignorar a promessa que fez a Hamza sobre tirar a Layla daqui? Seus sentimentos conflituosos sobre o hospital estão causando caos no seu coração. A questão é que você fez promessas e está voltando atrás. Toda essa tagarelice são só desculpas para afastar a culpa. Que preço você não pagaria pela segurança da Layla?

Desvio o olhar e enfio as mãos nos bolsos, afundando no colchão.

— Esta memória — ele se endireita, com um sorriso irônico — deve solidificar sua decisão.

Antes que eu possa gritar, ele estala os dedos.

O aroma delicioso de hortelã e canela cozinhando em fogo lento em um caldo de iogurte e carne invade meu nariz, e sou tomada de nostalgia. Hesito por um segundo antes de abrir os olhos. Quando abro, já não estou em meu quarto cheio de mofo, mas de volta em casa. *Minha* casa.

A cozinha é exatamente como me lembro. As paredes de mármore se alternam entre bege e castanho, em que molduras penduradas mostram caligrafia árabe e pinturas de limões dourados. Os armários embaixo da bancada guardam nossas panelas e potes, empilhados de forma organizada. Uma toalha de cetim branco bordada com lírios cobre a mesa da cozinha. Em volta da mesa há quatro cadeiras de madeira e, em cima, orquídeas saem de um vaso de cristal. Orquídeas azuis que comprei para uma visita que devia acontecer mais tarde naquele mesmo dia — hoje. Eu sempre comprava orquídeas azuis quando tínhamos um evento social.

Finalmente me viro para a esquerda, onde Mama está parada ao meu lado, os olhos no *shish barak*, mexendo a panela com uma colher de pau. O tempo todo, seus lábios se movem em prece.

— Mantenha-os seguros — sussurra ela. — Mantenha meus homens seguros. Traga-os de volta para mim sãos e salvos hoje. Proteja-os daqueles que querem seu mal.

Fico paralisada no lugar, meu coração se rasgando em dois.

Ela está ao meu lado.

Algumas lágrimas silenciosas deixam rastro em minhas bochechas, e a necessidade de me jogar nos braços dela me toma. Quero minha mãe. Quero que ela acalme minha tristeza e me beije enquanto me chama de *ya omri* e diz *te'eburenee*. *Minha vida* e *sepulte-me antes de eu te sepultar*.

Em vez disso, cutuco gentilmente o braço dela. Ela levanta os olhos avermelhados, distraída, antes de um sorriso cansado aparecer em seus lábios, e vejo que a guerra a mudou drasticamente. Seu rosto, que nunca parecia envelhecer além dos trinta e cinco anos, está abatido de nervoso, e a raiz de seu cabelo castanho está grisalha. Sempre perfeitamente composta e elegante, ela nunca deixou de pintar o cabelo. Os ossos dela se projetam nitidamente, e sombras escuras tingem a pele sob os olhos, onde nunca existiram.

— *Te'eburenee*, vamos ficar bem. *Insha'Allah* — sussurra ela, passando o braço pelos meus ombros e me apertando perto de seu corpo. *Sepulte-me antes de eu te sepultar.*

Foi o que fiz.

— Sim, Mama — consigo falar com a voz embargada, derretendo sob o toque dela.

— *Aw*, Saloomeh — chama Hamza da sala ao entrar com Baba, e eu quase grito. Eles estão aqui. Os olhos cor de mel de Hamza são cheios de vida e espelham os de Baba. Os dois estão usando casacos com a bandeira da Revolução Síria pendurada no ombro. Uma torção e poderia ser uma forca. — Você vai mesmo chorar?

Não pergunto a Hamza onde está Layla porque sei que ela está em casa, esperando por ele. Mas ele não vai voltar para ela hoje.

— Hamza, não provoque sua irmã — diz Baba, indo até Mama. Ela imediatamente o envolve em um abraço, e ele passa os braços ao redor dela, murmurando algo em seu ouvido.

Não suporto ver a cena, então me viro.

— Você vai embora agora? — pergunto a Hamza, a voz falhando, e tenho que levantar o queixo para encará-lo. Não faço isso há sete meses.

Ele dá um sorriso suave.

— O protesto vai ser depois da prece, então precisamos chegar cedo.

Seguro a vontade de soltar um lamento. Ele tinha acabado de fazer vinte e dois e se formar em medicina, e tinha se candidatado a uma vaga na residência do Hospital Zaytouna. Não sabia que ia ser pai. Será que isso o teria impedido de se juntar aos protestos?

— N-Não vá — gaguejo. Talvez esta alucinação possa terminar bem. Talvez eu possa mudar as coisas. — Por favor, você e Baba. Não vão hoje!

Ele sorri.

— Você diz isso toda vez.

Agarro forte o braço dele, meus olhos memorizando sua leve barba por fazer, a covinha em uma bochecha que aparece quando ele sorri. É a última memória que tenho do meu irmão. Com o tempo, as memórias se distorcem, e sei que vou esquecer seus traços exatos. Vou esquecer o cabelo castanho de Baba, com mechas brancas, e o brilho gentil em seus olhos. Vou esquecer que Hamza é pelo menos dois palmos mais alto e que ele e eu temos cabelos do mesmo tom de castanho. Vou esquecer as covinhas nas bochechas de Mama e o sorriso dela, que ilumina o mundo. Nossas fotos de família estão enterradas sob os escombros desta construção, e nunca vou recuperá-las.

— Credo. Salama, por que você está tão esquisita? — diz ele, sacudindo a cabeça ao ver as lágrimas em meus olhos. E completa, com gentileza:

— Prometo que vamos voltar.

Meus pulmões se comprimem. Eu sei o que ele vai dizer agora. Repassei essa conversa em minha mente sem parar, até as palavras todas se misturarem.

— Mas se eu não voltar... — Ele respira fundo, ficando sério. — Salama, se eu não voltar... você cuida da Layla. Garanta que ela e Mama estejam bem. Garanta que vocês três fiquem vivas e seguras.

Engulo em seco.

— Eu já te prometi isso.

Quando as pessoas encheram as ruas durante o primeiro protesto de todos, Hamza me puxou de lado e me fez jurar exatamente isso. Ele sempre foi intuitivo. Inteligente como alguém mais velho. Sempre sentiu quando eu estava para baixo, mesmo que eu não dissesse nada. Seu coração, mole como uma nuvem, alcançava todos ao redor. Ele sabia que Mama, apesar de seu terror, precisaria ser arrastada da Síria esperneando e gritando, que Layla reagiria mal se ele lhe pedisse para fugir e deixá-lo para trás. Mas eu garantiria que as duas ficassem vivas. Eu colocaria a segurança da minha família acima de tudo. O que sobrasse dela.

— Prometa de novo — diz ele, com intensidade. — Não posso sair com a consciência limpa sem ter certeza. Preciso ouvir as palavras. — O mel dos olhos dele queima como fogo.

— Eu prometo — consigo sussurrar. Nunca houve duas palavras mais pesadas.

Agora ele vai bagunçar meu cabelo antes de sair com Baba, para nunca mais voltar.

Mas ele não faz isso.

Suas mãos agarram meus ombros.

— Você cumpriu?

Eu vacilo.

— O quê?

Seu olhar de fogo se enfurece.

— Depois de os militares me levarem, você conseguiu tirar Mama daqui? Você salvou a Layla? Ou jogou fora a vida delas?

Meus ossos estremecem.

— Salama, você mentiu para mim? — Há agonia pingando em sua expressão.

Dou um passo para trás, apertando as mãos no peito.

— Você deixou Mama morrer? — pergunta ele, mais alto.

Mama e Baba estão atrás dele, o sangue escorrendo do lado direito do rosto de Mama. Pinga no piso de cerâmica que ela polia todos os dias. Cada gota parece uma faca no coração.

— Desculpa — imploro. — Por favor. Me perdoa!

— Desculpa? — diz Baba, a testa franzida. — Você deixou sua mãe morrer. Você está deixando a Layla morrer. A troco de quê?

— Mama talvez te perdoe — diz Hamza. — Mas eu não. Se a Layla sofrer por causa das suas escolhas, Salama, eu nunca vou te perdoar.

Caio no chão, chorando.

— Desculpa. Desculpa.

— Não é suficiente — eles dizem em uníssono.

O piso estremece embaixo de mim, e plantas trepadeiras se enrolam em meus tornozelos, me puxando para baixo dos azulejos. Minha cozinha e a casa desmoronam, e eu caio no abismo escuro, gritando. Minhas costas batem em uma laje de pedra, e tenho dificuldade para respirar. Quando abro os olhos, a fumaça de um prédio em chamas cobre o céu azul-claro.

O oxigênio fica escasso em meus pulmões e eu tusso, me levantando trêmula e ficando em pé. Diante de mim está o prédio de sete andares que eu chamava de lar. A varanda do sexto andar tem roupa secando ao sol, e a de baixo tem a bandeira da Revolução Síria pendurada orgulhosamente na balaustrada. Ela se agita ao vento, parece que vai sair voando. Mas Hamza tinha amarrado com força de cada lado para garantir que ficasse no lugar. Depois que ele e Baba foram presos, Mama não suportou tirar.

O ar ao meu redor está muito calmo. Sei onde estou sem precisar perguntar. Khawf me arrastou uma semana para a frente, para um dos piores dias da minha vida.

Mama.

— Não — gemo. — Não.

— Você não pode salvá-la. — Khawf está a alguns metros de mim. — Ela já está morta.

Meu prédio fica a quinze passos. Consigo chegar lá. Consigo salvá-la.

— Mama! — grito, correndo na direção dela. — Saia! Saia! Os aviões estão chegando!

Mas é tarde demais; eles são mais rápidos que a minha voz, e as bombas não se importam que haja pessoas inocentes lá dentro. O som agudo soa em meus ouvidos enquanto eles detonam o prédio em fragmentos ensanguentados. O abalo secundário não me faz sair voando. Ele arrasa a construção, e fico parada sobre o corpo mutilado de Mama. Ela não estava usando o hijab; seu cabelo castanho está cinza dos escombros, a cabeça virada em um ângulo errado. E o sangue. Tem muito sangue manchando meus pés descalços, meu estômago revira com o cheiro metálico forte.

Choro, caindo de joelhos, e agarro o corpo dela, puxando-a mais para perto do meu corpo vivo. Minhas mãos tremem incontrolavelmente enquanto tento afastar o cabelo grudado em suas bochechas, mas só a sujo de sangue. Fuligem cai em minha boca.

— *Mama!* Ah, Deus, de novo não! *De novo não!*

Os olhos dela ficam vidrados, olhando bem na minha direção.

— Por que você não me salvou? — sussurra Mama, seus olhos vazios. — Por quê?

— Desculpa. — Eu soluço. — Por favor, por favor, me perdoa!

Minhas lágrimas caem no rosto imóvel dela, meus lábios implorando para ela voltar, e a abraço. Mesmo com todo o sangue nos encharcando, ela continua com o mesmo cheiro.

— Ela se foi, Salama — diz Khawf atrás de mim. — Olha, você está lá.

Olho para onde ele está apontando. Entre os escombros e a névoa enfumaçada da bomba, está meu eu do passado. As bochechas dela ainda estão cheias, seus olhos começando a compreender uma dor que se tornará sua companheira constante. Ela só tem dezessete anos e mal teve um relance do que significa o horror verdadeiro. Ela tosse, com as roupas e o hijab rasgados, tentando rastejar na direção do cadáver de Mama antes de seus músculos cederem e ela cair no chão, inconsciente.

Raiva e tristeza se entrelaçam em meu coração, agarrando meus ossos, que se deterioram.

— Já chega — ofego, apertando Mama mais forte. — Quero voltar.

Khawf se agacha ao meu lado, secando uma gota de sangue da minha bochecha, e sorri. Os escombros não chegam perto dele; suas roupas estão intocadas. Porém as manchas vermelhas nos ombros de seu paletó aumentaram, e não sei se estou vendo coisas, mas parecem estar escorrendo pelas lapelas.

Ele estala os dedos e estou de volta na cama, sem qualquer traço de fuligem e sangue. Pisco, olhando para minhas mãos rachadas e repletas de cicatrizes, atordoada pelo desaparecimento repentino de Mama em meu abraço. As lágrimas em meu rosto são a única prova daquilo por que passei.

Khawf respira fundo, a satisfação gravada em cada linha de seu rosto pálido, e se retira para perto da janela.

— Isso vai acontecer com a Layla se você continuar sendo teimosa. — Ele pega outro cigarro. — Você já quebrou metade da sua promessa. Quer que a morte da Layla seja a sua desgraça?

Meu corpo me trai, tremendo inteiro, e agarro os cobertores esfarrapados para disfarçar.

Ele solta uma nuvem de fumaça cinza-escura que cai no piso desgastado antes de desaparecer.

— A cada dia, mais dos seus pacientes morrem. Cada um deles é mais um arrependimento em seu coração. Ficar aqui vai destruir você, mesmo que a Layla sobreviva.

— Vai embora — choramingo, odiando meu cérebro por fazer isso comigo.

— Não gosto de ser tratado como idiota, Salama — murmura ele. — Me dê o que eu quero e talvez eu te deixe em paz.

Minha língua está seca, e as marcas em meia-lua nas mãos, resultado das minhas próprias unhas, começam a doer. Em vez de responder, viro a cabeça, meu cérebro latejando contra o crânio. Meus olhos recaem na gaveta fechada da mesinha de cabeceira, onde guardo meu estoque secreto de comprimidos de paracetamol. Estou coletando desde julho em preparação para o parto de Layla e, por um breve segundo, considero tomar um. Mas decido não fazer isso. Não sei se, onde quer que estejamos, teremos acesso a remédios.

— Jasmim. Jasmim. Jasmim... — murmuro sem parar, até jurar que consigo sentir o cheiro deles, como quando minha mãe me segurava em seus braços.

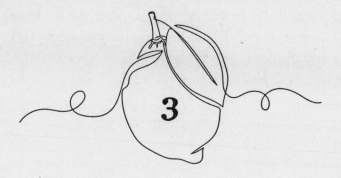

3

Na manhã seguinte, dou um beijo na bochecha de Layla e vou para o trabalho. Nunca sabemos se vamos nos ver de novo. Cada momento é um adeus.

— Fale com Am. — O sorriso dela é afetuoso, e me lembro de Hamza.

Faço que sim com a cabeça, sem conseguir dizer nada, e saio pela porta, trancando-a atrás de mim.

O hospital fica a uma caminhada de quinze minutos da casa de Layla. Era uma vantagem pela qual Hamza estava ansioso, visto que não ia precisar dirigir: um jovem médico se capacitando no hospital do seu bairro. Desde que ele aprendeu a ler, aos três anos, Mama e Baba reconheceram que o filho deles era um gênio. Hamza foi matriculado cedo na escola, passou com facilidade pelo ensino fundamental e médio, pôde escolher a faculdade que quis. Escolheu a que ficava em Homs para estar perto da nossa família. Mas eu sabia que na verdade era para estar perto de Layla e começar a vida com ela.

Agora assumi o trabalho que era para ter sido dele. E que está fora da minha área. Farmacêuticos receitam remédios... não fazem cirurgias. Era para eu me formar e ser farmacêutica. Ou pesquisadora. Não sou cirurgiã. Não fui feita para abrir corpos, suturar feridas e amputar membros, mas me obriguei a me tornar essa pessoa.

A Homs que me cerca quando saio parece algo saído dos livros de história. A carnificina à minha frente foi vista em tantas cidades ao longo dos anos. A mesma história, mas em um local diferente. Tenho certeza de que os fantasmas dos mártires perambulam pelas casas e ruas abandonadas, passando os dedos pelas bandeiras da revolução pintadas nos muros. Os vivos se sentam em cadeiras de plástico ao ar livre, embrulhados em casacos e cachecóis. Hoje há crianças brincando com o que conseguiram tirar dos escombros. Uma velha grita para tomarem cuidado com os tapetes feitos de cacos de vidro. Quando vê meu jaleco, ela sorri, alguns dentes faltando.

— *Allah ma'ek!* — Que Deus esteja com você.

Dou um sorriso vacilante e faço um gesto afirmativo de cabeça.

O hospital não está imune à doença da ditadura, e as paredes externas, descoloridas em um amarelo e vermelho desbotados, mostram isso. A terra embaixo dos meus tênis velhos está manchada de sangue dos feridos que entram a cada dia.

As portas na maior parte do tempo estão abertas, e hoje não é diferente. Está lotado como sempre, os gemidos e gritos dos feridos ecoando nas paredes.

Equipamentos de cirurgia e remédios estão em uma baixa histórica, e vejo o efeito nos rostos encovados deitados em macas ao meu redor. Ultimamente comecei a usar soro fisiológico e dizer aos pacientes que é um anestésico, torcendo para eles acreditarem a ponto de funcionar como placebo. Lembro dos artigos que li sobre placebos durante meu primeiro ano na universidade, mencionando o sucesso deles. Quando eu me escondia no canto dos degraus em frente ao prédio onde tínhamos aulas com minha garrafa térmica cheia de chá *zhourat*, revendo as anotações que fizera na sala. Eu perdia algumas horas imersa em meus estudos até Layla aparecer ao entardecer e dar um peteleco no meu nariz para chamar minha atenção.

Apesar da falta de recursos, nosso hospital vai bem melhor sob a jurisdição do Exército Livre da Síria do que os das regiões controladas pelos militares.

Ouvimos histórias dos que foram capturados por eles. Os pacientes estão morrendo não dos ferimentos que sofreram durante os protestos, mas dos que lhes são infligidos dentro do hospital. Enquanto sofremos com o cerco, manifestantes feridos lá são vendados e torturados, os tornozelos acorrentados à maca. Médicos e enfermeiras às vezes participam.

Aqui no nosso hospital, as macas ficam enfileiradas uma ao lado da outra, com famílias ao redor dos pacientes, de modo que preciso me apertar para passar no meio deles e perguntar como o paciente está se sentindo. O dr. Ziad vem correndo em minha direção, cuidadosamente passando por cima dos inúmeros corpos de pacientes jogados no chão; são os que estão sozinhos no mundo, sem família. Nem uma maca. Seu cabelo grisalho está desgrenhado, as rugas ao redor dos olhos castanhos, mais pronunciadas. Ele aceitou o trabalho de cirurgião-chefe depois de o último morrer em uma incursão. Antes disso, era um endocrinologista que fazia seu próprio horário, encaminhando-se aos poucos para a aposentadoria. Quando a agitação começou, ele imediatamente mandou a família toda para o Líbano, e o hospital se tornou sua casa. Assim como eu, ele foi forçado a virar cirurgião.

— Pacientes chegando. Relatos de uma bomba que atingiu Al-Ghouta. Vinte mortos. Os dezessete feridos estão sendo trazidos para cá — diz ele. Como cirurgião-chefe, ele tem ligações com o Exército Livre da Síria, que lhe dá as informações que consegue para tentar nos ajudar a salvar mais vidas.

Por um segundo, meu coração se expande de alívio. É do outro lado do meu bairro. Um trajeto de meia hora de carro. Layla está segura. Então ele se encolhe. Bombas significam que qualquer coisa pode entrar por esta porta. Intestinos para fora e dando nó em si mesmos, queimaduras, membros decepados...

Espero na entrada com o dr. Ziad, que está sussurrando versos do Alcorão sobre serenidade e a misericórdia de Deus. Isso acalma o suor frio que corre pela minha nuca. A qualquer minuto as portas vão se abrir com tudo.

A qualquer minuto.

Khawf aparece ao lado das janelas à minha frente. Seu terno reluz, apesar das lâmpadas quebradas do hospital, e seu cabelo está penteado para trás, sem um fio fora do lugar. Ele sorri para mim. Khawf ama o hospital. Sabe que meu medo de Layla ser o próximo corpo mutilado que enterrarei vai minguar minha decisão de ficar. Que uma hora vou querer ir embora da Síria.

Escutamos os gritos antes de as portas se abrirem, o que nos dá uma fração de segundo para nos preparar. Mas, não importa quantas vezes eu veja, não há alerta suficiente para me preparar para a visão de um ser humano lutando para respirar. Isso não é normal, e *nunca* será.

— Salama, atenda as crianças primeiro — diz o dr. Ziad, ríspido, já correndo na direção dos pacientes. — Nour, garanta que ninguém tenha hemorragia. Mahmoud, não deixe que as ataduras acabem. Use os lençóis se precisar. Vão!

Cinco vítimas são transportadas em macas enquanto o restante é carregado por voluntários locais. Há uma multidão enorme ao redor deles, todo mundo berrando e gritando. O dr. Ziad continua dando ordens para a equipe, e mais uma vez fico grata por sua calma diante dessas atrocidades. É ele quem nos deixa com os pés no chão. O motivo para conseguirmos salvar vidas.

Khawf está imponente, assistindo ao caos se desenrolar com um sorriso satisfeito, e começa a cantarolar uma melodia que ricocheteia por cima do barulho: "Como é doce a liberdade", o hino dos manifestantes. Mas não tenho tempo de brigar com ele. A morte não espera ninguém.

Para mim, fazer curativos nos pacientes, tentar curá-los, é mais desafiador que só mantê-los vivos. Às vezes eles me veem e exigem um médico mais velho, mais experiente. No início eu me encolhia, tentava parar de tremer e gaguejava a explicação de que todos os médicos estão ocupados. De que sou tão capaz quanto eles. Mas agora, se alguém tenta desperdiçar meus preciosos segundos, respondo simplesmente: *É isto ou a morte*. Isso os ajuda a tomar uma decisão bem rapidinho.

Trabalhar aqui endureceu e amoleceu meu coração de formas que eu jamais teria imaginado.

Enquanto faço curativos em meu quinto paciente, vejo alguém desesperado carregando uma garotinha. Ele não parece muito mais velho que eu. Fim da adolescência. A cabeça da menina está caída para o lado, e o sangue pinga da camiseta dela. Meus olhos seguem o rapaz, vendo a luz vacilante do hospital refletir em seus cachos castanhos e bagunçados. Ele parece familiar. No entanto, antes que eu consiga tentar lembrar de onde o conheço, o dr. Ziad me chama para ajudar com outro paciente. A ulna desse sobrevivente está fraturada, rasgando o braço. A visão do osso saindo pela pele faz o ácido em meu estômago subir queimando para a garganta. Engulo, sentindo aquilo derreter minha mucosa gástrica. E começo a trabalhar para colocar o osso no lugar.

Enquanto descanso depois de três cirurgias seguidas, vejo Am passando. Preciso falar com ele. Hoje. E sinto o olhar de Khawf perfurando minha nuca, sua ameaça ecoando em meu cérebro.

Vou destruir o seu mundo.

Ele insiste que eu deixe a Síria e faria qualquer coisa para garantir isso. Em todos os meses desde que o conheço, nunca entendi seu desespero. Mas, hoje, um sussurro ecoa em meu cérebro. Resultado da minha última conversa com Layla.

Que mal tem perguntar? Você só está se informando. Só para saber quanto custa. Faça isso por ela.

— Am — falo de supetão, e ele para, virando-se na minha direção.

— Sim? — diz ele, surpreso. É mais jovem do que parece, mas, com tudo o que está acontecendo, não é de estranhar que um homem na casa dos trinta anos comece a ter cabelos brancos.

— Eu, há... estava querendo saber sobre... — gaguejo e me repreendo. Devia ter pensado no que dizer.

— Você quer um barco, Salama? — Ele vai direto ao ponto, e meu rosto fica quente.

Aperto meu jaleco esfarrapado, amassando o tecido grosseiro. Ele acha que sou uma covarde. De todas as pessoas que podiam lhe pedir uma saída, logo eu. A última e única farmacêutica em três bairros.

— Quer? — repete ele, levantando as sobrancelhas.

A expressão ansiosa de Hamza me vem à mente.

— Sim.

Ele se vira de lado, vendo se tem alguém por perto, antes de responder:

— Tá bom. Me encontre no corredor principal em dez minutos.

Posso dispor de alguns minutos antes de o dr. Ziad ou Nour virem me procurar. O dr. Ziad sempre insiste que eu faça pausas. Mesmo assim, minhas palmas começam a suar. Muita coisa pode acontecer em dez minutos. Uma insuficiência respiratória súbita, parada cardíaca, outro paciente vomitando sangue e bile. *Qualquer coisa*. Mas prometi a Hamza. Layla é minha irmã, minha única família. Está grávida do meu irmão. Uma criança da qual ele não ficou sabendo e que nunca vai conhecer. É preciso *ao menos* saber se podemos pagar. Também não quero testar os limites de Khawf. Se ele cumprir a ameaça, hoje pode ser meu último dia de trabalho no hospital.

— Lírios-de-um-dia — sussurro enquanto caminho para o corredor principal, mantendo os olhos no chão enlameado. — Relaxam espasmos musculares e cólicas. Podem curar envenenamento por arsênico. *Lírios-de-um-dia. Lírios-de-um-dia...*

O corredor principal está cheio de pacientes, e entendo por que Am escolheu este lugar. É publicidade gratuita para qualquer um que consiga escutar. Eles vão saber quem Am é, o que ele faz e o que está lhes prometendo: uma chance de viver.

Am vem todo dia ao hospital procurar pessoas que talvez aceitem sua oferta. O pagamento das economias de uma vida inteira para navegar em um barco até outro continente, sobre o qual muitos de nós só lemos nos livros. Todo mundo aqui conhece Am, até o dr. Ziad, que acredita veementemente que mais gente deveria ficar na Síria, embora ele jamais fosse impedir alguém de escolher ir embora, até porque mandou a própria família para longe. Desde que Am não atrapalhe na hora de salvar a vida dos pacientes, ele tem liberdade para espalhar seus interesses. E Am faz isso. Fica longe de todos os médicos, concentrando-se nos pacientes. Garante que todos saibam das viagens bem-sucedidas, mostrando fotos daqueles que finalmente chegaram ao litoral europeu. Ninguém estaria disposto a arriscar um afogamento sem a garantia de que isso *já funcio-*

nou. Em algum momento. Por outro lado, mesmo sem provas de uma sombra de chance de sobrevivência, talzez seja melhor que ficar à mercê do genocídio.

Ninguém entra em um barco instável no oceano se houver outra escolha.

Entre os rostos cansados, o de Khawf se destaca, com os olhos brilhando e um sorrisinho irônico de quem sabe o que está acontecendo.

Talvez o motivo de ele estar disposto a me quebrar para me colocar em um barco possa ser explicado cientificamente: é um mecanismo de defesa providenciado pelo meu cérebro, tentando garantir minha sobrevivência pelo meio que for necessário. Ainda assim, meu estômago retorce de apreensão com os horrores que me esperam nas mãos dele.

Em dez minutos, Am me encontra no corredor principal. Ele abre caminho pelo mar de gente até chegar a mim, ao lado de uma janela meio quebrada, coberta por um lençol fino.

Meu sistema nervoso está pirando, mandando por todo o meu corpo impulsos elétricos que aparentemente não consigo acalmar, não importa quais métodos use. Minha paranoia com o dr. Ziad aparecendo inesperadamente está alta, e enfio as mãos nos bolsos para esconder o tremor. Não acho que conseguiria seguir com esta conversa se ele me visse. Estou dando as costas ao meu povo.

— Então, quantas pessoas são? — Am quer saber, e me volto na direção dele.

— Duas — respondo. Minha voz soa distante.

Ele me analisa por um segundo.

— Você só tem isso de família?

Lascas se soltam do meu coração e caem pelas minhas costelas.

— Sim.

Ele assente com a cabeça, mas sua expressão é impassível. Não é incomum hoje em dia ser uma família de uma pessoa só.

— Eu levo vocês de carro até Tartus — explica ele, como se estivesse falando do clima. — O barco em geral sai de lá. Mais ou menos um dia e meio no Mediterrâneo e vocês chegam à Itália. Um ônibus vai estar esperando lá para levar vocês até a Alemanha. O mais importante é chegar à Itália.

Meu coração palpita a cada palavra dele. E, apesar de seu tom seco, vejo a jornada se desdobrando à minha frente. O barco balançando suavemente no mar azul, a água lambendo as praias que prometem segurança. Layla, virando-se para mim, uma risada sincera escapando de seus lábios: *Estamos seguras*. O anseio rasga meu estômago.

Um bebê chora, estilhaçando meu sonho, e os gemidos de dor dos pacientes de repente são ensurdecedores. Não. Não. Como posso pensar em minha segurança quando jurei curar os doentes?

Mas Layla está grávida, e eu *prometi* a Hamza. Layla nunca iria embora sem mim, e não posso deixá-la exilada sozinha na Europa quando ela mal fala inglês, quanto mais alemão ou italiano. Ser uma garota grávida e sozinha a tornaria uma presa fácil. Os monstros não existem só na Síria.

A indecisão é um veneno que germina em minhas veias.

Pigarreio.

— Quanto custa?

Ele pensa antes de responder.

— Quatro mil dólares. E tem fila.

Eu pisco.

— Como assim?

— Eu negocio em dólares. Lira é moeda fraca. Quatro mil dólares. Dois mil por pessoa.

O sangue foge do meu rosto, e minha boca fica seca. É mais do que temos. Baba conseguiu sacar seis mil dólares no início, mas a maior parte desse dinheiro se foi conforme o preço da comida aumentou. Mal temos três mil sobrando.

Ele nota a mudança em minha expressão e desdenha:

— Você achou que ia ser barato chegar à Europa? Achou que ia ser fácil? Estamos falando de contrabandear duas pessoas inteiras para outro continente. Sem falar de subornar todos os soldados no caminho.

Não sinto mais minhas pernas.

— Você... Você não entende. A outra pessoa é minha cunhada. Ela está grávida de sete meses. Se ela der... O dinheiro vai ser necessário para a sobrevivência dela. Não tenho o suficiente. *Por favor.*

Ele me olha por um minuto.

— Quatro mil dólares e eu deixo vocês pularem a fila de espera. Minha cortesia só vai até aí. Não demore muito para pensar. O barco não espera ninguém.

E, com isso, ele se afasta, me deixando pregada no chão enquanto Khawf o esquadrinha com olhos semicerrados. O que será que meu cérebro vai fazer com esse obstáculo?

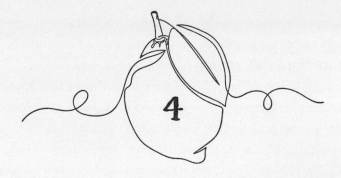

4

Quando o dr. Ziad me encontra, estou no chão no canto de uma das salas de recuperação, agarrando os joelhos enquanto me balanço para a frente e para trás, tremendo e chorando, tentando me acalmar. Duas garotinhas estão deitadas imóveis diante de mim, buracos de bala rasgando a garganta. Atiradores militares lotam os telhados nas fronteiras entre seus postos e as zonas protegidas pelo Exército Livre da Síria. As meninas parecem ter cerca de sete anos, estão com as roupas rasgadas e os joelhos ralados.

As vítimas dos atiradores são sempre os inocentes que não conseguem revidar. Crianças, idosos, grávidas. O Exército Livre da Síria contou ao dr. Ziad que no início os militares os alvejavam por esporte. Até Layla quase foi atingida em outubro, e agora ela não tem permissão de sair de casa. Nunca. Não sem mim.

O dr. Ziad se agacha ao meu lado, seu rosto gentil envelhecido pela dor.
— Salama — diz, baixinho. — Olhe para mim.

Tiro os olhos dos rostos pequenos com lábios roxos, machucados, e encontro o olhar dele. Aperto as mãos nos lábios, implorando que parem de tremer.

— Salama, já conversamos sobre isso. Você não pode trabalhar até chegar a este ponto. Precisa cuidar de *você*. Se estiver exaurida e com dor, não vai conseguir ajudar ninguém. Ninguém devia ter que lidar com este horror. Especialmente alguém tão jovem quanto você. — O olhar dele se suaviza. — Você perdeu mais do que qualquer um devia perder. Não fique confinada no hospital. Vá para casa.

Enquanto processo o que ele está dizendo, minhas mãos caem no colo. Nestes sete meses, ele se tornou uma figura paterna para mim. Eu sei que uma de suas filhas tem a minha idade e que ele a vê em mim. Sei também que ele nunca pediria a ela o que espera todos os dias de mim. Que eu encharque as mãos no sangue de inocentes e as enfie no corpo deles. Testemunhe o horror e mesmo assim volte no dia seguinte. E uma parte pequena, muito pequena de mim se ressente dele por isso. Ainda que ele faça o possível para cuidar da minha saúde, sem deixar que eu ultrapasse meus limites.

Pigarreio.

— Ainda tem mais pacientes...

— Sua vida é tão importante quanto a deles — interrompe ele, com uma voz que não dá margem a negociação. — Sua. Vida. É. *Tão*. Importante. Quanto.

Fecho os olhos, tentando me agarrar às palavras dele, tentando acreditar nelas; mas, cada vez que tento pegar as letras, elas desaparecem do meu alcance.

Mesmo assim, fico de pé, instável, enquanto o dr. Ziad joga um lençol branco sobre os corpos.

Layla não diz nada por muito tempo depois de eu me jogar no sofá.

De olhos fechados, conto sobre a conversa com Am, minha voz falhando quando falo o preço. Eu o odeio. Vidas inocentes não importam quando ele pode encher os bolsos com nosso sofrimento. Ninguém quer escapar mais do que pessoas que foram completamente arrasadas. Elas estão buscando uma salvação, não importa quão frágil seja.

— Diga alguma coisa — suplico e abro os olhos quando ela fica em silêncio. Ela olha para a mesa de centro à frente. Está pensando em um plano. Então faz uma careta.

— Não tenho nada a dizer. — Sua testa está franzida. — A não ser...

— A não ser?

— Que a gente venda nosso ouro? — Ela enrola uma mecha de cabelo no dedo. O sol de fim de tarde filtrado pelas janelas manchadas se acumula no meio da nossa sala, transformando o tapete árabe sob nós em algo etéreo. Observo a forma como a luz dança em torno da minha sombra entre as plantas verde-escuras costuradas no tecido. Se eu me concentrar nisso, posso fingir que o que quer que exista fora dessa aura dourada é bom. É seguro.

Vender nosso ouro.

O ouro é passado entre as gerações. No âmago de sua superfície brilhante, guarda nosso passado e nossas histórias em seus feixes grossos e trançados.

Quando voltei à minha casa demolida após o bombardeio, não consegui achar nada que me pertencesse. O granito impediu. Meu ouro ainda está lá embaixo, soterrado, mas o de Layla está aqui. Ouro que Hamza deu a ela como parte do dote.

— Quem compraria? — pergunto.

Layla dá de ombros.

— Talvez Am aceite isso em vez de dinheiro.

Nunca ouvi falar em ninguém comprar passagem com ouro, e certamente não somos as primeiras a pensar nisso. Mas, de todo modo, não estou disposta a abrir mão do ouro de Layla — da minha família — assim. Não para entregar a alguém corrupto como Am.

— Ele não falou dinheiro *ou* ouro. — Cutuco os fios soltos do sofá. — Se ele quisesse ouro, falaria.

Layla me observa enquanto continuo cutucando os fios.

— Então, você não quer tentar perguntar? — diz ela enfim.

— Eu vou... negociar com ele.

Ela morde o lábio antes de cair na gargalhada.

— *Negociar com ele?* — repete. — O que você acha que é isso? O Souq Al-Hamidiyah?

Aponto a moldura de mogno que guarda uma tela pintada por Layla. É um quadro para o qual sempre amei olhar. Um céu azul-escuro mesclando-se com o mar cinza no horizonte. Não tenho ideia de como Layla conseguiu capturar a cena de modo tão nítido, como se fosse uma foto; a água às vezes parece prestes a pingar para fora da moldura, encharcando o tapete. As nuvens estão coaguladas e juntas, momentos antes de uma tempestade.

— Quem convenceu aquele homem a te vender a moldura pela metade do preço? — Cruzo os braços. — Aquela moldura lindamente feita? Foi você?

Layla sorriu.

— Não, foi você.

— Sim, fui eu. Então... vou negociar com ele.

Mas não falo o resto do que estou pensando. Que estou só tentando fazer a vontade dela. Que estou dividida entre o dever com meu irmão e com o hospital, as cordas que me amarram a cada lado se esfiapando. E não sei qual vai ceder antes.

Embora algo no olhar dela me faça suspeitar de que ela sabe disso tudo.

— Você fala da Alemanha como se fosse a terra onde todos os nossos sonhos vão se tornar realidade. — Meus olhos voltam ao quadro. Parece tão real. — Não falamos a língua. Mal falamos inglês, e não temos família lá. Vamos ficar isoladas no meio do nada, e tem muita gente que tentaria tirar vantagem de nós. Refugiados estão sendo enganados e perdendo tudo o que têm, você sabe disso. Sem mencionar os sequestros.

Uma vez, uma vida atrás, eu quis morar um ano na Europa. Outro nos Estados Unidos. Canadá. Japão. Plantar sementes em cada continente. Queria fazer mestrado em herbologia e colecionar plantas e flores medicinais do mundo todo. Queria que os lugares que visitasse se lembrassem de que Salama Kassab caminhara por ali. Queria pegar essas experiências e escrever livros infantis com páginas gravadas em magia e palavras que levassem o leitor a outros reinos.

— E você? — *eu perguntei um dia a Layla.* — Para onde você quer ir?

Estávamos no interior, na propriedade dos meus avós, no verão depois de terminarmos o ensino médio. A vida universitária estava a apenas dois meses de distância. Os damascos estavam maduros, e tínhamos passado a manhã toda enchendo uma dezena de cestas deles para comer e dar aos nossos vizinhos. Estávamos descansando, deitadas de costas na toalha de piquenique e observando as nuvens. O sol estava escondido atrás delas, os raios transformando o céu em um azul-royal. Uma borboleta bateu as asas, e um zangão se enterrou numa margarida. Era um dia tranquilo, um dia bom em que esperanças e sonhos seriam trocados. Em que doces memórias de infância seriam revisitadas.

Layla respirou fundo o aroma de damasco.

— Quero pintar a Noruega.

— Tipo, o país inteiro? — Dei risada.

Ela se virou para mim e levantou a mão para me dar um peteleco no nariz. Dei um gritinho e o cobri.

— Você não é engraçada. — Ela revirou os olhos, mas com um sorriso brincando nos lábios.

— Eu sou hilária — falei e me virei de lado. Meu hijab escorregou um pouco, e minha franja apareceu. Não tinha problema, porque estávamos escondidas dos olhos de qualquer passante. Sacudi um pouco os ombros, e meu rabo de cavalo caiu de lado.

Layla se sentou e olhou ao redor. Sem ver ninguém, ela reuniu meu rabo de cavalo às minhas costas e tirou o elástico de cabelo.

— Já vi todos os tons de azul, exceto o que tem na Noruega — falou, baixinho. A voz dela estava mais alta que a brisa. — Só vi no Google, e foi de tirar o fôlego. Quero ver a coisa de verdade. Quero pintar todos os tons e fazer uma exposição. Alguma coisa chamada *Azul de todos os ângulos*. Sei lá.

Eu me virei.

— Que coisa mais linda, Layla. Bem Studio Ghibli.

Ela sorriu e começou a trançar meu cabelo. Algo que fazia sempre que eu estava estressada.

— Tenho sonhos que vão me levar para longe daqui.

No olhar dela, eu via a pergunta — eu ficaria bem se ela fosse embora? Éramos carne e unha desde o nascimento. Ela era próxima de mim como uma irmã. Sendo ela filha única e eu só tendo um irmão homem, tínhamos forjado uma relação só nossa.

— Salama! — escutamos Hamza chamar de longe. — Layla! Yalla, o almoço está pronto.

Os olhos de Layla brilharam ao ouvir a voz dele, e ela se levantou num salto e correu para Hamza. Ele a pegou pela cintura, e os dois quase caíram.

Fiquei de pé. Olhando para eles, senti como se estivesse parada do outro lado de uma porta que não podia atravessar.

A testa de Layla se franziu.

— O que foi?

Percebi que minha expressão estava desamparada e rapidamente a desanuviei com um sorriso.

— Nada.

Como minhas preocupações na época eram infantis. Como nossos sonhos eram inocentes.

Agora, uma garota grávida e faminta está sentada à minha frente, os olhos grandes demais para o rosto, enquanto meu estômago chacoalha como um tambor vazio.

— Salama — diz Layla, e olho para ela, saindo de meu devaneio. — Hoje foi um dia cheio de tristeza, né?

Puxo minha manga.

— Todo dia é.

Ela sacode a cabeça de leve e dá um tapinha no colo.

— Deite a cabeça aqui.

Faço isso.

Os dedos de Layla afundam em meu cabelo, e ela começa a fazer trancinhas. Meu hijab está largado em algum lugar ao lado do sofá, e suspiro de alívio com o toque suave dela. Sua barriga grávida apoia minha cabeça, e sinto o bebê chutando. Só tecido, camadas de pele e líquido amniótico o separam dos terrores deste mundo.

— Não se concentre na escuridão e na tristeza — diz ela, e eu levanto os olhos para vê-la. Ela sorri com afeto. — Se fizer isso, você não vai ver a luz nem se ela estiver bem na sua cara.

— Do que você está falando? — murmuro.

— Estou falando que o que está acontecendo agora, por mais horrível que seja, não é o fim do mundo. Mudar é difícil, e é diferente dependendo do que precisa ser mudado. Olha, vou falar em termos de ciências. Se um câncer se espalhou, o que precisa ser feito para removê-lo não é diferente do que para algo como uma verruga?

Um sorriso ameaça meus lábios.

— Desde quando você entende de medicina?

Os olhos dela cintilam.

— Como artista, sou uma estudante da vida. Responde só para me agradar, vai, Salama.

— Bom — digo, devagar. — No caso do câncer, precisamos fazer uma cirurgia para removê-lo, mas é um processo complicado. Chances de sobrevivência. Cortar tecido saudável. Tem muita coisa a considerar.

— E uma verruga?

Dou de ombros.

— É só tratar com ácido salicílico.

— E quando a cirurgia de câncer é bem-sucedida, quando o paciente lutou para viver, a vida dele não melhora?

Faço que sim.

— Você não acha que a ditadura aqui é mais parecida com um câncer crescendo no corpo da Síria há décadas, e que a cirurgia, apesar dos riscos, é melhor que se entregar ao câncer? Com uma coisa tão profundamente entranhada nas nossas raízes, a mudança não é fácil. Tem um preço alto.

Não falo nada.

— Há luz, Salama — continua ela. — Apesar da agonia, estamos *livres* pela primeira vez em mais de cinquenta anos.

Os dedos dela estão pesados em meu cabelo.

— Você está falando como se quisesse ficar — respondo.

Ela me olha de maneira significativa. Como se soubesse exatamente o que escondo em meu coração.

— A luta não está só na Síria, Salama. Está em todo lugar. Mas, como eu te falei, a luta começa aqui. Não na Alemanha nem em nenhum outro lugar.

Ela escolhe as palavras com cuidado, e cada uma se contorce dentro do meu canal auditivo, ecoando em meus tímpanos, atravessando as células nervosas até meu cérebro. Elas se acomodam ali como sementinhas plantadas entre as células.

— Como você pode não estar tão amarga quanto eu? — brinco debilmente, mas sai sem emoção e parece mais verdadeiro do que eu queria.

Quando Hamza foi preso, Layla passou por grandes mudanças. Nas primeiras cinco semanas, ficou inconsolável. Soluçando até ficar rouca, sem comer nem tomar banho. Aí, de repente, voltou a ser a mesma de antes. Calma e amorosa, com um sorriso capaz de iluminar Homs inteira.

— Primeiro de tudo, nem todas nós somos perfeitas — diz ela, e enfim eu sorrio. Satisfeita, ela continua: — Porque eu vejo o amor que você tem por mim. Vejo seu sacrifício e sua bondade. Eu me concentro na esperança em vez de contar o que perdi. Tenho amor no coração por sua causa. Por causa de toda a ajuda que você me deu quando... quando eles o levaram.

Uma lágrima nasce no canto do olho dela, desliza pela bochecha, e eu a pego antes de chegar ao queixo. Ela perdeu os pais quando as bombas começaram a cair. Então, em meio ao luto pela família, no espaço de uma semana, perdemos Mama, Baba e Hamza. Pior de tudo, ainda não sabemos se Hamza e Baba estão vivos.

Quero acreditar que eles morreram. E sei que Layla também. A morte é um fim bem mais clemente do que viver todo dia em agonia.

— Quem dera todos no mundo fossem como você — murmuro.

Ela solta uma risada trêmula, e eu seguro a mão dela com firmeza. Mas um ruído estrondoso nos faz pular. Qualquer calor que estivéssemos sentindo evapora, e o ar fica gelado de novo. Layla aperta minha mão, de olhos fechados. Rezo com ela para não ser nada. *Por favor, Deus, que não seja nada. Que não seja um ataque! Por favor!*

Meu coração fica preso na garganta por várias batidas, mas, quando a noite não é perfurada por um grito, Layla relaxa a mão.

— Acho que é só a chuva — sussurra ela, tentando esconder o medo da voz.

— Melhor pegar os baldes, então. — Eu me levanto do sofá enquanto outro trovão faz a noite estremecer. Minha cabeça está meio zonza, sentindo falta da segurança do colo de Layla.

— E não se esqueça de rezar. Orações são atendidas quando a chuva cai — ela me lembra.

O vento sopra por mim quando abro a porta da varanda para colocar os baldes lá fora. Ele refresca o rubor quente da minha pele, e meu coração começa a migrar de volta para o lugar certo em meu peito. Inalo o máximo possível das nuvens baixas. São cinza e densas, esperançosamente trazendo proteção contra os aviões de guerra que poderiam estraçalhar nossa vida.

Depois disso, ajudo Layla a se aprontar para dormir. Ela não dorme mais em seu quarto. Muita coisa a lembra de Hamza. Eu nem pisei lá desde o dia em que me mudei para cá. Não quero ver as roupas do meu irmão penduradas no armário, seu relógio favorito na mesa de cabeceira e a fotografia dele rindo enquanto beijava a bochecha de Layla no casamento.

Então, Layla dorme no sofá. Encho de almofadas e cobertores. Os olhos dela estão marejados, a expressão distante. Conheço esse olhar. Ela está no passado, e não quero arrancá-la de seu devaneio. Embora as lembranças doam, é a única forma que temos de ver quem amamos — repassar as palavras deles para nós, deixar que a imaginação amplie ou suavize as vozes conforme desejamos. Layla se move puramente por memória muscular e então se recosta contra as almofadas.

Finalmente, seus olhos se desanuviam e ela me olha.

— Salama — diz, como se não soubesse que eu estava lá esse tempo todo.

— Você precisa de água? Paracetamol? Agora que você está no terceiro trimestre, podemos usar alguns.

— Não, obrigada. O bebê hoje está muito educado.

— Ela está sendo atenciosa com os sentimentos da mãe.

— Ela? — diz Layla, baixinho. Sua expressão fica mais leve.

Faço que sim com a cabeça.

— É uma menina. Eu sinto.

— Sério? — Layla revira os olhos, bem-humorada. — E isso faz parte das suas habilidades diagnósticas?

— Quando você está na profissão há tanto tempo quanto eu, acaba desenvolvendo um sexto sentido para essas coisas. — Dou uma piscadela. — Confie em mim, eu sou farmacêutica.

Ela sorri.

— Confio com a minha vida. E a da minha bebê.

— Responsabilidade demais! — Finjo desmoronar, e ela ri. — Pensou em algum nome?

— Bom, quando Hamza e eu falávamos de nomes para futuros bebês, ele sempre pensava em nomes de menino. Sempre quis um menino. Ele me disse que seria molenga demais se nosso primogênito fosse menina. Que não ia conseguir negar nada a ela.

— Ah, nós duas sabemos que o Hamza ia literalmente virar um tapete para a filha pisar em cima.

— E é por isso que nós precisamos ir embora — sussurra ela. — Não podemos deixar que ela nasça aqui. Se fôssemos só eu e você, Salama, eu não abandonaria meu marido. Mas... é a filha dele. É a minha *bebê*.

Minha respiração falha, e eu fecho as mãos em punhos.

Lavanda tem propriedades antissépticas e anti-inflamatórias. Pétalas roxas. Pode ser usada para insônia. Lavanda. Lavanda. Lav...

— Você... Você estava me falando de nomes? — digo, engasgando, e o olhar dela cai entre nós.

— Sim — ela responde, após um minuto. — Se for menino, Malik, e, se for menina...

— Salama — interrompo.

— Como você sabia? — Ela arfa.

Dou um passo para trás, sem acreditar.

— Como assim? Eu estava brincando.

— Eu vou dar o nome de Salama *de verdade* se for menina!

— E por que não? Salama é um ótimo nome — respondo, com um sorriso bobo.

Ela ri.

— Concordo.

Chego mais perto e cochicho na barriga dela.

— É bom você ser menina. Eu te amo, pequena Saloomeh.

A dor nos olhos de Layla quase desapareceu, mas ainda há traços. Suficientes para a culpa enfiar espinhos em meu coração. Respiro fundo e expiro.

— Boa noite. — Coloco o cabelo dela para trás num carinho e prendo o cobertor ao redor de seu corpo.

Em resposta, ela aperta minha mão.

Enquanto ela sucumbe aos sonhos, finalmente permito que meu medo apareça, as palavras que ela me disse se repetindo sem parar em minha cabeça.

Confio com a minha vida. E a da minha bebê.

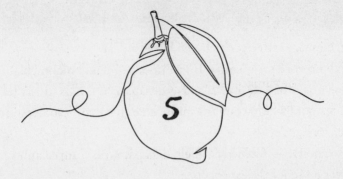

— O QUE VOCÊ VAI FAZER? — pergunta Khawf do canto escuro, e eu dou um pulo, levando a mão ao coração.

— Quê?

Ele dá um passo à frente, as sombras derretendo de cima dele, os olhos brilhando.

— O que você vai fazer em relação a Am?

— Não sei.

— Quer dizer que não vai fazer nada.

— Quer dizer que eu não sei. — Engulo minha ansiedade. — Me deixa em paz.

Ele morde a bochecha, me examinando dos pés à cabeça, e eu encolho as pernas perto do peito, num esforço de ficar menor.

— Eu fiz o que você queria — digo. — Perguntei a Am. É culpa minha o preço ser tão alto?

Ele não me responde, apenas tira um cigarro e enfia entre os lábios. Seus maneirismos de fumante me lembram meu avô. Quando lhe faziam uma pergunta, Jedo — que sua alma descanse em paz — só respondia depois de dar um trago. Mas Jedo tinha um sorriso gentil e uma forma tão orgulhosa de me olhar, e não há nada disso em Khawf. Nada.

— Não, não é. Mas parece que você desistiu. Você não prometeu a Layla que ia negociar com ele?

Dou de ombros.

Os olhos dele perfuram os meus.

— Embora seu aparente entusiasmo seja admirável — desdenha ele —, não é suficiente. Você *precisa* conseguir aquele barco.

— Estou no meu limite. O que você quer, Khawf? — pergunto, cansada. Uma nuvem de fumaça prateada o esconde da minha vista.

— Ora, sua segurança, é evidente. — Ele sorri com ironia. — Você não acredita que eu seja uma espécie de mecanismo de defesa?

Consigo dar uma risada patética pelo nariz.

Ele para na minha frente e, instintivamente, dou um passo para trás.

— Salama, você já devia saber. Ao contrário de você, eu não me canso, não sinto dor e não vou parar até conseguir o que quero. Se lutar contra mim, se lutar contra a sua *mente* — ele gira os dedos, e meu coração acelera enquanto o breu nos envolve, até só estarem visíveis seus olhos azuis gelados e o branco de seus dentes —, você não vai vencer.

Não consigo ver nada. Não escuto as vozes débeis de protesto lá fora. Nada existe, exceto Khawf e eu neste buraco escuro. Ele estende a mão até o meu queixo e eu me encolho, mas ele não me toca. Ainda assim, seu poder sobre mim é tão grande que levanto os olhos, tremendo e paralisada.

— Eu sou infinito, e você não — sussurra ele. Passa um dedo que não sinto pela depressão do meu pescoço, e mesmo assim meus dentes batem como se eu sentisse a lâmina de sua unha. — Encontre uma forma de conseguir aquele barco.

O sol da manhã recai sobre meu corpo trêmulo. Eu me visto, tentando ignorar o peso da presença de Khawf em minha vida. Meu estômago ronca de fome; minhas pernas e meus braços doem. Mas nenhuma dessas dores importa, desde que eu consiga salvar vidas hoje. Se eu conseguir compensar minhas falhas. Todas as vidas que não consegui salvar ontem.

O ano que passei na faculdade de farmácia não me preparou para nada disso. Mesmo que eu tivesse me formado, não faria diferença. Nunca seria para eu fazer o trabalho que faço agora. Minhas aulas do primeiro ano eram quase todas teóricas, e as aulas práticas tratavam de misturar fórmulas simples, criando a base sobre a qual me apoiar nos anos seguintes.

Meu primeiro dia no hospital foi como ser jogada na parte funda da piscina sem aulas de natação. Aprendi sozinha a nadar, a chutar e flutuar, antes que o peso das ondas me puxasse para baixo.

Ao meio-dia, a catástrofe sobrevém na forma de bombas chovendo em uma escola de ensino fundamental próxima. Em crianças.

Quando elas são trazidas, o mundo desacelera. Minhas pernas se enraízam no sangue pegajoso que mancha meus tênis. Estou parada no meio da carnificina, vendo os momentos entre a vida e a morte se desdobrarem à minha frente. Meus olhos absorvem cada lágrima caindo e cada alma subindo para encontrar seu Criador.

Vejo uma criança chorando pela mãe, que não está em lugar nenhum.

Vejo um menino quieto de não mais de dez anos, o rosto branco como um lençol, com um pedaço grande de metal encravado no braço direito. Ele faz uma careta de dor, mas não solta um único som para não assustar a irmãzinha, que segura a outra mão dele e grita *te'eburenee*.

Vejo médicos, os últimos poucos em Homs, balançando a cabeça para corpos pequenos, frouxos, frágeis e seguindo para o próximo.

Vejo menininhas com as pernas contorcidas em posições nada naturais. Seus olhos carregam o significado completo do que está prestes a acontecer. Amputação.

Queria que estivéssemos sendo transmitidos ao vivo em cada canal e em cada celular do mundo, para todos poderem ver o que está prestes a acontecer com essas crianças.

Um garotinho começa a cantar com os olhos vidrados no teto. Ele está sem camisa e seu cabelo preto é fino. Seu peito chia a cada respiração; ele sente dificuldade para encher os pulmões. Vejo suas costelas, e mentalmente enumero cada uma. Ele canta uma das muitas canções de liberdade compostas pelos rebeldes. Sua voz jovem é baixinha, mas forte. Flutua por cima do caos e se embute nas paredes do hospital. Se essas paredes pudessem falar, imagine o que diriam. Caminho até ele em um transe, guiada apenas pela melodia de seu canto. Não há ninguém ao seu lado.

Nem suas pernas, nem seus braços estão decepados. Não há sangue saindo de sua boca nem pingando da cabeça. Ele não é prioridade. E, apesar disso... seguro suas mãos nas minhas. Estão geladas. Seu casaco deve ter ficado na escola, enterrado sob os destroços.

— Você está ferido? — pergunto em meio a lágrimas silenciosas.

Ele não para de cantar, mas sua voz fica mais baixa. Checo a pulsação; está lenta e anormal. Não vejo ferimentos.

— Você está *ferido*? — pergunto de novo, com urgência. Nesse ritmo, o coração dele vai parar.

Ele se vira para mim.

— Meu nome é Ahmad. Eu tenho seis anos. Você pode me ajudar a encontrar a minha mamãe? — fala ele, baixinho. Seus olhos, de um azul profundo, estão tão afundados no crânio que tenho medo de que desapareçam.

Ele está em choque. Tiro meu jaleco e coloco ao redor dele. Esquento suas mãos nas minhas e as beijo.

— Sim, *habibi*. Vou achar a sua mamãe. Pode me dizer se está com dor?

— Estou me sentindo esquisito.

— Onde?

— Na cabeça. Eu estou... com sono. — Ele tosse seco. — E meu peito... não sei.

Hemorragia interna.

Grito pelo dr. Ziad. O médico corre até meu lado e checa a pulsação de Ahmad. O menino diz que está com sede enquanto é examinado na cabeça. Sede extrema só pode significar uma coisa. Com um suspiro fundo, o doutor balança a cabeça.

— O que isso quer dizer? — exijo. — Você vai desistir dele?

— Salama, não temos um neurocirurgião. Ninguém aqui sabe operar hemorragia no cérebro. — O tom dele é sério e cheio de lamento.

— E daí? A gente vai só deixar ele... — sibilo, mas não consigo pronunciar a palavra horrível. Não quero que Ahmad escute.

O dr. Ziad tira o cabelo da testa de Ahmad. Há gotas de suor cobrindo-a. Engulo a bile na garganta.

— Você está com dor, filho? — pergunta ele.

Ahmad faz que não.

— Adrenalina e choque. Ele não precisa de morfina. A única coisa que podemos fazer é deixar os últimos momentos dele mais confortáveis.

— Vou fazer uma transfusão de sangue. — Eu me viro na direção de onde guardamos o equipamento. Como o negativa, sou doadora universal. Temos um dispositivo manual que o dr. Ziad fez para doar sangue aos pacientes, porque as máquinas de transfusão nem sempre funcionam. Não com a falta de eletricidade. — Posso dar meu sangue a ele. Vou dar...

— Não vai ajudar — diz ele, em um tom sofrido.

— *Dr. Ziad...* — Ele levanta a mão, me interrompendo.

— Salama, não vai ajudar. Se eu pudesse dar minha vida para esse menino ficar seguro, bem e saudável, eu daria. Mas não posso. Não posso ajudá-lo. Mas posso ajudar a menininha cujos intestinos estão por todo o chão. Não dá para salvar todo mundo.

Ele vai embora antes de eu poder gritar.

— Tia... — Ahmad começa suavemente, parando para tomar fôlego.

— Sim, *habibi*? — Eu me viro e pego de novo as mãos dele. *Se você viver, vou cuidar de você, juro. Só fique vivo. Por favor. Só fique vivo.*

— Eu vou morrer? — pergunta ele, e não vejo medo. *Será que todas as crianças de seis anos sabem o que é a morte? Ou só as crianças da guerra?* Minhas mãos tremem.

— Você tem medo da morte? — respondo.

— Eu... — Ele tosse, e um toque de vermelho pinga de seus lábios. *Meu Deus.* — Não sei. Baba está morto. Mama falou que ele está no céu. Eu também vou para o céu.

Solto uma respiração trêmula.

— Vai, sim. Você vai ver seu baba lá.

Ele dá um sorriso gentil.

— *Alhamdulillah* — sussurra. — O que eu posso fazer no céu, tia?

Como uma criança pode ter tanta compostura diante da morte?

Engulo o choro, me afogando por dentro.

— Você vai brincar o dia todo. Tem jogos e comida e doces e brinquedos, e tudo que você pode querer.

— Também posso falar com Deus?

A pergunta me surpreende.

— É... É óbvio que pode, *ya omri*.

— Que bom.

Ficamos sentados em silêncio por alguns minutos, e escuto os pulmões dele lutando. Seus olhos já estão perdendo o foco, sua respiração ficando mais superficial a cada segundo.

Rezo pela alma dele e recito versos do Alcorão.

— Tia... não chora... Quando eu for para o céu... vou contar tudo... para Deus. — Ele engasga. Ergo o olhar, e seu rosto ficou imóvel. Seus olhos estão vidrados, e parece que há estrelinhas presas em suas íris azuis.

6

Não me afasto do corpo de Ahmad por muito tempo. Nem solto as mãos dele. Apertando-as nos meus lábios, tento fazer a vida voltar a ele com a força do pensamento. Os barulhos de fundo estão abafados em meus ouvidos. Só há uma coisa que escuto sem parar, como uma fita cassete quebrada: *vou contar tudo para Deus.*

Minha nuca fica arrepiada, e eu gelo até os ossos. Meio que espero que a ira de Deus se abata sobre nós.

Uma mão cutuca minhas costas. Ignoro. Nem escuto o que a pessoa está dizendo.

— Ei! — Os cutucões aumentam e ficam quase irritantes. Estou de luto por um menino que nem conheci, mas que decepcionei.

— *O que foi?* — falo num ímpeto, me virando.

É um rapaz. Da minha idade ou mais velho. Está ofegante e tremendo. Suas mãos oscilam, passando pelo rosto e os cachos castanhos; seus olhos verdes estão enlouquecidos. Ele parece familiar, e levo um segundo para perceber que é o menino de ontem, aquele que estava carregando uma garotinha nos braços.

— Por favor... *Por favor!* Você tem que me ajudar. — Ele tropeça nas palavras, os ombros trêmulos.

Seu tom me chacoalha de volta para a realidade. Ahmad pode ter morrido, mas os vivos ainda estão aqui. Empurro meu luto para os cantos escuros da mente. Lido com isso depois.

Fico de pé num salto.

— Sim? O que aconteceu?

— Minha irmã... *por favor*... ela veio ontem por causa da bomba... tinha estilhaços na barriga dela... foram tirados... a gente foi com ela para casa... o hospital disse que não tinha espaço... disseram que ela ia ficar bem... por favor... *só* — ele gagueja, sem conseguir acompanhar o ritmo das palavras, por puro terror.

Estalo os dedos na frente dele.

— Ei! Preciso que você se acalme. Respire fundo, agora.

Ele para e tenta respirar, mas é lamentável. Não consegue segurar por tempo suficiente.

— Minha irmã — recomeça ele, em um tom forçadamente calmo. Uma veia lateja em seu pescoço. — Ontem à noite, ela ficou com febre, e não passou durante o dia todo. Nem quando eu dei paracetamol. Ela está mal. Muito mal. Vomitou três vezes, e não consigo carregá-la até aqui. Toda vez que tento mexer nela, ela grita de dor. Por favor... você *precisa* me ajudar.

Imediatamente sei o que é. Relutante, tiro meu jaleco do corpinho de Ahmad. Não posso nem me despedir.

Olho ao redor para ver se algum dos médicos poderia ajudar, mas todos parecem estar dedicados a seus próprios pacientes. Preciso fazer isso sozinha. Quando comecei aqui há alguns meses, vi como o dr. Ziad faz de tudo por seus pacientes, o que me levou a querer fazer o mesmo. Apesar das objeções dele. Porque sei as consequências de não fazer exatamente isso. Aprendi a tirar estilhaços, a costurar feridas abertas e a tentar impedir uma morte sozinha. Tornei-me cirurgiã à força. Removi balas suficientes para derreter o aço e construir um carro. Agarrando a bolsa de emergência cirúrgica, faço um gesto para o garoto ir na frente.

— Onde você mora? — pergunto enquanto corremos pela tarde fria.

Seus olhos estão treinados para olhar para o céu e para o topo dos prédios, à procura de atiradores e aviões.

— A poucas ruas daqui. Doutora, por que ela está com dor? Você sabe?

Hesito por alguns segundos antes de responder.

— Acho que deve ter um estilhaço dentro da ferida dela.

Ele murmura um xingamento.

— Sinto muito.

Ele balança a cabeça.

— Não. Com o hospital lotado desse jeito, eu entendo como pode acontecer. Pelo menos é um pedaço só.

Espero que seja um só.

— Quantos anos ela tem?

— Nove.

Caramba. Provavelmente com fome e altamente vulnerável a infecções.

— Precisamos correr.

Ele acelera, e eu o sigo pelos becos antigos de nossa cidade arrasada. Há algumas pessoas na rua, ou conversando concentradas, ou esperando na fila da padaria.

— Meu nome é Kenan — diz de repente, e me viro para ele, distraída.

— Quê?

— Kenan — repete e consegue dar um pequeno sorriso.

— Salama. — O nome dele parece familiar, como se eu já tivesse ouvido em sonho.

Mas, antes que eu possa tentar desenrolar esse leve fio de reconhecimento, ele para. À nossa frente há um prédio. Ou o que sobrou dele. Como todos os prédios próximos, foi afetado por balas perdidas e tiroteios. A tinta está lascada e descascando, camada a camada. Tem cinco andares, e um dia deve ter sido marrom.

Kenan abre a porta de entrada do prédio devagar e me olha hesitante. Franzo a testa, sem entender. Toda a atitude dele muda. Como se estivesse com vergonha. Subimos as escadas de concreto, lascadas nas beiras, até o segundo andar. A porta deles é de madeira, antiga, e se abre para a sala, no meio da qual parece que explodiu uma pequena bomba. Móveis quebrados, paredes se deteriorando e tapetes rasgados e empoeirados. Do outro lado, fico chocada com o estado da varanda. Mais da metade está destruída; pedaços caíram na rua lá embaixo. Um buraco enorme permite que rajadas de vento congelem todo mundo que está dentro. Parar perto da beirada colocaria alguém em perigo de cair.

Kenan chama e um de seus irmãos, acho, corre até ele. É jovem, batendo na porta da adolescência. Há um grande buraco na lateral da camiseta, e a calça jeans está folgada nele.

Escuto a irmã gemendo de onde está deitada no chão da sala. Preciso trabalhar rápido. Kenan cai de joelhos ao lado dela e pergunta se está bem, sussurrando palavras de coragem e amor. O menino mais novo fica parado ao lado da porta, mexendo as mãos e lançando olhares nervosos à irmã.

— Lama, esta é a médica. Ela vai te ajudar.

A garotinha tenta tomar fôlego antes de fazer que sim com a cabeça. Todo o seu rosto está contorcido de dor. Eu me sento ao lado dela.

— Lama, querida. Quero te ajudar, mas você tem que me ajudar primeiro. Pode ser?

Ela faz que sim de novo.

— Eles deram sangue a ela ontem no hospital? — pergunto a Kenan, pegando os instrumentos de que preciso.

— Sim — sussurra ele. — Um dos médicos doou. O negativo, talvez?

Assinto e desaboto a camisa dela. Sua pele é translúcida, e suas costelas aparecem, como as de Ahmad. Não posso deixar que as lágrimas borrem minha visão, então me obrigo a não chorar. Kenan segura a mão dela e continua falando, tentando distraí-la da agonia. Ela grita de dor quando tiro sua camisa encharcada de suor. Aperto a palma da mão na testa quente dela.

— Lama, de onde está vindo a dor?

— Minha... Minha barriga. — Ela arfa, o suor escorrendo pela bochecha.

Corto os curativos o mais cuidadosamente possível e digo:

— Vou apertar sua barriga, e, quando a dor for demais, me diga.

Ela concorda com a cabeça. Kenan observa todos os meus movimentos com olhos cheios de lágrimas. Fico chocada com minha própria compostura. No segundo em que toco o abdome da menina, ela grita.

Merda.

Aplico pressão, e ela grita ainda mais alto.

Margaridas. Margaridas. Margaridas, recito para mim mesma, estabilizando minha mão.

— O que você está fazendo? — questiona Kenan, rouco.

— Preciso achar o estilhaço.

Lama continua gritando, mas não consigo parar. Preciso sentir a ponta de um objeto metálico contra minha mão.

— Você está machucando a minha irmã! — grita ele.

Faço-o ficar em silêncio com um olhar que aprendi com Mama.

— Você acha que eu quero fazer isto? Preciso descobrir onde está!

Ele fica quieto, mas vejo fogo nos olhos dele.

— Ela tem hematomas e pontos por todo lado. Não consigo saber qual foi causado pelo estilhaço. É *por isso* que estou fazendo isto.

Ele assente, o rosto branco como o de um fantasma.

— Lama, você precisa me dizer quando a dor piorar, tá? Você é muito corajosa, e eu sei que vai ser forte agora também. Tudo bem?

Ela aperta os olhos e deixa cair mais algumas lágrimas antes de fazer que sim de novo.

— Boa menina.

Aperto com suavidade, desenhando uma linha descendo pela barriga. Ela aperta os dedos e não grita mais, porém sua respiração sai em erupções curtas até eu chegar logo abaixo do umbigo.

— Aí! — guincha.

Paro imediatamente. Senti a ponta antes de ela me dizer.

— Bom trabalho, Lama. — Inspiro, tentando suavizar meu tom. — Você é incrível. Agora é só tirar o estilhaço.

— Tire — diz Kenan.

— Eu só... — Engulo o ácido em minha boca e olho para ele. — Vai ser um pouco difícil.

— Por quê?

Balanço a cabeça. *Como vou dizer isso?*

— Preciso...

— Você precisa abrir a barriga dela, e não tem anestesia.

— Sim — sussurro.

Kenan passa a mão pelo cabelo e pelo rosto sem parar, indeciso.

— Preciso fazer isso agora. Antes que o estilhaço se mova e acabe só Deus sabe onde.

A respiração dele se rompe.

— Faça. Não temos escolha. Faça logo. — O tom dele está tão sofrido quanto o da irmã.

— Pegue algo para ela morder.

Ele tira o cinto.

— Lama, sinto muito. Sei que você está com dor, mas vai conseguir. Estou aqui. Seus irmãos estão aqui.

Ela começa a chorar.

— Morda o cinto — digo a ela.

Eu nunca me vi fazendo algo assim. Era para eu ser farmacêutica. Não era para eu cortar barriga de crianças na casa delas.

Minhas mãos tremem enquanto pego o desinfetante e um bisturi. Até agora, sempre que operei sozinha, estava no hospital, com o dr. Ziad em algum lugar por perto para o caso de eu fazer besteira. É reconfortante saber que ele está próximo.

Mas aqui, se eu errar, se cortar uma veia ou causar ainda mais hemorragia interna, ela vai morrer. E eu vou tê-la assassinado.

Aperto forte os olhos, tento regular minha respiração e penso nas margaridas.

— Ei — escuto Kenan dizendo. — Você está bem?

Imediatamente abro os olhos.

— Sim — digo e fico orgulhosa por minha voz não falhar.

Todas as ocasiões em que precisei ficar de cabeça fria no hospital estão valendo a pena. Os olhos dele ficam suaves, e penso que ele consegue ler o medo que estou desesperadamente tentando esconder. Ignoro o flash rápido de hesitação que passa pelo rosto dele.

Olho para Lama, que está mirando o teto com lágrimas nos olhos. Seus lábios tremem onde ela morde o cinto. Ela é jovem demais para passar por isso.

Deus, por favor, guie minha mão e permita que eu salve esta pobre garota.

Desinfeto a barriga dela e o bisturi, e olho para Kenan. Isso vai doer muito mais nele do que nela.

— Segure a mão dela — eu o instruo.

Ele concorda com a cabeça, pálido. Aperto o metal frio contra a barriga dela, que faz uma careta.

— Lama, olhe só para mim — diz o irmão.

Respiro fundo e abaixo o bisturi, fazendo um pequeno corte. Isso não impede Lama de uivar de dor. Ela tenta me empurrar, chutando o tempo todo, mas Kenan a segura.

— Lama, por favor, preciso que você fique parada! — digo, trabalhando o mais rápido que posso.

O sangue jorra do corte que fiz, e enfio dois dedos para tatear o estilhaço. Ela soluça, me implorando para parar. Eu me sinto um monstro. Mas não há tempo para ser delicada. A ponta do meu dedo roça contra uma extremidade afiada.

— Achei! — grito e agarro o estilhaço. Está enfiado em uma área superficial, longe do intestino grosso, e quase me dobro de alívio. Apesar disso, rezo muito para não estar causando hemorragia interna. Puxo devagar. Foi por pouco. Com cuidado, garanto que não haja mais destroços por ali antes de suturar o corte. Cada ponto na pele causa uma nova onda de dor em Lama, em Kenan e em mim. A sutura fica feia e definitivamente vai deixar cicatriz, mas ela está viva e só isso importa. Apalpo a barriga dela, garantindo que não haja mais nada.

— Terminei. — Ofegando como se tivesse corrido uma maratona, começo a delicadamente colocar novos curativos.

O rosto de Kenan fica mole de alívio. Ele beija a testa dela, acariciando seu cabelo encharcado de suor.

— Você foi maravilhosa, Lama. Estou *muito* orgulhoso. Você é muito corajosa. — As lágrimas dos dois se misturam. Ela dá um sorriso fraco, os olhos caindo de exaustão.

Mas meu trabalho ainda não acabou. Eu me levanto para lavar o sangue dela das mãos, e logo lembro que a água foi cortada.

— Aqui — diz Kenan atrás de mim. Ele está segurando um grande balde d'água, que eles provavelmente usam para beber e cozinhar.

Faço que não com a cabeça.

— Não posso. Vocês precisam dessa água. Eu lavo no hospital.

— Não seja boba. Venha aqui e lave o sangue. Temos baldes de água.

Ninguém tem baldes de água.

Mas pego da mão dele. A água corre por minhas cicatrizes como pequenos riachos lavando o sangue.

— O hospital te deu algum antibiótico? — Seco as mãos em meu jaleco amarelado.

— Sim. — Ele tira do bolso e os entrega a mim. Cefalexina, 250 miligramas.

— Dê dois comprimidos a cada doze horas por sete dias.

Ele corre até ela e a faz engolir dois deles. Ela reclama que a lateral do corpo ainda dói, mas toma os comprimidos. O irmão emerge de trás da porta e se senta ao lado dela, tentando deixá-la o mais confortável possível. Ele funga, esfregando os olhos vermelhos, e ela sorri de leve antes de fechar os seus. Sua fadiga é tão palpável que sinto em minha própria pele.

Olho para meu relógio. São quase seis da tarde. Tenho que voltar para Layla.

Kenan caminha até mim.

— Muito obrigado, doutora. Não sei o que dizer.

Faço um gesto dispensando o agradecimento dele.

— Não foi nada. Só estou fazendo meu trabalho. E sou farmacêutica.

— Acho que isso não está na descrição do seu cargo — diz ele, me olhando com espanto. A adrenalina volta a correr em meu sistema, e eu desvio o olhar. Há vida nos olhos dele. Algo que não estou acostumada a ver a não ser nos de Layla. — E você é jovem.

Mexo os dedos, desconfortável.

— Não muito mais jovem que você.

Ele sacode a cabeça.

— Não quis dizer no mau sentido. Acho incrível você conseguir fazer tudo isso.

Dou de ombros.

— Circunstâncias.

— É — diz ele, e seu olhar paira em mim por alguns segundos antes de se desviar. Ele fica vermelho.

Pigarreio e gesticulo na direção de Lama.

— Agora, sua irmã não vai conseguir comer nada por um tempo. É aí que entram os fluidos. Deixe que ela beba quanto conseguir. Sopa, água, suco... qualquer coisa, na verdade. Frutas também. Se tiver alguma.

Ele está assentindo a cada palavra que digo, armazenando-as no cérebro. Vejo-o tentando descobrir onde vai arrumar todas essas coisas. Eles não estão famintos por escolha. Não pergunto onde estão os pais. Se não estão aqui, não é um mistério o que lhes aconteceu.

— Vou estar no hospital se vocês precisarem de algo. Quando ela conseguir se mexer um pouco, leve-a para podermos ver o que mais dá para fazer.

— Obrigado.

Penduro a bolsa cirúrgica no ombro.

— De novo, não foi nada.

Ele desce comigo.

— Eu te levo de volta ao hospital.

— Não precisa. Eu vou para casa, de todo modo. Sua irmã precisa mais de você.

Ele parece dividido entre querer ser um cavalheiro e ficar com a irmã.

— Não precisa — repito, com mais firmeza.

— Então deixa pelo menos eu te levar até lá fora — ele diz, e eu assinto com a cabeça.

Caminhamos juntos, descendo o último lance de escadas em silêncio. Na porta de entrada, eu me viro para ele, que sorri.

— Obrigado, de novo.

— De nada — respondo e atravesso a soleira.

— Tome... — Mas a voz dele é abafada por tiros rasgando o ar. Giro com medo e vejo os olhos dele se arregalarem, e ele imediatamente agarra meu braço e me puxa para dentro.

— Ei! — protesto, saindo do domínio dele, mas ele nem nota e, em vez disso, bate a porta.

Ele leva um dedo aos lábios e aperta a orelha contra a moldura de metal. Espero segurando a respiração, rezando para não ser o que acho que é. A esperança murcha quando mais tiros se seguem e nossas piores suspeitas são confirmadas.

— Não é seguro — diz ele, enfim.

— Obviamente. Tenho que ir. — Vou para o lado, mas ele bloqueia o espaço.

— Devem ser os militares em confronto com os manifestantes. Você precisa ficar aqui dentro até acabar. Vai haver atiradores em todos os prédios.

Embora seja de esperar que isso aconteça a qualquer momento, começo a entrar em pânico. Layla está sozinha. Não posso largá-la assim a noite toda.

— Tenho que ir. A Layla precisa de mim — repito.

— Quem é Layla?

— Minha amiga. Ela é minha cunhada também e está grávida de sete meses. Não posso largá-la.

— Como você vai conseguir ajudar se estiver morta ou for capturada? — diz ele, enérgico, formando um escudo corporal na frente da porta.

Droga.

— Não dá para ligar para ela?

— Temos telefones, mas não usamos. Tenho medo de os militares rastrearem e saberem que ela está sozinha.

Ele hesita por alguns segundos antes de pegar um Nokia velho.

— É tipo um telefone descartável. Só é usado para ligar para as pessoas. Pode usar.

— Como é que você conseguiu isso?

— Você quer fazer perguntas ou quer ligar para ela? — Ele me entrega e sobe de volta.

Kenan pausa na metade da escada e diz:

— Não vá de encontro à morte.

Faço que sim com a cabeça, e ele desaparece.

Digito o número dela, o coração batendo alto enquanto os toques soam. Ela não atende, e quase desmaio de terror. Mais três vezes. Nada.

Khawf se materializa na minha frente, e o desconforto abre o mais profundo dos buracos em meu coração.

— O que está acontecendo? — Arfo.

— Imagine se ela estiver em trabalho de parto agora — diz ele.

A terra treme sob meus pés.

— Essas são as escolhas que você faz todo dia, Salama. — Ele chega mais perto, me olhando com pena. — Você está brincando com a vida da Layla. Sem mencionar a vida do bebê dela. Sua *sobrinha*. O que é mais importante? Os pacientes ou Layla e a bebê?

Ouço meus ossos rachando sob o peso de suas palavras.

Eu me lembro da angústia de Layla quando Hamza foi levado. Como ela passou semanas gritando e agarrando a barriga, desejando morrer, seu tormento transbordando como uma enchente, ameaçando afogá-la.

Imagino o que Hamza me diria se eu deixasse algum mal acontecer a Layla.

Se ela morresse por minha causa.

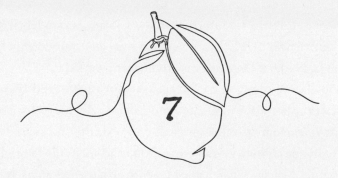

Abro a porta do apartamento de Kenan e entro como se estivesse possuída. Não parece certo. Eu devia estar com Layla.

— Como está sua cunhada? — pergunta Kenan, saindo da cozinha.
— Ela não atendeu. — Engulo em seco.
— Fique com o telefone — diz ele, lendo meu medo. — E tente outra vez.
— Obrigada — sussurro.

Ele faz que sim e eu fico apoiada na parede, tentando acalmar meus nervos agitados. O brilho laranja turvo da tarde começa a minguar e arrasta a brisa fria agressiva para dentro do apartamento semidestruído de Kenan. Tremo, apertando o jaleco mais forte. Kenan nota e, com a ajuda do irmão, pendura um cobertor de lã cinza de cada lado do buraco, tentando minimizar o alcance do ar frio.

— Obrigada — murmuro, e ele sorri para mim, sacudindo a cabeça.

Ele entra em um dos quartos, arrasta um colchão velho e joga no chão. Seu irmão me dá olhares tímidos, as bochechas encovadas e os punhos ossudos. Ele se parece um pouco com Kenan, embora os olhos sejam de um verde mais claro, e o cabelo, de um castanho mais escuro. Duas características que ele compartilha com a irmã.

— Então, colocamos o colchão ao lado de Lama. Achei que você fosse se sentir mais confortável não ficando sozinha esta noite. — Kenan diz depressa, como se tentasse enunciar as palavras o mais rápido possível: — Se quiser, pode ficar com qualquer um desses quartos. Yusuf e eu vamos passar a noite acordados. Mas se você precisar de alguma coisa ou só..

— Você tem razão — interrompo. — Ela ainda está febril, e quero garantir que vá ficar bem. Eu também não vou conseguir dormir. Mas seu irmão devia. Não faz sentido a casa toda ficar acordada.

Ele não discute comigo e cochicha algo a Yusuf, colocando o cabelo do menino para trás. Yusuf mal bate no queixo de Kenan e olha com adoração para o irmão mais velho antes de entrar de fininho em seu quarto.

Que bom que alguém vai dormir, porque não sei se, tão longe de Layla, vou conseguir. Vou até o colchão e me sento ao lado de Lama, checando a temperatura dela. Ainda está quente demais para o meu gosto, mas estou torcendo para os antibióticos a trazerem de volta. Passo um pano úmido na testa dela, lembrando como Mama fazia isso por mim quando eu ficava doente. Seus dedos delicados, suas palavras encorajadoras enquanto eu engolia um copo de limões espremidos.

— *Bravo, te'eburenee* — *ela me dizia, sua mão fria espalmada em minha testa lambida de suor.* — Estou muito orgulhosa de você. *Yalla*, beba tudo. Mate todos esses germes.

Aperto os olhos. *Não. Não vou por esse caminho.*

— Como ela está? — pergunta Kenan, sentando-se do outro lado de Lama.

Consigo dar um sorriso.

— Apesar da febre, a respiração está melhor. Estou otimista.

— *Alhamdulillah.*

Ele me entrega um sanduíche de *halloumi*, e fico surpresa. Pão e queijo não são fáceis de encontrar. Noto que ele não tem um.

— Você é nossa convidada — explica ele, e não consigo deixar de me perguntar o que isso vai lhes custar.

— Não posso aceitar. Dê ao seu irmão.

— Não, ele já tem. Se você não comer, vou jogar fora, e aí ninguém vai comer. Então, por favor, não discuta comigo.

Vindo de qualquer outra pessoa, soaria como uma ameaça vazia, mas não parece que ele está brincando. Seus olhos estão obstinados, sem deixar espaço para negociações.

Solto um suspiro e parto o sanduíche ao meio, estendendo o pedaço maior.

— Pega.

Ele faz que não com a cabeça.

— Se você não pegar, eu vou jogar fora agora mesmo, e ninguém vai comer.

Ele ri e pega.

— Não foi tão difícil assim, né?

— Tenho certeza que a alma dos meus pais está me olhando do céu com raiva agora por aceitar. Mas você foi mais esperta. — Ele ri de novo. Seu olhar cai em minhas mãos, minhas cicatrizes, só por um segundo. Um buraco se abre em meu estômago, e eu puxo as mangas por cima delas. A ação não passa despercebida, mas ele não fala nada.

— É preciso ser esperto hoje em dia — digo, tentando colocar um tom casual em minha voz.

O crepúsculo tornou o céu um cor-de-rosa profundo manchando o azul. Depois de terminarmos de comer, ele chama o irmão e oramos juntos. Kenan começa a recitar versos do Alcorão em um tom melódico lindo. Eu me sinto hipnotizada pelas palavras, absorvendo o significado, sentindo-as trazerem paz e serenidade a cada célula do meu corpo, lavando as mágoas. Não lembro da última vez que estive tão em paz, quase sem preocupação.

Depois da oração, examino Lama. Sem mudança.

Kenan traz algumas velas, acende e, graças ao cobertor no buraco da parede, elas não se apagam. Peço licença para ir ao banheiro e tento ligar de novo para Layla, sem sucesso.

Ela está bem, repito para mim mesma enquanto massageio meu couro cabeludo e jogo água no rosto para me acalmar.

Quando volto à sala, Kenan está junto da irmã, e eu ocupo o outro lado do colchão. Há um laptop no chão perto dele, com a tela apagada.

— Quando vamos saber se ela está totalmente bem? — pergunta ele, dando batidinhas na testa dela com um pano.

— A cefalexina leva de dez a vinte e quatro horas para atingir uma concentração estável no sangue. Amanhã, *insh'Allah*, ela vai estar bem.

Ele me olha.

— Você sabe mesmo muito sobre medicamentos.

Dou de ombros.

— É meu trabalho.

— É, mas você sabe o tempo de ação dos remédios e coisas assim de cor, sem hesitar. Deve ser um nível avançado.

— É, sim. — Eu me sinto corar e desvio os olhos para a janela ao nosso lado, focando o azul que aos poucos se torna preto. Finalmente percebo que estou passando a noite na casa de um garoto. Em circunstâncias extraordinárias, mas mesmo assim está acontecendo. Minhas mãos ficam pegajosas, e tento não imaginar os olhos de Layla se arregalando com essa informação suculenta. A coisa mais escandalosa que qualquer um que eu conheci fez foi Hamza beijar a mão de Layla depois da Al-Fatiha deles. E eles nem estavam formalmente noivos. Era uma festa de pré-noivado. Provoquei Hamza sem parar por causa disso, até ele ficar vermelho e me dar um peteleco no nariz.

E agora aqui estou, sentada na sala com um garoto a metros de distância.

— Você ainda se lembra de todas essas informações, mesmo depois de se formar? — pergunta Kenan de repente, e eu levanto os olhos, registrando o tom que ele está usando. Ele está tentando se distrair e, por consequência, me distrair do desconforto desta situação.

Pigarreio, e as vozes em minha mente silenciam.

— Eu não me formei. Tinha acabado de começar o segundo ano quando… você sabe. — Não conto a ele que parei de ir quando eclodiram protestos em nossa universidade e os militares prenderam dezenas dos meus colegas. Não o conheço bem o bastante.

— Eu terminei o segundo ano no ano passado. Bacharelado em ciências da computação. Tinha o sonho de ser animador. As coisas iam perfeitamente bem — reflete ele, com um gesto do queixo na direção do laptop. — Ironicamente, com tudo o que aconteceu, tenho muitas histórias para contar. Para transformar em filmes animados.

— Tipo aqueles do Hayao Miyazaki?

— Exatamente — diz ele, impressionado. — Você o conhece?

— Eu sou *obcecada* pelos filmes dele.

Ele se endireita, os olhos brilhando de animação.

— Eu também! Meu objetivo é o Studio Ghibli. Aquele lugar é onde as ideias e a imaginação correm soltas. Eles tecem histórias ali como magia.

O entusiasmo dele agita alguma coisa em meu coração.

— Parece lindo — murmuro.

Ele fecha os olhos, sorrindo.

— Um raio de esperança.

Há uma alegria sincera na voz dele, mas, pela primeira vez na noite, vejo seu rosto real por trás dos fragmentos que ele precisou colar várias e várias vezes. Parece quebrado, e meu coração dói por ele. Mas também parece tão familiar.

Sacudo a cabeça e pergunto diretamente:

— A gente já se conhecia?

Ele abre os olhos de repente, surpreso.

— Como assim? — responde, devagar.

— Pode não ser nada. — Brinco com a barra do meu suéter. — Mas acho que já te vi. Não só no hospital, mas… em algum outro lugar.

Minha voz deixa as últimas palavras em aberto, como uma pergunta. Ele morde o lábio, e não consigo ler sua expressão. A avidez dele se dissolveu em outra coisa. Confusão? Incredulidade? Pena? Não sei.

De repente, Khawf aparece na porta da frente e lentamente desliza mais para perto. Minha nuca começa a suar.

— Eu… hum… — Kenan pigarreia, arranhando o piso com a mão. — A gente não se conhecia.

Ah.

— Devo ter imaginado, então — digo, fazendo parecer que é um erro comum e tentando não deixar a presença de Khawf me intimidar. — Você deve se parecer com alguém que eu conheço ou tratei.

Ele assente com a cabeça, mas está bem óbvio: tem algo mais acontecendo.

— Qual é seu sobrenome? — pergunto em voz alta, e ele dá um salto de onde está. De alguma forma, todo mundo conhece todo mundo em

Homs pelo nome da família. Minha avó conseguia citar toda a história familiar de alguém se soubesse o sobrenome. Ela sabia quem era o avô, o que a tia estudara na universidade, de quais outras famílias eles eram parentes. Nomeava tudo, dissecando a árvore genealógica como um cientista analisando uma célula no microscópio.

É uma especialidade compartilhada por *todos* os sírios.

Ele sorri.

— Aljendi.

É um sobrenome conhecido, que muita gente tem. Quebro a cabeça, tentando lembrar se Mama já mencionou algum Aljendi, e não me vem nada.

Khawf estreita os olhos e, impaciente, alisa o terno antes de pegar um cigarro. Ele não liga para onde estamos. Não tem mais nada que eu possa fazer exceto ignorá-lo, me concentrar em Kenan e Lama e rezar para ele não me atormentar. Não posso questionar minha noção da realidade com Kenan e sua irmã bem aqui. Não posso me perder nesta noite.

— Sua irmã foi incrível hoje — começo. Khawf levanta as sobrancelhas. — Não conheci muitas crianças de nove anos que conseguiriam passar por aquilo e ainda sorrir para os irmãos.

— É, ela é durona. — Ele acaricia com delicadeza o cabelo dela, colocando para o lado. — Sempre foi. Acho que ela se odeia por gritar tanto, o que mostra como ela devia estar com dor.

Eu me sinto culpada.

— Sinto muito.

— Eu não estava tentando culpar você! Deve ter sido difícil para você também.

— Pergunte de novo. De onde você o conhece? — intervém Khawf, soltando fumaça prateada.

Continuo a ignorá-lo.

— Faça isso e não vou mais te incomodar hoje.

Por favor, vá embora, imploro mentalmente.

— Você está mesmo satisfeita com aquela resposta gaguejada? Qualquer idiota saberia que ele está escondendo algo. E se for ruim? E se for alguma coisa que possa te prejudicar?

Lanço um olhar furioso. Khawf não parece nem um pouco envergonhado.

— Você vai passar a noite toda aqui, sozinha. E, mesmo se Layla soubesse onde você está, que ajuda uma menina grávida poderia dar? Você só tem o bisturi. — Ele se endireita, olhando Kenan de cima a baixo. — E, a julgar pelo porte físico, embora vocês dois estejam morrendo de fome, ele conseguiria te dominar em cinco segundos. Três, se você não resistir.

Minha nuca começa a suar. Por que ele faz isso comigo? Enfiar todas as dúvidas e temores em meu cérebro até a única coisa em que consigo pensar ser o que ele está falando.

Kenan Aljendi. O nome dele parece tão familiar. Onde já ouvi?

— Ele conhece você — insiste Khawf. — Ele te reconheceu. Isso dá uma vantagem a ele. Aposto que ele já sabia o seu nome. Ele não perguntou o *seu* sobrenome.

Merda, ele tem razão.

Pigarreio. A parte racional do meu cérebro sabe que Kenan não vai me fazer mal, mas a outra parte está irritada por ele estar escondendo algo.

— Kenan. Desculpa, mas eu sinto que a gente realmente já se conhecia. — Não deixo espaço para negociação em meu tom.

A luz da vela tremula em frente aos olhos turvos.

— Eu te disse que não — insiste ele.

Eu o encaro, meu olhar ficando mais frio a cada segundo.

— Tenho certeza que sim.

Ele suspira alto e fica de pé. Meu corpo instantaneamente entra em modo de defesa, mas a bolsa cirúrgica está um pouco longe para eu conseguir pegar o bisturi. Mesmo que eu ficasse de pé, ele continuaria sendo bem mais alto que eu, e odeio isso. Eu devia ter ouvido minha intuição e voltado para casa, com atiradores e tudo.

Calma!

— Não estou mentindo, Salama, quando digo que não nos conhecíamos. — Ele se vira para me olhar. Khawf está adorando isso, olhando de mim para Kenan e de volta para mim.

— Então? — Do meu lugar no chão, eu me sinto vulnerável.

— Não nos conhecemos porque nunca tivemos chance.

Quer saber? Eu também vou ficar de pé.

— Você pode por favor parar de falar em código?

Ele me olha de modo penetrante.

— Era para a gente se encontrar para um café há mais ou menos um ano.

Café.

Sexta-feira.

O cafetã azul de Layla.

— Ah, meu Deus — murmuro, encaixando as peças de mais de um ano atrás. — Você ia...

— Eu ia, mas a vida mudou.

— Você ia à minha casa para aquela conversa sobre casamento! — falo enfim, atabalhoada.

Khawf ofega e une as mãos.

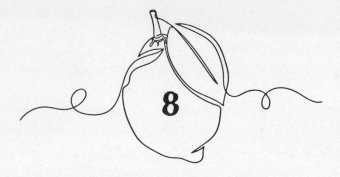

Kenan me olha, bochechas e orelhas cada vez mais coradas, e eu o encaro de volta, lembrando de Mama e de como foi o começo do fim.

Um dia antes de meu mundo cair sobre a minha cabeça, eu estava no celular rolando o feed do Facebook. Tinha acabado de pausar *Princesa Mononoke* no meu laptop — Layla tinha me marcado em um tutorial de maquiagem — quando Mama entrou.

— Salama — disse ela.

Olhei para cima, o cabelo caindo nos olhos. Eu o afastei. O sorriso dela estava hesitante, e ela roçou os dedos pelas folhas de hera-do-diabo que caíam em cascata da minha estante de livros até o chão. Layla me dera a planta de presente quando entrei na faculdade de farmácia, e eu a batizei de Urjuwan. O nome era irônico, já que significa roxo, enquanto as folhas da minha hera-do-diabo eram do tom mais escuro de verde. Ainda assim, é um nome que amo. A forma como o U, R, J e W se unem para criar uma palavra melódica que soa muitíssimo árabe. Urjuwan ficava linda ao lado dos recipientes de ervas e flores e dos dois livros de recortes que fiz contendo todas as informações que eu tinha reunido sobre flores e ervas medicinais durante muitos anos, com pétalas secas coladas nas páginas pesadas e legendas anotadas ao lado. Desenhos de Layla quando precisei de uma mãozinha. Eu tinha tanto orgulho desses livros que até mostrei ao meu professor, que me elogiou na frente da classe toda. Foi nesse dia que decidi me especializar em farmacologia.

Mama se sentou ao meu lado na cama.

— Eles vêm amanhã.

Com certeza ela não achou que esse dia chegaria tão cedo. Especialmente porque Hamza e Layla tinham se casado havia menos de um ano.

— Às três da tarde, depois da oração de sexta — falei, com a voz de alguém que recitava a história do concreto. — Eu sei.

Ela mordeu o interior da bochecha e, com a luz do sol caindo no rosto, pareceu mais jovem. Jovem o suficiente para ser confundida com minha irmã gêmea.

— Por que você está ansiosa? — Eu ri. — Achei que isso fosse para mim.

Ela suspirou. Embora eu tenha seus traços, a cor e a suavidade de seu cabelo castanho, era em nossos olhos que as similaridades acabavam. Enquanto os meus são uma mescla de avelã e castanho, como o tronco dos nossos limoeiros, os dela eram profundamente azuis, da cor do crepúsculo. E agora estavam cheios de carinho por mim.

— Bom, você não está agindo com ansiedade — disse ela, indignada. — Então estou fazendo isso por nós duas. — Depois de uma pequena pausa, ela continuou: — Talvez devêssemos adiar.

— Por quê? — Eu tinha visto a foto dele no Facebook e gostado do que vira. Queria saber se a personalidade dele combinava com o rosto bonito.

— Depois... — Ela parou, respirou fundo e continuou em voz baixa. — Não tenho certeza se a agitação em Dara'a não vai nos afetar aqui em Homs.

A agitação de que ela estava falando era o sequestro de catorze garotos pelo governo — todos no início da adolescência. Eles foram torturados, tiveram as unhas arrancadas e foram enviados de volta às famílias — tudo por ter rabiscado "Agora é sua vez, Doutor" em um muro depois do sucesso das revoluções no Egito, na Tunísia e na Líbia. Por "Doutor" queriam dizer o presidente, Bashar al-Assad, que era oftalmologista. Não deixei de notar a ironia de um homem encharcado de sangue inocente ter feito um juramento de não fazer mal.

Mordo o lábio, desviando o olhar. Ninguém tinha falado disso na universidade, mas eu sentia a tensão no ar e nas ruas.

Algo havia mudado. Eu via na forma como Baba e Hamza conversavam à mesa de jantar.

— Dara'a fica a quilômetros daqui — falei baixinho. — E... sei lá.

— Não tem importância. — Mama agarrou minhas mãos nas dela e apertou. — Se mostrarmos mesmo que uma pequena resistência... Não posso deixar que levem meus bebês.

— Mama, relaxa — falei, fazendo uma careta discreta quando ela apertou forte demais. — Eu não vou a lugar nenhum.

— Vai, sim — disse ela, com um sorriso triste. — Se der certo com Kenan amanhã, minha bebê vai se casar.

Olhei minha hera-do-diabo, admirando as veias que saltavam pelas folhas, os detalhes intrincados.

— É tão ruim assim ter protestos em Dara'a? Quem ia querer viver sob o jugo de um governo como este? Você sempre me contou de como Jedee e o irmão foram levados e você nunca mais viu os dois.

Desta vez foi Mama quem fez careta, mas, quando me virei para ela, seu rosto só demonstrava serenidade.

— Sim, eles levaram meu pai e meu tio. — Seus olhos de crepúsculo ficaram úmidos. — Eles arrastaram Baba na frente das minhas irmãs, da minha mãe, de mim. Eu só tinha dez anos, mas nunca vou me esquecer daquele dia. Eu me lembro de torcer para ele morrer. Dá para acreditar? — Ela parou, os olhos arregalados, mas não senti nenhuma surpresa.

Eu sabia que, por cinquenta anos, tínhamos vivido com medo, sem confiar a ninguém nossos pensamentos rebeldes. O governo nos tirara tudo, nos privara de nossa liberdade e cometera genocídio em Hama. Tinha tentado sufocar nosso espírito, nos torturar para temer, mas havíamos sobrevivido. O governo era uma ferida aberta, sangrando nossos recursos para ganho próprio, com sua ganância, seus subornos, e, apesar disso, persistíamos. Mantínhamos a cabeça erguida e plantávamos limoeiros em atos de resistência, rezando para que, quando viessem nos pegar, fosse com uma bala na cabeça. Porque isso seria bem mais misericordioso que aquilo que nos esperava nas entranhas do sistema prisional.

Ela respirou fundo.

— É óbvio que eu quero justiça para a minha família, Salama. Mas não posso perder você nem seu irmão. Sem mencionar seu pai e a Layla. Vocês quatro são o meu mundo.

Os olhos dela ficaram vidrados.

— Então, hum, knafeh? — falei, dócil, tentando trazê-la de volta a mim. Ela piscou.

— Ah, sim. Knafeh. *Comprei todos os ingredientes que você vai precisar.*
— Vou fazer assim que terminar isto. — Eu sorri. — Mas por que knafeh?
Os lábios de Mama esconderam um segredo.
— *Porque você é muito boa em fazer e eu acredito no destino.*
— O que isso quer dizer?
Ela se levantou e plantou um beijo em minha testa.
— *Nada, hayati. Eu te amo.*
— Eu também.

Kenan passa a mão pelo cabelo, e meus olhos voltam a ele, meu coração batendo dolorosamente contra a costela.
— Eu tenho razão, não... não tenho? — gaguejo, sentindo calor com meu suéter fino e meu jaleco. Kenan desvia o olhar, estalando os dedos.
— O pedido de casamento. O que nossas mães combinaram!

Ele faz uma careta e me olha de novo.
— Quando você diz assim, não parece muito romântico.

Fico sem fôlego e caio no colchão, abraçando minhas pernas. Ah, Layla vai adorar isto! Estou escondida na casa do garoto com quem eu poderia ter me casado.

Poderia.

Que palavra. Contém possibilidades infinitas de uma vida que poderia ter acontecido. Tantas opções empilhadas uma em cima da outra, como cartas esperando que um jogador as escolha. Que tente a sorte. Vejo fragmentos de uma vida em que o *poderia* aconteceu. Nossa alma se encaixa perfeitamente desde a primeira conversa. O que segue das nossas visitas floresce. Conto os segundos até dizermos *aceito*. Compramos uma linda casa no interior, dançamos ao pôr do sol, viajamos pelo mundo, criamos uma família, descobrimos novas formas de nos apaixonar a cada dia. Eu me torno uma renomada farmacologista, e ele um animador famoso. Vivemos uma longa vida juntos, parceiros em tudo, até nossa alma encontrar seu Criador.

Mas essa não é a realidade.

Nosso futuro é desolador. Um apartamento semidestruído, com a irmã mais nova dele à beira da morte. Nossa vida é feita de pontadas de fome, membros congelados, irmãos órfãos, mãos cheias de sangue, estilhaços velhos, medo do amanhã, lágrimas silenciosas e feridas recém-abertas. Nosso futuro foi arrancado das nossas mãos.

Em algum lugar distante, ouço a canção familiar da liberdade. Ou talvez seja Khawf cantarolando para si.

Kenan mexe desconfortavelmente os dedos.

— Eu não queria te contar porque não sabia se você ia lembrar. — Ele expira. — Pensa em como eu ia parecer bizarro se dissesse: "Ei, nossas mães combinaram uma visita social para falarmos do nosso futuro casamento. É daí que você me conhece".

Esfrego os olhos e rio sozinha em silêncio. Ele deve se sentir inibido e desajeitado, o que está ajudando muito.

— Tudo bem. Eu entendo. — Sorrio.

Ele me olha desconfiado.

— Por que você está rindo?

— Porque é a última coisa em que eu teria pensado. — Continuo dando risadinhas até virar uma gargalhada. O sorriso dele aumenta até sua risada se juntar à minha. Toda vez que nos olhamos, nos dobramos de rir. O provérbio árabe nunca foi tão verdadeiro: O pior dos desfechos é o mais hilário.

Khawf fuma seu cigarro e se retira para um canto do cômodo, aparentemente satisfeito com o resultado.

Nós nos acomodamos, rindo baixinho.

— Bom, foi um belo quebra-gelo — digo.

— Se eu soubesse que isso ia acontecer, teria contado a verdade antes.

De repente, Lama acorda, falando "água" com dificuldade, e o clima muda no mesmo instante. Kenan fica de pé num salto e pega um jarro. Seco de novo a testa dela e fico contente ao ver que ela continuou suando.

— A blusa dela está molhada de suor. — Sorrio.

— E isso é bom? — pergunta ele com a sobrancelha levantada, ajudando a irmã a beber água.

— É excelente. Lama, beba um pouco mais de água, por favor. — Ela obedece. — É um bom sinal. Quer dizer que o corpo dela está se curando.

Dá para ver que a respiração dela está estável e não tem pus em torno das feridas. *Alhamdulillah*. Ela está fazendo progresso. Mantenha-a aquecida e faça-a beber muita água.

Os olhos de Kenan voltam a se encher de lágrimas. Ele nitidamente achou que fosse perdê-la e tinha se preparado para aceitar o fato de que a irmã talvez não abrisse os olhos.

Enquanto Lama se acomoda e pega no sono de novo, enrolo mais um cobertor em torno de seu corpo.

Ele olha para o rosto da irmã, pegando a mão pequena na dele, envolvendo-a por inteiro. Quando ele fala, parece estar sonhando:

— Ela é a mais nova da família. Ficamos todos tão felizes quando ela nasceu. Dois meninos dão trabalho, e aí este anjo veio ao mundo. Lembro de Baba chorando de alegria quando a enfermeira contou que era uma menina. Ela foi tão mimada. Uma borboleta tocando a pele dela era uma catástrofe. Nunca deixamos nada de mau acontecer com ela. Se deixássemos, como poderíamos dizer que somos seus irmãos? Seus protetores? E agora... o corpo dela está ferido pelo ódio. — A voz dele falha, com frustração e raiva. — Eu fracassei. Não consegui protegê-la. Yusuf não consegue nem falar desde que os nossos pais morreram e se encolhe com o menor som. Ela e eu éramos os que estavam conseguindo segurar a onda. Não desmoronar. Mas... agora estão fazendo com que ela sofra. Eu prometi a Baba que a protegeria com a minha própria vida... Eu o decepcionei.

Com mãos trêmulas, ele prende o cobertor com mais segurança ao redor dela. Penso em Baba e Hamza. E em Layla.

Por favor, esteja bem, Layla, rezo. *Por favor.*

— O que você faz durante o dia? — pergunto, tentando mudar de um assunto horrível para outro uma fração menos horrível.

— Para ganhar dinheiro? Tenho família na Alemanha. Eles me mandam dinheiro sempre que podem.

Mexo os dedos, tensa.

— O hospital não paga, mas é algo que ajuda as pessoas. Se bem que não sei se vou ficar o suficien...

Imediatamente paro de falar, e Kenan levanta os olhos, a testa franzida. É fácil para ele entender, com a enorme vergonha que demonstro. Aperto as mãos contra o peito, recitando *margaridas, margaridas, margaridas*. Não acredito que deixei escapar. *Só pode* ser a privação de sono e o horror do dia fazendo efeito em mim.

— Você vai embora? — pergunta ele.

Pondero por um minuto.

— Não sei.

Ele parece confuso.

— Você não sabe?

Mordo a língua.

— Se tivesse a oportunidade, *você* não iria?

Ele tem dois irmãos muito desnutridos para cuidar e motivos para ir embora, então o que o impede? O hospital é a única coisa que me segura.

— Não — responde ele sem hesitar, me olhando diretamente nos olhos.

— E... E Yusuf e Lama?

Ele inspira fundo e olha para Lama. O rosto dela está enrugado de dor, a boca aberta enquanto ela respira. Fios de cabelo estão grudados em sua testa, e Kenan os afasta, os dedos trêmulos.

— Eu... Eu provavelmente enviaria apenas meus irmãos se fosse seguro para eles, mas não é. Yusuf tem treze anos. Ela tem nove. Eles... Eles não conseguem se virar sozinhos.

Fico olhando para ele.

— Então, por que *você* não vai com eles?

A tristeza desaparece de seus olhos, substituída por uma intensidade feroz.

— Este é o meu país. Se eu fugir... se eu não o defender, quem vai fazer isso?

Não acredito no que estou ouvindo.

— Kenan — começo devagar, e não sei se é a luz de velas bruxuleante, mas as bochechas dele parecem coradas. — Estamos falando da vida dos seus irmãos.

Ele engole em seco.

— E eu estou falando do meu país. Da liberdade à qual tenho todo o direito. Estou falando de enterrar Mama e Baba, e de contar a Lama que eles não vão voltar nunca mais. Como... — A voz dele falha. — Como abandonar tudo isso? Quando, pela primeira vez na minha vida, estou respirando ar sírio livre?

Como ele pode ser tão obstinado? Quero sacudi-lo.

— Não entendo. Como você vai ajudar esta *guerra* ficando aqui? Só *respirando ar sírio livre?*

Kenan franze a testa com minha escolha de palavras, mas não comenta. Respira fundo e diz:

— Eu filmo os protestos.

Perco a sensação dos meus joelhos, e meu estômago afunda.

— Você... Você faz o quê? — sussurro.

Ele treme e aperta mais forte a mão de Lama.

— É por isso que não posso ir embora. Estou mostrando às pessoas, ao mundo, o que está *acontecendo* aqui. — Ele faz um gesto de cabeça para o laptop. — Subo os vídeos no YouTube quando a eletricidade volta.

Arrasto as unhas no chão, nervosa.

— Por que você está me contando isso? Você entende que, se for descoberto, vai ser *pior que a morte*? Se o Exército Livre da Síria não conseguir nos defender dos militares, você vai ser preso.

Kenan ri, mas é um som oco.

— Salama, eles estão prendendo pessoas a troco de nada. Vão me torturar em busca de respostas que eu não tenho, e sabendo muito bem que eu não tenho. E eu não sou o único que está filmando. Tem muitos de nós protestando de algum jeito. Em Daraya, um homem, Ghiath Matar, entrega rosas aos soldados do exército. Ele enfrenta as armas com flores. E eu sei, no fundo do meu coração, que eles veem isso como ameaça. Qualquer forma de protesto, pacífica ou não, é uma ameaça à ditadura. Então não importa para eles se eu filmo ou não. Eu moro em um lugar que o Exército Livre da Síria protege. Estamos todos correndo o mesmo perigo, porque estamos todos na parte antiga de Homs. Sou cúmplice só por existir aqui. Se eu sou culpado de qualquer maneira, por que não protestar? — Ele olha para minhas mãos, e eu volto a cobri-las com as mangas. Ele está longe demais para eu conseguir ler o flash de emoção queimando em seus olhos. Mas parece dor.

Minha boca está seca, e fico olhando para ele fixamente. Não acredito que Kenan seja tão indiferente à ameaça de ser preso. Meu olhar vai para o lado, para a porta do quarto, e vejo os olhos de Yusuf espiando por baixo do cabelo desgrenhado. Ele é um menino de treze anos, devia estar prestes a deixar para trás o encanto inocente de que desfrutava na infância, enquanto a adolescência forma sua mente e estica seus braços e pernas. Mas não vejo isso nele. Vejo um menino assustado voltando a ser criança. Desesperado para retornar a uma época segura. Quando seus pais estavam vivos e sua maior preocupação era se ele teria permissão para assistir a uma hora a mais de desenhos na TV. Seus olhos estão enormes e cheios de lágrimas. Ele entende completamente as escolhas que o irmão está fazendo. E as consequências.

Vejo Layla nele. Vejo o medo dela sempre que evito o assunto da fuga. *Ah, meu Deus. Ah, meu Deus! Se me acontecesse alguma coisa, ela ficaria arrasada. Seria pior que a morte.*

Minhas mãos tremem, e eu cubro o rosto, me ordenando que respire fundo. É assim que eu pareço para ela? Tão teimosa que não enxergo o jeito como minhas ações estão destruindo aqueles ao meu redor? Por mais honráveis que elas sejam, isso não diminui sua destruição.

Preciso ir embora. Preciso pegar Layla e ir embora, ou ela não vai sobreviver a isto. Não à gravidez, mas a mim. Ela não vai sobreviver à minha morte. E eu não vou sobreviver à dela.

Se Layla, minha última familiar — *minha irmã* —, morresse, eu viraria uma carcaça de ser humano. Chegamos perto demais em outubro. O que eu faria se ela se fosse? A risada baixa de Khawf atrai meus olhos para ele, que sacode a cabeça, sorrindo ironicamente.

— Agora você entende — diz ele.

Bato um punho contra a testa, me xingando por minha idiotice e ingenuidade. Khawf tinha razão. Que preço eu não pagaria pela segurança de Layla?

Preciso ir embora.

A decisão faz uma dor florescer em meu coração, e o fundo dos meus olhos arde com lágrimas que se recusam a cair. *Como* eu não enxerguei? Levanto os olhos mais uma vez e vejo Khawf parado atrás de Kenan, apoiado na parede, com um sorriso satisfeito.

Ele dá uma piscadela.

— Então, só resta se humilhar para Am.

Eu me sinto tonta.

Ele se endireita, alisando o paletó acetinado.

— E, cumprindo minha palavra, vou deixar você em paz agora. Mas nos vemos mais tarde.

Quando pisco, ele desapareceu.

Meu olhar cai, e Kenan está me encarando com incerteza, mexendo os dedos, ansioso.

— Hum, Salama — diz ele, tratando cada palavra como se fosse um vaso delicado que ele tem nas mãos. — Está tudo bem?

Levo um susto. Não com as palavras, mas com o tom dele.

— Sim — respondo um pouco rápido demais. — Por quê?

Ele coça a nuca.

— Sei lá. Você estava olhando atrás de mim como se o próprio demônio estivesse parado ali, e estou com medo demais para me virar e conferir.

A voz dele sai fácil, os lábios virados em um sorriso brincalhão e hesitante.

Sorrio de volta, mas parece forçado.

— Estou ótima, obrigada. — É o melhor que consigo agora.

Kenan fica ainda mais confuso, e percebo que devo ter ficado muito tempo em silêncio. E sorrir depois de um silêncio tão longo deve ser simplesmente desconcertante.

Pigarreio.

— Se bem que discordo de você. Sobre ficar aqui, quer dizer.

Ele me considera por um segundo antes de falar:

— Você não é uma farmacêutica no hospital tratando os feridos que *estão* protestando?

— Isso não tem nada a ver com nada. Estou cumprindo o juramento de Hipócrates. Você está colocando a si mesmo e aos seus irmãos no fogo cruzado.

Ele dá de ombros.

— Acho que eu amo tanto a Síria que as consequências não importam.

Algo em mim se rompe.

— E, por dizer a você para ir embora, *eu* não amo?

Ele fica alarmado.

— Não! Não foi nada disso que eu quis dizer! Eu... Salama, aqui é o meu *lar*. Na minha vida toda, nos meus dezenove anos inteiros, eu não conheci outro. Esta terra sou eu, e eu sou ela. Minha história, meus ancestrais, minha família. Estamos todos *aqui*.

Sua resolução feroz me faz lembrar Hamza e seus discursos vigorosos quando ele voltava dos protestos com Baba. Ele definitivamente teria gostado de Kenan. Pensar nisso faz meu estômago se contrair.

Sacudo a cabeça, me concentrando na promessa que fiz a Hamza. Na felicidade de Layla quando eu lhe disser que estava errada e pedir desculpas. Que vou salvá-la e salvar a mim mesma. Embora eu saiba que Kenan tem razão.

Quando eu for embora, não vai ser fácil. Vai retalhar meu coração, e todos os pedaços vão ficar espalhados pela orla da Síria, com os gritos do meu povo me assombrando até o dia em que eu morrer.

9

Acordo sobressaltada, e meus dedos voam para o hijab. Ele ficou emaranhado e quase caiu durante a noite. Ponho a mão na cabeça, tentando lembrar o que está acontecendo. Kenan me acordou para a oração do Fajr, depois voltei a pegar no sono.

— Argh — resmungo, esfregando a testa e ajustando rapidamente meu hijab.

Noto o corpinho de Lama mudando de posição ao meu lado. Engatinho com pressa até ela e solto um suspiro de alívio ao tocar suas bochechas. Ela não está mais tão febril. Kenan sai da cozinha com duas canecas de chá quente e me entrega uma. O cabelo dele está bagunçado, espetado para todo lado, cortesia do sono. A visão da bochecha corada e dos olhos cintilantes me deixa perturbada.

Meu Deus, eu passei a noite aqui. No apartamento dele.

— Bom dia — diz ele.

— Obrigada. — Aceito o chá com gratidão. — Lama está mais do que bem, *alhamdulillah*.

A bebida está quente e dou um gole. *Chá de hortelã. Hum, Layla ama chá de hortelã.*

Layla.

Engasgo com o chá, e Kenan me olha preocupado.

— O que foi?

— Nada. — Tusso, meus olhos lacrimejando porque o chá escaldou minha língua. — Esqueci da Layla. Preciso ir embora. Que horas são?

Tenho que ir para o hospital. Meu Deus, por quanto tempo eu dormi? Não importa. Preciso ir ver a Layla! Fique de olho na sua irmã, sim? Ela está bem, mas dê os antibióticos para ela. Obrigada pelo chá.

Tomo de um gole só, fazendo careta quando queima, e fico de pé num salto.

— Kenan, que horas são? — pergunto, distraída, quando me vejo de relance no espelho. *Meu Deus, estou horrível*. Pego meu jaleco, corro para a sacada destruída e olho lá fora. Kenan tirou o cobertor para deixar a brisa entrar, e o ar fresco é bem o que eu preciso para meu corpo superaquecido. — É seguro? — Coloco o jaleco. — Tem atiradores? Estou preocupada com a Layla. *Acho bom* ela estar bem. Kenan, que horas são? Tenho turno no hospital. — Estalo os dedos atrás das costas para chamar a atenção dele enquanto continuo vendo as ruas lá fora. Estão quase vazias e parece que não tem ninguém tentando se esconder nos telhados.

Percebo que Kenan não fala nada por um bom tempo. Eu me viro e o vejo bebericando seu chá, observando meu surto com um olhar de quem está se divertindo.

— Por que você não está me respondendo? — exijo saber. Ele dá outro gole e coloca a caneca no chão.

— Você estava aí no seu monólogo, não me deu muita chance. Estava divertido demais para parar. — Ele sorri.

— Que bom que você está gostando. — Eu o encaro, séria. Ele não parece abalado.

— Você é sempre assim?

— *Assim?* — repito, levantando a sobrancelha.

— Meio panicada com um toque de controladora?

— Na maior parte dos dias.

— Que bom — responde ele, ainda sorrindo, e não sei se está sendo sarcástico ou não. Ele não parece sarcástico. Enfim, não tenho tempo para analisar o tom ou as feições dele.

— Tá. Preciso ir *agora*. Tem atiradores lá fora?

Puxo a mochila mais para cima no ombro. Odeio estar com vergonha da minha aparência, dos meus lábios rachados e do hijab amarrotado.

— Como eu vou saber? — fala ele. — Eles vivem mudando o timing. O ELS às vezes os faz recuar.

Suspiro. Vou ter que improvisar.

— Tá bom, eu me viro — digo, meio sem coragem, e vou na direção da saída.

Ele levanta o braço na frente da porta.

— Aonde você pensa que vai?

— Hum, para casa?

— Você acha sinceramente que eu vou te deixar ir sozinha? Sendo que pode ter atiradores?

— Você tem um avião invisível que eu possa pegar emprestado?

— Ha. Eu vou junto — declara ele, vestindo a jaqueta.

— Não vai, não. Sua irmã precisa de você.

— Desculpa, você é minha mãe? — argumenta ele. — Eu tomo minhas próprias decisões, muito obrigado. Vamos.

— Você não pode... — começo, sacudindo as mãos para dar ênfase.

— Yusuf pode cuidar de tudo até eu voltar. Ele não é um incompetente.

Ele não me dá chance de responder antes de sair pela porta.

Droga! Agora vou precisar me preocupar com a vida dele e se a alma dele vai pesar na minha consciência.

Yusuf sai do quarto, olhando para mim com timidez antes de se sentar ao lado de Lama.

— Cuide dela, tudo bem? E de você — digo. Ele faz que sim, e ignoro a dor no estômago ao ver sua camiseta puída e o corpo magro.

Kenan precisa ir embora, decido, *antes que essas crianças enterrem o irmão também.*

Espio lá fora, ao mesmo tempo satisfeita e com medo de ver o sol brilhando sobre nós. Por um lado, ele fornece calor contra os últimos resquícios do inverno, mas por outro fornece as condições perfeitas para os atiradores.

Tem alguns homens na frente do prédio de Kenan, segurando canecas de chá lascadas, em meio a uma discussão, enquanto umas crianças zanzam por perto, gritando animadas. Escuto até algumas risadas e agarro aquele fiapo de inocência que ainda está vivo e lutando, guardando-o seguro em meu coração.

O cascalho solto faz barulho sob nossos sapatos enquanto seguimos para minha casa. Passamos por uma padaria decadente ainda em operação. Há uma longa fila na frente, as pessoas esfregando as mãos e puxando o casaco mais perto do corpo. Esperam pacientemente, embora haja em seus olhos um nervosismo, todos preocupados que o pão esgote e eles tenham que voltar de mãos vazias para a família.

A cada passo que damos, faço as pazes com a decisão que tomei ontem à noite. Envolvida na escuridão e iluminada por uma débil luz de vela, foi fácil. Era um segredo que eu podia sussurrar a mim mesma. Mas agora, à luz ardente do sol que desnuda minha alma, parece uma mancha permanente de vergonha.

Olho para o corpo alto de Kenan. Nem a jaqueta larga consegue esconder os cotovelos pontudos e as mãos ossudas. Não era para ele ser assim. Ele e os irmãos deviam estar saudáveis, seguros e felizes. Ele devia estar estudando japonês e tentando entrar no Studio Ghibli.

Ele não pode ficar aqui.

— Você vai mesmo ficar em Homs? — sussurro. — Vai mesmo morrer aqui?

Ele para de andar e se vira para me olhar com surpresa.

— Não estou planejando ser morto — diz, devagar.

Sacudo a cabeça.

— No ritmo em que você está, com suas ambições e seus pensamentos perigosos, *vai* ser assim que a sua história vai acabar. Seus pais iam aceitar isso? Se você fosse levado e seus irmãos ficassem sozinhos, sofrendo e em luto por você? E a promessa que você fez ao seu pai?

Ele me olha fixamente, com uma tristeza profunda no rosto.

— Eu era a única menina da minha família — continuo. — Tinha um irmão mais velho, o Hamza. Ele era meu mundo. Meu melhor amigo. Meu tudo. Ele e Baba estavam em um protesto e não conseguiram fugir quando os militares chegaram. Uma semana depois, Mama morreu quando uma bomba caiu no nosso prédio.

— Salama — diz ele. Seu tom é suave, quase assustado com o que estou prestes a falar.

Mas eu prossigo.

— Eu perdi minha família, e você ainda tem a sua. Eu vejo todos os dias no hospital, as pessoas venderiam a alma por mais um minuto com quem amam. Eu venderia.

O fundo dos meus olhos arde, mas me impeço de cair no choro.

Margaridas. Margaridas. Margaridas perfumadas.

— Tentei visitá-los na prisão. Mas não tive permissão para vê-los. Eu quase fui presa, e foi um milagre terem me deixado sair livre. Eles me advertiram para não voltar.

Ele respira fundo, e rapidamente limpo a lágrima caindo pelo meu rosto.

Eu me lembro de tudo, o fedor de sangue oxidado, os gritos distantes ecoando em meus ouvidos. Foi algumas semanas antes do cerco à cidade antiga de Homs. A prisão não fica aqui, e consegui entrar na detenção com as pernas trêmulas. A ferida em minha nuca estava nos estágios iniciais de cicatrização, e Khawf começava a atormentar minhas noites. Layla não tinha a menor ideia do que eu estava fazendo porque estava de cama, de luto, os olhos vazios, lágrimas correndo pelo rosto como dois rios.

— Salama Kassab — disse o militar, apoiando-se pesadamente na cadeira e folheando uma lista manchada de café. Eu torci para ser café.

— Sim. — Agarrei as bordas do sofá de couro velho com o estofamento saindo, todo enrugado e amarelado de mofo.

Ele resmungou, olhando para a lista com seus óculos de sol prateados. Eu não conseguia ver seus olhos, o que me deixava nervosa.

— Seu pai e seu irmão causaram belos problemas — disse ele com tranquilidade, mas eu senti o perigo que espreitava em seu tom.

— Por favor — sussurrei, o coração martelando. — Por favor, eu só tenho os dois. Minha mãe mo... Meu pai tem hipertensão. Ele precisa do remédio, e meu irmão... — Eu me interrompi. Não podia contar sobre Layla. Eles a usariam para puni-lo.

— *Você sabe quantas vezes escutei a mesma ladainha?* — respondeu ele, exasperado. — *Por favor, solta minha mãe, ela não sabia o que estava fazendo. Por favor, solta meu filho, eu só tenho ele neste mundo. Por favor, solta minha filha, ela não entendia que era um crime tão sério. Por favor, solta meu marido, ele é velho e frágil.* — Ele bateu a lista na mesa, e eu me encolhi. — Não. Não, eu não vou soltar ninguém. Eles desobedeceram à lei. Perturbaram a paz com essas ideias.

Um guincho de dor chegou aos meus ouvidos. Fechei os olhos antes de os abrir para encarar o homem que tinha o destino dos meus entes amados nas mãos. Eu o odiava.

— *Eu nunca fui a um protesto e nunca irei. Juro. Então, por favor, por mim, solte os dois. Eles não vão mais fazer isso. Eu prometo.*

Minha voz ganhou um tom de súplica, e comecei e me odiar também. Rastejar na frente de assassinos e torturadores. O governo prometera fazia muito tempo as consequências para quem se rebelasse. Tudo o que havíamos temido por cinquenta anos estava acontecendo.

O homem sorriu, cheio de dentes amarelos, e se levantou pesarosamente.

— *Garotinha.* — Ele parou na minha frente, e eu enfiei as unhas nas mãos, fazendo uma careta. As feridas estavam acabando de se transformar em cicatrizes. — *Acho bom você ir embora antes de se juntar a eles.*

— Sinto muito — sussurra Kenan, e sua voz me acorda do pesadelo passando em minha mente.

— Não sinta por mim. — Engulo em seco. — Você ainda tem seus irmãos. Se vai ficar, então não desperdice a sua vida.

Os ombros dele se contraem. E eu entendo por que ele faz o que faz. Meu Deus, como entendo. Mas não assim. Não quando senti o sangue de Lama entre meus dedos como uma cachoeira e ouvi Kenan me contar do coração corajoso dela. Não quando sei que Yusuf parou de falar por causa do trauma. Eles precisam de ajuda que não está em Homs. Os dois precisam ter permissão para serem crianças.

Mas é evidente, pelas chamas que tremulam em seus olhos e pela agonia suprimida em suas palavras: ele sabe que um futuro desolado o espera se não for embora. Não é idiota. Porém seu coração transborda de tanto amor por este país, e ele está disposto a deixar que isso afogue a ele e àqueles que ama. Acontece que ouvir histórias sobre a fúria do oceano é diferente de se ver no meio das ondas raivosas.

— O que exatamente você filma, Kenan? — pergunto, e ele parece surpreso.

— Ah, os protestos, como eu contei. As canções da revolução.

— E as mortes?

Ele faz uma careta de sofrimento.

— Quando os tiros soam, eu paro e saio correndo.

Eu o analiso por um segundo antes de assentir com a cabeça e fazer menção de continuar a andar, com um pensamento incoerente se formando em meu cérebro, mas ele pigarreia.

— Minha mãe é Hamwi — diz ele em voz baixa.

Eu paro.

— Ela sobreviveu ao massacre de Hama — prossegue ele, e me viro para encará-lo. — Quando os militares invadiram a cidade dela e devastaram tudo por um mês inteiro, ela sobreviveu. Tinha sete anos e viu o irmão de nove levar um tiro na cabeça. Ela viu o cérebro dele se espalhar por todo lado. Passou fome com a família. Eles comiam uma vez a cada três dias. Eu perdi parentes antes mesmo de nascer, Salama. Injustiça é a única coisa que conheci na vida. — Ele pausa, o peito sobe uma vez, e, quando me olha, tem determinação absoluta nos olhos. Quase tremo com a intensidade. — É por isso que eu protesto. Que eu filmo. Que eu tenho que ficar. Todos aqueles anos antes de a revolução começar. Você não perdeu familiares para a ditadura também?

Ele sabe a resposta. Nenhuma família síria escapou da crueldade da ditadura. Nós dois perdemos familiares no massacre de Hama antes de nascermos, mas a perda de Kenan endureceu sua obstinação desde a infância. Cresceu com ele. Moldou-o. Ao contrário de mim. Eu ignorei a perda até ela virar minha realidade. Um nó se forma em minha garganta e é difícil engolir sem cair em lágrimas; então, em vez disso, caminho na direção de casa. Um segundo depois, ele me segue.

Estamos nos aproximando, o que me deixa mais ansiosa. Preciso tocar Layla para saber que ela está viva e bem. Preciso garantir que o bebê não decidiu acabar com nossos planos e chegar mais cedo.

Ficamos em silêncio o restante do caminho, perdidos em preocupações e pensamentos. Quando vejo minha casa, respiro aliviada. Meu bairro está tranquilo, só estamos Kenan e eu na rua. Tudo parece tão normal quanto possível, a porta azul desbotada ainda inteira. Pego minha chave e me atrapalho tentando desesperadamente colocá-la na fechadura.

Kenan se apoia na parede.

— Eu espero aqui fora.

— Quê?! Entre antes que alguém te dê um tiro! — Eu o levo para dentro e fecho a porta rápido.

A casa está em silêncio. As janelas da sala, fechadas com cortina, não filtram a luz totalmente. Sombras dançam nas paredes do corredor e, por algum motivo, parece mais frio dentro da casa que fora.

— Fique aqui — murmuro. Ele assente e se vira para a porta da frente, para o caso de Layla fazer uma aparição sem hijab.

Chamo alto:

— Layla, cheguei!

Ela não responde. Um nó se aperta em meu estômago.

— Pode ser que ela esteja dormindo? — sugere Kenan, ainda virado para a porta.

— Talvez.

Verifico a sala onde ela costuma dormir, mas está vazia e perturbadoramente fria, sem raios de sol entrando através das cortinas. O tapete sob o sofá é escuro, as espirais parecendo nuvens cinza rodopiando antes de uma tempestade. A cozinha, que dá vista para a sala, também está embotada, como se alguém tivesse diluído as cores. O mal-estar cresce como videira, enrolando-se ao redor do meu esqueleto.

— *Layla* — repito, indo pelo corredor, meus tênis produzindo um baque suave no carpete.

Sombras envolvem meus passos, e meu coração está na garganta, vibrando como um filhote de pássaro. A porta do quarto dela está fechada, e passo os dedos na superfície antes de decidir verificar o meu primeiro.

Quando abro a porta, suplicando sem parar a Deus que Layla *por favor esteja aqui*, quase caio no chão de alívio.

Layla está espalhada por cima das minhas cobertas, abraçando meu travesseiro no peito. Seus olhos estão fechados, seus lábios se movem em oração silenciosa.

— Layla! — grito, e os olhos dela se abrem de repente, um som estrangulado escapando da garganta.

— Salama! — Ela arqueja e salta da cama.

Colidimos uma na outra, meus braços tremendo enquanto a abraço forte, o cabelo dela na minha boca. Mas não ligo. Ela está viva e grávida. Muito grávida, com a barriga batendo em mim.

Ela se inclina para trás, agarra meus ombros e me chacoalha.

— Onde você *estava?* — exige saber.

— Tinha uma paciente que não podia sair de casa, então precisei ir até lá operar. Aí começou um ataque entre o ELS e os militares e eu não pude sair — explico, sem fôlego.

Os olhos dela estão vermelhos, as bochechas, manchadas, mas ela respira fundo.

— Está bem.

— O irmão da paciente me trouxe para casa. Ele, hum, está aqui — digo, tentando ser casual.

Ela olha por cima do meu ombro.

— Aqui? Tipo, na nossa casa?

Faço que sim com a cabeça.

A ficha dela começa a cair aos poucos, e há um choque escandaloso em cada palavra.

— Ah, meu Deus, Salama. Você passou a noite na casa de um garoto?

Dou um empurrãozinho brincalhão no ombro dela, que dá uma risadinha.

— Para — murmuro. — Eu estava doente de preocupação. Por que você não atendeu quando eu liguei?

Ela me olha séria.

— Você sabe que eu não atendo números desconhecidos.

Passo a mão pelo rosto, suspirando.

— Tá bom. Tá bom. *Alhamdulillah*, você está bem. É só isso que importa.

— Estou.

— Preciso dizer ao Kenan que você está bem. Pode ir dar oi se quiser.

Ela me lança um olhar exasperado e aponta para si. O cabelo cor de fogo cheio de frizz, os olhos lacrimosos e as roupas amarrotadas.

— Dar oi desse jeito? Não, obrigada, prefiro ficar aqui.

Balanço a cabeça, sorrindo.

Kenan ainda está de costas quando saio. Meus olhos passam por seus ombros largos e pelas mãos casualmente nos bolsos enquanto ele se balança para a frente e para trás nos calcanhares das botas. Paro e, por um minuto, me permito imaginar nossa vida que *poderia* ter acontecido neste corredor empoeirado. Que estou vivendo meu próprio filme do Studio Ghibli. Que, nesse universo, ele e eu temos nossas piadas internas, e meu dedo anelar carrega a aliança dourada que ele me deu. Esses pensamentos fazem minhas bochechas queimarem, mas não estou nem aí. Eu tenho direito a isso. Tenho direito pelo menos à minha imaginação.

— Kenan — chamo. — Pode se virar. A Layla não vai sair.

Ele faz isso devagar, os olhos ainda grudados no carpete.

— Ela está bem? — pergunta, finalmente me olhando nos olhos.

Faço que sim.

O olhar dele vai para o corredor, absorvendo a pobreza. Ele não diz nada, e detecto tristeza em sua expressão.

— Tem certeza que ela está bem? — pergunta de novo. — Posso ir comprar alguma coisa para vocês. Tipo... pão ou leite, se eles tiverem no mercado.

Balanço a cabeça em negativa.

— Obrigada. Estamos bem. Ela está bem.

Ele expira.

— Certo. Acho que... é um adeus.

Mordo a língua, me sentindo um pouco decepcionada com essa palavra. Como eu a odeio. *Adeus.*

— É — digo.

Ele faz um gesto de cabeça para mim antes de abrir a porta e olhar para trás mais uma vez.

— Obrigado, Salama, por tudo. Você não salvou só a vida da Lama, salvou a minha e a do Yusuf também.

Ele sorri, os olhos verdes brilhantes e afetuosos.

Por enquanto, penso.

Ele passa pela porta, e o pensamento incoerente que estava se formando no fundo da minha mente enfim chega à boca.

— Kenan! — grito. Ele para a alguns metros.

— Sim? — pergunta, e juro que posso ouvir a esperança.

Vou na direção dele, esfregando os braços. Posso salvá-lo e a seus irmãos. Eu sei que posso.

— Filme no hospital — digo quando estou perto o bastante para conseguir ver as sardas no pescoço dele.

Ele parece chocado.

— Como assim?

— Vá ao hospital para gravar os feridos. Você disse que quer ajudar, certo? Mostrar ao mundo o que está acontecendo? Bom, nada grita injustiça mais do que aquilo. Os protestos em geral são à noite. E, como está escuro, a visibilidade não é tão boa. Mas no hospital você estaria... vai ter mais impacto. — Minha voz some em um sussurro.

Minhas palavras fazem os olhos dele se suavizarem, e ele me olha por um longo minuto antes de questionar:

— Por quê?

— *Por quê?* — ecoo.

— Você deixou evidente que acha que o que eu estou fazendo é perigoso. Por que quer que eu faça mais disso mais perto de você?

Estalo os dedos, procurando uma forma de drenar a ansiedade que se acumula em meu sangue.

Porque, quando você vir as pessoas morrendo, quando você vir as crianças mutiladas e as ouvir chorando de medo e dor, talvez aí você saiba como tem sorte por estar bem. Por poder ir embora.

Em vez disso, dou a ele um olhar calmo.

— Eu achar que é perigoso não tem nada a ver com o fato de que amo meu país e não quero ver mais gente assassinada.

As orelhas dele ficam vermelhas, e ele cobre o rosto com a mão.

— Eu... Desculpa. Eu não quis...

Sacudo a cabeça.

— Não tem problema. Eu sei que você não quis dizer isso. Olha, não vou te forçar. Você quer?

Ele desce o braço, e mais uma vez encontro seus olhos brilhantes.

— Quero — responde. Sinto um gelo na espinha. — Quero, sim.

Respiro aliviada.

— Que bom. Precisamos pedir permissão para o dr. Ziad, mas duvido que ele vá se importar. Ele é muito a favor desta guerra.

— Revolução, Salama — diz Kenan. O sorriso dele está triste. — É uma revolução.

Aperto os lábios.

— Esteja no hospital às nove amanhã.

Enquanto entro de volta, vejo Layla parada bem na frente da porta com o maior sorriso que já vi nela.

— Kenan, é? — Ela ergue as sobrancelhas, e eu resmungo. — Vocês pareciam bem amiguinhos. Eu estava a um triz de abrir a porta e marchar até lá para ver o que estava acontecendo.

Passo por ela, o calor subindo nas bochechas, mas ela é rápida, segura meu braço e me vira.

— Por que você está ficando vermelha? — pergunta.

— Não estou — falo, gaguejando.

Ela aperta os olhos.

— Você já o conhecia?

— Sim?

— Ah, meu Deus, se você vai ficar arrastando as respostas, vou te dar um tapa na cabeça — diz ela, com um olhar feroz.

— Tá bom! Eu... A gente... Era o Kenan que ia na minha casa com a mãe no ano passado, para falar de casamento — respondo apressada, como se estivesse arrancando um curativo.

Silêncio. Aí...

— *Aimeudeus!*

Quando Layla começa a falar, toda efusiva, não tem como eu abrir a boca. Tudo que eu achei que ela diria e tudo em que eu ainda não tinha pensado saem de uma vez. Kenan e eu somos predestinados. É o destino. É amor verdadeiro. Eu vou ser feliz. Eu vou me casar. Vamos ser um casal poderoso. Ela vai ser a tia legal que nossos filhos vão adorar. Isso é ótimo. Nossos filhos vão crescer juntos. Vamos sobreviver. A tagarelice dela me segue da cozinha até meu quarto, onde coloco um suéter limpo e visto de novo o jaleco — porque já estou atrasada para o plantão — antes de me encaminhar de volta para a porta.

— Layla, parece ótimo e tudo o mais — digo finalmente quando ela faz uma pausa para respirar. — Mas nós temos preocupações maiores.

Respiro fundo, me preparando para as palavras que serão minha ruína.

— Eu decidi que vamos embora. Vou falar com Am e achar um jeito de pagar por aquele barco.

Layla para de repente, boquiaberta.

— Por que... Por que você mudou de ideia? — sussurra ela.

Esfrego uma mancha na manga.

— A realidade bateu.

Layla estende a mão, me segura pelos ombros e me abraça forte.

— Eu sei como essa decisão é difícil para você. Mas você não está fazendo nada de errado, tá bom?

Não respondo, apenas inspiro o perfume de margarida dela.

— Diga — pede ela, com intensidade. — Diga que você não está fazendo nada de errado ao ir embora.

Solto uma risada estrangulada.

— Eu... não estou fazendo nada de errado ao ir embora.

Ela se afasta e faz um carinho em minhas bochechas.

— Ótimo.

Antes de eu sair, ela pega minha mão, e eu a encaro.

— Salama — diz, sorrindo. E, com a luz do sol que entra pela porta entreaberta acariciando o rosto dela, Layla tem a aparência dos velhos tempos. Bochechas rosadas e olhos azuis da cor do mar cintilando de vida. — Não faz mal você pensar no seu futuro. Qualquer um pode morrer a qualquer momento, em qualquer lugar do mundo. Não somos exceção. Nós só vemos a morte com mais regularidade que os outros.

Penso em Kenan e naquela vida que *poderia* ter sido. Noites de sábado maratonando filmes do Ghibli. Acumular vasos de plantas e flores para nosso apartamento viver cheio de vida. Receber visitas de Layla e da bebê Salama para jantar e eu mimar minha sobrinha. Hamza e Kenan ficando amigos por um interesse comum, tipo futebol ou videogame.

Pigarreio bem alto.

— É, a gente se vê de noite, Layla.

O sorriso que ela me dá espelha o de Kenan em sua melancolia.

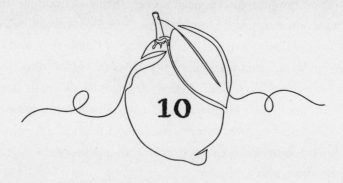

10

— Não — diz Am, e meu estômago se enche de ácido. — Sem exceções.

Estamos parados no corredor principal do hospital de novo, e minhas mãos estão pegajosas com o sangue da mulher que ajudei há vinte minutos. A ferida na cabeça dela tinha aberto, os pontos não estavam firmes, e ela desmaiou com a perda de sangue. Enquanto eu costurava o ferimento, também preparava o que diria a Am, mas ele me interrompeu assim que abri a boca.

— Não faço caridade, Salama — responde ele, com os olhos duros. — Todo mundo que quer meus serviços tem problemas. Você não é a única. Teve um pai com três filhos e uma esposa doente que me pediu. Eu disse não para ele e vou dizer não para você também.

Meu maxilar se aperta, e eu enfio as unhas na palma das mãos. Eu o odeio, e odeio o fato de ele estar lucrando com nosso terror. Sei que posso usar o ouro de Layla para negociar com ele, mas o orgulho deixa minha língua pesada. Finalmente tomei a decisão horrível de deixar meus pacientes para trás e honrar os desejos de Hamza, só para ser impedida pela ganância de Am.

Ele rói uma unha.

— Nada a dizer?

Preciso ir com cuidado. Layla e eu não podemos sobreviver só de orgulho. Se eu o ofender, ele talvez não me consiga um barco, mesmo que eu lhe ofereça todo o ouro do mundo. Só para me contrariar.

— Vou achar um jeito de conseguir o dinheiro — digo, com uma voz forçadamente educada. — Mas peço que você reconsidere. Layla e eu somos jovens e não falamos alemão. Nunca saímos da Síria. Você e eu somos iguais. Somos sírios.

Am não fala nada, mas tem um brilho diferente nos olhos dele. Ele parece impressionado comigo. Finalmente, grunhe:

— Quem dera todos nós pudéssemos viver de cavalheirismo. Consiga o dinheiro ou nada de barco.

E, com isso, ele se afasta.

Quando mesclados, decepção e terror formam uma pílula amarga com efeitos duradouros. O gosto fica na minha boca o dia todo e piora no momento em que chego em casa, exaurida, e vejo o rosto decepcionado de Layla conforme conto o que Am disse. Ela não pergunta por que eu não ofereci o ouro dela, e fico grata. Só me coloca na cama e acaricia meu cabelo.

— Está tudo bem — sussurra ela. — Vamos ficar bem.

Fico olhando para o teto, sentindo um vazio no peito. Como se meu coração não existisse mais lá e eu estivesse sobrevivendo dos fragmentos cravados em minha costela.

Assim que me permiti pensar em ir embora, sementes de esperança cresceram em meu cérebro, dominando minha imaginação. Não uma vida que *poderia* ter acontecido, mas uma vida *real* com Layla e um apartamento na Alemanha. É apertadinho, mas tudo bem. A gente se cura e o enche de risadas e dos desenhos da bebê Salama. E, um dia, encontro força para escrever as histórias mágicas que há tanto tempo enterrei em minha mente. Ela e eu criamos um lar com o que sobrou da nossa família.

Layla fica comigo até o entardecer virar noite.

— Vou estar bem aqui se você precisar de alguma coisa, tá? — diz ela, e eu assinto com a cabeça.

Quando ela fecha a porta atrás de si, o silêncio sombrio ocupa seu lugar, e minha imaginação idiota retoma de onde parou. Só que, desta vez,

Kenan está lá no nosso apartamento. E os irmãos dele também. Estamos felizes, seguros, bem alimentados. E, por um minuto, a escuridão da noite não parece tão erma.

Quer dizer, até alguém rir no canto. Eu me recuso a olhar.

— Se eu pudesse resumir sua vida em uma palavra, Salama... — Escuto o sibilar do isqueiro dele. Uma tragada longa. Uma expiração. — Seria *ironia*.

— Vai se ferrar — digo.

Sinto Khawf mais tenso ao meu lado, mas nem assim me viro para ele, torcendo para que vá embora. Meus ossos são de aço, e estou ocupada tentando coletar os pedaços do meu coração para costurar de volta para o inferno inevitável de amanhã. Estou dolorosamente consciente do estoque secreto de paracetamol na gaveta e preciso me controlar para não tomar um. Ou três. Nem Layla toma quando está com dor de cabeça. Estamos guardando para uma emergência.

Posso respirar fundo até passar.

— Preciso falar — continua Khawf. — Estou muito orgulhoso do seu progresso. Mas vamos subir o nível. Você vai dizer a Am amanhã que vai dar todo o seu ouro a ele. Caramba, vai dar esta casa se ele quiser. Não que ele fosse ter lucro com isso. Mas mesmo assim.

Fico quieta e me vejo ansiando pela noite passada, quando Khawf ficou longe. Ansiando por conversar de novo com Kenan e ver aquela chama de vida queimando nos olhos dele.

— Não — diz Khawf, com grosseria. — Aquele garoto é só problema. Com seu coração mole, as ideias patrióticas dele logo vão te dissuadir de ir embora. Trabalhei tempo demais e me esforcei muito para você mudar de ideia. Você vai...

— Embora, eu sei. — Eu me irrito, enfim o encarando.

O olhar dele passa por mim com desgosto, mas não estou nem aí.

— Fique longe de Kenan.

— Não se preocupe, minha promessa a Hamza vem em primeiro lugar — garanto. — É bom rezar para Am aceitar o ouro.

Khawf ri, seus caninos afiados.

— Ah, tenho certeza que você vai fazer todo o possível para convencê-lo. — Ele flexiona os dedos, o cigarro dançando de um para o outro, e as sombras na parede e no teto começam a mudar de forma. Bocas abertas e olhos vazios fixos em mim. Guinchos de dor vêm logo depois, então tapo as orelhas com as mãos e aperto os olhos. — Você sabe o que Hamza diria, não sabe? — A voz de Khawf consegue chegar até mim. — Como ele ia querer que você fosse embora. Como ele imploraria.

— Salama — a voz de Hamza murmura em meus ouvidos. Ele parece machucado. — Salama, você prometeu, lembra? Prometeu salvar a Layla. E a si mesma. Você precisa se redimir por deixar Mama morrer. Você não vai voltar atrás em sua promessa, né?

Eu sinto meus olhos queimarem e viro de lado para apertar o travesseiro na cabeça.

— Por favor, *pare*.

Um silêncio domina o quarto, e, por um minuto, acredito que ele realmente tenha parado. No entanto, quando abro os olhos, Hamza está na frente da minha cama. Há um ferimento aberto na testa dele. Seus olhos cor de mel estão estreitos com insatisfação, e seu rosto está sarapintado de hematomas. Ele está vestindo as roupas com as quais o vi pela última vez, mas estão rasgadas, enlameadas e ensanguentadas.

— *Não* — choramingo. Não é ele. É Khawf.

Mas, no fundo do meu coração, sei que é ele. Mesmo que o que esteja diante de mim seja uma aparição, Hamza deve estar sofrendo agora. Quer dizer, se não estiver morto.

— Salama, se eles pegarem a Layla, sabe o que vão fazer com ela? — sussurra ele, e um som de dor escapa dos meus lábios. — Se eles pegarem você? Você e a Layla nunca teriam permissão para morrer. Salama, você *precisa* ir embora. Pense em Baba. Pense em mim.

As lágrimas parecem ácido em minha pele, pingando no travesseiro.

— Hamza, *por favor*, eu disse que vou.

Ele sacode a cabeça.

— Então por que você não deu a Am o que ele queria? Salama, sobrevivência é tudo.

— Eu vou dar — digo. — Prometo que vou.

Quando pisco, Hamza desapareceu e a voz de Khawf paira outra vez sobre o silêncio.

— Lembre-se do seu irmão toda vez que as palavras de Kenan fizerem você questionar sua decisão.

— Sanguinária — entoo. — Pétalas brancas. Miolo amarelo. Secreta um fluido vermelho. Eficaz em doses baixas para doenças respiratórias. Sanguinária. Sanguinária. Sanguinária.

— Se aquele garoto te fizer mudar de ideia, Salama — continua Khawf —, eu vou dar um jeito de você não conseguir se lembrar do que é uma flor.

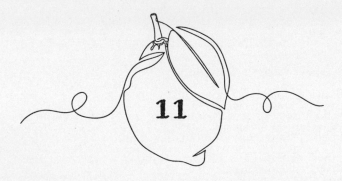

11

No dia seguinte, o dr. Ziad corre na minha direção assim que entro. Está com um sorriso que não vejo há muito tempo.

— Salama! — exclama ele. — Recebemos um carregamento de medicação. Paracetamol. Ciprofloxacino. Azitromicina. Até morfina!

Minha boca abre, meu coração ficando mais leve até começar a flutuar pelas nuvens. Se a vida fosse normal, parte dos meus deveres diários seria informar ao dr. Ziad sobre a reposição de medicamentos. Aviar receitas, recomendar remédios e fazer inventário seriam responsabilidades minhas. Reposição seria algo, no melhor dos casos, tedioso. Não um motivo para comemorar.

— *Como?*

— O els conseguiu contrabandear — explica o dr. Ziad. Ele passa a mão pelo cabelo, e há certa energia de esperança emanando dele. — Colocamos as caixas no almoxarifado de remédios para você.

Abro um sorriso largo.

— Deixa comigo. — O hospital está mais alegre hoje. O rosto dos pacientes, embora ainda cansados e com dor, mostra um pouco de felicidade. Ou talvez seja minha imaginação.

Antes de eu sair correndo, o dr. Ziad estende o braço.

— Ontem você foi embora do hospital meio de repente. Está tudo bem? Está se alimentando direito? Dormindo? Precisa de alguma coisa?

— Estou bem — respondo. E, neste momento, cercada por pacientes, não parece mentira. Por enquanto, estou bem. Simplesmente estou bem.

Se ele não acredita em mim, não demonstra.

Para distraí-lo, conto a ele sobre Lama e como a cirurgia correu bem. O rosto dele se ilumina, e ele elogia meu raciocínio rápido.

— Parabéns — diz ele, sorrindo.

Vou saltitando até o almoxarifado, meus passos mais leves que antes, esquecendo todos os pesadelos que pesavam em mim ontem à noite. Hoje é um dia bom. *Vai ser* um dia bom, *insh'Allah*.

As caixas de papelão estão amarrotadas, os cantos amassados, mas, quando as abro, os remédios estão todos intactos. Estão frios ao toque, e eu abraço um frasco inteiro de xarope infantil de paracetamol. Vamos conseguir baixar as febres.

— Ouvi dizer que tivemos uma reposição — diz uma voz da porta, e, quando me viro, vejo Nour. O rosto redondo dela brilha de alegria. Nour fez parte da equipe de limpeza por três anos antes de ser imediatamente promovida a enfermeira quando os primeiros mártires chegaram ao hospital. Foi com Nour que aprendi a dar pontos, fazer curativos improvisados e drenar fluido dos pulmões dos pacientes. Ela tem nervos de aço e um coração mais mole que um travesseiro de penas.

Sacudo uma caixa de flucloxacilina.

— Ouviu certo!

Ela uiva de animação, e eu dou risada. A alegria soa estranha em meus ouvidos, mas eu a acolho.

— Tenho que dar uma olhada em um paciente, mas queria ver esse milagre com meus próprios olhos. — Ela sorri. — Se você precisar de ajuda, é só me procurar.

— Pode deixar.

Ela sai. Passo um tempo empilhando remédios nas prateleiras, depois olho para o relógio: 10h13.

Kenan.

Eu disse para ele chegar às nove, mas ele ainda não está aqui. Para dispersar um pouco da ansiedade que sinto, decido dar uma volta rápida pelo hospital. Talvez ele esteja aqui, mas não consiga me encontrar. Vou casualmente de sala em sala, mas não o vejo em lugar nenhum, então volto ao almoxarifado. A preocupação recupera o espaço em mim, e tento não pensar em todos os motivos para ele não ter vindo. A irmã dele ainda está se recuperando e provavelmente precisa dele. Faço uma rápida oração para que a saúde dela seja restaurada. Talvez eu possa dar uma passada no apartamento deles com uma cartela de paracetamol depois do meu plantão. Uma parte de mim — uma parte tola, esperançosa, que, por algum motivo, sobreviveu a tudo — está feliz por poder ver Kenan de novo.

Balanço a cabeça. Não é hora de ter pensamentos egoístas sobre uma vida que *poderia* ter sido e um garoto alto com olhos afetuosos e de um verde vívido.

— Bom dia — diz Kenan atrás de mim, e quase dou um pulo.

Meu coração bate como um trovão. Eu me viro devagar, dando tempo a mim mesma para parecer calma e composta, antes que ele consiga ler todos os pensamentos em meu rosto.

O friozinho da manhã o faz usar uma jaqueta por cima do suéter velho. Ele se apoia no batente, braços cruzados em frente ao peito. O cabelo está desalinhado, e o rosto, vermelho do frio. Uma câmera Canon velha está pendurada na lateral do corpo, manchada de branco nos cantos e um pouco lascada.

— Bom dia — respondo, obrigando minha voz a ficar calma e não ansiosa demais. — Você chegou atrasado. Está tudo bem? Como vai a Lama?

Ele sorri, e um arrepio vibra em minha barriga.

— Está tudo bem, obrigado por perguntar. Lama está sem febre, *alhamdulillah*. Yusuf também está bem, agora que ela melhorou. Eles dormiram até mais tarde hoje, e não pude sair antes de acordarem.

Remexo nervosa a caixa de antibióticos que estou segurando.

— Bom, fico feliz por vocês estarem bem.

— Estamos. — Ele me olha por uns segundos, e sinto o toque desse olhar em todo o corpo.

Na vida que *poderia* ter sido, em que Kenan e eu somos prometidos um ao outro, ele estaria agora na minha frente segurando dois *halloumi mana'eesh* fresquinhos, o queijo derretido no pão quente vazando pelo embrulho de papel, ao mesmo tempo que equilibra duas canecas de chá *zhourat*, as folhas de hortelã enchendo o ar de frescor. Um café da manhã rápido antes de nós dois seguirmos com o dia. Ele brincaria comigo e me contaria do sonho da noite passada. E, antes de ir embora, não ia beijar minha mão nem minha bochecha, porque ainda não estávamos oficialmente noivos, mas me daria um sorriso que faria parecer que ele havia me beijado.

Será que ele está pensando nisso?

Ele pigarreia.

— Então, hum, cadê o médico que precisa me dar permissão?

Pisco.

— Ah, é.

Solto os antibióticos e faço um gesto para ele me seguir. Ele acerta o passo enquanto caminhamos de volta pelos corredores até o átrio principal, onde o dr. Ziad costuma ficar de manhã.

— Tudo bem, escuta — começo, respirando fundo, e ele me olha. — Eu sei que foi ideia minha você filmar aqui no hospital, mas tem seus riscos. Vivemos em tempos perigosos, e você não sabe como isso pode te afetar.

Ele franze a testa.

— Tipo alguém me dedurar?

Faço que sim.

— Todo mundo aqui, até onde eu sei, tem os mesmos ideais que você, mas podem ser só palavras. Então, se você não quiser continuar, é...

— Eu quero — interrompe ele. — Pensei bastante. E eu te disse, não importa para os militares se você está filmando ou não. Se está curando as pessoas ou não. Todos nós vamos ser tor... Todos nós vamos enfrentar o mesmo destino. E você está se colocando no mesmo perigo que eu.

Estremeço. Ele tem razão. Como farmacêutica, eu enfrentaria exatamente o mesmo que Hamza. O dr. Ziad provavelmente enfrentaria as piores consequências, já que é o cirurgião-chefe.

— Então, é melhor cair lutando — termina Kenan. — Não vou deixar que eles sejam donos dos meus medos.

As palavras dele me tocam, e rapidamente desvio o olhar para ele não ver minha expressão.

Não vou deixar que eles sejam donos dos meus medos.

Quando o encontramos, o dr. Ziad está ao lado de um homem cujos braços e pernas estão envolvidos em ataduras volumosas e cujo olho esquerdo está fechado de inchaço. Ele está deitado numa cama, sozinho, com um olhar vazio à frente. Esperamos até que o dr. Ziad termine de examiná-lo.

Quando ele se vira para nós, tem um sorriso triste.

— Hum, dr. Ziad, tem um segundo? — pergunto, tentando não olhar para o homem ferido.

Ele olha de mim para Kenan.

— Sim. — Com um gesto de cabeça, nos leva até uma sala que funciona como consultório dele e como quarto extra para pacientes de alto risco. Há duas camas de hospital encostadas na parede, e a mesa do dr. Ziad está repleta de papéis soltos. A luz entra pela janela matizada de amarelo. — Posso ajudar com alguma coisa? — pergunta ele depois de fechar a porta.

Seguro as pontas do meu hijab.

— Dr. Ziad, este é o Kenan. Irmão da menina que precisou da minha ajuda.

— Como ela está? — o doutor pergunta a Kenan.

— Bem, *alhamdulillah*. Graças ao esforço de Salama. Ela é brilhante. — Ele sorri para mim, e minha temperatura interna sobe uns graus.

— Temos muita sorte de ela trabalhar aqui — concorda o médico.

— É muito gentil da parte de vocês dois — murmuro, envergonhada. Aí, mais alto, continuo: — Doutor, o Kenan... — eu olho para ele, que assente com a cabeça — ... ele registra os protestos, e eu queria saber se ele também podia filmar os pacientes chegando, documentar as histórias deles para o mundo todo poder ver o que está acontecendo.

— Gostaria da sua permissão, senhor — diz Kenan.

O dr. Ziad parece interessado e coça o queixo, pensativo. As rugas em torno de seus olhos estão mais pronunciadas, os pés de galinha, mais profundos.

— Você tem a minha permissão — declara ele. — Se for fazer histórias individuais, vai precisar da aprovação deles. Mas, se acontecer um bombardeio grande e eles trouxerem as vítimas, mostre tudo.

Kenan sorri ao apertar a mão do dr. Ziad, agradecendo.

O médico se despede de nós antes de sair para terminar as visitas.

— Gostei dele. — Kenan fica olhando com admiração enquanto ele vai embora.

— Ele é um super-herói. — Não tem outra palavra para descrever o dr. Ziad. — *Yalla*. Vou te mostrar o hospital.

Os olhos de Kenan se iluminam com quantidades iguais de tristeza e felicidade, e o efeito brinca com minhas ideias tolas de esperança. Com aquela vida que *poderia* ter sido. Ele escuta com atenção cada palavra enquanto explico os diferentes departamentos e como dividimos os pacientes com base na gravidade. Conto a ele sobre nossos casos mais comuns. Às vezes o choque de ver corpos ensanguentados, especialmente das crianças atingidas por atiradores, é suficiente para eu ter um colapso. Não conto a ele quantas vezes isso já aconteceu. Quantas vezes tive que sair correndo do hospital para vomitar.

Voltando para o corredor principal, passamos pela maternidade.

— É aqui que ficam as grávidas. Não podemos usar sedativos nelas porque não teríamos o suficiente para as cirurgias. Perdemos... Algumas não sobreviveram. O pior é quando a mãe morre mas o bebê não. Os bebês ficam aqui. — Aponto na direção de outra sala, adjacente ao corredor. Ele faz uma cara de compaixão e se vira, vendo os bebês lá dentro.

— Eles ficam em incubadoras?

— Sim. Eu... hum... não gosto de vir aqui. Vê-los tão pequenos e indefesos é difícil demais. Alguns foram arrancados do ventre da mãe e precisam das incubadoras para sobreviver. Outros têm poucos meses e estão doentes.

— O que acontece quando eles melhoram?

Faço uma careta.

— Os mais sortudos têm família. Os outros ficam aqui até um orfanato poder levá-los... — Estremeço. — Não quero enterrar bebês.

Meu coração acelera.

Lótus. Folhas rosadas. Estabiliza a pressão sanguínea. Cura inflamações. Lótus. Lótus. Lótus.

Quando ele não diz nada, olho para ele de relance. Seus olhos continuam grudados às caixas de metal que mantêm os bebês vivos, e uma emoção vacilante passa pelo seu rosto. Ele aperta o maxilar e uma veia salta em seu pescoço.

— Você se sente impotente, Salama. Mas eu... — Ele fala baixo, e seu tom é furioso. — Ninguém merece isto. Aqui os bebês estão morrendo de fome, enquanto, em cidades como Damasco, as pessoas jogam fora as sobras do almoço porque estão cheias.

Eu o sinto tremendo sem precisar tocá-lo. Não gasto muito tempo pensando nas pessoas em Damasco, onde alguns protestos foram rapidamente esmagados sob a bota do governo e as pessoas voltaram à vida "normal". Se Damasco saísse das garras da ditadura, esse domínio desapareceria da Síria toda. Damasco é a capital. Cada decisão tomada lá tem efeitos que reverberam no país inteiro. É a fortaleza deles. Vitórias dos nossos ancestrais durante a história estão cravadas em seu solo. Mas ela pertence às pessoas que estão dando a vida para libertá-la.

Fico impressionada por pensar que Damasco fica a apenas duas horas e meia de carro de Homs. Em uma cidade as pessoas estão sendo resgatadas das ruínas de prédios bombardeados, e na outra elas se sentam em cafeterias, tomando café e rindo. Tento não pensar nisso. Tenho família distante lá. Como a maioria dos cidadãos de Homs. No fim, somos todos mais ou menos parentes.

— Não adianta ficar com raiva — digo, triste. — Todos temos caminhos diferentes a percorrer. Se serve de consolo, pelo menos estamos fazendo a coisa certa.

Ele bate o punho na testa algumas vezes.

— Você vê os militares espancando as pessoas na rua, arrastando e assassinando, e você vê seus irmãos mais novos tentando se aquecer à noite e pensa que não pode piorar. Mas aqui, Salama, é onde a esperança morre. O fato de eles não saberem o que está acontecendo, porque *como poderiam saber?* Eles são bebês. São só bebês.

Eu me lembro de Ahmad, o jeito como o corpo dele estava vazio feito uma concha. A respiração pesada dele e a vasta calma em seus olhos quando ele aceitou a morte. Ele também era só um bebê.

E Kenan não acabou.

— Salama, essa nem é a pior parte. Como você pode garantir que as bombas não vão atingir o hospital? Como...

— Não — sussurro. Ele me olha e vê o terror em meu rosto. — Não fale isso.

Ele estremece e faz que sim com a cabeça.

Desta vez, nós dois estamos tendo os mesmos pensamentos horríveis. Que nossos dias no hospital estão contados. Que é só o Exército Livre da Síria na cidade antiga de Homs que está nos defendendo dos militares. Que estamos cercados por todos os cantos e pelo céu. Que qualquer dia os militares podem jogar uma bomba e obliterar este nosso abrigo frágil, fazendo-o em pedacinhos. Que se, Deus nos livre, Layla der à luz aqui sem hospital, as chances de sobrevivência seriam quase inexistentes. Isso se outra coisa não pegá-la primeiro.

Meus olhos se precipitam em todas as direções, procurando Khawf, esperando que ele me ameace ou amplie os medos como punição por eu não ter encontrado Am logo no início da manhã. Mas ele não está aqui. Kenan segue meu olhar, sua tristeza se transformando em confusão.

— O que você está procurando?

— Ninguém — respondo, um pouco rápido demais.

— Ninguém? — repete ele, e eu me repreendo.

— Nada — corrijo. — Eu quis dizer nada. — Antes de ele responder qualquer coisa, continuo: — Preciso ir. Você sabe onde ficam os pacientes.

Ele abre a boca, reconsidera e assente com a cabeça.

Dou as costas para a expressão estupefata dele, andando rápido. Não volto ao almoxarifado, mas vou na direção do átrio principal procurar Am. Está do jeito que eu deixei, pacientes espalhados por todo lado, cercados pelo que sobrou de sua família. Aqueles sem ninguém são os que mais partem meu coração. Esquadrinho os rostos emaciados, mas Am não está em lugar nenhum.

Suspiro, esfregando os braços, e penso em verificar as outras salas quando vozes abafadas vazam pelas portas da frente fechadas. Toda a minha pele se arrepia, e meu corpo fica em estado de alerta.

As portas se abrem com um estrondo e uma avalanche de gente entra, com sangue empapando as roupas e pingando no chão. Corpos flácidos estão sendo carregados nos braços dos socorristas; gritos e berros rebatem estridentes no teto. Sei que são vítimas de um ataque de atiradores quando não vejo membros decepados, mas sangue jorrando.

E são todas crianças.

Da multidão, Am vem correndo, carregando nos braços uma garotinha ensanguentada. O rosto dele está dilacerado de angústia e medo.

— Minha filha! — grita ele a quem quer que ouça. — Socorro!

Khawf para ao meu lado agora e aperta um dedo que não sinto em minha testa. Um pensamento horrível ganha vida.

— Vá — ordena ele, e o rosto de Layla manchado de lágrimas aparece em minha mente.

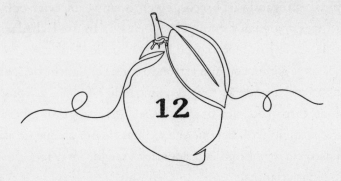

12

Minhas pernas se movem sozinhas, indo bem na direção de Am, que ainda grita por socorro. A escassez de equipe médica joga a meu favor. Ele está pressionando uma camiseta suja no pescoço da menina, mas o sangue já encharcou o tecido e cai na blusa amarela dela. Preciso agir rápido para não perdê-la.

— Vem comigo — chamo, e os olhos dele focam em mim. Corremos entre os pacientes que gritam, espalhados por todo lado, até encontrarmos uma velha mesa de operações. — Coloque-a aqui devagar. — Minha voz está tão sem emoção que quase não reconheço.

Rapidamente, rasgo gaze e aperto na ferida aberta no pescoço dela, enquanto procuro a pulsação. Está lá, mas fraca. A bala deve ter passado a milímetros da artéria. Eu consigo. Consigo salvá-la. Já fiz isso antes.

Mas meus braços não se mexem, a ideia horrenda em minha mente me mantém imóvel. Olho ao redor para ver se Kenan está por perto, se está filmando, mas não o vejo. Se eu jogar direito, ninguém vai notar.

— O que você está fazendo? — Am exige saber, praticamente sibilando, quando continuo a pressionar o pescoço da menina. — Salve a minha filha!

— Me dê um barco — digo, com a mesma voz sem emoção.

— Quê?

— Me dê um barco, senão... senão eu tiro as mãos. — Não acredito nas palavras que estão saindo da minha boca.

Ele arregala tanto os olhos que corre o risco de as sobrancelhas sumirem dentro do cabelo. Seus braços e pernas tremem de raiva, e ele avança em mim, mas não vacilo.

— Você... — O rosto dele se contorce de fúria e fica roxo. — Como *ousa?* Você se diz farmacêutica? Você a deixaria morrer?

Está ficando difícil escutar com o som do meu coração galopando.

— Você está desperdiçando as respirações dela ficando com raiva. Ela não tem muito tempo.

Estou blefando. Eu sei disso, mas ele não. Preciso arriscar a vida dela por mais um batimento cardíaco para salvar a de Layla e a da bebê. Da *minha* sobrinha. Para manter minha promessa.

A filha dele se contrai sob minhas mãos, prestes a chegar ao limite. Meus olhos voam para Am e para todas as pessoas ao redor, mas ninguém nem olha para nós, cada um mergulhado em seu próprio mundo.

— *Tá bom!* — grita ele, com lágrimas nos olhos. — Tá bom! Por favor, salve-a.

Sinto o sorriso satisfeito de Khawf atrás do meu hijab. Começo a trabalhar imediatamente, agradecendo a Deus por ser minha milésima sutura de pescoço, para poder ser rápida e não desperdiçar muito sangue.

Am acaricia o cabelo dela.

— Estou aqui, Samar. Não se preocupe. Você vai ficar bem.

Nour passa por mim, e grito para ela me trazer o aparelho improvisado de doação de sangue.

— Termine os pontos dela — instruo quando ela me entrega o aparelho, e ela assume.

Injeto a agulha fina em minha veia enquanto a outra vai dentro da de Samar. Minha pele é translúcida o bastante para as veias aparecerem sem ter que cutucar, e a dela também. Observo meu sangue rastejando pelo tubo esguio até o corpo de Samar e rezo que seja suficiente para salvá-la. Para compensar a coisa feia que fiz. E a coisa feia que estou prestes a fazer.

— Pronto — anuncia Nour, limpando as mãos no jaleco. — Ela vai sobreviver, *insh'Allah.*

— Obrigada — digo, mas ela não me escuta, já saindo para ajudar outro médico.

Começo a me sentir tonta, então tiro a agulha antes de desmaiar. Aprendi da forma mais dura quando é o limite.

Eu me viro para encarar Am, que me observa com curiosidade. Seu desgosto por mim continua lá, mas tem outra coisa. Gratidão. Embora ele esteja se esforçando para esconder.

Minha boca está seca, mas me forço a falar.

— Você vai conseguir um barco para Layla e para mim. E não vai custar quatro mil dólares.

Ele solta uma risada dura.

— O que te faz pensar que vou manter minha palavra? Você já salvou a vida dela. A não ser que esteja pensando em cortar o pescoço da menina. Se bem que não me surpreenderia, depois do que você fez. O que acha que o dr. Ziad ia dizer se soubesse disso?

Meu peito dói só de pensar. Enfio os insultos de Am nos recantos mais escuros do meu coração. Aceito ser uma covarde se significar que Layla vai sair viva.

Faço um gesto com a cabeça para o pescoço da filha dele. Seu cabelo preto está emaranhado, grudado ao sangue na testa dela.

— Você precisa de remédios.

Ele solta uma risada incrédula.

— E você só vai me dar quando eu te garantir um barco.

— Vamos te dar antibióticos suficientes para combater a infecção, mas só podemos dar uma certa quantidade de paracetamol. Todo mundo aqui precisa. Posso te dar mais do que o hospital. E, acredite, Samar vai precisar. Essa dor não vai desaparecer tão fácil.

Eu teria que sacrificar as duas caixas de paracetamol que estou guardando para Layla e para mim. Mas, desde que cheguemos à Alemanha, não importa. Nada importa.

O maxilar dele fica tenso, e a expressão ainda está amarga.

— Não dá para você só pegar dois lugares livres. É preciso dinheiro para a viagem até lá. Eu te disse que precisamos subornar todos os guardas nas dezenas de fronteiras daqui até Tartus.

Paro um minuto para pensar. Ele tem razão. A estrada está cheia de fronteiras, nas quais os soldados aquartelados podem prender qualquer um.

Levanto o queixo.

— Eu te dou um colar de ouro e mil dólares. O colar vale mais ou menos mil dólares. É suficiente?

Eu estava com Mama quando compramos, como parte do dote de Layla. Ele aperta os lábios, considerando.

— Sim.

Na maca, a respiração de Samar chia devagar, e eu verifico a pulsação dela, vendo que está voltando ao normal.

— Meu sangue agora corre pelas veias dela — digo em voz baixa. A náusea está tensa e pesada em minha língua. Efeito colateral de doar meu sangue. — Eu sou parte dela. Você me deve.

Ele se joga na cadeira de plástico e segura a mão minúscula de Samar na sua, calejada.

— Esteja aqui amanhã às nove com o dinheiro e o ouro. — Ele pausa e me olha, incrédulo. — Eu não devia ter subestimado você, Salama. Você é mais perversa do que parece.

Aperto a mão no pequeno furo na dobra do meu cotovelo.

— Ninguém vai saber disso.

— Obviamente.

— Fique aqui. Vou buscar os antibióticos.

Ele ri sem humor.

— Não vou deixar minha filha, Salama. Não quando a vida dela está nas suas mãos.

Eu me afasto, secando rapidamente as lágrimas que se formam em meus olhos, e pressiono as mãos trêmulas no peito.

O que foi que eu fiz?

Antes de voltar para pegar os remédios, lavo as mãos. Esfrego até o vermelho ser não do sangue, mas do fato de minha pele estar quase em carne viva, protestando.

Então, sozinha no pequeno almoxarifado, aperto a barriga e caio no chão. Meu tremor não para, e as lágrimas, estimuladas pela culpa do tamanho de uma montanha, borram minha visão. O que Mama diria? Hamza? Meu irmão, que ia ser residente neste hospital?

Usei a vida de uma garotinha como moeda de troca. Arrisquei a vida dela.

— Você fez o que tinha que fazer — diz Khawf atrás de mim. — E funcionou. Hamza entenderia. E, mesmo que não entendesse, é uma época perigosa. Você precisa sobreviver.

— Samar podia ter morrido. — Soluço. — Eu ia ter o assassinato de uma garota inocente na minha consciência.

— Mas ela *não* morreu — aponta Khawf. — Está viva, e você conseguiu o seu barco. Agora levante, assoe o nariz e dê os antibióticos de hoje para Am. É tudo por Layla, lembra?

Layla. Será que ela entenderia? Ou ficaria horrorizada? Nunca poderei contar a ela.

Khawf bate o pé.

— Você *precisa* ir embora. Se alguém ficar sabendo disso, o que acha que o dr. Ziad faria? Sua reputação vai ficar manchada.

Quando entrego os comprimidos de antibiótico para Am, ele balança a cabeça para mim como se ainda não acreditasse no que aconteceu. Eu também não acredito. Eu me sinto como uma espectadora pairando fora do corpo, vendo meus músculos se moverem sozinhos.

Volto apressada ao meu almoxarifado, passando pelo dr. Ziad, que sorri, e minha vergonha aumenta. Eu não devia ter permissão para estar aqui. Eu *não devia* poder lidar com a vida alheia.

Sozinha no refúgio do almoxarifado bolorento, soluço baixinho enquanto empilho o restante dos medicamentos.

— Margaridas... Ma-Margaridas... per... perfumadas... — Minha voz falha, e as lágrimas pingam no chão ao lado dos meus pés enquanto tenho uma percepção horrível.

Posso escapar da Síria. Meus pés podem tocar a orla europeia, as ondas do mar lambendo minhas pernas trêmulas e o ar salgado cobrindo meus lábios. Eu estarei mais segura.

Mas não terei sobrevivido.

13

Quando termino meu plantão, encontro Kenan ao lado da porta da frente, mexendo na câmera com o olhar concentrado. Paro para admirar: uma expressão que não está forrada de preocupação, nem dor, nem vergonha. Que me lembra fins de tarde de primavera. Algo no jeito como ele está lá parado tão casualmente com seu suéter de lã cria aquela sensação de anseio em meu estômago pela vida que *poderia* ter sido e que foi roubada de mim. De nós.

Naquela vida, eu faria meu treinamento aqui e ele estaria me esperando na escadaria do hospital, desenhando em seu bloco. Ele me levaria para tomar *booza* na Sobremesas Al-Halabi e me contaria da cidade japonesa pitoresca para a qual quer que a gente se mude. Ele me ensinaria alguns caracteres japoneses, rindo da minha pronúncia desajeitada. Mas seria paciente até eu falar direito, sorrindo para mim com orgulho. Ele faria perguntas sobre minha próxima prova de farmacologia. Mas rapidamente nos distrairíamos, caindo em outra conversa. Eu contaria a ele histórias que tenho em mente, inspiradas no Studio Ghibli. Contaria que eu também encontro pedacinhos de magia em nosso mundo e os amplifico em minhas histórias.

— Ei — digo, e ele dá um pulo, mas sorri ao me ver. — Aconteceu alguma coisa? Você precisa de algo?

— Não, estou bem. Terminou seu plantão?

— Sim.

— Que bom. — Ele se endireita, e preciso inclinar a cabeça um pouco para trás para olhar em seus olhos. — Vou te levar para casa.

Ah, meu Deus.

— Não precisa.

Ele balança a cabeça.

— Não tem problema.

— Você não precisa continuar retribuindo por eu ter salvado a Lama. Me levar para casa significa passar mais tempo fora. Como alvo.

Minhas mãos começam a suar por causa do jeito como ele está me olhando. É como se ele tivesse dessintonizado todo mundo e só existisse eu aqui.

— Salama. — Meu coração quase para de bater quando ele fala meu nome. De um jeito macio e quente. — Eu quero.

Bom, se ele quer, me sussurra a parte tola, *então deixe.*

— A não ser que eu vá te incomodar — diz ele às pressas, o rosto cheio de pânico. — Desculpa, eu nem percebi...

Sacudo a cabeça rápido.

— Não, não vai. Eu garanto.

Ele sorri hesitante e todas as preocupações somem da minha cabeça.

Caminhamos lado a lado, nossos passos ecoando no cascalho, os sons amplificados em meus ouvidos. O farfalhar de folhas secas, o canto triste de um pássaro nos galhos nus e a discussão distante de pessoas em frente às suas casas. Escuto cada respiração dele, e os batimentos cardíacos são ensurdecedores em meus tímpanos.

Olho para minhas mãos e vejo manchas vermelhas pigmentando a pele. Vermelhas como o sangue de Samar. Engulo um grito agudo, porque tenho certeza de que lavei as mãos. Passei dez minutos fazendo isso. Quando olho de novo, o vermelho desapareceu, mas os sons ao meu redor ainda gritam: *assassina.*

— *Salama.* — A voz de Kenan corta os guinchos e eu paro, engasgando com uma respiração difícil.

Absorvo os arredores e percebo que estou sentada no chão com Kenan parado à minha frente. Sua expressão mostra medo na ruga entre os olhos.

Por mim, percebo.

— Salama, você está bem? — Ele se agacha ao meu lado. — Está machucada?

Não confio em minha voz, então balanço a cabeça. Ele está no mesmo nível que eu, tão perto que sinto seu cheiro leve de limões. Ou talvez também seja uma alucinação.

— Então o que foi?

Olho ao redor, buscando Khawf, e o vejo alguns passos atrás de Kenan. Seu sorriso é irônico, satisfeito com as negociações de hoje. Fecho os olhos, desejando que ele se vá. Sua presença é uma âncora em meu peito, me afundando mais e mais, um lembrete do que fiz. De tudo o que perdi e ainda vou perder.

Alguns prédios destroçados ladeiam a rua tranquila. Estamos a alguns minutos de casa, e, no momento, somos somente Kenan e eu aqui, ajoelhados ao lado dos destroços.

Mas Khawf continua *aqui*, e não consigo pensar em nada a não ser no que fiz. O sangue é drenado do meu corpo e eu rapidamente digo:

— Me conta alguma coisa boa.

Kenan se afasta um pouco, a confusão aumentando.

— Como ass...

— Kenan, por favor — suplico e levo os olhos de volta a ele. — *Por favor.*

Ele olha para o mesmo lugar que eu, mas não consegue ver Khawf. Fico encarando Kenan, analisando suas feições, e murmuro baixinho:

— *Margaridas. Margaridas perfumadas. Pétalas brancas. Miolo amarelo.*

As bochechas de Kenan estão encovadas. É um sinal de desnutrição, mas tenho certeza de que, mesmo que ele tivesse um peso saudável, essas maçãs do rosto iriam parecer capazes de me cortar se eu as tocasse. Ele me olha de volta, e o vejo lutando contra si mesmo para não fazer os milhões de perguntas que estão na ponta da língua.

Finalmente, ele respira fundo e diz:

— Meu filme favorito do Studio Ghibli é *O castelo no céu*. Ele me fez ver o mundo de um jeito diferente. Há tanta magia nele, Salama. Um garoto com o sonho de ver uma ilha flutuante. Uma garota que é a última de seu povo. Como essas duas crianças conseguem salvar o mundo das ambições más de um homem ganancioso por poder. Tem robôs e um amuleto mágico, e um dos melhores temas musicais de encerramento que eu já ouvi.

Ele ri baixinho, perdido em suas próprias palavras. Minha respiração desacelera e eu escuto o que ele está dizendo. Não lembro quando assisti a *O castelo no céu* pela última vez, mas ainda consigo repassá-lo com nitidez em minha mente.

— Tem uma cena — continua Kenan — em que Pazu e Sheeta estão no topo da aeronave e é de noite. Mesmo animado, o céu é... infinito. E eles falam dos medos deles e de como uma série de acontecimentos infelizes fez os dois se conhecerem. Eu só tinha dez anos quando assisti pela primeira vez, mas essa cena me afetou como nenhuma outra. Era uma história sobre crianças da minha idade que estavam com medo, mas seguiam agindo de maneira correta. Aquilo me fez também querer ser corajoso. Me fez querer contar minhas próprias histórias. Criar meus próprios mundos. E eu achei que talvez um dia eu teria a minha própria aventura e conheceria a minha Sheeta.

Ele ficou me olhando o tempo todo, mas acho que não está me enxergando. Seus olhos assumiram um brilho de sonho, e estou hipnotizada pela paz que as palavras dele pintaram em seu rosto.

O mundo ao nosso redor ficou em silêncio, a brisa é o único som passando por nós. E, assim, meu pânico arrefece e eu desejo que pudéssemos ficar aqui, sentados no chão para sempre, cercados pelo santuário criado pelas palavras dele.

Mas então seu olhar fica mais duro e, quando ele enfim me enxerga, suas bochechas estão cor-de-rosa como cravos. Ele é mais pálido que eu e não esconde muito bem suas expressões.

Kenan pigarreia, e o feitiço se quebra.

— Isso... foi uma coisa boa?

Faço que sim e seguro o momento, guardando-o em meu coração para revisitar quando a tristeza voltar.

Ele sorri.

— Que bom.

Nós nos levantamos e continuamos andando. Fico grata por ele não perguntar o que aconteceu, mas não parece certo ficar em silêncio.

— Conseguiu o que precisava? — Faço um gesto de cabeça para a câmera.

— Ah, sim. Gravei as vítimas dos atiradores, e teve uma família que não quis que os rostos fossem borrados. Eles querem que a verdade seja cortante.

Um buraco se abre em meu estômago. Ele *filmou* as vítimas. Achei que tivesse conferido se ele estava por perto, mas minha adrenalina e meu nervosismo podem ter me impedido de vê-lo.

— Ah — digo, casualmente. — Que tipo de imagem você conseguiu?

Ele balança a cabeça.

— Eu estava entrevistando uma família em outra sala quando as vítimas entraram. Quando cheguei, não consegui atravessar o mar de corpos e não queria ficar no caminho de ninguém. O mais perto de mim era o dr. Ziad, então gravei ele e o paciente dele.

Meu peito se expande de alívio, mas a culpa amarga cada uma das minhas respirações.

— Mas eu vi você salvar a vida daquela menina — diz ele, maravilhado. — Eu olhei e te vi costurando o pescoço dela. A bala atravessou direto, né?

Tento não vacilar.

— Sim.

Minha casa fica na próxima esquina, a três metros.

— Você salvou a vida do pai salvando a vida dela — ele acrescenta, felizmente sem ver a vergonha que estou tentando apagar do meu rosto. Mas algo em seu tom me leva a olhar para ele, e, quando faço isso, ele parece quase aterrorizado. Isso desaparece quando nossos olhares se encontram, e ele dá seu sorriso gentil. — Você é incrível.

O elogio tem gosto de cianeto em minha boca, e eu engulo as lágrimas. Deus, não mereço isso. Não mereço a gentileza nem os sonhos dele.

— Chegamos — diz ele, e minha porta azul aparece.

Pego minhas chaves com as mãos meio trêmulas.

— Ei, escuta — diz Kenan, e levanto os olhos para ele, rapidamente deixando minha expressão neutra. — Lembro que você comentou que a Layla está grávida de sete meses, né?

— Isso — respondo devagar.

Ele passa a mão pelo cabelo, de repente parecendo encabulado.

— Eu sei que a gente se conheceu ontem. Mas eu gosto de acreditar em um universo paralelo, onde isto — ele gesticula entre nós — teria dado espetacularmente certo. Se você ou ela precisarem de alguma coisa, por favor, me diga.

Meus cílios se agitam.

Quando não respondo nada, ele continua, mais atrapalhado do que nunca:

— Especialmente porque, sabe, pode ter atiradores ou algo assim, e a Layla não devia ir comprar comida na condição dela. Nem você...

— Obrigada — interrompo, e ele solta um suspiro aliviado. — Mas, de todo jeito, a Layla não sai de casa.

Ele franze a testa.

— Ela está bem?

Faço que sim, mexendo nas chaves.

— Tivemos um susto com um atirador em outubro. A Layla estava voltando do supermercado. Aliás, foi bem ali. — Aponto para o fim da rua poeirenta, onde há um poste elétrico quebrado ao meio, a pele metálica reluzindo à luz vespertina. Sangue enferrujado cobre a calçada ao redor dele. — Começaram a atirar. Tinha mais gente lá. Três mulheres e um homem morreram naquele dia. A Layla e uma criança foram as únicas sobreviventes. Ela se escondeu embaixo de um monte de destroços espalhados até estar seguro. — Respiro fundo. O terror que senti naquele dia, quando fiquei sabendo que havia um atirador militar no nosso bairro, foi inigualável.

Eu corri de volta para casa, sem nenhuma preocupação com minha segurança. Só conseguia escutar a súplica de Hamza repassando em meu cérebro como um disco quebrado. A voz dele me implorando para salvar sua esposa. Cheguei e vi os rescaldos de sangue correndo pelas ruas entre cacos de vidro e escombros. Os mártires tinham sido levados para o cemitério. Sobrava apenas um silêncio esmagador, como se a essência dessa esquina da cidade antiga de Homs tivesse entrado em estado de choque. Minhas pernas mal conseguiram me impelir para a porta da frente antes de abri-la.

E Layla estava lá, sentada no chão, as costas apoiadas na parede com papel descascado, soluçando. O rosto dela estava manchado de lágrimas, e havia pequenos cortes na testa e nos braços. Quando a abracei, ela tinha cheiro de escombro, fumaça e sangue, mas não importava. Ela estava viva.

— Você está viva. — Engasguei em meio aos meus gritos, apertando-a mais forte. — Você está viva.

Foi naquele dia que Layla ficou decidida a ir embora da Síria.

— Meu Deus — sussurra Kenan. — Isso é... Não consigo nem imaginar.

— Sim — respondo e aperto mais as chaves, até começar a doer. — Você *consegue* imaginar, Kenan. Daquela vez foi a Layla, e foi só pela misericórdia divina que ela saiu ilesa. Hoje, amanhã, daqui a duas semanas, podem ser a Lama ou o Yusuf. E eles talvez não tenham tanta sorte.

Kenan parece abalado, mas não o pressiono mais. Espero que as vítimas dos atiradores, a família com quem ele conversou e agora minha própria história lentamente comecem a se infiltrar na obstinação dele. Esse novo medo precisa de tempo para se transformar de algo vago e caótico em pensamentos sólidos e uma tomada de decisão. Só posso tentar explicitar esses pensamentos para ele.

— Acho... — digo com uma voz alta e nítida, e ele se endireita. — Acho que sua aventura não precisa terminar aqui.

Os olhos dele se suavizam, e vejo o dourado ao redor de suas íris. Por mais um momento, nos olhamos, e finalmente percebo que esse garoto com o suéter velho e o cabelo castanho desgrenhado que deixa as emoções à flor da pele é lindo. Parado no meio desta cidade devastada, dividida, ele é lindo e *real*.

Fico me perguntando no que ele está pensando. Se está continuando a frase que tenho vergonha demais de dizer. *Que ele podia encontrar sua Sheeta.*

De algum jeito, seu sorriso me diz que sim.

— A gente se vê amanhã, então? — pergunta ele, a voz quente como uma xícara de chá *zhourat*. Agora, suas bochechas não estão coradas, só há uma vasta calma, como se não estivéssemos com os dias contados, mas tivéssemos a eternidade à nossa frente.

— Sim, com certeza — respondo, sorrindo.

14

— Então Am, por pura bondade, concordou em deixar por mil dólares e um colar de ouro? — Layla se apoia no batente da minha porta com os braços cruzados. — Para nós duas? Tipo uma promoção "compre um, leve dois"?

Dou de ombros.

— O que posso dizer? Eu contei para ele dos seus pés inchados e de como você está morrendo de fome. Você é uma barganha excelente.

— Então ele sabe que eu estou grávida? — pergunta ela, ainda me olhando com suspeita. — Isso não devia custar mais ou algo do tipo?

— Sim, ele sabe — respondo. — E não, ele não disse nada sobre uma grávida custar mais. E não vou ser burra, Layla. Vou dar quinhentos dólares para ele amanhã e a outra metade mais o colar de ouro quando estivermos no barco.

Ela solta uma baforada de ar. Seu cabelo escorrega do coque, fios cor de cobre caindo nos ombros. Suas sardas estão quase invisíveis à luz do sol que vai esmorecendo em meu quarto.

— Não sei, Salama. Estou preocupada. Quer dizer, nós conhecemos histórias de refugiados em barcos. Sabemos que eles levam golpes e se af... afogam. Você sabe que tem tubarões no Mediterrâneo, né? Parece uma armadilha.

Mordo a língua.

— Não é.

— Como você pode ter tanta certeza? Logo você, a pessoa mais paranoica que eu conheço.

Eu me sento na cama e visto minhas meias mais quentes. A noite fria já se infiltrou pelas rachaduras das paredes, chegando aos nossos ossos.

— Eu vi provas dos sobreviventes. Ele tem fotos e vídeos deles na Europa. Não é golpe. Se todo mundo estivesse morrendo, ninguém mais entraria nos barcos.

Isso não é verdade e eu sei, mas prefiro que Layla acredite na mentira.

— Ainda não gosto — diz ela, resoluta.

— Nem eu, Layla, mas precisamos ir embora — repito, fraca.

Porque, se não formos, o que eu fiz hoje foi a troco de nada. Quebrei meu juramento de Hipócrates. Joguei meu compasso moral na lama e pisei em cima. O rosto de Samar e o de Ahmad passam pela minha mente. Não suporto ver mais uma criança ferida. As cicatrizes em minhas mãos começam a formigar, e eu as esfrego. É coisa da minha cabeça. Eu sei. A culpa está se manifestando em dor fantasma.

— Eu quero ir embora — completo, baixinho. Baixinho o bastante para Layla fingir que não me escutou. Mas escutou, sim. Ela segura minha mão. Seu toque é suave, e a dor desaparece. — Eu não posso salvá-las — continuo sussurrando, olhando para nossas mãos unidas. Em meu quarto, me sinto segura para despejar meus pensamentos. Não há ninguém para me julgar. Só minha irmã. — Não consegui salvar um garotinho. Não consegui... — Estremeço ao expirar, segurando um soluço. — Todo mundo está morrendo. Nada que eu faça adianta. Meu cérebro dói. Não durmo bem há mais de um ano. Sinto que estou gritando em um abismo que só engole tudo. Logo vai me engolir também.

Levanto os olhos, e Layla solta minhas mãos para acariciar meu cabelo. Ela sacode a cabeça, sorrindo gentilmente.

— Não vai te engolir.

Dou um sorriso débil.

— Você acredita mais em mim que eu mesma. Layla, eu tenho saudade de não fazer nada. Dos dias em que eu só ficava deitada na cama vendo filmes. Ou quando a gente se falava no telefone por horas. Lembra?

Ela faz que sim.

— A ditadura envelheceu todo mundo antes mesmo de a revolução começar. Mas agora eu me sinto com uns noventa anos.

— Eu bem que queria me sentir com noventa. Estou com *aparência* de uns mil anos — desdenho.

Layla me olha de modo penetrante.

— Não está, não.

Dou de ombros e mexo nas mangas da blusa.

— Então, qual colar você quer dar a ele? Estou pensando naquele que tem o laço no meio.

Ela enruga o nariz.

— Não estou nem aí para o colar. Pode escolher o que quiser. Nada vale mais do que você e a bebê Salama.

Seu tom está saturado de tristeza. Não gosto. Quero trazer de volta aquela tranquilidade que merecemos; uma fuga da melancolia que não para de se infiltrar. Então, digo:

— O Kenan me trouxe para casa hoje.

Ela arqueja.

— *Como assim? E você não começou contando isso?!*

Bingo.

Ela segura meu rosto nas mãos, me forçando a levantar os olhos.

— Kenan — diz ela, solenemente, olhando em meus olhos, e meu rosto fica quente na mesma hora. — Ha! Você gosta dele! — exclama.

Eu me solto das mãos dela.

— *Oi?* Eu nunca na *vida*... Uau, você... Como se você *soubesse*... Ah, cala a boca!

Ela cai na minha cama, sorrindo.

— Olha a sua cara! Está que nem um tomate maduro.

— Não está, nada — retruco, mesmo assim correndo para o espelho. Pareço assombrada, mas não daquele jeito *vou-morrer-agora*.

— Eu nunca te vi tão nervosa. — Ela ri, deixando o cabelo sair do elástico completamente e passando a mão pelos fios. — Nem na faculdade, com aquele gatinho da odontologia.

Solto um gemido e caio na cama ao lado dela. Ela me olha com um brilho no olhar.

— Não, espera, eu lembro o nome dele. Sami. — Layla bate com o indicador no queixo. — Ele gostava de você. — Ela apoia a cabeça na palma da mão. — E você até que gostava dele. Mas não assim, jovem Salama. Não, seu coração estava esperando o Kenan, né?

Abraço o travesseiro em cima do rosto, e ela ri.

— Aceite os sentimentos — cantarola.

— Mesmo que eu tivesse sentimentos — respondo, com a voz abafada pelo travesseiro —, nada aconteceria. Ele quer ficar aqui. Eu quero ir embora.

Sinto Layla se levantando e a espio por baixo do travesseiro. Ela não parece nada perturbada. Em vez disso, está com um olhar de sabedoria.

— Muita coisa pode acontecer entre agora e o momento de irmos embora. — Ela rodopia pelo quarto. — Muitos *e se* e *talvez* e *quem sabe*.

Ela para e leva a mão ao coração. O pôr do sol projeta sombras laranja e cor-de-rosa em Layla, que parece etérea no brilho suave. Como se estivesse com um pé na vida após a morte e o outro aqui.

— Os sentimentos dão esperança, Salama. — Ela sorri. — Não acha que isso pode ser bom agora?

Faço que sim.

— Então. — Os olhos azuis dela estão luminosos. — Você gosta dele?

Brinco com a barra do meu suéter.

— As circunstâncias não estão exatamente propícias para romance, Layla!

Ela dá um peteleco no meu nariz.

— *Ai!* Por que você fez isso?

— O que eu falei? — questiona ela. — Eu falei que os sentimentos dão esperança. Não tem nada de errado em achar conforto no meio do que está acontecendo, Salama.

Esfrego meu nariz.

— Digamos que eu goste dele. Nossas escolhas são limitadas. Aonde a gente iria, Layla? Caminhar pelo mercado destruído? Ou quem sabe sair da cidade antiga de Homs, desviar de balas até o rio Orontes e fazer um piquenique na margem? Além do mais, não temos acompanhante para fiscalizar! Meus pais e Hamza não estão aqui.

Ela morde os lábios antes de rir.

— *Acompanhante!*

— O que foi? — pergunto, indignada.

Ela seca os olhos, ainda rindo.

— Nada. Você é muito fofa. — Ela se senta ao meu lado, com os pés embaixo do corpo. — Me conta mais dele.

O olhar dela me deixa desconfortável.

— Ele é... honesto. Em tudo. Os pensamentos, as expressões. É gentil. É uma gentileza rara, Layla. Tenho certeza que ele ainda sonha. Talvez seja a única pessoa desta cidade inteira que ainda sonha à noite. E, quando ele me olha, eu sinto... sinto que estou sendo vista, e tem... tem uma esperança minúscula.

Ela abre um sorriso e entrelaça a mão na minha.

— Isso bem aí — sussurra. — Quero que você se apegue a isso. Não importa o que aconteça, lembre que este mundo é mais que a agonia que ele contém. Podemos ter felicidade, Salama. Talvez não venha num formato padronizado, mas vamos pegar os fragmentos e reconstruí-la.

Sinto uma pontada em meu coração machucado.

— Salama — continua ela e aperta mais forte minha mão. — Você merece ser feliz. Você merece ser feliz *aqui*. Porque, se você não tentar na Síria, não vai tentar na Alemanha. Chegar à Europa não vai resolver seus problemas.

Faço uma pausa. Nunca pensei nisso antes.

— Prometa que vai procurar a alegria. — Ela sorri com tristeza. — Assim as memórias são mais doces.

Suas palavras traem o mecanismo que ela usa para lidar com a dor desde que Hamza foi levado. O fato de ela ter conhecido o amor de sua vida quando eram crianças e de ter tido uma história com ele. De as lembranças dele a estarem mantendo de pé, senão ela já teria se dobrado de dor.

— Eu... Eu prometo — digo, as palavras pesadas em minha língua.

Quando o sol se põe, coloco Layla para dormir no sofá, prendendo o cobertor com firmeza ao redor do corpo dela para o frio não entrar.

Ela pega no sono após alguns minutos, sorrindo para mim, e minhas mãos caem em sua barriga grande. Minha sobrinha está do outro lado e, se me concentrar bastante, consigo imaginá-la apertando as palmas minúsculas contra a placenta, bem embaixo das minhas. Agora que Layla está no terceiro trimestre, o desenvolvimento do cérebro e dos neurônios da bebê Salama está a toda, mas, sem dúvida, com Layla tão desnutrida e abaixo do peso, os rins dela *vão* ser afetados. A bebê não sobreviveria a um inverno duro em Homs. Eu me xingo baixinho por três meses de questionamento sobre ir embora ou não. Como pude ser tão egoísta?

Não.

Como chegamos a isso?

Layla ronca baixinho, e sinto meu luto em silêncio. Embora eu esteja aqui, ela está sozinha. É como se fosse ontem: Layla e Hamza voltando da lua de mel, os olhos brilhando como lanternas do Ramadã.

Sentados na varanda da nossa casa, Layla descansou a cabeça no ombro de Hamza. O rosto dele adquiriu um tom escuro de rosa, mas ele pareceu contente consigo mesmo.

Eu estava na sala observando os segredos íntimos trocados entre os dois, que só minhas margaridas nos vasos podiam ouvir.

Layla me viu olhando e fez sinal para eu me aproximar, o cabelo castanho-avermelhado caindo pelos ombros. Hamza imediatamente o colocou para trás, para poder olhar para ela.

— Vocês dois pareciam tão envolvidos em uma conversa — comentei, sorrindo e saindo para a varanda. A brisa quente da manhã era bem-vinda após meses de inverno. — Eu não quis incomodar.

Eles sacudiram a cabeça em uníssono.

— Incomodar? — Layla riu e me puxou para ela. — Minha irmã nunca incomoda.

— Me conta do mar Morto, então — pedi, me enfiando no meio deles. Hamza me deu um olhar exasperado. Ele chegou para o lado, mas continuou segurando a mão de Layla, os dedos deles se entrelaçando bem na minha frente.

— Muito salgado — declarou Layla imediatamente.

— Dá coceira. Arde um pouco também — disse Hamza, e Layla riu.

— É, tem gente que ficou tempo demais na água.

— Eu estava flutuando! Na água! Sem fazer esforço! Óbvio que eu tinha que ficar.

— Todo mundo ficou olhando para a gente porque o Hamza estava agindo como se nunca tivesse visto o mar — cochichou Layla no meu ouvido. — Precisei fingir que a gente não se conhecia. Ele me deu muita vergonha.

Dei risada, e Hamza revirou os olhos.

— Se você for agir desse jeito nas minhas exposições — disse Layla em voz alta —, não vai ser convidado.

Hamza levou a mão dela aos lábios, beijando os nós dos dedos, e eu fiquei olhando para ele, incrédula. Eu estava sentada bem ali, mas ele só tinha olhos para Layla.

— Vou ser bem pior, meu amor — declarou, baixinho. — Se você acha que vou fazer qualquer coisa que não seja ficar incrivelmente orgulhoso e te exibindo para todo mundo, está muito enganada.

Layla ficou corada, mas estava sorrindo.

— Ah, Salama. — Ela balançou a cabeça. — O que eu faço com ele?

Suspiro e entro no quarto, afastando da mente aquela garota inocente que não sobreviveu. Ficar enlutada por ela não me ajuda. Não vai me alimentar e não vai me tirar da Síria.

Khawf já está apoiado contra minha janela, fumando. Está com o rosto voltado para longe de mim, e eu o ignoro, me ajoelhando na frente da cômoda para abrir a última gaveta. Guardados embaixo das roupas velhas, no canto direito mais distante, estão o ouro de Layla e o restante do dinheiro que temos. Pego quinhentos dólares e escolho um colar, separando-o. Hamza deu de presente a Layla no dia da Al-Fatiha deles. É um cordão grosso, intrincado, pesado em minhas mãos. Um nó se forma em minha garganta, e guardo de volta o colar antes de as lágrimas caírem.

— Você foi bem hoje — murmura Khawf e solta uma nuvem de fumaça. — Foi bem melhor do que eu esperava. Você não tem mais motivo para ficar aqui e deixar suas mãos manchadas de sangue curarem os doentes.

Tapo os ouvidos, sacudindo a cabeça, e me concentro nas palavras de Layla para mim. Esperança. Achar amor e felicidade para além do tormento.

Khawf revira os olhos.

— Se for para você subir no barco, por mim pode acreditar até em unicórnios, mas fala sério, Salama. *Esperança?* Vamos ser realistas. — Ele curva o dedo, me chamando para perto, e eu obedeço. — Olha lá fora.

A cidade está pintada de preto sob um céu emaranhado de cinza. A luz da lua está presa atrás das nuvens coaguladas, assim como nós estamos presos na cidade antiga de Homs, incapazes de ultrapassar. Os prédios em frente à minha janela são fantasmas, sem chamas brilhando em nenhum deles. Se eu fechar os olhos e deixar minha audição assumir, consigo escutar as vozes abafadas de pessoas protestando em outros bairros. Elas nunca pararam, nem por uma única noite, e, com o aniversário da rebelião daqui a um mês, estão com o espírito cada vez mais forte.

— Hoje você talvez não morra com os aviões — diz Khawf, parado bem ao meu lado. — O céu está cheio de nuvens grossas.

— *Lilás.* — Respiro fundo. — *Lilás. Lilás. Lilás.*

— Salama — continua ele, mas não está olhando para mim, e sim vendo o mesmo horizonte que eu. — Que felicidade você pode encontrar nesta terra arrasada? Hein? Não tem *nada* para você aqui. Sua família se foi. E Kenan só vai te fazer sofrer se você continuar alimentando sentimentos por ele. Ele não vai embora. Não tem felicidade a ser encontrada no meio dos escombros. Mas há possibilidades na Alemanha, e — ele finalmente me encara, e seus olhos me lembram lagos congelados no inverno — é melhor que ficar aqui. Layla viva é melhor. E estar longe vai diminuir o remorso pelo que você fez com Samar. Este lugar só tem lembretes dos seus fracassos e da inevitabilidade da sua morte.

Mexo os dedos, desconfortável.

— Mas a Layla falou...

— Layla? — repete ele, depois dá um peteleco no cigarro, que se desintegra antes de bater no vidro da janela. — Vou te mostrar a *Layla*.

Ele estala os dedos, e minha cidade tomada pelo sofrimento desaparece da frente da janela, substituída por uma memória. Por um segundo, fico abalada, porque não é a memória que eu esperava. Não é uma crivada de dor, mas uma que me é muito cara.

O casamento de Layla e Hamza.

É como se eu estivesse assistindo a um filme, mas isso não me impede de pressionar as mãos no vidro frio.

A festa é na fazenda dos meus avós, entre os jardins sob os limoeiros. Cobrimos o espaço de luzinhas e a música sai alta das caixas de som. As convidadas estão espalhadas por todo lado, conversando entre si ou gritando para Layla quando ela dança no meio da pista.

O rosto de Layla não tem agonia. Ela balança com seu vestido de corte princesa off-white, que flutua a cada movimento que ela faz. Sua risada, verdadeira e cheia, chega aos meus ouvidos e me enche de afeto. A vida a pinta lindamente. Seu cabelo castanho-avermelhado está caindo em cachos suaves pelas costas, com as rosas e mosquitinhos brancos que escolhi para ela entrelaçados em meio às mechas.

Mama para ao lado dela usando um *abaya* roxo, balançando os braços com alegria, e eu empurro o vidro, precisando que ele desapareça. Precisando correr para Mama e me jogar nos braços dela. Precisando voltar o tempo. Khawf nunca me mostrou Mama assim antes. Saudável e viva.

— *Mama* — falo, engasgada.

— *Esta* é a felicidade de Layla, Salama — diz Khawf ao meu lado. De repente, a gravação do DJ anuncia a chegada de Hamza e todas as mulheres correm para se cobrir com o hijab.

Seguro um gemido ao ver meu irmão, sorrindo tímido ao caminhar até Layla. Seus olhos, que brilham como estrelas no céu, estão só nela.

Quando ele chega, os dois se abraçam, apesar da saia cheia do vestido, e as risadinhas afobadas de Layla ecoam no vidro da janela.

Baba, vestido com seu melhor terno, entrelaça os dedos nos de Mama, e meus joelhos ficam bambos de saudade. Quero tanto abraçar todos eles que solto um grito.

Meus olhos vão para todos os lados, bebendo essa memória como um homem morrendo de sede no deserto. A forma graciosa como Mama gira as mãos ao falar, o cabelo grisalho de Baba, que ele fica alisando para trás, Hamza balançando para a frente e para trás com Layla agarrando o braço dele para mantê-lo estável. Meus olhos enfim caem em uma mulher perfeitamente arrumada dos pés à cabeça. Um pedaço de seu cabelo castanho sai pelo topo do hijab, grudado na testa. Seu rosto é lindo, com rugas leves ao redor dos olhos. Está vestindo um *abaya* verde-floresta que combina com seus olhos. Cor de mel esverdeados. Ofego. Eu conheço esses olhos. Já os vi antes. Em um garoto alto com cabelo castanho desgrenhado.

Foi assim que tudo começou? Em um casamento? Que coisa mais síria. O pensamento quase me faz sorrir.

— Salama — diz Khawf, tentando chamar minha atenção, mas me recuso a desviar os olhos dessa linda ilusão e enfrentar o olhar inclemente dele. — *Salama*, você não pode viver no passado. Estou te lembrando o que era a felicidade verdadeira. *Isto* não existe mais. *Isto* não é algo que você vai encontrar aqui.

— Não — rujo, me apegando ao que Layla me disse. A vida aqui não é só horror. — *Não.*

Ele suspira e estala os dedos de novo. O casamento lentamente se dissipa, molécula a molécula, transformando-se em uma memória terrível. Uma memória que não quero revisitar enquanto estiver viva. Meu coração parece estar sendo arrancado da cavidade torácica, e eu gemo de dor.

Layla, jogada no corredor da nossa casa em julho. Seu vestido amarelo-mostarda com a cor vibrante desbotada, amarrotado, desconfortável ao redor do corpo. Seus olhos azul-oceano estão vazios. As lágrimas deixam duas linhas manchadas nas bochechas dela, e suas mãos estão tremendo, mas ela não faz nada para impedir.

Foi o dia em que Hamza foi levado.

Ela ficou lá sentada por três dias, sem comer, quase sem respirar e sem nunca me responder quando eu tentava conversar com ela. O cabelo dela estava grudado nas laterais do rosto, fino e frágil como palha. Layla ficou lá chorando em silêncio até os olhos estarem inchados e vermelhos e, no fim do terceiro dia, sofrendo de choque e desidratação leve, ela se virou para o lado e vomitou. Depois, percebemos que também podia ser por causa das náuseas da gravidez.

E à minha frente no corredor mal iluminado está Layla, uma casca vazia. Uma boneca quebrada. Quase mais perto da morte que da vida. A sensação nauseabunda de impotência cria raízes, e eu arranho o vidro da janela, frustrada.

— *Isto* — Khawf bate um dedo longo contra o vidro — é o que você tem em Homs. Foi um milagre Layla ter saído da depressão.

Mordo a unha.

Ele não espera minha resposta.

— Acho que Layla percebeu que você é a última familiar dela, fora a bebê. Decidiu se aprumar e ser forte pela família. Só até vocês estarem todas em segurança. Ela sabia que sucumbir à dor machucaria você, então reprimiu tudo.

— Ela está bem agora — digo entredentes.

Khawf revira os olhos.

— A Layla que você conhece agora *não está* bem, Salama. Está engolindo o sofrimento. Ela vai definhar até estar na Europa. *Não tem importância* se vocês duas vão ser felizes lá ou não. Vocês vão estar *vivas*, e você vai ter cumprido sua promessa a Hamza.

As palavras dele rastejam pela minha pele, dissolvendo-se nos poros, e eu me viro para encará-lo, lentamente compreendendo sua existência. Acho que eu sempre soube que Khawf está aqui para garantir minha segurança, mas agora consigo enxergar. Ele não está me prometendo felicidade nem compreensão. A Alemanha não é a resposta para uma vida de alegria garantida. Não é nosso lar. Mas é segurança. E é disso que Layla e eu precisamos agora.

Ele estala os dedos pela última vez. A cidade antiga de Homs me olha de volta com olhos inquietantes. O ar está cheio de almas mortas e do peso do meu pecado.

— Ir embora quer dizer deixar para trás o que você fez aqui — murmura Khawf. Meu coração está na garganta. — Pelo resto da sua vida, você nunca mais vai ter paz de espírito pelo que fez com Samar. Isso vai te corroer por dentro como um câncer. Já começou. Pelo menos, na Alemanha, você vai estar a quilômetros de distância das memórias. A esta altura, Salama, você só pode esperar pela sobrevivência. Não pela felicidade.

— Você para de estudar em algum momento? — perguntou Shahed, e eu levantei os olhos do livro de terminologia médica que estava lendo.

Faltava uma semana para minhas provas do primeiro semestre da universidade, e Shahed, Rawan, Layla e eu tínhamos decidido ir a um café no centro depois das aulas. As ruas fervilhavam de gente. As mesas internas e externas dos restaurantes estavam todas ocupadas por famílias desfrutando de um jantar cedo, composto de todos os pratos sírios imagináveis. Quibe assado no carvão, costeletas de cordeiro perfeitas no espeto, tabule, wara'a enab, laranjas recém-espremidas colhidas no interior. Alguns transeuntes pareciam estar numa situação difícil. Roupas puídas e rosto emaciado, as mãos estendidas, pedindo. Mas a maioria passava sem olhar para eles.

Estávamos com vontade de comer doce, então pedimos dois pratos cada uma. Cada centímetro da nossa mesa estava coberto de sobremesas. Pedi booza e rez bhaleeb. O primeiro precisava ser comido rápido, porque o sorvete estava começando a derreter, apesar da brisa fresca. O segundo, arroz-doce regado com água de flor de laranjeira, era o encerramento perfeito para um dia na universidade. O ensino médio sempre fora exigente, mas era o equivalente a aprender o alfabeto em comparação ao meu primeiro ano de farmácia. A diferença era chocante, e, apesar disso, a única coisa que os separava eram as férias de verão.

— Sério, para de estudar! — Rawan fez coro, brandindo a colher dela para mim. — Curte o clima. A comida.

Franzi a testa.

— Não posso. Tenho prova na segunda de manhã e, se não souber a diferença entre a ulna e o úmero, vou ser reprovada.

— Eu vou quebrar a sua ulna e o seu úmero, isso sim — murmurou Shahed.

Cruzei os braços.

— Os nomes científicos de partes do corpo são difíceis! Eu vou ser reprovada!

— Você é a rainha do drama, sério. — Layla revirou os olhos. Ela pegou a limonada gelada, o anel de diamante reluzindo. — Sempre fala isso e acaba tirando a nota mais alta.

— É, todo mundo parou de acreditar em você quando a gente tinha doze anos — disse Rawan. Então imitou minha voz. — Ah, meu Deus. A prova foi tão difícil. Não consegui responder nada. Não tenho ideia se vou passar...

Seguro um sorriso.

— Eu não sou ass...

— É super — disse Shahed, com a boca cheia de halawet eljebn. — E aí você passa e recebe certificados de honra, enquanto a gente fica aqui sentada pensando em te assassinar.

Fechei o livro e o joguei na mesa com força, e as cumbucas de vidro pularam. Também assustei algumas pessoas sentadas por perto. Em particular um garoto com cabelo castanho desgrenhado. Ele levantou os olhos, piscando. Fiquei corada com a comoção que havia causado, e nossos olhos se encontraram antes de eu desviar às pressas.

Eram os olhos mais verdes que eu já tinha visto.

— Tá bom — falei. — Não vou estudar.

Passei o resto daquela tarde tentando não olhar para o garoto com os olhos mais verdes, ocupado em seu laptop. Ele estava sozinho e havia um prato grande com quatro porções de knafeh na mesa. Olhei outra vez, surpresa com o fato de alguém conseguir comer tudo aquilo sem cair num coma causado pelo açúcar.

Tentei obrigar meu cérebro a não permitir que eu me virasse, mas meus olhos traiçoeiros se recusaram a obedecer, e peguei relances dele nos milissegundos em que meu olhar desviava em sua direção. Talvez um ano mais velho.

Bonitinho. Eu queria tirar o cabelo que caía em seu rosto para ele poder ver melhor a tela do laptop.

Ele de repente levantou a cabeça e me olhou diretamente, nossos olhos se encontrando pela segunda vez. Minhas bochechas queimaram, e, naquele momento, nasceu uma vida inteira. Ele tinha uma expressão delicada, um interesse curioso, que se mostrava no jeito como seus lábios se curvavam para cima, e eu...

Acordo num sobressalto, engolindo ar. Meu cabelo está grudado no pescoço pelo suor, e minhas pálpebras estão pesadas com lágrimas remanescentes. Tremo ao sair da cama, o ar frio da manhã congelando meus ossos.

Foi um sonho ou uma lembrança? Balanço a cabeça, incapaz de achar energia para discernir a verdade. Não tenho tempo. Eu me visto e não como o pão dormido que Layla me passa, mas enfio na bolsa com os quinhentos dólares.

Quando chego ao hospital, Am está com a mesma roupa de ontem, as costas curvadas, sentado ao lado da filha, que dorme. O átrio principal ainda abriga os feridos do ataque de ontem. O fedor de lesões supurantes e sangue oxidado não me dá ânsia de vômito. Não mais.

— Am — digo logo, evitando olhar para Samar.

Ele se vira. Está com olheiras e precisando se barbear. Parece ter envelhecido dez anos, e eu ignoro a culpa que queima meu peito.

— Como ela está? — falo com dificuldade.

Ele me dá um olhar duro.

— Melhor. Ainda não consegue mexer o pescoço, mas vai para casa hoje. Não tem leito suficiente aqui.

— Eu... entendo. Ela precisa aguentar mais um pouco até podermos remover os pontos.

— Eu sei. Você trouxe tudo?

Observo ao redor, mas não vejo o dr. Ziad nem Kenan, então tiro o bolo de notas e passo rapidamente para ele. Seus olhos se enrugam com a concentração enquanto ele conta, então sua expressão fica feia.

— Que jogo é este, Salama? — diz ele, sibilando. — Só tem quinhentos dólares. E cadê o ouro? Você está tentando me passar para trás?

Endireito as costas, enfiando as mãos nos bolsos.

— Não. Vou te dar o restante quando você nos levar ao barco.

Ele me olha por um segundo antes de dar uma risada que parece um latido. Algumas pessoas viram a cabeça em nossa direção, e seguro a barriga para refrear meu pânico. Elas desviam o olhar, cada uma envolvida demais com suas próprias preocupações para se importar com um homem que ri.

— Eu não paro de te subestimar. Tá bom, tem um barco chegando daqui a um mês. É uma rota padrão, que já foi feita várias vezes. Pelo Mediterrâneo até Siracusa, onde um ônibus vai levar vocês para Munique. Vocês vão começar a navegação perto de Tartus. Eu mesmo vou levá-las de carro até lá.

Tudo parece bastante simples, embora esteja longe de ser. Tartus, com vista para o Mediterrâneo, antes ficava a uma hora de Homs. Mas isso era sem as novas fronteiras e os militares lotando a rota como formigas venenosas. Agora, leva horas. A única coisa que sei sobre Siracusa é que fica na costa da Itália; sobre Munique, que é uma cidade na Alemanha. Não tenho ideia da distância entre as duas.

— Como vamos chegar em Tartus com todos os pontos de controle? — pergunto, torcendo para minha voz não mostrar o terror que estou sentindo.

Ele dá de ombros.

— Não se preocupe com os militares. É aí que entra o dinheiro. Nunca fui detido.

Uma dor de cabeça, resultado do estresse que não acaba, começa no centro do meu cérebro, produzindo um latejar surdo. A jornada parece impossível. Alemanha e Itália parecem impossíveis. Por enquanto, são só palavras que li em livros e escutei nos jornais. Não consigo nem imaginar esses lugares.

Pigarreio.

— Por que o barco vai demorar quatro semanas? Não tem outro antes? A Layla vai estar no oitavo mês.

Am estala a língua.

— Ele vai voltar em alguns dias, mas precisa de um tempo até chegar ao porto aqui. Os homens têm que garantir que está tudo funcionando bem. Além do mais, você não é a única que vai nele. Terei outros detalhes em mais ou menos uma semana. Essas coisas demoram.

Impotente. Eu me sinto impotente e acorrentada a acontecimentos que não posso controlar. E que determinam o destino de Layla.

As portas do hospital se abrem e eu fico alerta, pronta para testemunhar mais um corpo sem vida, mas é apenas Kenan. Seus olhos brilham e ele está vestindo outro suéter por baixo da jaqueta marrom desgastada. Sua câmera balança ao lado do corpo. Meu coração para ao vê-lo.

Eu sei que podia amá-lo facilmente. Em uma vida que *poderia* ter sido, com as fantasias que orquestrei para mim, seria muito fácil me apaixonar por seu sorriso torto e seus sonhos apaixonados. Penso nas palavras de Layla. Eu me pergunto se vale a pena achar felicidade em Homs antes de ir embora. Ou se essa felicidade vai levar à mágoa e à perda de alguém com quem eu posso querer compartilhar a vida.

Layla pode pregar um mundo cor-de-rosa, mas Khawf e seu cinismo são a realidade.

Quando os olhos de Kenan caem em mim, ele sorri, o rosto todo se iluminando como o sol num dia primaveril, e meu coração acelera.

— Espera um minuto — digo, distraída, a Am.

— E o meu paracetamol? — protesta ele.

— Vou pegar. Um minuto — repito, sem tirar os olhos de Kenan enquanto corro até ele.

Seu sorriso se aprofunda quando estou à sua frente, e meu coração não se acalma.

— Precisamos conversar — falo, sem fôlego.

Sua expressão fica séria com meu tom ansioso, e ele me segue a um canto vazio do outro lado do átrio. Mantém uma distância respeitosa, mas não tanto que eu não consiga cochichar.

Vou direto ao ponto.

— Tem um jeito de você e seus irmãos irem embora da Síria.

Ele pisca, atordoado, e sua testa se franze.

— Eu... Eu vou embora — digo.

Três palavras são suficientes para estilhaçar qualquer ilusão frívola que tínhamos construído entre nós.

— Ah — é tudo o que ele diz.

Só precisa uma sílaba com a voz falhando para a esperança em minha alma murchar. Khawf tinha razão. Não há felicidade aqui.

Kenan examina as botas, o desconforto escrito em sua expressão, mas sei que não está me julgando. Ele conhece o terror. Vive-o todos os dias.

Mordo o interior da bochecha.

— Um barco vai sair para a Itália daqui a um mês. Posso negociar três lugares para você e seus irmãos. Você não tem que se matar por esta causa.

Ele engole em seco uma vez. Duas. Uma veia pulsa em seu pescoço, e uma gama de emoções passa por seu rosto. Tristeza, dor, culpa, alívio.

Finalmente, ele diz:

— Eu sei que é pedir muito, mas eu me sentiria bem melhor em mandar meus irmãos sozinhos se você estivesse lá com eles. Você não teria que fazer nada, só garantir que eles cheguem até a Itália. Meu tio pode encontrar os dois lá.

— Kenan, escuta...

Ele balança a cabeça.

— Salama, por favor. Por favor, não me peça para ir embora. Preciso mostrar ao mundo o que está acontecendo.

Suas palavras são cheias de certeza, mas o rosto se acomodou em uma emoção. Medo. O peso do massacre de ontem nitidamente abalou mais a obstinação de Kenan que o ano inteiro junto. Ele está tentando se segurar, escolhendo deliberadamente se afastar da verdade horrível de que isso vai custar mais que a sua vida. A perturbação cria uma tempestade em suas íris, e penso que consigo ler a verdade sombria no epicentro. Ele quer ir, mas a culpa o impede. O dever dele com a nação. Eu me lembro da minha alucinação de um Hamza quebrado e me pergunto quando isso se tornará a realidade de Kenan.

Por cima do ombro dele, vejo Am me encarando, interessado, e volto a me concentrar em Kenan. Seus ombros estão encurvados, e vejo minha infelicidade refletida nele.

— Desse jeito, vou manter minha promessa a Baba — murmura ele, e parece mais dirigido a si mesmo que a mim.

Respiro fundo.

— Não sei quem te disse que ir embora é uma coisa covarde a fazer, mas não é. Se salvar de pessoas que querem te assassinar *não é* covardia.

Ele balança a cabeça.

— No fim, só há uma verdade, Salama. Esta terra é o meu lar. Não tenho outro. Ir embora é uma morte por si só.

Fecho as mãos em punhos. Eu já morri. Morri no dia em que Baba e Hamza foram levados. Morri no dia em que Mama foi assassinada. Morro a cada dia em que não consigo salvar um paciente e morri ontem quando fiz uma garotinha de refém. Talvez, na Alemanha, alguma parte minha possa ser ressuscitada.

— O barco custa mil dólares por pessoa — digo. — Bom, geralmente são dois mil, mas consigo negociar. Vocês podem pagar?

— Sim — responde ele imediatamente.

Assinto com a cabeça.

— Você tem um mês, Kenan — falo em voz baixa. — Se você não mudar de ideia, vou fazer seus irmãos chegarem à Itália, mas saiba que sou só uma garota e o trajeto é perigoso. Não posso garantir a segurança de ninguém.

Com isso, eu me viro, olhando para o rosto chocado dele pela última vez antes de ir para o almoxarifado e pegar a cartela de paracetamol de Am na minha bolsa.

— Dois lugares a mais — digo a ele.

Am franze a testa.

— Como assim?

— Preciso de dois lugares a mais. Dois mil dólares.

Ele solta uma risada curta.

— Não. Isso não era parte do acordo.

— Agora é — retruco. — São crianças. Não vão ocupar muito espaço.

Ele me dá um olhar de pedra, que devolvo.

Cruzo os braços.

— O colar de ouro agora vale mais. Provavelmente pelo menos três pessoas. Você também vai receber dois mil dólares a mais. Sem falar no paracetamol. Acho que você está lucrando *bastante* comigo.

A boca dele se curva em um esgar.

— Tudo bem. Mas juro por Deus, Salama, se você não cumprir a sua parte do acordo, vou fazer você ficar vendo o barco ir embora enquanto os militares levam sua irmã.

Aperto meu jaleco mais forte. Não duvido nem por um segundo da ameaça dele e quero arranhar seu rosto por ousar meter Layla na história. Em vez disso, tento responder com um tom seguro.

— Eu sei.

— Que bom. Diz para o seu amigo trazer metade do dinheiro amanhã.

Algumas horas depois, uma bomba cheia de estilhaços atinge um prédio residencial e as vítimas são levadas em farrapos para o hospital. O chão logo fica escorregadio de sangue e o cheiro metálico domina o ar parado.

Trabalho sem parar, arrancando os pedaços de destroços enfiados em meio a carne e osso. Faço curativos e acalmo. Fecho olhos brancos como leite com dedos trêmulos e murmuro preces pela alma dos mártires. Trabalho até minhas pernas protestarem de exaustão, e então trabalho mais ainda. Qualquer coisa para afastar o que eu fiz ontem. Cada pessoa deitada diante de mim é Samar, e cada uma que não salvo é Ahmad.

Não sinto o tempo passar. Não até meus músculos braquiais gritarem e eu soltar o bisturi com um estrépito na bacia de inox. Ele faz um som alto e espirra gotas de sangue em meu jaleco. Meus braços tremem e meu pescoço está duro. Quando olho para cima, fico vesga e bambeio um pouco.

— Ei! — exclama alguém, e uma mão agarra meu braço antes de eu cair no chão.

Vejo dois Kenans balançando em cima de mim. O cabelo deles está espetado para todo lado, suor brilhando na testa e preocupação cobrindo os olhos.

— Salama? — perguntam eles, a voz distante e fazendo eco. — Ah, meu Deus.

Pisco, e o rosto de Kenan volta a entrar em foco. Ele está perto, muito perto. Ergue o olhar, procurando ajuda pelo átrio, e de repente percebo que ele está me apoiando, com a mão nas minhas costas. Meus pés encontram o chão, e isso me dá o impulso de que preciso para me firmar e me distanciar dele. O calor remanescente de seus dedos continua pressionado em minhas costas, queimando minha pele através do tecido.

— Desculpa. — Ele levanta as mãos, com vergonha e corado. — Você estava caindo, e eu...

— Não tem problema — digo, a voz rouca e a garganta arranhando. Por falta de uso, por tensionar os músculos o dia todo, não sei. Olho ao redor e só vejo vermelho e cinza, corpos caídos uns por cima dos outros e o miasma de desespero se agarrando ao ar. Estou tonta pela falta de comida e pela exaustão, e volto a bambear.

— *Salama!* — Kenan estende o braço, e eu o seguro, com o estômago se contorcendo. Estou me asfixiando com o sangue que encharca minhas mãos, e me viro para lavá-lo. Minhas roupas grudam em mim como uma segunda pele, e preciso que meu cérebro pare de gritar comigo.

— Preciso... — falo, então paro, sentindo que estou prestes a vomitar.

Ele faz que sim, rapidamente me levando para longe dos pacientes e abrindo as portas da entrada. Sou confrontada pelo vento de fim de inverno, que congela o suor em meu rosto.

Estou me apoiando no braço dele, agarrando forte, tentando respirar pelo nariz e focar qualquer coisa que não o som torturante de ossos sendo amputados.

Peônias. Flores fragrantes. Um tônico das pétalas pode ser usado como relaxante muscular. Peônias. Peônias. Peônias.

Minhas pernas ainda não conseguem me carregar, e quase tropeço, mas Kenan passa o braço por baixo do meu, me levantando, de modo que minha bochecha fica pressionada contra a jaqueta dele. O uso deixou o tecido macio, e eu inspiro o aroma dele. Limões. Não faço ideia de como, mas ele tem cheiro dos limões mais frescos, e é um conforto diante do pânico que me assola.

Nunca fui abraçada por um garoto antes, e certamente não por um de quem eu talvez goste. Não por alguém com quem, em uma vida que *poderia* ter sido, eu estaria casada. Dou uma espiada nele de relance. Ele está olhando para a frente. Uma leve barba por fazer castanho-clara cobre seu maxilar e suas bochechas, e tenho uma vontade repentina de tocá-la. O pensamento me choca e me estabiliza. Levo a mão trêmula ao peito.

Ah, seria tão fácil me apaixonar, penso, melancólica. *Tão fácil.*

Ele olha para baixo.

— Você está bem?

Minha respiração fica presa na garganta. Tento desesperadamente encontrar qualquer coisa científica para explicar o ato de se apaixonar. Quanto tempo fica incubado no corpo antes de eu começar a ter sintomas? É crônico ou passageiro? As circunstâncias da guerra são um fator que acelera o processo?

Meu coração vai se importar com o fato de que me separarei dele daqui a um mês?

— Salama? — repete ele depois que fico um minuto sem falar nada.

— S-Sim — sussurro.

Ele estuda minhas feições, e minhas sinapses disparam neurotransmissor após neurotransmissor. Ele analisa minha expressão, e alguma emoção queima em seus olhos.

Vejo antes de ela desaparecer e a guardo no coração para rever depois, quando estiver sozinha.

Ele me senta nos degraus rachados dos portões do hospital, que dão para a rua principal. Há alguns galhos espalhados na calçada destruída. Estamos longe da porta da frente, então não conseguimos escutar as vozes de quem está lá dentro. Ele se senta ao meu lado, deixando alguns centímetros entre nós, e esfrega as mãos como se tentasse afastar o frio. Seus dedos são longos e delicados. Como os de um artista. Fico olhando para eles e imagino aquela vida que *poderia* ter sido: estaríamos sentados bem aqui, protegidos por cachecóis grossos e casacos. Ele entrelaçaria os dedos nos meus e eu ficaria maravilhada com o tamanho da mão dele na minha. Ele beijaria os nós dos meus dedos, e eu sentiria que estava flutuando em uma nuvem.

— Desculpa — diz ele de novo, mordendo o lábio inferior. — Eu sei que não devia ter tocado em você. Eu... Não somos prometidos, e... eu... — Ele bagunça o cabelo, parecendo culpado, e passa a mão pelo rosto. — Não quero que você pense que estou me aproveitando nem nada assim. Salama, não estou...

— Para de falar — digo, e ele fica em silêncio, o rosto ainda corado de remorso. — Não estou chateada.

Meus dentes batem, e eu puxo as mangas do suéter por cima das minhas mãos congeladas, apertando o jaleco ao redor do corpo.

— Posso te dar minha jaqueta? — pergunta ele, e eu fico olhando.

Ele parece chocado com a própria pergunta, mas está determinado.

Faço que sim.

Ele a tira e parece mais magro sem ela.

Não. Desnutrido.

Ele a coloca em torno dos meus ombros, e eu mergulho no calor corporal ainda preso no interior. Limões. O cheiro amortece o arrependimento, silenciando os gritos daqueles que não consegui salvar, e borra a imagem de Samar sangrando no leito de hospital.

Puxo as lapelas da jaqueta ainda mais para perto, me concentrando na respiração até a náusea passar.

— Salama — diz Kenan, e meu olhar se acomoda nele. Ele está com a câmera nas mãos, mexendo nos botões e nas aberturas antes de me olhar nos olhos, parecendo conseguir ler minha mente. Eu sei que minhas emoções estão à mostra em meu rosto, para quem quiser ver. — Me conta alguma coisa boa.

— Por quê?

Ele me dá um meio sorriso.

— Por que não?

Ele quer ocupar minha mente com alguma coisa que não o hospital. Não vai acabar bem para o meu coração, mas, neste momento, não estou nem aí. Ele está aqui ao meu lado, e, por um tempinho, quero fingir.

Quero acreditar nas palavras de Layla.

Jogo a ponta do hijab por cima do ombro e olho para o céu, observando como as nuvens grossas de ontem à noite se recusam a se espalhar. Parecem uma ferida cicatrizando. Há bordas cinza-escuro entre os amontoados, e nesgas dos raios de sol iluminam a massa no meio.

— Eu... — Pigarreio. O vento sopra contra nós, e um pedaço largado de papel amassado dança pela rua. Não tem ninguém caminhando na calçada. No fim da rua, há um carro abandonado que foi queimado até sobrar apenas a armação, e as chamas chamuscaram de preto o chão embaixo.

Kenan está me olhando, mas não consigo me fazer encarar seu olhar gravitacional, então estendo o braço para baixo e pego um galho. Está levemente molhado pelo toque do inverno. Passo os dedos pelas saliências e pelas bordas duras.

— Antigamente eu sonhava com a cor azul — conto e sinto a surpresa dele. Kenan chega um pouco mais perto, acho que sem nem perceber. As cicatrizes do galho espelham as da minha mão. Ele já não é capaz de sustentar uma nova vida. — A Layla tinha pintado um tom tão único que eu achei que fosse tingir a minha mão. Era uma pintura de um mar tranquilo e nuvens cinzentas. Eu nunca tinha visto uma cor assim antes. E, quanto mais eu olhava, mais queria ver a coisa real.

Mordo a língua, me concentrando no galho.

— Naquela época, a Síria parecia pequena demais para mim. Homs parecia pequena demais. E eu queria ver o mundo e escrever sobre o azul em cada país, porque tenho certeza que é especial e diferente do seu próprio jeito. Que nenhum tom é igual ao outro. Eu queria ver a pintura da Layla na vida real.

Respiro trêmula, reabrindo caixões de sonhos que fechei há muito tempo. Dou uma risadinha ao perceber.

— O "alguma coisa boa" não vem de graça, Kenan. Agora está manchado de tristeza. Não tem azul aqui, pelo menos não um azul que inspire. Só o azul que decompõe a pele das vítimas com queimaduras de frio e hipotermia. Todas as cores estão desbotadas e sem brilho, e não há vida nelas.

Agarro com força o galho e me viro para Kenan. Ele está sorrindo. É gentil, e faz meu coração doer.

— Mesmo assim, é um sonho lindo, Salama — diz ele. — E pode acontecer.

Não é de propósito, mas solto uma risadinha irônica.

— Onde? Na Alemanha? Não sei se vou enxergar as cores lá como eu enxergava antes. — E, ainda por cima, gente como eu não merece enxergá-las. Mesmo que eu queira muito.

Kenan alonga cada dedo e flexiona os punhos.

— Pode ser difícil no começo. O mundo talvez seja ruidoso demais ou silencioso demais. Pode ser neon ou totalmente escuro, mas, pouco a pouco, vai se recompor. Vai parecer algo normal. Aí você vai ver as cores, Salama.

Meus lábios se abrem, e um desejo acorda em meu coração.

— Será que a gente merece vê-las, Kenan? — sussurro depois de um minuto e, por sua expressão, sei que ele entende que não estou falando de cores. A síndrome do sobrevivente é uma segunda pele que fomos amaldiçoados a usar para sempre.

Ele desvia o olhar, com os lábios apertados, porque não é uma pergunta fácil de responder. O tempo é o melhor remédio para transformar nossas feridas sangrentas em cicatrizes, e nosso corpo pode esquecer o trauma, nossos olhos podem aprender a ver as cores como elas devem ser vistas, mas essa cura não se estende a nossa alma.

Não se estende. O tempo não perdoa nossos pecados e não traz os mortos de volta.

Mexo no galho, desconfortável.

— Não precisa responder
Ele me olha com culpa.
— Salama...
Balanço a cabeça.
— Vamos ficar aqui sentados um pouco, tá? Antes que chegue a próxima tempestade.

Ele estala os nós dos dedos e faz que sim, com algumas mechas de cabelo se prendendo aos cílios.

Ficamos sentados lado a lado, com as mãos na calçada, os dedos a centímetros um do outro. E não consigo me lembrar da última vez que minha mente ficou tão quieta, confortável com as palavras não ditas que preenchem o silêncio.

E é nesse silêncio que repasso o olhar fugidio em seus olhos quando ele me abraçou.

Desejo.

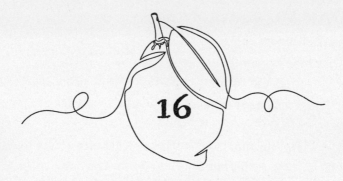

16

— Definitivamente vamos precisar de uma muda de roupas — comenta Layla, passando apressada pelo corredor da cozinha, para a sala e até meu quarto antes de voltar.

Estou sentada de pernas cruzadas no sofá, contando nosso dinheiro. Dois mil e trinta dólares.

Quinhentos vão para Am no fim deste mês, com o colar de ouro.

Minha mente rodopia plano após plano de como sobreviver em solo estrangeiro com tão pouco. Será que o homem que nos levará até Munique também vai exigir um pagamento? Am falou que estava tudo incluído, mas nunca dá para saber o que vai acontecer além-mar. A ganância é uma doença e não vai ter pena dos fracos e desesperados.

Não importa. A única coisa que importa é chegarmos lá.

Levanto os olhos e vejo Layla parada sem fôlego à minha frente, os olhos brilhando com uma animação nova. Agora há um objetivo nítido diante dela. Algo sólido em que segurar e investir toda a sua energia.

— Vamos levar dois moletons de capuz e três jeans. É suficiente?

Concordo com a cabeça, pensativa.

— Mas nada pesado. Tipo cobertores e tal. Isso vai nos atrasar.

Ela me olha com contundência.

— Vai ser março quando formos. Ou seja, vai estar um frio *congelante*. Você pode levar algo para se aquecer.

Suspiro.

— Tá bom. Um casaco, então. E só uma troca de roupa cada uma para equilibrar o peso.

Ela faz bico, me dando um olhar triste. Layla era um ícone da moda. Era uma obra de arte ambulante que podia ter sido pendurada no Louvre, irradiando inspiração. E, agora, está sendo forçada a abandonar a identidade que criou para si.

— A gente compra mais na Alemanha — garanto a ela, e seus olhos se iluminam. — Jeans novos, blusas. Tudo. Vamos fazer até um *moolid* para a pequena Salama. Uma comemoração para ela.

Um sorriso de alegria chocado ilumina seu rosto, mas rapidamente se transforma em culpa.

— Não, não tem problema. Não precisamos fazer... Especialmente porque o Hamza...

Balanço a cabeça.

— É o que ele gostaria. Você e eu celebrando a filha dele.

Estendo a mão, e ela segura.

— Você é minha irmã e eu te amo. — Aperto. — Quero que a gente seja feliz pela bebê Salama.

O sorriso dela é gentil.

— A felicidade começa aqui, Salama. Nesta casa. Na cidade antiga de Homs. Lembra?

Penso em Kenan e em como ele ficou sentado comigo ontem até minha respiração se acalmar. Penso no desejo nos olhos dele.

Desejo por mim.

De repente, fico quente com o suéter e procuro logo uma distração.

— Então, o que mais temos que levar?

Os lábios de Layla exibem um sorriso cúmplice, mas eu olho para ela com ousadia, duvidando de que ela fale o que está pensando.

Então ela deixa para lá e diz:

— Nosso passaporte e diploma do ensino médio.

Assinto.

— Isso é o essencial. Pensa, Layla, estamos num barco no mar. Estamos com frio, então temos nossos casacos. O que mais?

— Paracetamol — responde ela, e sinto minhas veias ficarem geladas. — Se a gente tiver dor de cabeça ou algo assim. Você ainda tem o estoque, né?

— Tenho — respondo imediatamente, forçando meu tom a soar casual, e brinco com a barra do meu suéter. Com certeza consigo guardar uma cartela para Layla e para mim até chegarmos ao barco. Com sorte, não vamos precisar de mais que isso, e ela não vai saber por que tive que abrir mão do nosso estoque até chegarmos à Itália. Aí ela pode me odiar quanto quiser. Me olhar do mesmo jeito que eu me olho no espelho.

Assassina.

Sinto um baque no estômago e me levanto rápido, assustando Layla. Corro até o banheiro, meus pés com meias fazendo um barulho surdo no carpete, antes de chegar à pia e vomitar. Minhas mãos agarram com força as bordas, o sangue desaparecendo das capilares enquanto eu vomito bile.

A única coisa que comi nos últimos dois dias foi um pedaço pequeno de pão seco. Quando olho no espelho do banheiro, luto contra a vontade de gritar. O gosto azedo queima minha garganta. Meus olhos estão vermelhos, meus cabelos, grudados em amontoados à testa suada. Sombras escuras circundam meus olhos. Estou me deteriorando de culpa.

— Salama! — A voz de Layla corta o ar pesado.

Coloco as mãos em concha no balde d'água e jogo no rosto.

— *Salama* — repete Layla, agarrando meu ombro e me girando.

Encontro olhos preocupados e na mesma hora faço minha cara de *está tudo bem*.

Ela me segura forte.

— *O que* aconteceu?

Dou de ombros meio sem vontade.

— Acho que comi alguma coisa estragada.

Ela aperta os olhos.

— Você não comeu nada quando voltou do hospital.

O gosto azedo está pungente.

— Eu comi no hospital — consigo dizer com uma voz convincente.

Antes que Layla possa responder, passo por ela e volto à sala, me aninhando no sofá. Ela aparece um segundo depois, com os braços cruzados e os lábios apertados.

— Você está escondendo algo de mim?

Gemo e estendo o braço para baixo, pegando o moletom e o abraçando. Está com cheiro de mofo por ter ficado guardado.

— Não, não estou. Layla, eu não tenho energia para esconder nada de você.

Calêndula, penso, lembrando da flor seca que grudei em meu caderno com as anotações rabiscadas ao lado. *Pétalas laranja-claro. Usada para curar queimaduras e ferimentos. Tem excelentes propriedades antibacterianas, antivirais e anti-inflamatórias.*

Layla faz *tsc*, mas, quando a encaro, parece preocupada.

— Eu estou bem — sussurro. — Juro.

Mas não estou.

Samar não está no hospital quando chego no dia seguinte, o que significa que Am a levou para casa durante a noite. Meu coração se expande, feliz porque não vai se apertar dolorosamente ao ver o pescoço dela cheio de curativos. Mesmo assim, a vergonha está em minhas veias, envenenando meu sangue.

Um paciente me chama, reclamando de dor na perna amputada, e corro até ele, rapidamente me livrando dos pensamentos perturbadores.

Trabalho como trabalhei ontem, até minha visão ficar borrada, e, quando meu combustível acaba, passo a funcionar com o remorso. O dia traz uma onda de vítimas das bombas que foram jogadas de um avião militar em uma área residencial ao sul da cidade antiga de Homs. Logo do outro lado de onde fica nossa casa. Por enquanto, por mais um dia, Layla está segura.

Os pacientes variam de civis a alguns soldados do Exército Livre da Síria. Com a ajuda de Nour, opero um cujo braço direito está pendurado só por alguns tendões. Seu rosto todo está contorcido de dor, mas ele não solta um único gemido. Em vez disso, em meio a lágrimas silenciosas e uma poça de sangue, ele canta baixinho. "Como é doce a liberdade."

O músculo rasgado e ensanguentado se dobra por cima do úmero fraturado, os tendões cor-de-rosa esticados como um elástico. Meu estômago se contrai, mas engulo a náusea. Levanto o braço dele com cuidado e, quando procuro o dr. Ziad, que está operando a laceração na coxa do soldado, ele balança a cabeça. O paciente perdeu sangue demais. Nem as transfusões manuais seriam suficientes, e seria preciso muito tempo e esforço, que poderiam ser gastos salvando outra vida. Sem mencionar o alto risco de infecção. Nosso hospital não é feito para preservar membros, mas para preservar a vida.

O soldado de repente para de cantar e olha para mim.

— Você vai amputar, não vai?

Faço que sim devagar, meus olhos doendo com as lágrimas. O uniforme dele está esfarrapado, o verde ficando escuro de sangue. Vaza na bandeira da revolução costurada no peito, colorindo de vermelho a faixa branca. Ele não é tão mais velho que eu, o cabelo loiro-escuro emaranhado e os olhos verde-floresta brilhando de lágrimas. Em outra vida, ele não teria que conviver com a morte. O mundo seria pequeno para ele, e, sonhador, ele se aventuraria para tentar encontrar seu lugar. Ele leria sobre guerras e revoluções nos livros escolares, aos quais essas coisas ficariam confinadas. Sem nunca virar realidade.

Mesmo com *esta* realidade, o rosto dele não demonstra histeria. Suponho que seja um misto de choque e a dose mínima de anestesia que demos.

— Pode cortar — diz ele, entredentes.

Seu braço de repente parece muito real em minhas mãos. Em geral, os pacientes gritam, implorando para os salvarmos. A única coisa que eles conhecem é a dor.

— Mas... Mas como você vai lutar? — pergunto.

Ele dá um sorriso e faz um gesto de cabeça para o braço esquerdo.

— Ainda tenho o outro, certo?

Desta vez, a dor se transforma em minhas próprias lágrimas, que escorrem pelas bochechas. O soldado descansa a cabeça no leito, leva os olhos para o teto e volta a cantar.

O braço dele é mandado com o restante das vítimas do dia para ser enterrado no cemitério.

Perco a noção da hora enquanto tento correr contra o tempo e agarrar as almas antes de elas saírem do corpo. Só paro quando o dr. Ziad intervém e confisca meu bisturi.

— Salama — diz ele, os olhos pegando fogo. — Chega. Vá para casa.

Meu olhar cai em minhas mãos, pegajosas de sangue.

As luzes do átrio principal estão mais fracas, os gemidos de quem está com dor são baixos, e tanto médicos quanto famílias estão apoiados nas paredes e no chão, tomando fôlego. Os raios do sol sendo filtrados pelas janelas deixam as cores duras. O vermelho fica perverso, e o cinza, desolado. São os tons que vemos quando o crepúsculo toma conta do mundo. Nunca fiquei até tão tarde. Durante o dia, as cores são elétricas, me pedindo para trabalhar mais rápido, antes que elas escorreguem pelos meus dedos e se transformem em nada. O vermelho é vibrante, carregando vida, e o cinza promete chuva.

O átrio de repente parece um caixão.

— *Tá* — consigo dizer com dificuldade. — *Tá*.

Limpo as mãos e pego minha bolsa. O dr. Ziad assente com a cabeça, me tranquilizando. Cambaleio em meio aos pacientes, arrastando os pés, até empurrar e escancarar as portas do hospital. O ar frio me envolve dos pés à cabeça e eu respiro fundo, implorando que ele lave os resíduos de bile e sangue da minha boca.

Margaridas. Margaridas. Margaridas.

Estou parada à beira do pôr do sol, o tom mel-alaranjado dominando o céu e o horizonte acima de mim se aprofundando em um azul-marinho suntuoso. Uma tela para as estrelas.

Parece... assombrado.

Alguém se mexe, e meus olhos baixam e veem Kenan deitado nos degraus do hospital, a câmera em cima do peito. Suas pernas longas se estendem à frente, e ele reluz sob o céu do entardecer. A maneira como as estrelas brilham em seus olhos e a pequena curva ascendente de seus lábios fazem com que ele pareça saído de uma história. Por um minuto, no finzinho do dia, ele parece estar sonhando em voz alta.

Meu Deus, como ele é lindo.

Eu o observo por um tempo, lembrando quão perto de mim ele estava ontem à noite quando me levou para casa. Sinto o corpo todo quente.

Minhas mãos apertam firme o tecido do jaleco, a frustração prestes a partir meu coração em dois. É durante esses momentos tranquilos que ela levanta a cabeça, me provocando por causa da minha adolescência perdida. Somos tão jovens. Jovens demais para sofrer assim. E sei que estou me impedindo de me apaixonar por ele. Mas sua gentileza é viciante, e me vejo ansiando por ela, me deleitando na imagem que ele construiu de mim. Na mentira — uma garota altruísta que salva os feridos independentemente da própria segurança.

Naquela vida que *poderia* ter sido, com o anel dele brilhando em meu dedo, sairíamos para jantar numa noite de quinta-feira em um restaurante chique, com a rua cheia de gente rindo e casais comemorando o fim do inverno, tomando chá quente. As lojas ficariam abertas até tarde, as luzes mantendo a noite a distância, bruxuleando em explosões solares nas paredes de pedra centenárias. Estaríamos embalados em nosso próprio mundo, onde a conversa de todos seria emudecida e os ponteiros do relógio virariam um borrão, desafiando as leis do tempo até ele me levar para casa. E, embaixo dos limoeiros em floração em frente ao meu prédio, com a lua crescente como testemunha, ele seguraria meu rosto entre as mãos e me beijaria.

Sem querer, solto um suspiro, e o queixo dele se abaixa de novo, os olhos brilhando quando veem minha silhueta.

— Salama — diz ele, a voz quente como um dia de verão.

— Kenan. — Saboreio o nome dele. Deixa um retrogosto doce em minha língua.

Ele fica de pé num salto, se espreguiçando com os braços acima da cabeça.

— Vamos? — pergunta ele, e faço que sim, tentando não parecer ansiosa demais.

Caminhamos no mesmo ritmo, e noto que ele está com a jaqueta que colocou nos meus ombros. Meus dedos formigam, querendo traçar a costura e o colarinho.

— Você... — começo.

— Como você... — diz ele.

Kenan desvia o olhar, corando, e eu faço o mesmo. Será um sintoma de se apaixonar? Ou de ter uma quedinha? Estou hiperconsciente de cada inspiração e expiração dele.

— Desculpa. Você primeiro — murmura ele.

Seguro com força a alça da bolsa e respiro fundo. Se for uma doença, deve haver uma cura.

— Eu queria perguntar se você filmou alguma coisa hoje.

Ele faz que sim.

— Consegui imagens boas. Duas pessoas com quem conversei são de Hama. Foi bom ouvir histórias da cidade natal da minha mãe. Do que está acontecendo lá também. Estou pensando em compilar tudo em um documentário e postar no YouTube. Mas nada muito longo. Bem direto ao ponto.

Dou um sorrisinho.

— Que ótimo.

Ele coça a nuca antes de dizer:

— Eu, hum, também trouxe o dinheiro.

Levo um susto. Não vi Am o dia todo e sei que ele não perderia a chance de pegar o dinheiro. Mas a filha ainda está em condição crítica, mesmo que não possa ficar no hospital.

— O homem com quem você estava conversando ontem. É ele que consegue os barcos, né? — pergunta Kenan.

Faço que sim.

— Acho que ele não veio hoje.

— Eu também acho. Andei pelo hospital todo filmando, mas ele não estava em lugar nenhum.

— Com certeza ele vai vir amanhã. — E, depois de um segundo, completo: — Lama e Yusuf sabem que você não vai com eles?

Uma sombra cai em seu rosto, e ele agarra a câmera.

— Sabem. Eles... não ficaram felizes. Lama deu um chilique, e Yusuf... foi direto para a cama e não olhou mais na minha cara.

O céu agora está com os tons do arco-íris, e começamos a passar por grupos de pessoas, todas carregando cartazes caseiros. Algumas têm a bandeira da Revolução Síria pendurada no pescoço. Um protesto que acontece todas as noites. Reconheço uma jovem em quem dei pontos depois de ela tentar escapar das armas em outra manifestação. Ela sorri ao me ver e faz "oi" com a boca, sem som, antes de correr atrás dos outros.

— Kenan — começo a dizer, e sinto a aura ao redor dele se contorcer de apreensão. — Você ainda pode vir com a gente.

A energia nervosa evapora do corpo dele, que solta a câmera. Ela balança, batendo na lateral do corpo. Ele desvia o olhar, colando-o à frente. Será que tem vergonha de me contar que quer ir embora? Vejo as semelhanças entre nós com tanta nitidez. Mas, assim como minha fraqueza é Layla, a dele são os irmãos.

— Não posso — sussurra ele. — Não vou me perdoar.

— E você acha que eu vou? Não é uma escolha fácil, mas não é errado.

Ele para de andar e me encara por alguns segundos antes de pegar o celular. Desbloqueia, aperta a tela e segura à minha frente. É a seção de comentários de um vídeo do YouTube.

— Olha os comentários, Salama.

Estreito os olhos. Tem uns cinquenta, todos rezando pela segurança e a libertação da Síria. Alguns usuários falam que o canal está cobrindo os acontecimentos melhor que qualquer veículo de imprensa.

— É o meu vídeo. O meu canal — explica Kenan. — Estou fazendo a diferença. Estou colocando legendas em inglês e explicando o que está acontecendo para o mundo saber. Os árabes sabem, mas o resto do mundo não. Eles não sabem que é uma revolução. Não têm ideia de que estamos vivendo em uma ditadura há cinquenta anos. As notícias mostram os militares matando pessoas. Eles não sabem quem é o Exército Livre da

Síria. Quem são os militares. Síria, para eles, é só uma palavra. Mas, para nós, é a nossa vida. Não posso abandoná-la.

Meu coração martela dolorosamente.

Ele guarda o celular no bolso.

— Conversei com meu tio ontem. Assim que soubermos quando o barco sai, vamos dizer a ele, e ele vai para Siracusa. Vai buscar Lama e Yusuf.

Não gosto disso. Não gosto de ele não estar se incluindo.

— Kenan...

— Então eles não precisam ir de ônibus para Munique. Meu tio também vai ajudar você, lógico. Eu contei para ele. Ele vai garantir que você e a Layla estejam seguras.

— *Kenan*.

Ele para de falar, para de andar, mas seus olhos mostram um desespero insano. Como se ele estivesse engolindo as palavras e os desejos que ameaçam transbordar de seus lábios. Está se agarrando ao dever como um carvão em brasa. Ignoro a pontada de remorso por ter parte nisso e me concentro em uma maneira de salvá-lo.

— A jornada até Siracusa é longa — digo. — Nós vamos de *barco*. Você entende isso? Não é um navio luxuoso com refeições de cinco pratos. Você já viu fotos na internet. Todos nós vimos. Os barcos são velhos e frágeis, e alguns... alguns nem chegam. São superlotados. Lá no Mediterrâneo, não há leis. A mentalidade de todo mundo vai ser sobreviver, independentemente de quem se machuque no processo. E as pessoas *vão* se machucar. Lama e Yusuf são candidatos perfeitos.

Os ombros dele se encurvam como se o peso do mundo e dos sete céus estivessem em cima. Ele está cansado, e não o conheço o suficiente para ter certeza de que minha insistência não está fazendo mais mal que bem. Então decido usar o truque de Layla. Lembrá-lo da felicidade. Ou, pelo menos, do passado, para ele saber que essa dor não é eterna.

— Eu me lembro da sua mãe — falo, deixando a voz suave, e ele me olha surpreso. Para em frente a um prédio chamuscado pelo fogo. Preciso levantar o queixo para olhar em seus olhos. Aqueles olhos lindos e magoados dele.

Silenciosamente, me repreendo. Não posso pensar nele assim. Ele pode estar segurando um carvão em brasa que não tem intenção de soltar. Está segurando desde que nasceu. Daqui a um mês, vamos estar navegando e ele vai estar preso na praia, ficando mais distante a cada segundo. Ele será um devaneio que visitarei quando estiver sozinha na Alemanha, em luto pela perda da minha vida que *poderia* ter sido e entrando obsessivamente no YouTube dele em busca de atualizações, me perguntando se ele continua vivo e livre.

Seguro a ponta solta do meu hijab e aperto, frustrada. Não é *justo*.

— Ela foi ao casamento do meu irmão com a Layla — continuo. — Eu me lembro de vê-la. Você... Você tem os olhos dela.

Aqueles mesmos olhos se suavizam, e ele dá um passo mais para perto.

— Sabe, minha mãe me falou de você naquela noite.

Meu estômago dá uma cambalhota.

Ele ri de leve, todos os rastros de agonia desaparecendo. Como podemos pular de uma emoção a outra como em uma dança coordenada, nunca saberei.

— É, ela voltou para casa falando de uma garota que transbordava vida. Que tinha uma confiança e alegria que contagiavam todos ao redor.

O calor me envolve inteira.

Que saudade daquela garota.

— Ela estava absolutamente determinada para que a gente se conhecesse. — Ele passa a mão pelo cabelo, que fica mais bagunçado. — Falou que você e eu éramos farinha do mesmo saco. Fiquei curioso, mas sua mãe queria que você focasse nos estudos antes de nos conhecermos. Sinceramente, achei que você seria mais metida.

Falo atabalhoada, fazendo-o sorrir:

— *Oi?*

Ele ri de novo e o som é divino, cheio de vida. Ao contrário da risada de Khawf.

— Desculpa. Eu te julguei pela aparência. Caloura na faculdade de farmácia, bom sobrenome, um irmão médico, única menina, caçula da família.

Quer dizer, todos os fatores apontavam para isso. Não achei que alguém como eu atenderia aos seus padrões.

Pisco.

Ele estala os dedos, parecendo culpado.

— Eu estava errado, óbvio. — Kenan me dá um sorriso tímido. — Desculpa.

— Como você sabe que eu não fiquei menos metida depois de tudo o que me aconteceu? — pergunto, precisando saber a resposta e mesmo assim preocupada.

Ele balança a cabeça.

— Não acho que tenha sido isso. Você sempre foi assim, tenho certeza. Eu estava achando estranho ter um relacionamento arranjado, então ficava inventando essas desculpas bobas.

— Só para registrar — falo, sem acreditar nas palavras que estão prestes a sair da minha boca —, eu imaginaria que *eu* é que não atenderia aos *seus* padrões.

Ele inclina a cabeça para o lado, curioso.

— Filho mais velho, toda a responsabilidade nos seus ombros. E, em vez de tomar o caminho seguro de estudar medicina, coisa que poderia ter feito, você seguiu o seu coração e estudou o que ama. Mesmo depois de tudo o que passou, tem luz nos seus olhos. Você ainda ri. Só consigo imaginar como você era antes. Eu teria ficado inibida com quanto você era livre. Como você vê todas as cores e tons de beleza do mundo. Teria ficado preocupada de não conseguir acompanhar. — Paro de falar, porque o jeito como ele está me olhando me dá um frio na barriga.

— Bom — diz ele, depois de um tempo. — Então nossos medos não tinham fundamento.

— É... Acho que não — sussurro e respiro, trêmula. — É... É uma pena, Kenan.

— O quê? — A voz dele está baixinha, e sei que ele sabe o que estou prestes a dizer.

— Que não tivemos a chance de descobrir se éramos o Pazu e a Sheeta um do outro.

Quando ele não responde, chego tão perto que consigo contar as sardas em seu pescoço. Sua respiração fica presa na garganta, e seu olhar cai em meus lábios.

— Queria que tivéssemos tido esse tempo — sussurro. — Queria mesmo. Queria...

Paro.

Ele olha para a minha boca e lê as palavras que sou tímida demais para dizer.

Queria que você viesse comigo.
Queria que pudéssemos nos apaixonar.

17

Khawf não está feliz com a minha conversa com Kenan, mas me recuso a falar com ele e, em vez disso, me deito na cama virada para a parede, pensando nos olhos de Kenan e em nossa interação hoje.

— Você não está preocupada por não ter visto Am hoje? — continua ele, parado na minha frente, então me viro para o outro lado. Ele aparece lá também, e eu gemo alto. — E se ele fugir com seu dinheiro?

— Fugir para onde? Ele só ganha dinheiro levando as pessoas até os barcos, e, do jeito que está o preço da comida, o dinheiro que eu dei não vai durar para sempre. Eu vou vê-lo amanhã. A filha dele foi ferida, lembra? Ele não vai perder a chance de conseguir mais remédio.

Khawf aperta os lábios, os olhos brilhando como pingentes de gelo no quarto escuro.

— Tá bom — diz, finalmente. — Kenan não está te fazendo mudar de ideia, né?

Solto uma lufada de ar.

— Não. Sempre vou escolher a Layla. Acima de qualquer um.

Ele sorri satisfeito.

— Mas está escolhendo a si mesma também?

Franzo o cenho.

Ele gesticula para mim.

— Você não comeu nada o dia todo.

Aperto o maxilar. Que irritante meu cérebro me ter assim em suas garras.

Mais cedo, improvisei um jantar de atum enlatado imerso em azeite e sal, no qual dei uma garfada antes de meu estômago ameaçar expelir tudo. Não sinto mais fome. Não depois do que fiz com Samar. Layla também não comeu, e, quando perguntei se ela tinha comido alguma coisa, falou que não estava com fome. Ela quer guardar o máximo de comida possível para a viagem.

A voz de Khawf é tóxica como beladona.

— Se não tomar cuidado, Salama, você pode virar o instrumento da sua própria destruição.

— Eu já mudei de ideia sobre ir embora — resmungo. — Então por que você está me atormentando?

Ele curva os lábios em um sorriso lento.

— Mudou, sim. Mas muita coisa pode acontecer entre agora e a partida do barco. Não posso deixar. Você não está no controle, Salama. Eu estou. Lembre-se: se você for presa, eu não vou a lugar algum. Vou te mostrar todo tipo de coisa horrível. Kenan espancado até quase morrer. Hamza, uma casca vazia. — Ele se inclina para a frente e eu fico firme, me recusando a deixar que meus lábios tremam. — O interessante, Salama, é que vai ser você quem vai criar todos esses cenários. Eu sou parte da sua mente. Você precisa de todas essas alucinações horríveis. Você *precisa* de mim.

Fecho a cara.

— Eu sei que isso é o meu cérebro tentando proteger a Layla e eu. Você já explicou. Mas não quer dizer que eu tenha que gostar!

Ele estala os dedos, e Layla está esparramada no chão ao lado da minha cama. O sangue se infiltra nas tábuas do piso, e o corpo dela se contrai.

Meu coração para na garganta, e levo meus olhos de volta a Khawf. Ele está analisando minha reação.

— Não é ela — digo, minha voz menos que um sussurro.

— Nunca esqueça quem está no controle aqui.

Fecho os olhos, murmurando "margaridas" para mim mesma, e, quando os abro, a Layla da alucinação se foi. Mas ainda vive na minha mente.

Para meu máximo alívio, Am está no hospital no dia seguinte. Seus olhos estão embotados e a barba, falhada. Ele parece tão infeliz quanto eu.

Am para ao me ver, estreitando os olhos quando estendo a mão que tem o comprimido de paracetamol.

— Aqui.

Ele morde o interior da bochecha e abre a palma da mão.

— O Kenan vem mais tarde. Vai trazer seu dinheiro.

Ele resmunga.

— Quero saber o que devemos levar. Do que precisamos para a viagem?

Ele massageia a têmpora.

— Documentos importantes. Comida. Sua própria água. Algo para combater o enjoo no mar. Nada pesado demais.

Minha cabeça gira.

— Tá. Tá.

— Mais alguma coisa?

Mexo na ponta do meu hijab.

— Como... Como está Samar?

O olhar dele se enche de desprezo.

— Bem.

— E os pontos dela?

— Eu falei que ela está bem. — Ele se irrita. — Olha, isto é uma transação comercial, tá? Você me dá dinheiro e eu te dou um barco. Não precisamos levar para o lado pessoal.

Minha garganta está seca, então assinto com a cabeça.

Ele passa por mim, mas pausa por um segundo.

— Nem pense em pedir perdão — diz e se afasta.

Meu estômago revira com o acúmulo de ácido gástrico, e vou arrastando os pés até o almoxarifado de remédios. Deslizo apoiada na parede, minha respiração irregular e uma dor surda latejando atrás dos olhos.

— Deixa ele para lá — diz Khawf, e eu levo um susto.

Ele está a alguns metros de mim, examinando uma caixa vermelha de aripiprazol.

— Esquece o que ele falou, Salama. Ele não é o mais importante. A Alemanha é que é. Sua nova vida com Layla e a bebê dela.

Espinheiro-branco. Frutos vermelhos que podem ser usados para baixar a pressão. Tem excelentes propriedades antioxidantes e fortalece o músculo cardíaco. Espinheiro-branco. Espinheiro-branco. Espinheiro-branco.

Fico no almoxarifado mais um pouco, até conseguir ver aquelas pétalas de espinheiro-branco atrás das pálpebras fechadas. Então saio para enfrentar o novo inferno que entrará pela porta.

Desta vez, quando as vítimas de um ataque de atirador são trazidas, perto do meio-dia, fico forte, afastando meu terror para compensar o que fiz. Em meio aos corpos e gritos, vejo Kenan parado ao lado, a câmera cobrindo metade do rosto.

E, não importa quanto eu tente vencer a morte, ela ainda ganha. Fecho cinco pares de olhos hoje. Três crianças, uma mulher e um homem jovens. O rosto deles manchado de sangue, a boca aberta, uma expressão de traição impressa eternamente em suas faces.

Recito Al-Fatiha por suas almas e sinto Kenan parado ao meu lado.

— Está tudo bem? — murmura ele.

Faço que não com a cabeça, sem tirar os olhos dos cadáveres.

— Salama — diz Kenan, com suavidade. — Vamos. Me leve até Am.

Não me mexo.

Os dedos dele roçam, tímidos, o punho da minha manga, e eu inalo forte.

— Você fez tudo o que podia. Não é culpa sua.

Meus lábios tremem, e engulo meus gritos.

— *Yalla* — diz ele, e me permito me afastar.

O átrio principal está cheio de rostos novos e velhos. Encontramos Am parado ao lado da porta dos fundos, onde os mártires são transportados para o cemitério.

Nem escuto a conversa de Am e Kenan, meus pensamentos ficando sombrios e perturbados, me culpando por ter sido lenta demais, patética demais para salvar vidas.

— Salama. — A voz de Kenan corta o ar, e levanto os olhos para ele. Ele parece abalado, e Am me observa com curiosidade.

Baixo os olhos e vejo que estava enfiando as unhas na palma das mãos e tremendo inteira.

— Estou bem — falo, com a voz oca.

Am faz um som de descontentamento e, antes de Kenan poder falar alguma coisa, diz:

— Vamos fornecer os coletes salva-vidas, mas só. Levem pouca coisa. Tudo pode ser substituído, menos sua vida.

— Preciso ir — digo de repente, e Kenan se vira para mim.

— Tudo bem. — Ele vem na minha direção. — Deixa eu pegar...

Balanço a cabeça, levantando a mão.

— Não precisa.

Eu me viro, correndo para longe do hospital enquanto meu coração trovoa nos ouvidos. Não aguento mais. Não consigo suportar mais um cadáver. Não consigo suportar a culpa. Estou cansada, e meu estômago está se rasgando de fome. Minhas unhas deixaram a palma das mãos vermelha e minhas cicatrizes, horrendas. Preciso respirar algo que não seja sangue, bile, entranhas. Preciso abraçar Layla e me lembrar de que ela está viva.

Quero gritar.

Quero Mama.

Quando chego em casa, estou sem fôlego e chiando.

— Layla! — chamo, batendo a porta atrás de mim.

— Salama? — A voz surpresa dela responde da sala. Ela aparece um segundo depois, o cabelo caindo pelos ombros. Seu vestido amarelo-mostarda desbotado está esticado em cima da barriga, e me jogo em seus braços. — Ei, está tudo bem? — Ela me abraça mais forte. — Ah, meu Deus, aconteceu alguma coisa? O Kenan está bem?

— N-Não — gaguejo. — Eu estou bem. Está tudo bem. Eu só precisava te ver.

Ela me afasta, os olhos me analisando.

— Suas olheiras estão mais escuras. — Ela agarra meu braço. — Seu rosto está mais fino. Alguma coisa aconteceu. Salama?

— Eu estou bem — repito, fraca.

Ela não acredita em mim.

— Não são nem quatro horas. Seu plantão só acaba às cinco.

Eu me solto dela e vou para o sofá, onde praticamente caio. Sacudo os ombros para tirar o jaleco e removo o hijab, jogando-o no braço do estofado.

— Estou cansada. Por favor, você pode mexer no meu cabelo?

Ela expira e se senta, e eu deito a cabeça em seu colo. Seu toque é suave enquanto desembaraça os nós em minhas mechas. Sinto o sangue correndo nas veias do meu couro cabeludo e suspiro de alívio.

Fecho os olhos e sussurro:

— Obrigada.

— Qualquer coisa por você, boba.

Ficamos em silêncio um pouco e me lembro de como eu fazia drama se aparecesse uma espinha indesejada em meu rosto. Minha estante era lotada de poções caseiras que eu fazia com as ervas e flores que colhia, dispostas organizadamente uma ao lado da outra, em ordem alfabética. Potes de geleia cheios de raminhos de melaleuca, botões de hamamélis, pétalas secas de rosa. Eu fazia pastas com tudo isso.

— *Passa embaixo dos olhos.* — *Eu me lembro de dizer isso uma vez a Layla, que sempre se voluntariava para ser minha cobaia. Ela estava empoleirada na minha cama, tomando café em uma xícara azul enorme. Ela a apoiou na minha escrivaninha e abriu o pote.*

— *Humm.* — *Passou o creme rosa nas bochechas e sob os olhos.* — *O cheiro é delicioso. O que é?*

— *Jasmim-árabe, margarida e um toque de óleo de amêndoas.* — *Repassei os rótulos dos potes.* — *É para deixar a pele mais macia e suavizar as olheiras.*

Layla bufou e se fez de ofendida:

— *Você está dizendo que eu não cuido da minha pele?*

Dei risada.

— *Layla, você deve metade da sua beleza a mim.*

Ela jogou o cabelo para o lado.

— *Não vou nem comentar.*

Agora, minha pele está seca e descamando, meus lábios, rachados, e as olheiras se tornaram permanentes. A antiga Salama não me reconheceria.

— Salama — diz Layla, e eu entreabro os olhos. — Fala comigo.

Vasculho os problemas, tentando decidir qual vai me distrair o suficiente da minha dor sem ser um peso para Layla.

— Acho — sussurro — que eu gosto do Kenan.

Os dedos dela param, e me preparo para os inevitáveis gritinhos de alegria, mas ela não faz isso. Levanto os olhos e vejo um sorriso triste em seus lábios.

— O que você vai fazer? — pergunta ela.

— Chorar? — brinco sem ânimo, embora esteja tentando ao máximo segurar as lágrimas. Agora que as palavras estão no ar, elas se recusam a continuar sendo ignoradas. Pelo jeito, vou embora da Síria machucada de todas as formas possíveis.

— Sinto muito — ela diz.

— Achei que você fosse gritar e pular.

Ela faz que não de leve.

— Sei que eu estava ansiosa pelo dia em que você se apaixonasse, mas nunca achei que fosse ser assim.

— Tudo bem se eu o odiar um pouco por querer ficar aqui?

Ela dá uma risadinha.

— Sim, não tem problema nenhum.

Solto um gemido, esfregando meus cílios úmidos.

— Sei que vamos nos separar daqui a um mês, mas, Layla, não quero parar de me encontrar com ele. Estou achando que... qualquer coisa é melhor que nada. Eu sei que vai doer muito na Alemanha. Sei que vou passar dias e noites rezando para ele estar seguro. Sei disso e mesmo assim não consigo, *não quero* parar.

Layla me olha por um tempo.

— Também não tem problema, Salama. Eu entendo o que você quer dizer. Qualquer coisa é melhor que nada. Eu te falei para achar pedacinhos de felicidade em Homs. Kenan é um momento feliz.

Engulo em seco.

Uma batida na porta da frente nos assusta e nós trocamos um olhar. Fico de pé, colocando o hijab em torno da cabeça antes de ir devagar, na ponta dos pés, até a porta. Pelo olho mágico, vejo Kenan. Ele está olhando para o chão, com as mãos nos bolsos.

— Quem é? — pergunta Layla, baixinho.

— *Kenan* — respondo sem fazer som.

Ela fica boquiaberta de choque e bate uma palma silenciosa, parecendo alegre.

— *Abre a porta* — fala de volta, também sem som, com uma mímica do movimento.

Expiro fundo, me obrigando a ficar calma e abrir a porta, com um sorriso — espero — casual, que parece estranho em meu rosto.

— Kenan — digo, e ele levanta os olhos. — Oi.

A expressão dele é de choque, mas ele se recupera rápido.

— Você... hum... desculpa vir assim, mas... você foi embora muito rápido do hospital, e eu queria ter certeza de que você estava bem.

Brinco com a barra do meu suéter, me sentindo toda quente com essa preocupação dele.

— Sim. Estou bem. Foi... Estou bem, juro.

— Que bom.

Ele coça a nuca, e o movimento faz o suéter dele ficar mais grudado no corpo.

Ele se endireita, balançando nos calcanhares, e estala os dedos.

— Eu queria saber se você iria comigo em um lugar.

Ah.

Ah!

Layla arfa na sala, e tento me lembrar de como respirar.

— Se... Não tem problema se você não quiser.

— Não — respondo rápido demais. Fico corada, abraçando meu próprio corpo. — Eu... Sim.

Ele parece aliviado, o peito se expandindo com o ar, e um sorriso ilumina seu rosto. É como se eu estivesse olhando para o sol.

— Um segundo. — Corro para a sala, onde Layla continua no sofá, a boca aberta, e ela rapidamente segura minhas mãos.

— *Ai, meu Deus!* — exclama, me chacoalhando. Parece uma insinuação da nossa antiga vida se infiltrando na dor. A nostalgia quase me deixa zonza.

Pensamentos ansiosos me dominam.

— É uma péssima ideia? Isso vai me magoar? Será que é melhor eu fingir que de repente fiquei doente?

Ela ri.

— Não, sua tonta. Isso *ainda* é felicidade. E você merece ser feliz.

Samar esparramada no leito do hospital passa pelos meus olhos.

— Você merece — repete Layla, com firmeza. — Agora vai.

Faço que sim, e ela me solta.

— Não vou demorar.

Ela sorri.

— Eu sei.

Lanço um breve olhar para o quadro do oceano, tirando força da sensação que ele me dá, e volto até a porta. Passo pelo meu reflexo no espelho pendurado no corredor e suspiro. Na vida que *poderia* ter tido, eu estaria usando meu jeans favorito, uma blusa rosa-claro com um casaco de lã combinando e botas de cano baixo. Meu hijab estaria passado e cairia pelos meus ombros como uma cachoeira. Uma roupa casual que eu e Layla deixávamos pronta para o caso de rolar um encontro espontâneo.

No espelho, porém, quem olha para mim é uma garota que veste um jeans desbotado velho e um suéter preto com a barra puída. Ela é triste e parece um esqueleto, os olhos obscurecidos pelo desespero e pela fome.

Desvio o olhar e saio de casa, fechando a porta atrás de mim.

Kenan está apoiado na parede, olhando para o céu, o maxilar mais pronunciado.

— Vamos? — pergunta ele.

— Aonde?

Ele impulsiona o corpo para se afastar da parede, os olhos brilhando com um segredo. As nuvens se abriram, permitindo que os últimos raios cor de tangerina do sol espiem pelos buracos nos prédios ocos da minha cidade apocalíptica.

— É surpresa — diz ele e caminha na direção oposta à do hospital.

Corro atrás dele.

— Surpresa?

Ele sorri.

— Você não gosta de surpresas?

— Eu... não sei.

Ele para por um segundo, me lançando um olhar confuso.

— Você não sabe?

Dou de ombros.

— Eu gostava. Agora acho que me deixam ansiosa.

Ele assente, solene.

— Justo. Mas esta vai ser boa. Espero. — Aí, completa: — Mas... se você quiser, eu te conto.

Meu coração se incandesce.

— Não, tudo bem.

Passamos por uma mesquita ainda de pé depois de tudo o que aconteceu. Falta um canto enorme, que foi explodido, e o carpete verde lá dentro está enlameado. ABAIXO O GOVERNO! está pichado em uma das paredes.

Há poças de água turva de chuva por todo lado. Algumas crianças passam correndo por nós, os sapatos gastos e as bochechas magras. Quero gritar para elas vestirem alguma coisa mais quente, porque ainda estamos em fevereiro.

Alguns homens estão parados em frente a um supermercado do outro lado da rua, concentrados em uma conversa, enquanto outras pessoas caminham, carregando compras ou apressadas para chegar a algum lugar.

Conheço a região, e, se virarmos na próxima à direita, minha casa — minha antiga casa — estaria a cinco minutos de caminhada. Só voltei lá uma vez, quando tentei salvar o que pude dos escombros.

Mas Kenan não vira à direita. Ele segue em frente e depois vira à esquerda em um beco estreito. Aqui a rua é irregular; os pisos de um edifício desabaram um em cima do outro, como dominós derrubados.

— Aqui! — diz ele enfim, e entra num prédio. As portas vermelhas empoeiradas foram arrancadas das dobradiças e estão jogadas no chão, rachadas. Hesito por um segundo antes de ir atrás. Ele está subindo um lance de escadas revestidas de cerâmica. Suas pernas são mais longas que as minhas, e ele está pelo menos cinco degraus na frente. — *Yalla!* — chama ele, um andar inteiro acima de mim. — Para o telhado!

Olho para o alto e estimo que haja mais de cinco andares.

— Estou tentando! — grito de volta.

Depois do que parecem décadas, consigo chegar ao telhado, onde Kenan já está parado ao ar livre. Apesar do frio, estou suando e sem fôlego. Cambaleio pela porta, sentindo o coração bater na garganta.

— O que é este lugar? — consigo falar, ofegante.

Kenan sorri. Não parece nem um pouco abalado por subir oito lances de escada.

— É minha antiga casa. Eu vinha para o telhado fazer lição depois da escola.

Olho ao redor. É um telhado de prédio simples, padrão, e não há nada no piso, exceto três antenas quebradas jogadas para o lado. A vista é da cidade antiga de Homs e do pôr do sol. Não tem outros prédios bloqueando, e consigo testemunhar o sol começando a descer no horizonte.

Kenan balança as pernas por cima do parapeito, e eu abafo um grito de alerta. Devagar, vou para o lado dele e me aproximo com cautela, mas não passo as pernas para o outro lado.

Ele se vira para mim com um sorriso sereno.

— Quando foi a última vez que você viu o pôr do sol, Salama? Viu de verdade.

Franzo a testa.

— Não lembro.

— Com toda a destruição lá embaixo, é fácil esquecer a beleza que existe aqui em cima. O céu fica muito lindo depois da chuva.

Os poentes mais belos vêm sempre depois de uma tempestade, eu disse uma vez a Layla quando estávamos na casa de veraneio da família dela no interior. Tínhamos ficado presas em casa o dia todo, vendo uma tempestade fustigar as janelas, sem poder ir nadar no rio ao lado dos jardins. Layla mexia no meu cabelo enquanto assistíamos a *O castelo no céu* no laptop de Baba. Era o filme de consolo perfeito quando as nuvens estavam cinza e os pingos de chuva vinham um atrás do outro nas janelas.

E eu tinha razão.

O céu agora é uma explosão de roxo e rosa fragmentando o laranja--tangerina, as nuvens ganhando um tom lavanda.

— Você me perguntou se ia conseguir ver cores de novo, Salama. Se merecíamos ver — diz Kenan em voz baixa. — Eu acho que sim. Acho que você consegue. Tem muito pouca cor na morte. Na dor. Mas essas não são as únicas coisas do mundo. Não é só isso que a Síria tem. A Síria já foi o centro do mundo. Aqui foram feitas invenções e descobertas; eles construíram o mundo. Nossa história está no Palácio Al-Zahrawi, nas nossas mesquitas, na nossa terra.

Ele aponta para o chão lá embaixo e eu espio por cima da beirada, meus nervos eletrizados pelo medo de cair. Estreito os olhos e vejo dois menininhos e três meninas rindo, brincando de algum tipo de jogo.

— Olha para eles — comenta Kenan. — Olha como nem a agonia arrancou a inocência deles.

Ele então aponta para uma árvore localizada na lateral da rua. Os três troncos grossos se entrelaçam, os galhos parecendo frágeis, um toque de folhas verdes nascendo em seus poros.

— Aquele limoeiro está aqui há séculos. Eu vivia subindo nele quando era mais novo. Acho que tem uma foto que Baba tirou de mim sentado em cima dele, com Yusuf pendurado ao meu lado.

Fico em silêncio e olho para Kenan. Seu tom é cheio de melancolia, os olhos capturando a luz dourada.

Ele suspira, afastando as lembranças, e sorri para mim.

— Ainda existe beleza, Salama. Ainda existe vida e força em Homs. — Ele aponta o sol com a cabeça. — Existe *cor*.

Devagar, penduro as pernas pelo parapeito, mantendo alguns centímetros entre nós. Sinto uma onda de adrenalina por estar equilibrada entre algo sólido e o ar. Uma brisa doce faz cócegas no meu nariz, e fecho os olhos, inalando fundo.

Quando abro, fico embasbacada com a magia que se desdobra à minha frente. Algumas estrelas piscam em meio aos fiapos de nuvem. Decorando-as como safiras, presentes preciosos para quem olha para cima. Estar oito andares acima do chão traz um tipo único de paz. Um silêncio que acompanha uma noite de fim de inverno. É como se estivéssemos flutuando no cosmos, soltos de tudo o que nos sobrecarrega.

É um filme do Studio Ghibli.

— Está vendo as cores, Salama? — sussurra Kenan.

O pôr do sol é esplêndido, mas não é nada em comparação com ele. Kenan está banhado no brilho do fim do dia, um caleidoscópio de sombras dançando em seu rosto. Rosa, laranja, amarelo, roxo, vermelho, finalmente se acomodando em um azul-royal que me lembra o quadro de Layla. Uma cor tão forte que mancharia meus dedos se eu tocasse.

Enquanto o sol se põe, naqueles poucos momentos preciosos em que o mundo fica preso entre dia e noite, algo muda entre mim e Kenan.

— Sim — falo, num suspiro. — *Sim*.

18

EM UMA CIDADE HISTÓRICA AMALDIÇOADA por bombas, a vida persiste. Vejo isso nas videiras verdes acordando do sono invernal, contorcendo-se pelos escombros. Nos narcisos desabrochando, as pétalas se abrindo acanhadas. Vejo em Layla, que sorri mais agora que eu também sorrio. Quando vejo esses sinais sutis de vida a caminho do hospital, meu coração se expande. Mas há vezes que preciso dar tudo de mim para não cair em desespero. Por dentro, ainda estou quebrada, assombrada por uma garotinha que ameacei matar.

Apesar disso, Am e eu entramos em uma rotina: eu lhe dou um comprimido de paracetamol, ele me reconforta com atualizações sobre o barco. Embora as atualizações nunca mudem, eu me apego à esperança.

Kenan, porém, está perdendo um fiapo de vida depois do outro quanto mais tempo passa no hospital. Suas mãos tremem quando ele segura a câmera, e seus olhos vivem cheios d'água. Nunca vou esquecer o rosto dele ao ver um bebê de sete meses que ficou preso no incêndio causado pela explosão de uma bomba.

Ele me mostrou mais comentários que recebeu nos vídeos do YouTube. Todo mundo está estarrecido, enviando orações para nós e o elogiando por arriscar a vida para documentar o que está acontecendo. Nesses momentos, há certo brilho no rosto dele. Uma serenidade que não vejo em outras vezes. Como se tudo isso valesse a pena. Mas só existe nesses breves momentos e desaparece por completo quando a morte se finca mais uma vez no hospital.

Dói saber que causei esse desânimo em seu espírito lutador quando as palavras que ele me disse há três semanas, no telhado de sua antiga casa, têm me reavivado. Nossos dias juntos são contados, e não consigo me impedir de conhecê-lo melhor. Não levou muito tempo para ele se tornar uma fonte de felicidade e conforto. E me pergunto se vou conseguir contar a ele sobre Khawf um dia. Me pergunto o que ele faria.

Quando saio do hospital depois do plantão de hoje, o céu da noite é uma tela azul-escura, e Kenan está olhando para cima.

— Oi — digo, e ele sorri para mim.

Fora do hospital e longe das realidades aterradoras que documenta todos os dias, Kenan em geral consegue se recompor. Embora eu veja as rachaduras que ele tenta esconder. Durante nossas caminhadas, ou ficamos em silêncio, desemaranhando o trauma que fez mais um nó em nosso cérebro, ou, se o dia foi muito ruim e precisamos de distração, discutimos outras coisas. Ele me contou sobre seu software de desenho e que tem uma HQ pela metade salva no laptop e queria poder terminar. Eu contei sobre os meus cadernos de recortes e potes cheios de flores, e o jeito como ele me olhou maravilhado me fez ansiar por aquela vida que *poderia* ter sido. Desejei poder ter mostrado a ele pessoalmente no meu quarto, onde então ele pressionaria meu corpo contra o dele, os lábios nos meus.

Um pensamento me ocorre enquanto voltamos agora para casa, e, antes de conseguir repensar, solto:

— Imagina se eu e você escrevêssemos um livro juntos.

Ele para, me olhando com tanta atenção que sinto o toque em minha pele.

— Você escreve? — pergunta, enfim.

Faço que sim, mexendo nas mangas da roupa.

— Quer dizer, eu quero. Tenho algumas ideias para um livro infantil. Eu estava pensando que você podia ilustrar e eu, escrever.

Ele me olha com espanto.

— Me conta uma das suas histórias.

Desvio o olhar.

— Eu... nunca falei delas para ninguém.

Ele assente, depois sorri, sereno.

— Tudo bem. Então vamos inventar uma nova.

Meu coração dá uma cambalhota, grato por ele não tentar arrancar de mim.

— Tenho um cenário.

Ele sorri, e nós caminhamos.

— Conta mais.

— Um oceano, mas, em vez de água, são árvores gigantes que tocam as nuvens.

O sorriso dele se amplia.

— Com certeza posso desenhar isso. Folhas azuis em vez de verdes? Os troncos rosa-coral?

Minha timidez lentamente recua.

— Quanto mais alto você sobe, maiores são as folhas. Ah! Peixes que voam pelas correntes de ar em vez de nadar na água!

— Isso! — diz ele, animado. — Uma história sobre uma menina que deseja ver os oceanos cheios d'água!

— Eles são um mito no mundo dela, mas têm algo que ela precisa — completo, quase saltitando de entusiasmo.

E continuamos assim, um pensamento caótico sendo derramado após o outro, sem perceber que já chegamos há muito tempo à minha casa. Paramos na frente da porta conversando por mais vinte minutos antes de um ruído distante de avião estilhaçar nosso devaneio. Voltamos à realidade com mãos trêmulas e olhos nervosos para o céu.

E, quando olho para ele, vejo aquela dor. Nunca poderemos escrever um livro juntos.

E me pergunto se este sofrimento em meu coração um dia vai desaparecer. Ou se só vai ficar mais forte.

No dia seguinte, Am finalmente tem novas informações sobre o barco.

— Vai chegar daqui a dez dias, em 25 de março. Vamos nos encontrar na Mesquita Khalid às dez da manhã. Sabe onde é?

Assinto com a cabeça. Baba e Hamza faziam a oração Juma'ah toda sexta-feira lá. Fica a dez minutos de caminhada da casa de Layla.

— Ótimo. Leve o dinheiro, senão, nada de barco.

Travo o maxilar.

— Eu sei.

Mas, antes que eu possa perguntar de Samar, ele balança a cabeça e sai andando. Enjoada, eu me escondo no almoxarifado de medicamentos até o dr. Ziad precisar de mim.

Minha mente vai para o barco, e a ansiedade cresce em mim, meus dedos formigando com a promessa de segurança. De Layla finalmente poder dormir em um quarto que não a lembre do marido encarcerado. Onde a bebê Salama vai dar seus primeiros passos, numa casa cheia de flores e do aroma de *fatayer* recém-assado.

Meus devaneios se dispersam com uma rápida batida na porta do almoxarifado.

Kenan sorri.

— Oi.

— Oi.

— O dr. Ziad está te procurando.

Fico de pé num salto. O dr. Ziad está no consultório, e, quando entro, ele se levanta.

— Salama. — O rosto dele está pálido, a expressão, contorcida com uma dor silenciosa.

Fico nervosa na mesma hora.

— O que foi?

Ele olha para Kenan.

— Pode nos dar um momento?

Kenan me olha de relance antes de fazer que sim devagar e fechar a porta ao sair.

O dr. Ziad apoia as mãos na mesa.

— Não vou amenizar, Salama, porque não é justo com você, e você tem o direito de saber. — Ele respira fundo, e começo a tremer. — Um dos soldados do Exército Livre da Síria veio aqui com informações sobre os detentos das prisões militares. Os que estão vivos. Seu irmão está na lista.

Fico completamente sem fôlego.

O dr. Ziad massageia a testa, os olhos brilhando de lágrimas.

— Ele está vivo, mas seu pai faleceu.

Eu me desconecto do meu corpo, a boca se expressando com uma voz que não reconheço.

— Onde ele está?

Os olhos do dr. Ziad não encontram os meus.

— Prisão Sednaya.

O piso está se abrindo, e eu balanço antes de segurar a maçaneta. A Prisão Sednaya é um dos centros de detenção mais brutais da Síria. Localizada perto de Damasco — a duas horas de carro de Homs. O lugar é pior que uma pena de morte. Os prisioneiros ficam empilhados um em cima do outro em celas pequenas demais, em que não dá para respirar.

— Sinto muito, Salama — sussurra ele. — Sinto muito. Por favor, cuide...

— Preciso ir embora — interrompo, abrindo a porta e saindo correndo. Meus pés aceleram até eu chegar lá fora, e caio nos degraus do hospital. Inspiro e expiro, ofegante.

— Salama! — chama uma voz, e olho para trás e vejo Kenan parado no topo da escada. — Meu Deus, você está tremendo.

Ele tira a jaqueta e coloca nos meus ombros antes de se sentar ao meu lado. Fecho os olhos, inspirando o cheiro de limão, rezando para ser suficiente para devolver a escuridão ao seu lugar. Minutos ou horas se passam, não sei, mas ele fica ao meu lado nos degraus quebrados, esperando.

Ele não pergunta, mas preciso formar as palavras. *Preciso* contar para alguém. As palavras precisam transbordar antes de me afogarem.

— Meu irmão — começo, rouca. — Hamza. Quando ele foi preso com Baba... A Layla e eu, a gente achou que os dois tivessem morrido. Queríamos acreditar nisso. Mas o Hamza ainda está vivo.

Escuto Kenan respirar duro.

Hamza está vivo, sendo torturado neste segundo, enquanto estou aqui fora, planejando fugir da Síria. Minhas mãos tremem e eu agarro a cabeça, tentando me acalmar.

— Jasmim — murmuro. — O chá feito de suas folhas ameniza dores no corpo e ajuda com a ansiedade. Jasmim. Jasmim. Jasmim.

No fundo do meu coração, sei que ainda precisamos ir embora, ou Layla e eu teremos um destino igual ao de Hamza. Eu sei disso. Eu *sei*. Ainda assim...

Levanto o queixo de repente. Layla. É um segredo grande demais para eu guardar. Não posso empilhá-lo em minha torre de mentiras.

Khawf se materializa no caminho que leva à escadaria do hospital e me observa com uma expressão impassível. Ele tem um olhar calculista e está avaliando minha reação.

— Preciso ir para casa — engasgo e fico de pé, pegando a jaqueta de Kenan antes de ela cair. Não quero devolver ainda; preciso da sensação de segurança que ela está me dando mais um pouco.

— Sinto muito — sussurra Kenan.

Quando o vejo, seus olhos sofridos ainda estão em mim, e um pensamento acorda em minha mente. Meu luto pode ser usado para convencê-lo. Khawf sorri.

— Você não vê a realidade, Kenan? — Impeço minha voz de tremer. — Tortura. Morte. Isso está acontecendo. *Vai* acontecer com você se você não for embora.

— Salama... — ele começa a dizer, ficando de pé.

— Não! — grito, fechando as mãos em punhos em vez de chacoalhá-lo. — Por que você se recusa a entender? Seus irmãos *nunca* vão se curar. Você vai morrer por uma causa com a qual ninguém fora da Síria se importa. Aqueles comentários no YouTube são ótimos, mas não tem ninguém nos ajudando. Você vai apodrecer na cadeia e ser torturado pelo resto da vida sem ninguém para te salvar. É sério que vai jogar seus irmãos aos lobos? Você por acaso sabe o que está acontecendo com os refugiados na Europa?

Ele pigarreia, rouco.

— Eu... ouvi falar.

As lágrimas borram minha visão, e ele solta uma respiração trêmula.

— Kenan, você acha que está sendo altruísta. — Desta vez, minha voz falha. — Mas não está. Imagine se a Lama e o Yusuf chegam a Siracusa e acontece algo que me separe deles. Eles nunca vão achar o seu tio. Não posso garantir a segurança deles. Não sei nem o que *eu* estou fazendo. Seria muito fácil eles serem raptados e vendidos. Imagine que isso aconteça e você esteja aqui, em uma prisão, sua vida arrancada pedaço a pedaço. — Enfio as unhas nas mangas do jaleco. — É isso que você quer?

— Não, óbvio que não! — diz ele, alto, e interrompe o olhar para passar o braço nos olhos lacrimosos.

— O barco sai no dia 25 de março — falo, rezando para as sementes da dúvida estarem entrando na mente dele. Para elas crescerem como agrião. — Pense nas vidas que você está arriscando aqui.

As sinapses do meu cérebro não estão funcionando direito, e não consigo focar em nada, exceto voltar para Layla. Quero ficar longe das pessoas e gritar, chorar, lamentar.

— Vou para casa — anuncio.

Ele faz que sim.

— Estou com a sua bolsa.

Antes que eu possa dizer alguma coisa, ele desce os degraus. Estou perdida em minha própria agonia, confiando que a memória muscular vai me levar para casa enquanto as lágrimas descem pelo meu rosto. Tremores correm pelo meu esqueleto, fissurando meus ossos. Uma guerra se trava dentro de mim, e parece que eu sou a única vítima.

— Chegamos — diz Kenan, e quase dou um encontrão nas costas dele.

— Obrigada — falo baixinho, devolvendo a jaqueta, e uma parte de mim considera perguntar se posso ficar com ela por um dia. Meu choque com isso suaviza um pouco da tristeza que estou sentindo. Ele a pega e me dá minha bolsa.

Quando ele nota os rastros das lágrimas no meu rosto, uma percepção se desanuvia em seus olhos.

— Salama — diz ele, suavemente, e eu pestanejo. O jeito como ele fala meu nome, enunciando cada vogal e consoante, mesmo agora, me faz sentir que há flores crescendo em minhas veias.

— Sim? — respondo no mesmo tom.

Ele morde o lábio.

— Por favor, se cuida.

Abraço meu corpo.

— Estou me cuidando.

Ele sorri com tristeza.

— Está mesmo?

Seu olhar vai das minhas maçãs do rosto afiadas para meus punhos ossudos. Posso ter começado a ver as cores, a acreditar nas palavras de Layla e Kenan, mas isso não tem poder sobre minha culpa. É como se eu estivesse sendo lentamente envenenada. Achar a felicidade só está tratando os sintomas, não a causa da doença, que fica mais forte a cada minuto. Meu estômago não segura a comida por tempo suficiente, e passo as noites ou me revirando impotente com os pesadelos, ou sofrendo de insônia. O resultado é um corpo frágil que contém uma mente quebradiça, esperando um sussurro de catástrofe para se desfazer.

Kenan chega mais perto, cruzando a fenda de intimidade que há entre nós, e, obedecendo às leis da física, a pressão aumenta. Um halo, cortesia do sol da tarde, recai no cabelo castanho dele. Ele está saturado de ouro, e sinto minha respiração falhar.

— Já tem gente suficiente te machucando — sussurra ele. — Não seja uma delas.

Ele levanta a mão, e seus dedos roçam minha manga. Ele respira baixo, está mais perto do que nunca, e eu levanto os olhos para ele. O desejo pinga de seu olhar, e estou com um pé na beira do abismo.

— A gente se vê amanhã? — pergunta ele, a voz um misto de esperança e ansiedade.

— Sim — respondo sem fôlego, e, no segundo seguinte, ele está de costas para mim, se afastando.

Meu coração continua batendo perigosamente quando fecho a porta e deslizo as costas contra ela. Nos poucos segundos de silêncio antes de Layla me descobrir, o choque se transforma em realidade. Soluço com lágrimas grandes e gordas. Soluço como se as lágrimas estivessem se acumulando em meus olhos há meses, esperando mais uma gota para transbordar. A frustração parte meu coração em dois.

Um baque de passos soa no corredor, e Layla rapidamente para na minha frente.

— Salama! — exclama ela. — O que aconteceu?

Não consigo falar, cobrindo o rosto com as mãos, puxando os joelhos para perto do peito. Ela se senta ao meu lado, imediatamente me puxando para seu calor.

Ela me segura com força, abraçando minha cabeça em seu peito.

— Me conta o que aconteceu.

Em meio a um mar de lágrimas, digo cada palavra com a voz entrecortada. Não consigo encará-la. Os braços dela ficam flácidos ao meu redor, e ela fica tensa. Por muito tempo, não diz nada. Vozes abafadas lá de fora entram pela porta. Não ouso olhar para ela, perdida na sensação de queimadura em meu peito.

— A gente deveria ficar? — pergunto entre soluços.

— Salama. — A voz dela está baixa, derrotada. — Olha para mim.

Relutantemente, arrasto meus olhos para os dela e os vejo, azul-oceano, soltando lágrimas pelo rosto.

— Nós vamos embora — diz ela, com uma voz estranha.

— Mas...

— *Por favor*. Precisamos ir embora. Ele ia querer isso. — Sua voz está fraturada com a dor que está tentando conter.

Bato a cabeça na porta. Sim, ele ia. Eu *prometi* para ele.

— Se morrermos aqui, isso vai destruí-lo mais ainda — afirma ela. — Salama, a gente torceu para ele estar morto. Mas era só um desejo. Uma parte nossa sempre suspeitou que não estivesse.

Pigarreio.

Ela balança a cabeça.

— Não consigo... Não consigo pensar nisso agora, Salama. Se eu pensar... — A voz dela falha. — Acho que não conseguiria me convencer a ficar bem. — Ela segura minhas mãos. — Vamos falar de outra coisa.

Há desespero no rosto dela. Layla está buscando loucamente alguma coisa para se distrair antes que sucumba ao luto.

— Me conta da Alemanha — falo baixinho. — Me conta o que vamos fazer em Munique.

Ela fecha os olhos brevemente e inspira fundo, me apertando mais forte.

— Eu estava pensando que devíamos ter um restaurante lá.

A surpresa paralisa minhas lágrimas.

— Quê?

Ela faz que sim com a cabeça, ganhando força com o sonho.

— Nossa comida é deliciosa, e uma vez li no Facebook sobre um restaurante sírio na Alemanha que era um sucesso com os locais. Podemos ganhar dinheiro para a sua faculdade, um apartamento e coisas de que a bebê precisa. Também é um jeito de espalhar as notícias sobre o que está acontecendo aqui.

Fico chocada, desconcertada pelo otimismo infinito dela.

— E achar a felicidade? — Dou um sorriso fraco.

Ela não devolve o sorriso, mas beija os nós dos meus dedos.

— Achar a felicidade.

Os olhos dela estão vermelhos, mas ela me olha de volta, e não quero que este momento acabe.

— Mas você sabe que sou eu quem vai fazer o *knafeh*, né?

Uma risada curta escapa de seus lábios.

— Óbvio. Você não tem a aprovação de todas as avós sírias por causa do seu charme.

O sorriso agora vem mais fácil.

— Sabe, acho que foi por isso que o Kenan... — Paro.

Layla franze a testa.

— O que foi?

— Eu... lembro de Mama me pedindo várias vezes para eu fazer quando eles iam nos visitar — conto devagar, fragmentos da minha antiga vida flutuando ao redor, fora do meu alcance. — Ela ficava perguntando se eu tinha todos os ingredientes. Estava sendo bem insistente. — Solto uma risada incrédula. — Eu nem... Uau! Precisei de uma guerra e um ano inteiro para perceber: acho que o Kenan gosta *muito* de *knafeh*!

Ela aperta minhas mãos.

— Ele deu muito azar.

Pensar nisso me deixa triste. *É, deu mesmo.*

Layla vai dormir cedo, querendo ficar sozinha, e prendo o cobertor com firmeza ao redor dela. Ela dá as costas para mim e se dobra ao meio; eu a observo por um minuto antes de ir para o quarto.

Khawf está parado no meio do cômodo. Desde que Kenan me mostrou o pôr do sol, ficou mais fácil lidar com ele. As visões que Khawf me mostra agora parecem menos abrangentes, e passamos a maior parte do tempo conversando, resolvendo os piores cenários. As conversas ajudaram com minha culpa, dando ao meu coração a motivação necessária para ir embora.

— Não se preocupe — digo, cansada, me sentando encurvada na cama e soltando o cabelo. — Ainda vou embora.

Ele bate o dedo no cotovelo, parecendo quase solidário.

— Que bom. Você talvez não consiga o dinheiro de volta. Sem mencionar que se você for...

— Pega — interrompo, caindo por cima da colcha. — Afogada. Eletrocutada. Estuprada. A bebê da Layla arrancada do útero dela e largada para morrer. Sim, eu conheço os horrores. Já repassamos tudo.

Ele me observa em silêncio.

— Uma pena que isso possa acontecer com o garoto que você ama.

Meus dedos se fecham nas cobertas finas como papel, e me viro para o lado, finalmente me rendendo ao medo que se proliferou em meu corpo. Vou conseguir admirar todas as cores da Alemanha sem ele? Vou querer? Com o que sobrou do meu coração, amo Kenan e a esperança que ele me deu, e não estou pronta para abrir mão dele.

Abraço o travesseiro contra o peito, dirigindo meus pensamentos para o sorriso fácil e os olhos gentis dele. Para suas palavras.

Para ele.

Porque, se não fizer isso, se pensar em Hamza, não vou conseguir respirar. Não vou conseguir viver.

19

Quando vejo Kenan no dia seguinte, quase derrubo o saco de comprimidos de haloperidol que estou carregando. Ele está parado ao lado do leito de um paciente. Um garotinho de uns seis anos que tem um curativo enorme na lateral da cabeça, cobrindo o olho direito. Kenan se agacha, conversando animado, e o rosto do garotinho está arrebatado. Como se ele tivesse esquecido o que está lhe acontecendo. Kenan move as mãos como um maestro, tecendo histórias que ganham vida entre seus dedos.

Coloco o saco em um armário e me aproximo de Kenan, tocando distraída meu dedo anelar. Eu me repreendo. Posso estar apaixonada por ele, mas é real ou só meu anseio de escapar deste horror? Se ele fosse só um garoto e eu, só uma garota, vivendo vidas comuns, e nos conhecêssemos em qualquer outro lugar, será que ainda iríamos nos apaixonar?

Além do mais, mesmo que seja real, nada disso importa enquanto ele estiver determinado a virar um cordeiro imolado. A dor não é nada em comparação com saber o que Hamza está passando.

Hoje de manhã, decidi que estou brava com Kenan. Ele é dono do meu coração e o está partindo. Assim como o de Lama e o de Yusuf. Se esse último mês só conseguiu arranhar a armadura dele, quanto tempo mais preciso para ela se desintegrar completamente? Qual será sua ruína?

— E aí o menino e a menina foram resgatados por piratas — diz Kenan. O garotinho ainda não consegue tirar os olhos dele. — Eles navegaram pelos sete mares e lutaram juntos contra monstros.

— E depois? — pergunta o menino.

Kenan se inclina mais para perto, a voz baixinha, e dou mais um passo à frente.

— Bom, a menina queria manter em segurança o diamante que a mãe tinha dado para ela. E o menino queria achar o avô dele. Os piratas tinham as respostas para essas duas coisas, então... — Ele para e se vira, vendo minha expressão perplexa. — Salama. Bom dia.

— B-Bom dia.

Se ele ainda está pensando em como gritei ontem com ele, não demonstra.

— Tudo bem?

Brinco com as pontas do meu hijab.

— *Alhamdulillah.*

Ele me olha com suavidade.

— Você precisa de alguma coisa?

De você. Preciso que você vá embora comigo.

— Não — respondo, em vez disso.

Ele sorri e fica de pé, tirando alguma coisa do bolso. Estende a mão. É um pedaço de papel bem dobradinho.

— Abre.

Faço isso e arfo baixinho. Ele desenhou a floresta-oceano. Árvores colossais cercando uma garotinha, folhas flutuando ao vento. Ao lado dela, há um peixinho listrado.

— É um peixe-anjo flamejante — explica ele. — Achei que ela poderia ter um amigo da cor das chamas. Para iluminar o caminho quando estiver escuro.

Meu coração acelera e eu abraço o papel.

— Obrigada.

Ele coça a nuca, as bochechas coradas.

— Eu queria te animar depois de... Você sabe.

— Vou guardar para sempre. — Consigo dar um sorriso corajoso.

Ele retribui e então gesticula para o garotinho.

— Quer ouvir a história com ele?

Dou risada.

— Quero.

Parada ao lado do garotinho ansioso, guardo o desenho no bolso e observo o jeito como Kenan se ilumina. Ele domina as palavras, injetando cada uma com maravilhamento, e logo estamos cercados de gente, todos juntinhos, querendo esquecer a dor e escapar para outro mundo. Kenan se levanta, a voz ficando mais alta enquanto ele invoca navios que voam e limões mágicos que o trazem de volta das portas da morte. Ele é cativante, um contador de histórias nato.

Mas, a cada palavra, um peso cai sobre meu coração, e eu me afasto lentamente pela multidão, até só conseguir ver o cabelo desgrenhado dele e seus ombros largos. Dói vê-lo, um condenado à morte, quando ele tem o poder de influenciar o mundo.

Eu me viro, mas, antes de conseguir sair do átrio, Kenan me chama. As pessoas atrás dele estão conversando entre si e voltam a seus leitos e suas famílias, os olhos brilhando um pouco mais. Duas pessoas dão um tapinha nas costas de Kenan, que sorri para elas. Ele caminha até mim, a testa franzida, e fico pregada ao chão, cada célula o querendo perto.

— Aconteceu alguma coisa? — pergunta ele.

Uma dor surda reverbera em meus olhos, ameaçando derrubar as lágrimas.

— O que você acha, Kenan? — sussurro. Tudo está escrito com todas as letras no meu rosto, para ele ler.

Ele fecha os olhos por um segundo, percebendo o que estou pensando.

— Salama — começa. Seu tom é grave, quase engasgado. — Eu... Você tem que entender que é difícil.

Sinto como se estivesse parada sob um chão que treme.

— Você acha que para mim é *fácil* ir embora? Minha mãe está enterrada aqui! Meu pai também. Meu irmão... — Paro, cobrindo o rosto com as mãos e me forçando a respirar fundo.

Por favor, Deus, permita que ele morra. Permita que ele encontre essa paz.

Kenan continua me olhando angustiado quando o encaro de volta.

— Não nos sobrou nenhuma escolha, então agarramos qualquer coisa que possa garantir nossa sobrevivência. — Afasto qualquer emoção. Minha voz sai calculista e fria. — O mundo não é doce nem gentil. Lá fora estão esperando para nos engolir e palitar os dentes com nossos ossos. É o que vão fazer com seus irmãos. Então, fazemos todo o possível para garantir que nós e aqueles que amamos sobrevivamos. O que for necessário.

O medo irrompe de suas íris, mas o que quer que ele esteja prestes a dizer desaparece quando sua visão corre para trás de mim, seus olhos se arregalando de horror.

Eu me viro, vejo Yusuf carregando Lama com seus braços esqueléticos e me pergunto como ele conseguiu chegar da casa deles até aqui. Kenan corre para eles, seu terror me contagiando. Os olhos de Lama estão semicerrados, seus lábios secos, abertos. Kenan a pega de Yusuf, apoia a cabeça dela em seu ombro e me olha desesperado.

— Traga ela aqui. — Faço um gesto para um leito vazio, e ele a deita com suavidade, murmurando palavras amorosas enquanto acaricia o cabelo da irmã, antes de segurar as mãos dela e as levar aos lábios, rezando. Yusuf fica parado atrás dele, o rosto pálido de terror e o lábio inferior tremendo.

— O que aconteceu? — Kenan pergunta a Yusuf, que balança a cabeça e mexe as mãos.

Verifico o ferimento na barriga dela, mas está quase curado, a pele cor-de-rosa, sem sinais de pus ou infecção.

— Lama, *habibti*. — Aperto o estetoscópio no coração dela. Está martelando contra as costelas. — Como você está se sentindo? Onde é a dor?

Ela se agita, as pálpebras trêmulas.

— Estou... enjoada. E minha cabeça dói.

Coloco a mão na testa dela. Está gelada. Pele avermelhada. Lábios rachados. Dor de cabeça. Tudo se encaixa.

— Ela está desidratada.

Kenan olha para mim, chocado, lágrimas silenciosas correndo pelo rosto.

— Como assim?

— Me dá a mão dela — digo, e ele obedece. Aperto a placa ungueal por alguns segundos até a unha dela ficar branca e Lama se mexer, desconfortável. Quando alivio a pressão, leva um tempo para recuperar a cor rosada. — É. Desidratação.

Corro até o depósito médico, pego uma das bolsas de soro e corro de volta para enfiar na veia dela. Ela nem protesta quando furo a pele com a ponta da agulha.

— Kenan, vai pegar um copo d'água para ela — instruo, e ele me olha desorientado. — Ela vai ficar bem, *insh'Allah*. Mas precisa beber alguma coisa.

Ele assente e volta logo com água, ajudando-a a dar golinhos. Nour ouve falar do que aconteceu e traz uma cadeira para Yusuf se sentar. Ela dá tapinhas nas costas dele, que fica só olhando. Ninguém deveria viver assim. Preocupado se a irmã vai morrer por falta d'água.

— O soro vai repor o que ela perdeu. — Mordo o lábio. — *Alhamdulillah* que não foi algo pior.

O maxilar de Kenan está tenso, e seus ombros tremem discretamente. Ele se levanta e vai na direção da porta. Pisco, chocada, antes de ir atrás. Ele desce os degraus correndo, passando as mãos pelo cabelo.

— Kenan — digo, hesitante.

Ele se vira, parecendo estar com dor física.

A voz dele parece partida. Derrotada.

— Ontem, depois que você mencionou o que acontece com os refugiados na Europa, eu voltei para casa e pesquisei mais. — Ele para, soltando o ar com força. — As pessoas estão sendo enganadas, roubadas, deixadas no meio do nada. Meninas estão... sendo traficadas ou vendidas para se casar. E meninos estão fazendo trabalho forçado.

Ele cai no chão como se as pernas não fossem mais capazes de carregá-lo, e eu corro até ele.

— Kenan! — Eu me ajoelho ao lado.

Um som estrangulado escapa de sua garganta.

— Você tem razão. Eu prometi ao meu pai que cuidaria deles. Que os carregaria no meu coração. Não posso garantir que eles vão encontrar o meu tio quando chegarem à Itália. Não posso nem garantir que a Lama vai sobreviver à desidratação. Mas... também tenho um dever com o meu país. — Ele enfia as mãos na terra, e o marrom-avermelhado opaco as mancha, infiltrando-se nas unhas e nas rachaduras da pele. — Salama, você precisa pelo menos reconhecer que isso não está *certo*.

— Óbvio que não está! — exclamo. — Não é justo e não está certo. Mas você *não pode* abandonar a Lama e o Yusuf.

— Um a um, todo mundo vai embora — sussurra ele e esfrega os olhos, deixando rastros da Síria na testa, se sujando com a terra dos nossos ancestrais. — Em breve não vai ter mais ninguém para defender a Síria.

— Não é verdade. Você, mais que ninguém, pode mudar o mundo. Tem ideia do que a sua imaginação pode fazer? Você não viu como as pessoas estavam te olhando? — Um brilho reluz em seus olhos verde-escuros. — A luta não acabou e não é só aqui. A história inteira da Síria se apagou da memória das pessoas. Elas não sabem a joia que é esta terra. Não sabem o amor que este país tem. Você deve isso a elas. Deve isso a *nós* — digo, num ímpeto.

Ele passa a mão pelo rosto, depois pigarreia.

— E a culpa?

— Seu amor pela Síria vai ser seu impulso. A culpa é só um efeito colateral. — Dou um sorriso triste. — Sem esse amor, suas histórias perderiam o significado.

Ele pisca algumas lágrimas antes de as secar com a manga.

— Não acredito que vou fazer isso — sussurra.

Meu coração se suaviza e se parte.

— Kenan. A Síria não é só o lugar onde estamos. É a Lama crescendo, chegando à adolescência com os dois irmãos mais velhos junto dela. É o Yusuf tirando as notas mais altas e contando a todo mundo sobre os limoeiros em Homs. É você garantindo que a gente nunca esqueça nosso motivo para lutar. Somos você e eu... — Paro, dando por mim antes de falar alguma coisa idiota. Alguma coisa sobre uma vida que *poderia* ser.

Um pequeno sorriso finalmente se acomoda nos lábios dele, e eu me sinto corar.

— Você tem razão — sussurra Kenan.

Suspiro de alívio.

Ficamos ajoelhados em nosso solo, os escombros se alojando em nossos joelhos, a lama sujando nosso jeans. E, neste momento, envolvidos pelas duras verdades com que temos que conviver, de alguma forma o futuro não parece mais tão lúgubre. As cores são vibrantes.

— Vou procurar Am amanhã — digo. — Ele foi embora cedo.

Ele morde o lábio.

— E se for tarde demais? E se todos os assentos estiverem ocupados?

Balanço a cabeça.

— O dinheiro compra tudo, Kenan. E, se não comprar, eu vou te colocar clandestinamente naquele barco, nem que seja a última coisa que eu faça.

Ele fica me olhando, e me pergunto se falei demais. Se meus sentimentos por ele estão tão livremente à mostra em meu rosto que não preciso dizer as palavras.

Em seus olhos, algo muda. Ele não suaviza a expressão, o que me deixa ver um relance de cada coisa que pensou sobre mim desde o dia em que nos conhecemos. Está na ruga entre suas sobrancelhas, na elevação suave de seus lábios, no desejo em seu olhar.

Pigarreio.

— É melhor você ficar com a Lama.

Achei que seria suficiente para quebrar o encanto entre nós, mas Kenan sorri, chegando mais perto, e paro de respirar, o perfume de limão envolvendo meu nariz.

— Tudo bem se eu não te levar para casa hoje?

Faço que sim.

— Mas posso levar amanhã?

— Pode — falo baixinho.

Satisfeito com minha resposta, ele fica de pé e vai na direção do hospital, mas, antes de desaparecer lá dentro, pergunto sem pensar:

— Por que você sempre tem cheiro de limão?

Ele pausa e se vira devagar, surpreso.

— É a colônia de Baba.

20

É IDEIA DE LAYLA USAR limões para combater a náusea quando estivermos no barco.

— É óbvio — digo. — Por que não pensei nisso antes?

Ela ri, olhando para as três mudas de roupa entre as quais está decidindo.

— É porque não sou eu que estou passando pelo desabrochar do amor. Agora mais do que nunca, pelo jeito, com Kenan vindo junto.

Eu a ignoro e repasso o checklist, ciente do volume em meu bolso onde está o desenho de Kenan. Um casaco pesado. Passaporte e diploma do ensino médio. No início da revolução, comecei a carregar meu passaporte para todo lado, para o caso de alguma coisa acontecer ou de precisarmos fugir em cima da hora.

Conto os outros itens indispensáveis. Oito latas de atum e três latas de feijão. Uma cartela de paracetamol. Alguns curativos. Quatro garrafas de água.

— Você não precisa falar nada para eu saber. — Layla se joga no sofá depois de finalmente se decidir por um vestido azul-marinho e uma meia-calça grossa de lã. — Você nunca conseguiu esconder segredos de mim. É a vantagem de te conhecer a vida inteira.

Seguro firme o rolinho apertado de dólares enquanto o corpo frágil e ensanguentado de Samar passa pelos meus olhos. Eu me obrigo a não vomitar, embora não tenha comido mais que cinco colheres de sopa de lentilha.

— Estamos esquecendo alguma coisa? — pergunto e me concentro no fato de que Kenan vai estar no barco comigo.

Ela suspira e indica com a cabeça um pen drive que está ao meu lado no chão.

Eu o pego.

— Nossas fotos de família estão aí. Vamos ter o Hamza com a gente. E nossos pais também.

Um nó se instala em minha garganta.

— Quando você fez isso?

Ela balança a cabeça.

— Foi o Hamza. Na primeira semana da revolução.

Levo a mão à frente da boca e desvio o olhar, as lágrimas queimando meus olhos.

O que estão fazendo com você, Hamza?

— Ele sabia que isto ia acontecer — sussurra Layla. — Ou, pelo menos, desconfiava.

— Ele sempre foi o mais esperto — sussurro de volta.

Olho de relance para Layla. As lágrimas decoram seus olhos como safiras. Ela estende as mãos, e eu as seguro.

— *Alhamdulillah* — diz ela. — Não importa o que aconteça com a gente, com ele, vou me apegar à nossa fé.

Faço que sim, a garganta grossa de segredos e arrependimentos.

Na manhã seguinte, assim que piso no hospital, vou direto na direção de Am. Ele está parado no átrio principal, olhando pela janela.

— Am — digo, e seu olhar se volta para mim.

— Salama.

Puxo um comprimido de paracetamol e coloco na mão dele.

— Preciso de lugar para mais uma pessoa.

Ele me olha sem acreditar.

— E na semana que vem vai ter mais uma. E mais uma, e mais uma.

— Não — eu me forço a responder. — Só essa pessoa.

Ele sacode o comprimido na minha cara.

— Você não tem tanto poder de negociação assim, Salama. O paracetamol não vai ser suficiente para um desconto.

— Você já vai ficar com o meu ouro!

Ele meio que dá de ombros e joga a bituca do cigarro no chão antes de pisar em cima com o calcanhar da bota.

— Não basta. O que é mais importante? Ouro ou a vida de alguém?

Quero zombar, bater na cara dele pela hipocrisia que cobre sua língua. Em vez disso, murmuro:

— Um anel.

Ele considera.

— Tá bom.

O som distante de uma batida nos assusta, mas o momento passa e, lá fora, alguns pássaros tomam o céu pontilhado de nuvens.

Am gira outro cigarro entre os dedos. Quando volta a me olhar, é como se estivesse me vendo pela primeira vez.

— O que foi? — digo, na defensiva, cruzando os braços.

— Você sempre foi tão... — ele faz um gesto na minha direção — vazia?

Envergonhada, mexo em meu hijab, prendendo-o no outro ombro. Tenho certeza de que ele ia adorar saber que a culpa pelo que fiz me transformou em pele e osso. Mas, antes que eu possa responder, o dr. Ziad me chama; ao me virar, eu o vejo acenando para mim com uma expressão desesperada.

Corro até ele, meu coração batendo loucamente na garganta.

— O que foi, doutor? — pergunto, e ele olha rapidamente ao redor, antes de me levar para um canto do átrio.

— Você ficou sabendo o que aconteceu ontem em Karam el-Zeitoun? — A voz dele está baixinha, com uma dor sufocada.

Minha boca fica seca, e faço que não com a cabeça.

— Os militares... eles massa... — Ele para, o sofrimento vitrificando seus olhos, e respira fundo antes de continuar. — Mulheres e crianças com a garganta cortada. Não sobrou ninguém vivo. Nem um único tiro. As crianças... Elas foram... — Ele perde outra vez a compostura, os olhos úmidos, e os meus queimam com as lágrimas. — Foram atingidas com objetos pesados, e uma garota foi severamente mutilada. Os bairros ao lado ouviram os gritos. O Exército Livre da Síria acabou de me confirmar.

Meu estômago revira, e consigo sussurrar:

— O que... Nós somos os próximos, é isso?

Ele passa a mão pelo cabelo e endireita as costas, todos os rastros de horror desaparecendo de seu rosto. É nosso médico-chefe — é dele que tiramos nossa força. Se ele desmoronar, todos vamos cair.

— O ELS conseguiu informações vitais sobre um ataque planejado para hoje de manhã aqui perto e alertou todos os hospitais. É pior que tudo o que já tivemos.

— Pior que mísseis? — pergunto, incapaz de imaginar o que mais eles poderiam usar.

Ele faz que sim, e noto as veias em seus olhos mais pronunciadas — mais vermelhas.

— Tipo o quê?

Ele respira fundo, mas o ar se perde em algum lugar de seus pulmões.

— Ataques que violam a Convenção de Genebra.

Franzo o cenho.

— Então tudo o que eles fizeram até agora foi dentro da lei?

— Não, é evidente que não! — exclama ele, esfregando os olhos, e suas mãos tremem. — Mas é um tabu. — O suor faz sua testa brilhar.

— Do que você está falando? — Minha voz sai estrangulada.

— Pode ser que não aconteça — diz ele, mas ouço a mentira em seu tom.

— Doutor, estamos falando do regime. Se eles quiserem, podem jogar uma ogiva nuclear na gente. — Dou uma risada sem graça e aperto a mão na testa.

Gardênias. Aliviam a depressão, a ansiedade e o estresse. Gardênias. Gardênias. Gardênias.

— Salama, você é uma filha para mim. Então, por favor, não fuja do hospital se acontecer. Nenhum de nós está preparado para lidar com isso, mas vai dar *tudo certo*.

— Se *o que* acontecer? — quase grito. — O que o Exército Livre da Síria falou para você?

Mas ele não precisa dizer. Um grito rasga o ar e eu me viro, chocada. Nunca tinha escutado um grito assim na vida. As portas se abrem e uma horda de vítimas entra como um enxame, mas não vejo ferimentos.

— O que está acontecendo? — guincho, tentando entender.

Dezenas de vítimas em macas ou no chão estão convulsionando, como se tivessem sido eletrocutadas.

Adolescentes com a cabeça contorcida para trás, braços e pernas tremendo incontrolavelmente.

Criancinhas espumando pela boca, revirando os olhos, tentando entender o que está se passando com elas.

Meus pés ficam colados no chão. Não sei o que está acontecendo. Não entendo.

— Ataque químico — escuto o dr. Ziad dizer. — Eles finalmente usaram gás sarin.

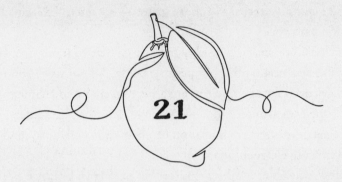

21

O horror faz minhas mãos voarem para a boca. Minha mente repassa uma lista de remédios, uma lista de *qualquer coisa* capaz de combater sarin, mas não acho nada. Ninguém nunca está preparado para um ataque químico.

— Como... Como *é que* eu trato isso? — pergunto, sentindo pregos na garganta.

— Atropina — grita ele para o restante da equipe ouvir, todos indo na direção das vítimas. — Diazepam para convulsões.

Ele olha para trás e me vê paralisada.

— *Salama!* — diz, duro. — Precisamos fazer alguma coisa! Eles vão morrer em minutos, entendeu? Uma quantidade minúscula de sarin é suficiente para matar um homem adulto. São crianças. *Vai!*

Minha mente se ativa e todo o medo é desligado, exceto aquele que vai motivar meus pés a correrem e minhas mãos a trabalharem. Nour joga um punhado de seringas de atropina nos meus braços, e saio correndo. Não temos nada para nos proteger dos gases que atingiram os pacientes, então as luvas vão ter que dar conta.

Avalio quem precisa de cuidados primeiro. Quanto mais inalaram, menos tempo têm. Voo até um menino deitado no chão, tremendo violentamente, e empurro a mãe dele, que está uivando, para o lado. Não tenho tempo de explicar nada enquanto enfio a agulha na veia dele, rezando sem parar. Nem checo para ver se ele reage. Tempo é um luxo que não temos agora. Assim que me levanto para ir atrás de outro paciente, Nour assume meu lugar e faz massagem cardíaca.

Outra garota com lágrimas no rosto e espuma na boca me olha sem enxergar, e temo que a tenha perdido. *Injeções intravenosas funcionam rápido*, entoo mentalmente. A pulsação dela está fraca, e seus olhos são só fendas. Minha respiração fica presa na garganta. Tento não olhar nos olhos dela enquanto agarro seu cotovelo e enfio a agulha em sua veia cubital mediana. Vou para a próxima vítima. As últimas palavras do pequeno Ahmad ressoam em meus ouvidos o tempo todo, e sinto seu fantasma me vendo ser lenta demais para salvar qualquer um. Seus olhos queimam como moedas quentes em minha nuca, impacientes com minhas mãos vagarosas, que não injetam o antídoto rápido o bastante.

Vou contar tudo para Deus.

Perco a conta de quantos não consigo salvar. Os olhos escuros, como uma noite sem estrelas, a expressão congelada de medo e confusão inscrita para sempre no rosto. Percebo que estou tremendo quando minhas mãos agarram, impotentes, os ombros frágeis de uma jovem, tentando sacudir a vida de volta a seu corpo.

— *Não* — digo com os dentes cerrados. — Por favor, não esteja morta!

A respiração dela não embaça a máscara de oxigênio, e ela me olha sem vida. O cheiro de alvejante queima minhas narinas.

Cloro.

Eles não usaram só sarin.

Merda. Merda. Merda.

Os próximos corpos que minhas mãos tocam estão mortos. Não há ninguém vivo. Cheguei tarde demais. Eles estavam bem aqui, e não consegui atendê-los a tempo. Eu me levanto devagar, as pernas trêmulas, e olho a catástrofe ao redor.

Estou cercada por um amontoado de corpos e fico parada no meio, vendo-os me julgar. Minhas mãos estão em carne viva, vermelhas do gás que cobre as vítimas. A história se repete com personagens diferentes, mas o fim é sempre o mesmo. E, apesar de eu saber disso, a dor é enorme. Maior do que consigo suportar.

Tudo se desdobra à minha frente em câmera lenta.

Eu observo crianças pequenas agarrando as laterais de seus protetores, uivando de angústia. Vejo famílias inteiras deitadas um ao lado do outro, dando as mãos, torcendo para, quando subirem ao céu, ainda estarem entrelaçados. Ando devagar, com os olhos pregados na porta de saída. Preciso de ar. Preciso respirar algo que não seja cloro.

— Salama! — Nour agarra meu braço antes de eu abrir a porta da frente. — O que está fazendo?

— Lá fora — falo, asperamente. Tendo tratado os pacientes, o sarin finalmente foi absorvido pela minha pele e está começando a fechar minha garganta. *Meu Deus, como queima.*

— Não sem isto aqui. — Ela enfia uma máscara cirúrgica em minhas mãos. — Não é o ideal, mas vai ajudar.

Não vai adiantar nada. Mas como saberíamos? Não estávamos prontos para um ataque químico. Médicos normais se preparam para isso?

Desabo na escada do hospital, tremendo dos pés à cabeça. Horas já se passaram sem que eu notasse e agora é fim de tarde. A morte rouba os segundos de nós. O oxigênio volta devagar aos meus pulmões, e finalmente começo a me lembrar da minha família.

— Layla! — Fico de pé num salto, olhando na direção da nossa casa. Ela está segura. Eu sei que está. Porque nenhuma das vítimas era do nosso bairro, que fica a uma caminhada de quinze minutos do hospital. O sarin não chegou ao hospital, o que significa que também não chegou à nossa casa.

Meu pensamento seguinte se fecha em Kenan e seus irmãos.

Meu estômago revira de terror. Não sei se ele veio hoje. *Ah, Deus, por favor, que o bairro dele não tenha sido afetado.*

Tiro a máscara e fico mexendo nela, andando para lá e para cá, tentando invocar pensamentos racionais.

Se eles tivessem sido afetados, teriam sido trazidos para cá. Mas... e se eles morreram assim que inalaram o gás? Ah, meu Deus. Ah, meu Deus!

Respiro fundo e decido que preciso sair agora, ver Layla e depois ir imediatamente para a casa de Kenan garantir que esteja tudo bem.

— Salama! — grita uma voz atrás de mim, e giro para ver Kenan parado na frente das portas do hospital, segurando um pano improvisado no rosto. Vivo. Ele solta uma expiração profunda, que sinto dentro da alma. Meus joelhos ficam bambos de alívio e eu caio nos degraus.

— Salama! — grita ele de novo, correndo até mim. — Você está bem? Ah, meu Deus, por favor, diga que está.

Ele se agacha ao meu lado, removendo o pano da boca, e eu encho meus olhos da sua presença. Seus olhos verdes brilhantes, seu rosto lindo e sincero.

— Estou bem — sussurro. — E você? Lama? Yusuf?

Ele faz que sim rápido, as mãos pairando ao lado da minha cabeça, estabilizando-se antes de tirá-las. Ainda assim, sinto o calor, o sangue correndo por suas veias.

— O ataque não foi... não foi perto de onde estamos, mas precisei vir aqui para ter certeza de que você estava viva — diz ele, e é como se a energia de repente tivesse sido sugada dele, que quase desaba ao meu lado. Ele tem cheiro de fumaça e resquícios de gás e limão. Minhas pernas tremem de exaustão, meus braços doem, e só quero me deitar aqui nestes degraus trincados e dormir para sempre.

As vozes distantes dos feridos vazam pelas rachaduras das paredes do hospital, e fecho os olhos, incapaz de segurar a dor deles em meu coração sem me dobrar ao meio e chorar até morrer. Por quê? *Por que* ninguém está nos ajudando? Por que estamos sendo largados para morrer? Como o mundo pode ser *tão* cruel?

— Estou exausta — sussurro.

— Eu também — responde Kenan.

Balanço a cabeça.

— Não. Estou exausta de tudo isto. Estou exausta de estarmos sufocando e ninguém dar a mínima. Estou exausta de não sermos nem uma consideração tardia. Estou exausta de não podermos ter nem direitos humanos básicos. Estou *exausta*, Kenan.

Sinto os olhos dele em mim, mas, quando levanto a cabeça, miro o horizonte aparecendo entre os prédios demolidos. O azul e cinza.

— Também estou furiosa — continuo.

E percebo que a raiva sempre esteve ali, crescendo devagar e sem vacilar. Começou há muito tempo, quando eu nasci sob as garras de uma ditadura que não parou de apertar até meus ossos se quebrarem. Virou uma pequena chama quando Mama e eu demos as mãos e rezamos enquanto as vozes roucas dos manifestantes ricocheteavam nas paredes da nossa cozinha. Fundiu-se com meus ossos, as labaredas lambendo meu miocárdio, deixando células podres em seu rastro, quando Baba e Hamza foram levados. Cresceu e cresceu e cresceu com cada cadáver deitado à minha frente. E agora é um fogo ribombante crepitando em meu sistema nervoso.

— Amanhã é o aniversário da revolução — falo, e Kenan muda de posição. — Eu quero ir.

Essas três palavras se derramam dos meus lábios, e espero a sensação familiar de terror me rasgar, amargando minha vontade. Mas não acontece. Não. Já *chega*.

Khawf aparece no canto dos meus olhos, mas me recuso a olhar em sua direção, sabendo que não vou encontrar apoio ali.

É minha escolha, não uma escolha governada por ele. Em vez disso, me viro para Kenan, cujos olhos estão pesados de emoção.

— Tem certeza? — pergunta ele, e eu quase sorrio.

Faço que sim. Essa decisão limpa minha mente. Quero que minha voz se junte à do povo. Quero cantar até acabar com minhas mágoas. Quero lamentar nossos mártires. Pode ser a última vez que me sentirei parte da Síria antes de o barco me levar. Não quero mais este medo.

Kenan fica de pé, desviando o olhar, então diz, em um tom bastante duro:

— Você chamou de revolução.

Baixo os olhos para meus tênis.

— Bom... porque é.

Ele mexe na manga da jaqueta antes de se virar para mim.

— Deixa eu te levar para casa.

Levanto os olhos.

— E seus irmãos?

— Pode acreditar, eu não me ofereceria se eles não estivessem bem — diz ele. — *Insh'Allah*.

— Então vou pegar minha bolsa. — Eu me recomponho e vou na direção das portas, e minha mão agarra a maçaneta com força, meus músculos me paralisando. A raiva está lá, mas não apagou o peso dos mortos em meus ombros.

— Eu pego. Está no almoxarifado, certo? — oferece Kenan, com gentileza. Faço que sim com a cabeça. Quando ele abre a porta para entrar, as tosses e o choro baixinho dos feridos fazem minha garganta apertar, antes de a porta se fechar e os emudecer.

Nossa caminhada de volta é cheia de silêncio, e me permito observá-lo atentamente, notando o jeito como seus ombros estão encurvados. Sinto uma tempestade na mente dele também. O que ele viu hoje está rapidamente estilhaçando sua decisão de ir embora. Mas ele deve saber que nessa equação não há resposta correta. Ir embora é o menor dos males. O mundo lá fora não é seguro para os irmãos dele desbravarem sozinhos, e Kenan ficaria arrasado se algo acontecesse com eles. Mas preciso saber — preciso *ouvir* mais uma vez as palavras.

Quando chegamos à minha porta, ele apoia a cabeça na parede crivada de balas.

— Você ainda vai com a gente, né? — sussurro, e ele me olha.

— Sim — responde baixinho.

Ele empurra o corpo e passa a mão pelo cabelo. Seus olhos estão vidrados, e ele chuta uma pedrinha. Ela quica, fazendo um ruído patético contra alguns destroços.

— É que... — começa ele, soltando o ar com força. — Salama, eu me sinto tão impotente. Estou abandonando todos eles. E depois do que aconteceu hoje? — A dor queima em seus olhos. — A Síria precisa de mim, e eu a estou abandonando.

Balanço a cabeça.

— Não está, não. O que o nosso povo está fazendo aqui, os protestos... É lindo e muito necessário, mas você está mudando a opinião de quem aqui? Você pode fazer *tanta coisa* lá fora. Pode chegar fisicamente às pessoas que deixam os comentários nos seus vídeos. Com seu talento para tecer histórias, precisamos da sua voz para amplificar o clamor de quem está aqui. É assim que *você* vai lutar.

Ele me olha fixamente, com um leve tom corado tingindo as bochechas.

— E nós *vamos* voltar — digo, com a voz vacilando. — *Insh'Allah*, vamos voltar para casa. Vamos plantar novos limoeiros. Vamos reconstruir nossas cidades, e *vamos* ser livres.

Eu me viro para olhar o sol, que está indo embora, o azul do crepúsculo engolindo a luz. A noite se aproxima rápido, e sei que não é para sempre. Este cobertor de escuridão não é nossa eternidade. A maldade deles não é eterna. Não enquanto tivermos nossa fé e a história da Síria correndo em nossas veias.

— Salama — sussurra Kenan.

O jeito como ele me olha faz o ar sumir dos meus alvéolos. É um olhar sobre o qual só li em livros e vi em filmes. Nunca pensei que o experimentaria na vida real, e com certeza não nestas circunstâncias.

Ele chega mais perto, os dedos tocando a barra do meu jaleco, e tudo paralisa. As folhas mortas dançando ao lado dos nossos pés, a brisa gelada, os pássaros cantando. Tudo. Até minha mente.

Meu coração migra de sua posição em minha cavidade torácica para meu esôfago, e fico olhando os longos dedos dele segurarem o topo do meu bolso.

— Você tem razão. Vamos voltar — sussurra ele, e ouso levantar os olhos. Estou hipnotizada pelo jeito como ele me olha. Tão perto, tão gentil, tão lindo.

Nasce em mim uma nova necessidade de tocar o rosto dele, trazê-lo mais para perto e sentir sua barba por fazer sob minhas mãos. De só esquecer toda essa dor.

Seus olhos esmeralda passeiam pelos meus lábios por alguns segundos, e então ele os desvia.

— *Salam* — sussurra ele e se vai.

A vida volta ao mundo, as folhas farfalham. E eu fico desejando mais.

— Então você vai? — pergunta Layla baixinho, e eu descanso a cabeça em seu ombro, de braço dado com ela. Não nos movemos deste ponto do sofá desde que voltei, nossas pernas ainda levemente trêmulas do terror do dia.

— Você acha que eu não devia?

Ela balança a cabeça.

— De jeito nenhum. É o seu caminho, Salama. Além do mais, você é irmã do Hamza, não fico surpresa. Mas o que te fez decidir ir?

Aperto o braço dela, mordendo o lábio.

— Estou com medo há tanto tempo. É óbvio que odeio o regime, mas uma parte de mim, uma parte covarde, achou que talvez, se eu não fosse aos protestos e, Deus me livre, os militares vencessem antes de pegarmos o barco, eu não seria torturada. Que eles soltariam Baba e Hamza. Mas agora... Baba está morto, e Hamza... — Paro. — Uma parte de mim queria que as coisas voltassem a ser como antes. Voltar a viver com medo. E eu *odeio* esses pensamentos. — Levanto a cabeça e vejo a compaixão nos olhos de Layla. — Eu me sinto uma hipócrita.

— Salama, é humano ter medo. E você não é hipócrita.

— Espero que não — sussurro. — Eu abriria uma veia pela Síria. Se o meu sangue fosse capaz de salvá-la. Se a minha morte trouxesse justiça ao nosso povo, eu não... não há nem dúvida.

— Eu sei.

Fecho os olhos.

— É o mais perto que vou chegar de ser... É o meu jeito de pedir perdão por ir embora.

Layla descansa a bochecha no topo da minha cabeça.

— Eu sei.

Depois de alguns momentos de silêncio, falo:

— Não sei o que vai acontecer amanhã. Mas se eu não... se... por favor, encontre Am. Entre naquele barco. Viva por mim e por Hamza. Crie a bebê Salama. — Eu me inclino para trás e agarro as mãos dela com força. — *Prometa*.

Ela respira fundo, se preparando.

— Só se você prometer que vai fazer de tudo para não morrer. Você vai voltar para mim, *insh'Allah*. — A voz dela fica baixa. Baixa demais. — Salama, por favor. Não banque a mártir. Lute para ficar viva.

As palavras caem como pedrinhas em um lago, e o fundo dos meus olhos arde.

— Prometo.

As mãos dela relaxam nas minhas.

— Então eu também prometo.

Khawf me espera apoiado na janela quando fecho a porta do meu quarto.

— É um erro — diz. Ele parece exasperado comigo. — Você está tão perto de ir embora. Por que vai correr esse risco?

Suspiro e me sento na cama.

— Eu sei que você quer que eu fique longe da confusão. Mas não tem lugar seguro na Síria. Eu posso ser bombardeada agora mesmo.

Ele está parado na minha frente, de braços cruzados.

— Você é uma idiota se acha que eles não vão estar de olho nos protestos amanhã.

Assinto com a cabeça.

— Tem razão. E você não vai me dar paz o tempo todo. Então vamos fazer um acordo.

Ele endireita as costas. Não irradia uma aura de terror, só interesse.

Levanto o queixo.

— Me mostre o pior dos cenários.

Ele ri.

— Como é?

— Me mostre a pior consequência possível. Você tem me mostrado o passado. Me mostre o futuro. Me mostre a dor da Layla. Se eu conseguir suportar, você vai me deixar em paz a noite toda. Não vai me ameaçar.

Ele inclina a cabeça para o lado, os olhos brilhando.

— Mostrar sua prisão. Kenan torturado. Os irmãos dele assassinados. *Tudo* para te impedir de ir amanhã?

Minha testa sua frio.

— Isso.

Ele me analisa por um minuto, antes de levantar os dedos.

— Não me culpe se você ficar destruída. Podem ser alucinações agora, Salama. — Ele se abaixa, aproximando o rosto do meu. — Mas são possibilidades *bem* reais.

Minhas mãos tremem, e eu as fecho em punhos.

— Mostre — digo, com a voz falhando.

Ele dá um sorriso irônico e estala os dedos.

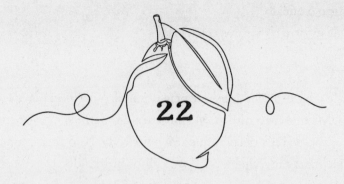

22

O DIA SEGUINTE SE PASSA num borrão, minha garganta ardendo com o gosto de bile. Não dormi nada, e minha cabeça parece de chumbo depois do que Khawf fez ontem. Esfrego os olhos, afastando os gritos torturados que ainda ecoam em minha mente. Meus músculos extraoculares doem de tanto que chorei, mas fico firme.

— Está com tudo pronto? — me pergunta Am quando lhe entrego o comprimido de paracetamol. — Nada pesado demais. É um barco de refugiados, não um navio de cruzeiro.

— Eu sei — retruco. Olho para meus pacientes jogados por todo lado; vejo seus olhos vermelhos, as tosses de quebrar costelas. — Como vamos passar pelas fronteiras militares?

Ele olha para o lado, garantindo que ninguém consiga nos ouvir.

— Eu conheço os guardas posicionados lá. Alguns querem ganhar dinheiro. Não faz mal nenhum para eles deixar a gente passar pelo preço certo.

O nojo deixa um gosto pior que bile em minha língua.

Am dá de ombros.

— São negócios, Salama.

Dou uma risadinha de desdém.

— Pode chamar do que quiser, mas não minta para mim.

Durante minha pausa, eu me retiro para o almoxarifado, lendo rótulos de remédios para ajudar a me acalmar.

— Oi — escuto Kenan dizer da porta.

Meu coração falha uma batida, e expulso a imagem dele espancado, o sangue jorrando de sua órbita ocular.

— Oi.

— Posso ficar com você? — Ele brinca com a barra do suéter. O rosto dele está cheio de marcas, o cabelo desgrenhado, e ele parece também não ter dormido. O peso de sua decisão de ir embora deve tê-lo afetado.

— Pode — digo e aceno com a mão para o espaço vazio à minha frente. — Como está a Lama?

Ele se senta e apoia as costas em um dos armários.

— Está *bem* melhor. *Alhamdulillah*. A pulsação dela está normal, eu mesmo contei. Estamos garantindo que ela beba muita água. O Yusuf está até respirando melhor agora. — Ele alonga os dedos e, num impulso, completa: — Sobre hoje à noite. Você precisa me prometer uma coisa.

— O quê?

— Que vamos ficar juntos. Mas, se alguma coisa acontecer comigo, salve-se. Se você me vir sendo arrastado, corra. Entendido?

Não. Eu não gosto disso.

— Kenan...

A expressão dele é feroz.

— Salama, você tem que me prometer.

Quando não falo nada, ele repete com mais firmeza.

— *Salama*.

— Tá bom — sussurro, odiando até pensar nisso. — Eu vou... vou garantir que seus irmãos achem o seu tio se... — Fico em silêncio. Não consigo nem pronunciar. — E, se acontecer alguma coisa comigo, por favor, cuide da Layla.

— Pode deixar. — Ele estala os dedos. — Eu disse ao Yusuf onde a Layla mora, caso nós dois... — E as palavras dele também morrem.

— Certo.

Os olhos dele me analisam, e luto contra a vontade de cobrir meu rosto. Em vez disso, pigarreio e agarro uma caixa de remédio.

— O que é isso? — pergunta ele.

— Minha favorita — respondo, feliz de pensar em algo que não o jeito como ele está me olhando. — Epinefrina. A droga mágica do coração. Salva muitas vidas.

— Como é administrada? — pergunta ele, com a voz baixa, e sinto que eu mesma talvez precise de uma dose.

— Direto no coração. Mas na verdade não importa. É intravenoso e funciona na mesma hora.

Ele assente, mas não para de me olhar, e começo a me perguntar se tem algo no meu rosto.

— Hum, tem...

— Como é que seus olhos sempre brilham tanto? — interrompe ele.

— Como assim? — Dou risada.

— Quando te conheci, achei que fosse um truque de luz. Mas não é isso. A iluminação neste almoxarifado é péssima, e mesmo assim eles parecem mel derretido.

Minha respiração fica presa na garganta. Ele fica vermelho e desvia o olhar, virando-se para a porta.

— Desculpa — diz, gaguejando. — Não quis ser tão ousado.

— Não tem problema — sussurro, mexendo com a caixa de epinefrina. Eu? Olhos bonitos? Não ouço isso faz tempo.

Vozes entram pela porta aberta.

— Eles o mataram. O homem das rosas.

— Ghiath Matar? — diz uma velha, chocada.

— Sim. A única coisa que ele fez foi dar flores aos militares. A esposa dele está grávida de um menino. Está lá no Facebook. Ele foi torturado até a morte.

A caixa de epinefrina escorrega dos meus dedos e cai no chão com um baque. Kenan fecha os olhos, e seus traços ficam sofridos de dor. Quando ele finalmente os abre, se levanta e para na porta.

— Vamos nos encontrar na padaria Al-Ameer, tá?

Faço que sim, e ele se afasta. Meu coração volta a bater normalmente, mas a tristeza irrompe em lágrimas. Inclino a cabeça para trás e respiro fundo.

— Pensando em desistir? — pergunta Khawf, aparecendo à minha frente.

— Não — sussurro, e minha voz treme. Desta vez, não de terror. — Eu odeio todos eles.

— Eu sei — responde Khawf, com gentileza. — E, preciso dizer, cai muito bem em você. — Ele pausa. — O que eu te mostrei ontem, Salama... Todos aqueles cenários podem acontecer.

Engolir dói, mas meu desejo de ser mais forte que os horrores que enfrento é bem maior que qualquer outra coisa. Ele acalma meu coração.

— Não posso dizer que vou ficar feliz de você ir hoje. Então, está absolutamente pronta para enfrentar as consequências?

Faço que sim, devagar.

— É o preço de um futuro com liberdade, Khawf. É um preço que o Hamza paga todos os dias. Eu sou síria. Esta é a *minha* terra, e, assim como os limoeiros que crescem aqui há séculos, o sangue derramado não vai nos parar. Tenho minha fé em Deus. Ele me protegerá. Enfiaram a opressão pela minha goela, mas não vou mais engolir seu gosto amargo. Não importa o que aconteça.

23

Os pelinhos na minha nuca se arrepiam de expectativa enquanto ando em meio às pessoas que correm na direção do local do protesto de hoje.

Praça da Liberdade.

A lua paira lá em cima, mostrando o caminho com seu toque suave. Com as débeis lâmpadas e lanternas caseiras a pilha, consigo ver tudo.

Jovens passam correndo por mim, alguns carregando grandes placas pintadas de vermelho.

Os pedaços de conversa que chegam aos meus ouvidos são repletos de esperança e determinação; as pessoas estão cheias de orgulho por continuarem fortes depois de um ano. Eu me pergunto mais quantas mortes, quanto trauma, até seu espírito ser verdadeiramente esmagado. Sua fé é forte. Tanto em Deus quanto na revolução. E, agora que tiveram o gosto da verdadeira liberdade, não podem voltar aos dias sombrios.

A praça supostamente está sob jurisdição do Exército Livre da Síria, então vamos estar seguros uma parte da noite, mas os militares sempre vêm. Puxo o capuz apertado por cima da cabeça, para ninguém conseguir ver meu rosto. Embora a escuridão dificulte distinguir as feições das pessoas, é melhor garantir. No fim, não importa muito; não há inocentes aos olhos dos militares. Eles vão matar todos nós, manifestantes ou não. Para eles, a ideia de liberdade é contagiosa, e precisamos ser abatidos antes de se espalhar.

Tento não pensar em Layla e em nosso adeus. Não achei que ela me deixaria ir. Mas, não importa o que aconteça hoje, não vou me arrepender.

Khawf está ereto ao meu lado, parecendo um agouro de morte.

— Lembre do nosso combinado — falo, e ele revira os olhos.

— Não vou falar com você com o garoto perto. Mas ele não está tão no escuro quanto você acha. Já desconfia de alguma coisa.

Finalmente chegamos à praça e eu ouço o início do protesto. As vozes são guturais, vindas do fundo de almas machucadas, cada um achando sua própria posição antes de se juntarem, fortes e unidos. Todos sabem muito bem que cada palavra pode ser a última.

— Não dá para ter certeza. E, mesmo que desconfie, é só uma suspeita — retruco, abrindo caminho com cuidado entre as pessoas que protestam até o lugar onde Kenan me disse para encontrá-lo. É isolado, perto da ação, mas longe o bastante caso precisemos sair correndo. Eu me apoio numa parede na qual um grande pedaço de concreto foi obliterado por um projétil. Cacos de vidro são triturados sob meus tênis.

— Tá bom. Só garanta que o capuz esteja cobrindo seu rosto. — Khawf olha ao redor. — Vamos prevenir, não remediar.

Estico o pescoço e vejo as pessoas se reunindo como se fossem uma só alma, uma vida correndo nas veias de todos. Vejo crianças à beira da adolescência, sem medo no rosto. Não há espaço para isso aqui. Jovens, criados na sombra do terror dos pais, que decidiram tornar este país seu. Velhos que se cansaram da ditadura pisando neles, que esperaram a vida toda por uma faísca para acender o fogo que queimaria essa tirania.

O medo morre aqui.

Um garoto mais ou menos da minha idade, ou até mais novo, passa por mim. As lanternas brilham em seu peito nu. Suas costelas sobressaem onde a pele encontra o osso. Em seu peito, está escrito LIBERDADE com carvão.

— Ei! — chamo, surpresa.

Ele se vira para mim.

— Você não tem medo? — pergunto bem alto.

Ele me olha por um segundo antes de sorrir.

— Sempre. Mas não tenho nada a perder.

Ele vira de costas e mergulha na multidão, indo para o centro do protesto. Este lugar opera em um nível diferente do hospital, onde a morte se agarra ao chão de azulejo. Aqui a vida brilha tão forte que lava as dúvidas. Sinto paz.

Meus pulmões se regozijam com uma inspiração cheia de ar. A pressão em meu peito diminui e eu me sinto mais leve. Minha cabeça gira e a língua coça para começar a entoar e cantar. Khawf permanece ao meu lado, mas não diz nada, observando as massas com interesse.

Um homem bem no meio da multidão bate no microfone. Sua voz estronda e as pessoas começam a gritar loucamente. Suas palavras quase são abafadas por todas as outras, mas consigo entender o essencial; ele está lembrando o que aconteceu no último ano. É surreal pensar que isso está rolando há trezentos e sessenta e cinco dias. O tempo aqui passa diferente. O sofrimento faz isso. Cada dia é um ano, e, conforme cada um passa, torcemos para amanhã ser melhor.

Noto muita gente pegando o celular e filmando. Alguns tiram pedaços de papel marcados com a data e o local de debaixo da jaqueta, com algumas frases: "Vá para o inferno, Assad", "Vamos atrás de você", "Não temos medo de ninguém, só de Deus" e "Assad é assassino".

Um deles chama minha atenção. É um velho poema escrito em letras de forma vermelhas perfeitas.

"CADA LIMÃO GERARÁ UMA CRIANÇA, E OS LIMÕES JAMAIS SE ESGOTARÃO."

Os limões continuam crescendo, florescendo, nutrindo a revolução. Lembro da limonada que Mama fazia para mim durante o verão. Quase consigo sentir o sabor ácido e adocicado, gelado, e fico com água na boca só de pensar. Meu coração deseja aqueles limões recém-colhidos e o olhar amoroso de Mama me entregando a limonada. Sacudo a cabeça, banindo essa saudade.

Aqui, não.

Agora meus nervos estão em frangalhos, como se eu tivesse injetado adrenalina em mim. Minhas mãos não param de tremer, então eu as esfrego. Eu me conforto com o bloco de concreto que me apoia, mas, quando olho para baixo, vejo rastros vermelhos incrustrados no cinza. Inalo fundo e me forço a olhar para a frente.

A bandeira da revolução está voando bem alto sobre nossa cabeça, e isso me faz pensar em um dia em que possamos levantá-la nas escolas, cantando orgulhosos o hino nacional. Quando ela nos representará no mundo todo. Por enquanto, essa bandeira é nosso escudo contra os invernos gelados, as bombas que caem do céu e as balas que rasgam nosso corpo. Na morte, é nossa mortalha, nosso cadáver embalado nela enquanto voltamos ao solo que juramos proteger.

As vozes individuais são uma só, mais alta que a própria vida. "Como é doce a liberdade" se eleva no ar, capturada pelas câmeras de baixa qualidade para ser transmitida ao mundo todo. Ouvi essa música mais vezes do que consigo contar. Está por todo lado. É o alfabeto da nossa revolução. Nossas crianças vão aprendê-la assim que começarem a falar. As vozes fracas dos pacientes chacoalham as paredes do hospital com ela. É o bálsamo para seus ferimentos. Muitos em minha mesa cirúrgica já a cantarolaram inconscientemente para si. Está enraizada nas células do seu cérebro, de onde nada é capaz de arrancá-la.

Canto baixinho, minha voz contrastando com as vozes graves que ressoam como trovões no céu acima de nós. Uma prece em forma de canção.

— Salama.

A voz dele me banha como a luz do sol. Eu me viro e tento suprimir um sorriso. As roupas dele são idênticas às minhas. Um jeans velho e um moletom preto com capuz. Seu cabelo está penteado para trás e salpicado com gotículas, como se ele tivesse enfiado a cabeça numa bacia d'água.

— Oi. — Aceno despreocupada, lembrando o jeito como seus olhos me procuraram naquele almoxarifado e como as palavras dele se instalaram entre minhas costelas, amortecendo meu coração partido. O coração que o ama.

— Como você está? — O olhar dele vai, tímido, de mim para o chão. Ele provavelmente também está pensando naquele momento.

— Bem — sussurro.

— E a Layla?

A preocupação dele faz meu coração murcho desabrochar.

— Com medo por mim, mas bem. — Pauso, achando um assunto que trará uma gota de serotonina. — Quanto a Lama e o Yusuf ficaram felizes quando você contou que ia embora junto?

Ele sorri.

— Mais felizes do que estavam em muito tempo. A Lama começou a chorar e o Yusuf não queria me soltar.

— O Yusuf ainda não... quer dizer, ele... — Não sei como dizer sem soar insensível.

— Não — responde Kenan, com pesar. — Ele ainda não está falando.

Em alguns sentidos, Yusuf lembra a mim mesma. Eu me pergunto se há na mente dele furacões que ele não sabe como articular. Khawf é um peso que não sei como dividir com ninguém. Quero desesperadamente fazer isso. A solidão fecha minha garganta, e lágrimas ardem em meus olhos. É uma pressão que só aumenta até fissurar minha pele e meus ossos.

— Nós vamos encontrar ajuda para ele na Alemanha — garanto a Kenan.

Ele coça a nuca.

— Nós?

Sinto as orelhas quentes e respiro fundo. Por que estamos contornando esse assunto? Eu sei exatamente o que sinto por ele, e suas expressões não mentem. Sei que ele sente o mesmo.

— Não vamos nos separar lá, né?

Ele vira o corpo inteiro para mim, e suas mãos deslizam para os bolsos. Ele parece esperançoso.

— Salama, eu não quero nunca... — começa, suavemente.

De repente, uma comemoração irrompe na multidão e nós damos um pulo, corando absurdamente. O homem com o microfone começa uma nova canção com sua voz grave e soturna. Noto que Kenan não trouxe a câmera.

Ficamos parados em silêncio, vendo as emoções borbulharem na multidão. Entre as canções, rezamos pela alma dos mártires e por aqueles que sofrem na prisão. Seco uma lágrima. Como Hamza deve estar solitário.

Depois de um tempo, Kenan pergunta:
— Você está vendo as cores?
Meus lábios formam um sorriso triste.
— Estou. — Olho para as árvores enfileiradas de um lado da rua. As folhas formam padrões nos troncos, espiralando em círculos até o topo. — Tem vida nas coisas menores e mais simples. Eu entendo por que isto está acontecendo. A liberdade nunca teve um preço fácil, é paga com...
— Sangue. Mais do que jamais achamos possível — termina ele, com amargura.
— Sim — murmuro.
— Mas você sempre soube disso. — Ele olha em frente. — Acha que vale a pena?
Mais cinco versos da canção flutuam no ar.
Eu me lembro do soldado loiro do Exército Livre da Síria que estava em paz com o braço direito sendo amputado. *Ainda tenho o outro, certo?*
— Não sei. Eu *quero* que valha a pena. Quero saber que a grama que cresce no túmulo dos mártires dará vida a uma geração capaz de ser quem quiser. Mas não sabemos quando isso vai acontecer. Pode ser amanhã ou daqui a décadas.
— É por isso que temos nossa fé, Salama. Temos o dever de lutar, sobreviver e abrir caminho.
Admiro o jeito confiante como ele fala.
— Qual é sua música favorita? — pergunta ele, de repente.
Sou pega de surpresa.
— Hum... "Como é doce a liberdade".
— A minha também.
— É a que Baba cantava o tempo todo antes de o levarem. Ele ficava sempre com uma cara toda vez que cantava, e também ajudava o fato de a voz dele ser como a de um canário.
— Ibrahim Qashoush foi bem esperto quando compôs essa canção.
— Todas as músicas dele são incríveis.

Ibrahim Qashoush foi uma das raízes da nossa revolução. Um homem simples de Hama que compôs a maioria das canções populares que nos deram força para continuar lutando.

A voz de Kenan fica baixinha.

— Que Deus o tenha.

Meu coração sente a perda dele como se eu tivesse acabado de receber a notícia. Os militares o pegaram. Arrancaram suas cordas vocais da garganta com tanta violência que ele quase foi decapitado. Aí, ele foi jogado no rio Orontes para nós o encontrarmos.

— *Ameen* — sussurro.

— *Queremos liberdade! Queremos liberdade! Queremos liberdade!*

A multidão começa a entoar cada palavra com a força que está sendo cultivada há cinquenta anos. Kenan se junta a eles, cantando com uma voz estável e forte, segurando um iPhone bem alto para capturar cada segundo. Chego mais perto dele, hipnotizada por sua linda voz.

Pelo canto dos olhos, vejo Khawf de braços cruzados. Ele me nota olhando e dá uma piscadela.

Faço uma careta.

— Está durando mais tempo do que pensei — digo a Kenan. Ele pausa a gravação e se abaixa para me escutar. — Quando é para a gente sair correndo para se salvar? Quanto tempo até eles chegarem?

— Estamos na jurisdição do Exército Livre da Síria. Se os militares vierem, o ELS vai ser a primeira linha de ataque e, pode acreditar, vamos saber se acontecer.

Assinto, mas meus ouvidos estão atentos à frequência mortal dos aviões. Não posso mentir para mim mesma e fingir que estou confiante de que conseguiremos ver o sol nascer amanhã.

Levo a mão à garganta, sentindo a maneira como os músculos se contraem quando engulo. Esse ato me faz sentir viva e mais consciente do meu entorno. Eu poderia escutar as asas de uma borboleta, se quisesse.

— Você está bem? — A voz de Kenan ecoa por todo lado.

Faço que sim. Felizmente, ele não insiste.

— É inspirador — digo antes que ele tenha tempo de expor minha mentira. — Sinceramente não esperei que fosse me sentir tão encorajada.

— É, toda vez que posto um vídeo de protesto no YouTube e leio todos os comentários, eu me sinto parte de uma enorme mudança. Não sou um político importante nem um ativista conhecido ou algo assim. Se eu morrer, duvido que alguém no mundo ficaria sabendo. Eu seria só um número, mesmo assim sinto que estou mudando a opinião das pessoas. Fazendo-as ver a verdade. Mesmo que seja só uma visão. Faz sentido? — Ele me olha, tímido.

— Faz. — Sorrio. — Toda vez que dou pontos em alguém e amenizo a dor, mesmo que seja temporário, sinto que fiz alguma coisa. Que essas pessoas *não são* números. Elas têm uma vida e entes queridos, e *talvez* eu as tenha ajudado a ir na direção certa. Se tem uma coisa que as pessoas têm medo é de serem esquecidas. É um medo irracional, não acha?

Ele coça a nuca e abre um meio sorriso capaz de inspirar livros, e meu estômago dá uma cambalhota. Quando os olhos dele recaem em minhas mãos marcadas, não as cubro com as mangas. Não penso nelas há semanas. Antes, eu odiava o fato de serem um lembrete do que perdi, mas agora são um testemunho da minha força.

Respiro fundo, curtindo o fato de que o ar não está saturado de sangue. Uma brisa purificadora passa por nós, e capto um relance do mundo que Kenan vê. Eu enxergo e amo. De verdade. Mas é como amar o oceano. É imprevisível, a água azul cintilante indo de celestial a horripilante em um segundo.

— Acho... — começo, mas não tenho chance de terminar minha frase. Sinto o alerta antes de meus ouvidos registrarem o barulho. A morte tem um tom único. — Precisamos... — tento de novo, mas não consigo nem completar.

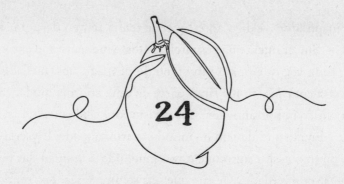

24

Primeiro, cai uma bomba a dois quarteirões de onde estamos, e o chão ribomba e se abre.

Segundo, as canções param, como se alguém tivesse desligado a TV, e o pânico chega.

Terceiro, lembranças passam pelos meus olhos enquanto meu corpo se recusa a acreditar que estou revivendo o ano passado. Embora eu esteja vivenciando isso, meu corpo não liga.

Sacudo a cabeça rápido. Não posso ficar paralisada, senão vou morrer. Hesitar é minha sentença de morte.

— Precisamos sair daqui agora! — escuto Kenan gritar, mas há tantas formas correndo pelos meus olhos que elas começam a borrar. Uma mão agarra meu braço e me arrasta na direção oposta à de onde a bomba caiu. Cambaleio atrás de Kenan, rezando para ele não me soltar. Corpos fervilham ao nosso redor, tentando nos separar em meio à urgência, mas a mão dele não enfraquece. Faço o possível para não tropeçar em meus próprios pés conforme a urgência se transforma em desespero.

— Salama! — A voz de Kenan se eleva acima do estridor do caos. Ele não pode virar a cabeça na minha direção, ou vamos, nós dois, tropeçar.

— Continue! — grito antes que ele pare.

— Preciso sair daqui — um homem não para de gritar, indo contra a corrente. — Preciso ir, *por favor*. A bomba caiu na minha casa!

Continuo em frente, apesar da histeria que me sufoca. Cai mais uma, iluminando o céu. Mais perto desta vez. Os gritos rasgam a noite e meus joelhos bambeiam.

— *Salama!* — A mão de Kenan aperta mais forte meu pulso, e ele para no meio de uma debandada para me levantar. As pessoas se curvam agora em torno de nós, correndo. Kenan me agarra pelos ombros e me põe de pé. Seus olhos lançam determinação nos meus. — Salama — diz ele, sinistramente calmo. — Não entre em pânico e não solte a minha mão.

Assinto com a cabeça. A mão dele escorrega na minha e começamos a correr de novo com a multidão. Escuto armas disparando e outra bomba caindo. Agora deve ser um confronto geral com o Exército Livre da Síria. Kenan vira à direita, nos separando da multidão, e entra em becos. A gritaria não para e não vem só do protesto. Prédios ruíram em cima de crianças que dormiam, e mães estão gritando desesperadas para alguém tirar seus bebês dali. A culpa rasga minhas entranhas por não me virar e ajudar, mas sei que, se fizer isso, estarei praticamente morta.

Eu sei onde estamos. Layla ainda está um pouco longe daqui, mas podemos achar refúgio em outro lugar.

— Espera! — grito, e Kenan pausa um segundo. Eu me coloco na frente dele, agarrando sua outra mão, e corro. — Eu sei para onde ir.

— Onde? — grita ele por cima do estridor.

— Minha antiga casa.

— Precisamos correr mais rápido. Pode ser que o ELS tenha perdido a vantagem aqui.

— Atiradores. — Um buraco se abre em meu estômago.

— Ou os militares.

Olho para trás.

— Você precisa se livrar do seu telefone.

Deus me livre sermos pegos e eles acharem os vídeos no celular de Kenan. Iam esfolá-lo vivo.

Ele flexiona a mão na minha. Nossos passos ecoam nas calçadas quebradas.

— Não posso.

— Mas...

— Não se preocupe. Se formos pegos, não vou deixar que te machuquem.

Engulo uma resposta. Ele só está falando isso para eu me sentir melhor. Não há inocentes aos olhos dos maus. Por sorte, não encontramos ninguém nas ruas, mas sinto as bombas se aproximando. Eu o puxo mais para perto, e meus pulmões protestam. Cada respiração parece de fogo. Mordo o lábio para me impulsionar e avanço mais rápido.

As pessoas começaram a sair dos prédios, olhos arregalados de medo. Já não há como salvar as ruas, mas as pessoas não têm para onde ir. Escuto crianças chorando e gente rezando por piedade. Um homem carrega um bebê nos braços enquanto a esposa sai correndo junto. Eles se separam para passarmos, e não olho para trás para ver o que estão fazendo. Rezo para que tenham o bom senso de fugir.

— Meu Deus, *por favor*, nos salve! — sussurro.

Uma granada cai mais perto, e a explosão faz voar cacos de vidro que roçam nossas roupas e nossa pele quando passamos. Arde o bastante para nos fazer sibilar, mas já lidamos com dor pior.

A bomba explodiu um bairro aonde eu costumava ir comer *knafeh*. Cambaleio de novo, tossindo por causa dos destroços, e Kenan me levanta, suas mãos fortes e estáveis. Eu o puxo mais uma vez e nós corremos. Tento não pensar nas pessoas que estavam respirando há apenas quinze minutos. Em como quinze minutos podem fazer toda a diferença do mundo. Bloqueio os sons de um bebê chorando que sei que são coisa da minha imaginação.

Finalmente, estamos longe o bastante para desacelerar e recuperar o fôlego. Solto a mão de Kenan, relutante, e ele entra no mesmo ritmo que eu. Estamos respirando com dificuldade, as costelas chiando com nosso sangue anêmico tentando fornecer oxigênio. Estou ao mesmo tempo tremendo e suando, e tento me concentrar em estabilizar minha respiração.

Kenan não diz nada, e também não encontro consolo em falar. Escutamos as bombas a distância, e cada uma abre um novo buraco em meu coração. Não quero ver a expressão dele. Não quero saber se é tristeza, raiva ou desespero. O que quer que seja vai me assustar e me quebrar, e não quero nenhuma das duas coisas. Ele está encurvado e, cada vez que um grito nos alcança, se contrai mais ainda.

Caminhamos pelo meu antigo bairro, onde eras atrás ficava meu prédio. Lojas enfileiradas estão desbotadas, as placas quase impossíveis de ler. Ninguém aqui está tentando salvar o negócio familiar. Nem uma alma vaga pelas ruas, e isso gela meu corpo. Este lugar é assombrado pelos fantasmas dos que moravam aqui, clamando pela justiça que não foi feita. As lojas foram saqueadas, equipamentos estão jogados por todo lado, as janelas, quebradas. A farmácia em que fiz estágio foi pilhada por completo.

Meu antigo prédio fica na próxima esquina, e meu coração bate forte quanto mais nos aproximamos.

Não venho aqui desde julho.

Meus passos estão gravados por todo este lugar. Meu eu de dez anos passa por mim rindo, descendo do ônibus escolar com os amigos, correndo para casa, a mochila balançando a cada passo. Meu eu de quinze anos passa tropeçando, os olhos grudados no livro que está lendo, atrasada para a sessão de estudos. A Salama de dezessete anos caminha de mãos dadas com Layla, Shahed e Rawan. Feliz com as comprinhas do dia, cada uma carregando o *shawarma* delicioso de um restaurante que fica a alguns metros. Todas essas vidas passam à minha frente. Vejo a luz refletindo em meu rosto saudável e cheio de esperança. Vejo meus passos confiantes e olhos límpidos. A rua toda ganha vida, flores desabrochando nas laterais da calçada, comerciantes anunciando seus artigos e pétalas de íris dançando ao vento, carregando o cheiro de *yasmine elsham*.

— *Salama!* — Uma voz corta meu devaneio como água gelada.

Pisco enquanto a escuridão substitui minha alucinação e respiro com força.

— Salama — repete Kenan, e eu me viro para ele. — Está tudo bem?

Ele está preocupado; suas roupas estão cobertas de fuligem. Há arranhões em seus braços e cortes no rosto. Ele parece nervoso, olhando ao redor para localizar o que eu estava vendo.

— Sim — respondo, e minha voz falha. Pigarreando, tento de novo.
— Estou bem. Só é sufocante estar aqui. Voltar para casa.

Ele hesita antes de sorrir, compreensivo.

— Nem imagino como deve ser difícil.

Óbvio que ele imagina, mas seu altruísmo é mais forte que qualquer outra coisa.

— Vamos. — Eu o ultrapasso.

Sinto Khawf caminhando ao meu lado, e ele murmura:

— Este lugar está imbuído do seu trauma. Entende por que precisa ir embora, Salama?

Faço que sim rápido, escondendo cuidadosamente minhas lágrimas enquanto tento não pensar que a apenas alguns passos daqui ficou o corpo mutilado de Mama.

25

Vejo as ruínas do meu prédio à frente e fico pensando na ironia. Vou me refugiar no lugar que matou Mama. Tento não tropeçar nos escombros e nas pedras jogados de qualquer jeito no chão. Não consigo evitar pisar em móveis quebrados e nas lembranças de quem morava aqui comigo. Não há lugar seguro para caminhar.

— Bem aqui. — Aponto para o topo de um pequeno morro de concreto e tijolos. Kenan sobe e eu vou atrás, sentindo as pontas afiadas de pedras pressionando meus tênis. Supero a dor para chegar até ele, tentando não me cortar no vidro que está por todo lado. Lá embaixo, escondido da vista de todos, está nosso esconderijo. Um enorme armário o obscurece. É como o olho do furacão, um centro que sobreviveu à catástrofe. Como se todo o prédio, com suas memórias das gerações que viveram aqui, decidisse nos dar um lar por hoje. Pulamos, caindo pesadamente.

A lua brilha, uma bênção, então sabemos onde estamos nos sentando sem que algo rasgue a lateral do nosso corpo. Kenan varre um pouco o chão com o pé e se senta, apoiado numa parede quebrada, a respiração irregular. Quero dar um chute em mim mesma. Estive tão absorta em meus próprios problemas que não parei para pensar em como Kenan estava. O suor se acumula em sua testa, e ele apoia a cabeça na pedra, olhos fechados.

— Ei — digo, hesitante. — Está tudo bem?

Ele passa a mão pelo rosto e consegue dar um sorriso que não parece tão iluminado como o normal.

— Está — murmura. — Não se preocupe. Só estou recuperando o fôlego.

Vou até ele.

— Me empresta seu celular?

Ele faz que sim, me entrega, e eu acendo a lanterna e jogo luz no rosto dele.

— O que é isso? — pergunta ele.

— Estou me certificando de que você está bem.

Ele assente e olha direto para a luz. Suas pupilas se contraem, me garantindo que não há morte celular em seu cérebro.

— Parece tudo bem — digo, após alguns segundos. Meu olhar oscila dos olhos para os lábios dele e volta rapidamente. Ele faz o mesmo, embora insista bem mais tempo que eu, e o coração trovoa em meus ouvidos.

Salama, eu não quero nunca...

Eu me pergunto como terminaria essa frase.

Ele muda de posição, levantando a mão, que fica a centímetros do meu rosto antes de cair ao lado dele.

— Desculpa — sussurra ele —, eu não queria...

— Não tem problema — sussurro de volta, devolvendo o celular. Eu me levanto para me sentar do outro lado.

Kenan volta a descansar a cabeça na parede. Esfrego meu pescoço e olho o céu. Se não estivéssemos em uma situação tão precária, este lugar seria lindo. A escuridão se estende à nossa frente, com a lua irradiando seu brilho prateado, diminuindo a luz das estrelas próximas. É o mesmo céu que outras pessoas veem em seu país. Mas, enquanto o observamos aqui, escondidos, sem saber se a próxima respiração será a última, outros dormem em segurança na cama, dando boa-noite em paz à lua.

Khawf emerge das sombras.

Ele sorri.

— Só estou aqui para observar. — Faz a mímica de zíper na boca e se apoia na parede. — Se bem que o silêncio é uma chatice.

Respiro fundo e me viro para Kenan.

— Quero acreditar que vale a pena — falo. — A revolução, quer dizer. Mas tenho medo.

— Acho que vai valer. — Ele sorri suavemente. — Ao longo da história, impérios entraram em colapso. Eles nascem, crescem e caem. Nada é para sempre. Nem a nossa dor.

— Isso pelo menos é um lado bom — sussurro.

Ele desvia o olhar, e vejo timidez em seu rosto.

— Então, você continua subindo os vídeos no YouTube?

— Sim. — Ele abre o celular; a luz dura ilumina metade de seu rosto.

— Eu estava pensando — começo, tomando muito cuidado. — Agora que você decidiu ir embora, talvez pudesse se proteger um pouco mais e parar de filmar os protestos?

Khawf faz uma careta.

— Direto ao ponto, hein, Salama?

Kenan solta o celular e me olha.

— Como assim?

— É que...

— Salama, eu já tomei a decisão de ir. Não posso pelo menos ter algo que me deixe menos culpado até lá?

— Não se for aumentar suas chances de ser preso.

— Por que você não pode me apoiar só nisso? — pergunta ele, exasperado.

— Porque não envolve só você. Você está arrastando seus irmãos para essa história. Está sendo egoísta.

— Não acho que seja da sua conta. — A voz dele fica mais fria a cada segundo.

— Bom, o país agora é livre, não é, Kenan? Eu posso falar a porcaria que eu quiser! — retruco.

Ele resmunga, e seus olhos brilham de irritação.

— Por que você se importa? A vida é minha, a família é minha, o problema é meu, Salama. Por que você não elogia o fato de eu estar tentando fazer a diferença, mesmo que pequena?

Fico olhando para ele, o choque correndo pela espinha como água gelada.

— Sua vida — repito baixinho. Tenho vontade de estrangulá-lo. — *Sua* vida?

Fico de pé, as mãos tremendo. Fecho-as em punhos contra o peito, e o choque derrete e vira uma frustração ardente. Já *cansei* disso. Todo mundo que eu amo ou está morto, ou sendo torturado, ou a caminho de uma dessas situações.

— Salama — começa ele, cansado.

Quero dar risada.

— *Sua*. Vida.

Passo a mão pelo rosto, andando em círculo, deixando as palavras se acumularem em minha garganta antes de me virar para ele.

— Como você tem *coragem*? — sussurro, agora tremendo de raiva. — É *sério* que você vai ficar aí sentado fingindo que se alguma coisa te acontecesse não iria me afetar?

Ele abre os lábios.

— Os militares não vão rastrear minhas ações até...

Solto uma risada curta.

— Você acha que é essa a minha preocupação?

Ele parece atordoado, até assustado.

— Você *não pode* fazer isso. — As palavras transbordam de mim como uma represa rompida, uma por cima da outra. — Você não pode mais filmar os protestos porque, juro por Deus, Kenan, se você for preso, se você morrer, eu *nunca* vou te perdoar!

Os olhos dele se enchem de lágrimas.

— Não fala assim.

Caio de joelhos na frente dele. Respiro engolindo ar, o desespero atrapalhando meus pulmões.

— Eu *não vou* te perdoar, Kenan. Você não pode entrar na minha vida, me mostrar todas as cores, me contar dos seus sonhos e simplesmente arriscar tudo a *seis* dias de irmos embora!

— Porque eu posso ser preso? — A voz dele falha.

— Porque você fez eu me apaixonar por você! — retruco, meu coração batendo forte.

Meus olhos ardem com lágrimas que caem pelas bochechas superaquecidas. As dele também transbordam, como dois rios pingando do queixo, e ele as cobre com o braço, o lábio inferior tremendo.

Eu me recuso a desviar o olhar, a aceitar dele qualquer resposta que não seja o que eu preciso ouvir.

Sussurro:

— Você não pode fazer isso comigo. Meu coração não vai suportar.

Ele abaixa o braço, os olhos brilhando.

— Eu também te amo.

Sua voz sai suave e baixa, mas é a única coisa que escuto. Mesmo que houvesse um furacão rasgando Homs, eu só escutaria Kenan. Cada músculo tenso e cada célula nervosa minha relaxam, e afundo mais no chão, sentindo as pequenas lâminas de vidro me cutucarem.

— Então faça isso por mim — suplico. — *Por favor*. Faça isso por mim.

Quero tocá-lo — abraçá-lo —, mas não vou. Não tem um anel no meu dedo e não estamos prometidos um ao outro.

Ele também não tenta me tocar, embora sua expressão deixe nítido que é o que mais quer. Mas ele se inclina para a frente até não haver espaço para cair um caule de flor entre nós.

— Salama — ele murmura e meu coração dá cambalhotas. Sob o luar prateado, Kenan parece mágico, ampliado por sua gentileza e sua alma linda. Ele não merece a crueldade que este mundo tem para dar. — Não vou filmar.

Coloco a mão na boca e afasto as lágrimas de alívio.

— Obrigada.

Ele sorri.

— Não chora.

— Você também está chorando!

Ele deixa escapar uma risada e consigo abrir um sorriso, meus músculos faciais se esticando, tensos. Mas o momento passa rápido quando encaro Khawf para garantir que ele vai manter a promessa. Ele parece estar achando graça.

— Bom, deu certo. — E dá uma risadinha.

O olhar de Kenan cai em meus dedos inquietos.

— Salama, posso te fazer uma pergunta?

Eu me encolho de leve, ansiosa.

— Sim.

— Notei que você às vezes fica agitada — começa ele, devagar. — Você olha para todo lado, como se estivesse procurando alguém. E também teve, hum, o que aconteceu antes. Você... Você está bem?

Aí está. Ia acontecer uma hora. Mordo a língua e, desta vez, Khawf ri.

— Você vai contar, Salama? — pergunta ele. — Ou tem medo de ele não te amar mais?

Tremo, e um aperto pesado se acomoda em minhas costelas, curvando-as. Meu estômago está oco de nervoso. Como vou contar sobre Khawf? Eu quero. Esse desejo começou quando Kenan me mostrou aquele pôr do sol. Como um sussurro no fundo da minha mente.

Fico olhando para as cicatrizes das minhas mãos, traçando os cortes esbranquiçados.

— Salama? — chama Kenan, a preocupação embrulhando cada sílaba.

Levanto os olhos para ele e tento manter a respiração estável. Não tenho vergonha de quem sou nem das batalhas que travo. Khawf é uma parte integrante da minha vida que moldou muito de quem me tornei nos últimos meses. Não vou negar que vai parecer um soco no estômago se, depois que eu contar, Kenan se afastar de mim. Mas, se vamos ter nossa versão de uma vida real juntos, não quero começar com uma mentira.

— Eu, hum... — começo, depois pigarreio. — Não, eu não estou bem.

— Como assim? — O tom dele é temeroso. Por mim.

Eu me recosto em meu lugar e pego uma plantinha que cresce no meio do concreto rachado, giro entre os dedos. Falo rápido, como se arrancasse um curativo, expondo meu segredo.

— Desde julho do ano passado, tenho tido... visões. Alucinações, acho.

Paro, olhando para as folhinhas da planta, mas o único som que escuto são as palmas lentas de Khawf. Ele parece impressionado, com um toque de orgulho no olhar.

Espio Kenan de baixo para cima e vejo a surpresa em sua expressão.

— Visões? — pergunta ele e olha a alguns metros de onde Khawf está. — Quer dizer que você está vendo coisas que... — Ele vacila.

— Não são reais — completo por ele. — Vejo basicamente uma pessoa.

Khawf endireita as costas e dá tapinhas no terno.

— Meu Deus, você vai me apresentar?

Eu o ignoro e continuo.

— Khawf. Ele está na minha vida desde que Mama morreu. Eu caí bem forte de cabeça naquele dia e, sei lá, talvez um traumatismo craniano combinado com a síndrome de estresse pós-traumático tenha afetado a relação entre o lobo frontal e o córtex sensorial do meu cérebro, mas só vou saber quando fizer um exame.

Kenan parece chocado.

— Khawf?

Confirmo com a cabeça, jogando a planta longe, e forço meu tom a permanecer calmo.

— Ele me mostra memórias. Meus arrependimentos. — Não menciono o nível de trauma que sinto depois de cada um. Ele não precisa saber de todos os detalhes. Respiro fundo. — Aprendi a conviver com isso. — Expiro. — Agora você sabe.

Abraço os joelhos no peito, enterrando a cabeça nos braços para esconder meus olhos cheios de lágrimas, o coração gelado de medo do que ele vai dizer. Levei muito tempo para aceitar Khawf e não tenho ideia se Kenan vai conseguir lidar com isso. Se vai *me* ver, em vez de ver alguém assombrado por seus erros.

Ele não diz nada por um tempo, e lhe permito isso. Ele precisa desemaranhar as palavras que acabei de falar, entender o que significam para ele. Para mim. Para nós.

— Salama, olha para mim — fala Kenan, enfim, gentilmente.

Relutante, espio por baixo das dobras das mangas do moletom.

— Eu não vou te deixar. — Ele sorri. — Você é minha Sheeta.

A alegria retoma meu coração e eu me sinto tola, mas digo mesmo assim:

— Você é meu Pazu.

Kenan desvia o olhar, uma sombra cai em seu rosto e ele leva a mão à testa. Então vira o corpo para mim. Parece nervoso, mas de um jeito diferente.

— Salama, eu quero fazer isso direito. Mesmo que a gente não tenha nossa família fazendo um escarcéu, acompanhando nossos encontros e tudo o mais. Mesmo que Khawf esteja por perto. E não quero esperar chegar em Munique. Não quero fazer em um barco. Quero fazer *aqui*. No nosso lar.

Minha temperatura interna sobe.

— Fazer *o quê?* — gaguejo.

Ele engole em seco e coloca a mão no bolso. Quando abre a palma, brilha nela um anel.

— Quero me casar com você. Se você aceitar.

— *Quê?* — solta Khawf.

— *Quê?!* — exclamo, o ar desaparecendo dos meus pulmões.

Ele segura um sorriso.

— É "quê" bom ou ruim?

Fico boquiaberta.

— Eu... não achei que você fosse fazer isso aqui!

— Pedir você em casamento no aniversário da revolução? — Os olhos dele cintilam. — Estou planejando há uma semana.

— Você é impossível — falo baixinho, levando as mãos às bochechas.

Kenan morde o lábio e diz:

— Achei que você fosse dizer algo do tipo. Salama, eu e você vivemos segundo a segundo. Talvez a gente sobreviva para entrar naquele barco até Siracusa. Talvez fique morando em Munique. Talvez a gente aprenda alemão, pinte nosso apartamento com cores vibrantes que não vemos há muito tempo em Homs e construa uma vida. Uma vida *incrível*. Você seria farmacêutica e todos os hospitais iriam disputar para te contratar, e eu desenharia nossas histórias. Viveríamos nossas próprias aventuras. — Ele desvia o olhar, tímido, tropeçando nas palavras. — A gente escreveria um livro. Mas... também pode ser que a gente não sobreviva a esses seis dias. Podemos ser enterrados aqui. *Qualquer coisa* pode acontecer, e eu não quero mais esperar. Ninguém sabe o futuro. Mas eu sei o que *eu* sinto. Sei o que *você* sente. Então vamos achar nossa felicidade aqui em Homs. Vamos nos casar no *nosso* país. Vamos fazer um lar aqui antes de fazermos em outro lugar.

As palavras dele ilustram um universo de *e se, poderia* e *talvez* que parece possível. Quero tanto esse universo que o sinto queimando dentro de mim.

Ele estende o anel e, com olhos hesitantes e bochechas coradas, pergunta:

— Salama, quer se casar comigo?

Fico olhando para ele. Em todas as outras situações da vida, eu disseco cada resultado possível antes de decidir. Mas nesta? A decisão é fácil como respirar. A sensação é o que imagino que seja a paz.

Mas até respirar às vezes é difícil, e, se eu disser sim, Kenan e seus irmãos serão para sempre parte do meu coração.

Será real.

Olhando para o anel, percebo que não ligo para as incertezas do nosso futuro. A única coisa que sei é que amo Kenan e que, mesmo na escuridão que nos cerca, ele tem sido minha alegria. Em meio a toda a morte, ele me fez desejar viver.

A resposta desliza fácil dos meus lábios.

— Sim — sussurro, secando as lágrimas, sentindo o coração brilhar.

— *Sim.*

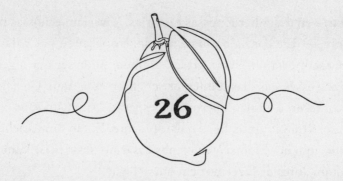

26

Os raios de sol em meu rosto me acordam em um sobressalto, e levo um segundo para perceber que não estou na casa de Layla. Um pássaro voa lá em cima, sua silhueta listrando o céu azul-claro. Meu olhar o segue.

É verdade. Estou em casa.

Ao meu lado, Kenan se mexe dormindo, e eu olho para ele. Seu peito sobe e desce com regularidade, me confortando. Ele faz uma careta e eu espero que seja porque o chão está machucando suas costas, não porque está tendo pesadelos. O cabelo dele está mais comprido do que quando nos conhecemos, e a barba por fazer, mais pronunciada. Eu me pergunto como seria passar os dedos por seu cabelo.

Meus nervos faíscam quando lembro da noite passada. Tiro o anel do bolso e seguro no alto, admirando-o à luz. Não quis usar na escuridão, em que eu não conseguiria ver como ele reluz em meu dedo. É de ouro rosé, incrustado no meio com uma linha de ouro branco, perfeitamente modelado para lembrar minúsculos diamantes. É lindo e simples, algo que eu teria escolhido se fosse a uma loja.

— Era da minha mãe — diz Kenan, e eu dou um salto.

Ele se senta. Seus olhos estão iluminados, e um rosa matinal nasce em suas bochechas.

O anel de repente parece pesado em minha palma.

— É muito lindo — sussurro. — Eu... não sei mais o que dizer.

Ele sorri com tristeza.

— Não precisa dizer nada.

Balanço a cabeça.

— Sinto muito pelos seus pais. Eu... Eu teria amado conhecer a sua mãe.

Ele torce os dedos.

— Ela nunca entendeu direito por que decidi virar animador em vez de estudar medicina, e mesmo assim me apoiou. E, apesar de tudo, ela me conhecia muito bem. Só de ver você no casamento do seu irmão, ela soube que seríamos perfeitos um para o outro. — Os olhos dele ficam vidrados por um segundo, então ele sacode a cabeça. — Ela teria amado ver você com o anel dela.

— Estou honrada por usar. — Tento colocar em meu dedo, torcendo para caber. Mas não cabe. Meus dedos são pele e osso, e fica largo.

— Ficou grande?

— Ficou. — Suspiro, então me lembro do meu colar. Puxo de debaixo da gola. — Tenho isto. Meus pais me deram quando eu me formei no colégio.

Ele olha.

— Combina perfeitamente com o anel.

Passo a corrente pelo anel, que irradia um brilho bonito.

— Que tal?

— Lindo. — Mas ele não está olhando para o colar.

Fico corada e guardo embaixo do moletom.

Ele coça a nuca.

— Nós temos uma semana e eu sei que falei que queria me casar na Síria, mas não perguntei se você...

— Eu quero... — interrompo. — Quero que uma das últimas coisas que vou fazer na Síria seja isso. Uma coisa boa.

Ele abre um sorriso.

— Como é o provérbio? "Tenha pressa para as boas ações"? — Sorrio também. Minha cabeça está meio zonza com a emoção de uma decisão na qual não pensei duas vezes, mas para a qual confiei em meus sentimentos. — Vamos nos casar hoje.

Ele dá risada e fica de pé.

— Que tal ir dar uma olhada na Layla antes?

Arquejo, me esforçando para levantar.

— Ah, meu Deus. Ela deve estar louca de preocupação.

Ele concorda com a cabeça.

— Vamos.

Não escuto nada que não seja nossa respiração, o que espero que signifique que não há nada perigoso fora das ruínas da minha casa. Quando vou subir o monte de destroços, Kenan estende a mão para me impedir.

— Deixa eu ir primeiro — diz. — Por favor.

Assinto. Kenan se ergue por cima dos escombros. Ao olhar de lado a lado, ele lentamente sai do meu campo de visão. Então o escuto caindo de pé do outro lado com um gemido de dor. Alguns minutos se passam só com o som dos pássaros.

— Pode vir, está seguro — chama Kenan. Alguns segundos depois, pulo ao seu lado.

De dia, dá para ver mais da catástrofe noturna: da leve fumaça subindo em espiral ao céu até o silêncio sepulcral que dominou tudo. Caminhamos com um esgar, a realidade arranhando nosso escudo de felicidade.

Olho para trás, para minha casa de tanto tempo atrás, sentindo o coração apertar. Eu me pergunto se vou voltar ou se é a última vez que a verei.

Quando chegamos à casa de Layla, Kenan insiste que vai ficar bem voltando sozinho para casa.

— Preciso ver meus irmãos. A Lama ainda está se recuperando.

Eu me controlo para não impedi-lo.

— Vou ficar bem, Salama. — Ele ri. — Você vai se casar comigo hoje. Estou *mais* que bem.

Abaixo a cabeça para esconder meu rosto corado.

— Sim… Eu vou dar a notícia para a Layla e aí podemos organizar as coisas.

Ele dá uma piscadela.

— Te vejo no hospital?

Faço que sim, e então me vem um pensamento.

— Por que você não leva o Yusuf e a Lama? Quer dizer, se a Lama estiver se sentindo bem para isso. Pode distrair o Yusuf de... bom, de tudo. Com certeza eles iam querer estar lá.

O sorriso de Kenan é tão afetuoso que sinto nas extremidades do meu corpo.

— Pode deixar — ele diz, com suavidade. — Vou perguntar a eles.

Abro a porta com um clique e a fecho atrás de mim para encontrar Layla sentada no corredor, as pernas esticadas à frente e a barriga enorme. A cabeça dela está caída de lado, as pálpebras fechadas.

Eu me agacho ao lado dela.

— Layla — sussurro, e ela toma um susto.

— *O qu*... — diz, grogue, piscando rápido antes de colocar os olhos em mim. — Salama! Ah, *alhamdulillah*!

Eu a abraço rápido, inspirando seu perfume de margaridas.

— O que aconteceu ontem? — pergunta ela.

— Vou te contar, mas você não pode me interromper antes de eu terminar.

Sua expressão fica curiosa, e noto que ela parece um pouco cansada.

— Tá bom.

Conto tudo. Preciso admitir, Layla não faz um único som, mas, assim que termino, agarra meu braço e solta um *ai, meu Deus!* Mostro o anel, e ela dá um gritinho.

— *Quando?* — pergunta, sem fôlego.

Não consigo evitar um sorriso.

— Agora.

Ela tem outro acesso de *ai, meu Deus* e consegue pausar para dizer:

— Eu te *falei* que alguém ia te arrancar de mim!

Dou risada.

— Você sempre vai ser minha prioridade.

Ela dá uma risadinha, embora não soe tão cheia de vida como de costume.

— Acho bom. Então te dou minha bênção. Quem vai celebrar o casamento?

Mexo em meu hijab.

— Eu pensei no dr. Ziad. No hospital. Assim haveria testemunhas.

Ela suspira.

— Perfeito.

Respiro fundo.

— Queria saber se o Kenan e os irmãos dele podiam vir morar com a gente. Eu... não quero que ele fique tão longe de mim.

Layla abre um sorriso enorme.

— Sim! É melhor ficarmos todos juntos até irmos embora.

Expiro, tirando um peso dos ombros.

— Bom, você sabe que eu te quero lá. Você consegue ir?

Ela ri de leve e acaricia a barriga grávida.

— Bem que eu queria! Mas a bebê Salama anda difícil. Estou meio cansada.

Coloco a palma da mão na testa dela. Não está quente.

— Eu estou bem — diz. — Só exausta.

— Bom, é óbvio que você está cansada. Você dormiu no corredor! — reclamo e a ajudo a subir no sofá.

Ela se acomoda confortavelmente sob as cobertas antes de notar minha expressão decepcionada.

— Salama, eu queria muito ir. — Ela aperta minha mão. — Eu rastejaria se pudesse, mas nem isso consigo mais.

A culpa me domina. Não posso ser egoísta.

— Eu sei. É que nunca achei que fosse me casar sem você na cerimônia. É estranho.

Ela faz uma careta.

— Eu posso pedir ao Kenan para adiar até chegarmos na Alemanha. Ou até amanhã. Por mim, tudo bem.

Ela discorda com a cabeça.

— Não. Hoje. Você vai se casar hoje. Nunca se sabe... — Ela para. — Você não vai adiar sua felicidade por minha causa. Além do mais, vamos com certeza fazer uma festa e outra cerimônia na Alemanha. E aí eu vou ser o centro das atenções, mesmo que a noiva seja você.

Dou risada, e minha tristeza ameniza com a linda imagem que se cria em minha mente. Estar tão perto de ir embora permite que os sonhos suprimidos acordem e cresçam como hera entre as rachaduras. Layla e eu escolhendo vestidos e um infantil combinando para a pequena Salama, que vai ter os olhos da mãe e o cabelo do pai. Segurá-la no colo vai me fazer sentir mais próxima de Hamza. A mão gorducha dela agarrando apertado meu dedão e seu narizinho respirando um ar que não está poluído de fumaça e morte.

O tempo dela na Síria seria um sonho intrauterino. Até, um dia, ela poder voltar ao seu país e cultivar limoeiros.

Massageio um pouco os ombros de Layla. Estão tensos e ossudos sob minhas mãos, e isso é um balde de água fria em meus sonhos.

— Obrigada — murmura ela, de olhos semicerrados. — Agora vai.

Quando não me movo, ela repete:

— Vai! Eu vou estar aqui. — Ela segura minha mão e me olha por entre os cílios. — Estou tão feliz por você. Tão orgulhosa. Seus pais e o Hamza também estariam. Olha como você mudou.

Aperto a mão dela pela última vez antes de pegar meu jaleco. Hoje, este é o meu vestido de casamento, mas na Alemanha vou ter um de verdade. Com Layla. Sã e salva.

27

Quando Kenan chega ao hospital, os irmãos estão bem ao seu lado. Os olhos de Lama estão arregalados de espanto, enquanto a expressão de Yusuf é curiosa e desanuviada de tristeza, me dando um vislumbre de como ele é jovem, de verdade.

— Oi — diz Kenan, os olhos se iluminando ao me ver.

— Oi. — Sorrio, com uma alegria vertiginosa.

— Oi — fala Lama, e paro de encarar Kenan para ver a garotinha agarrada à lateral do corpo dele.

— Como você está, Lama? — pergunto.

— Bem — ela responde, então olha para Kenan, que lhe faz um aceno de cabeça. — Obrigada por salvar a minha vida.

Ah, *ya albi*. Meu coração.

Estendo a mão, e ela a pega com suavidade antes de eu a puxar para um abraço.

— Obrigada por ser forte.

As bochechas dela ficam rosadas de timidez, e ela me solta e esconde o rosto no tronco de Kenan. Ele segura uma risada, mas há estrelas em suas íris, e não consigo acreditar na paz absoluta que estou vivenciando aqui, justamente no hospital.

Espio Yusuf, que está olhando para o chão, aparentemente decidido a me ignorar.

— *Salam*, Yusuf — digo, levantando a mão em um aceno. Ele me olha brevemente antes de desviar o olhar, com as mãos nos bolsos e franzindo levemente a testa.

Olho para Kenan, com medo de ter feito algo errado, mas ele balança a cabeça.

— O Yusuf é meio ciumento. — Ele suspira. — Acha que as coisas vão mudar e que você vai me roubar deles. — Aí, mais alto, continua: — Mas eu falei para ele que as coisas vão mudar para melhor, agora que vamos ter três pessoas a mais como família.

Yusuf dá de ombros, ainda sem olhar.

Kenan volta a suspirar.

— Ele vai mudar de ideia.

— Não tem problema. Já, já, eu e ele vamos ser melhores amigos.

Escuto o dr. Ziad conversando com um paciente do lado direito do átrio.

— Vamos lá nos casar? — Kenan abre um sorriso.

Fico vermelha.

— Não tenho planos para hoje, então pode ser.

Caminhamos até o dr. Ziad, que está terminando com o paciente. Seu cabelo está desgrenhado e os ombros, encurvados de exaustão. Mas, quando ele se vira e me vê, sorri.

— Salama! — diz ele. — Bom dia.

— Bom dia, doutor — respondo e olho para Kenan, atrás de mim, parecendo tão tímido quanto eu.

O dr. Ziad olha para nós dois.

— Está tudo bem?

Minhas palmas suam, e o nervosismo revira meu estômago.

— Está. Eu... Dr. Ziad, quero pedir um favor.

Ele se endireita.

— Qualquer coisa.

— Eu... É que... O que aconteceu... — gaguejo, e Kenan intervém.

— Eu pedi a Salama em casamento, e queríamos saber se o senhor aceitaria celebrar — explica ele, com a voz nítida, mas o rosto e as orelhas vermelhos.

O dr. Ziad olha de Kenan para mim antes de rir alegremente. O som faz muita gente virar a cabeça para nós, e fico quente de vergonha.

— Eu... Eu... — gagueja ele, pego de surpresa com a felicidade. Nunca vi o dr. Ziad assim antes. Ele esfrega os olhos e ri outra vez. — Que notícia maravilhosa! Salama, quando vocês dois...

Mexo nas pontas do meu hijab.

— É uma longa história, mas — levanto os olhos para Kenan — era o destino.

Kenan sorri.

— Vocês querem fazer isso aqui? — questiona o dr. Ziad. Seu sorriso está amplo como uma lua crescente.

Faço que sim.

— Nossos próximos momentos não são garantidos. E você sempre foi como um pai para mim.

A exaustão some, e ele parece dez anos mais jovem.

— Vai ser uma honra celebrar.

Não consigo evitar um sorriso, que estende meus lábios para cima. Sinto que estou sonhando. Botões de esperança começam a desabrochar lentamente em meu coração, as pétalas se abrindo para o sol. Queria que Layla estivesse aqui segurando minha mão. Mas encontro conforto no fato de Lama e Yusuf conseguirem vir para ver algo que não é traumático acontecendo neste hospital.

Uma multidão começa a se formar ao nosso redor, os rostos pálidos curiosos com o que está acontecendo. Pacientes nos parabenizam, e Kenan agradece com um gesto de cabeça. Em geral eu não gostaria desta invasão de privacidade, mas ver qualquer coisa que não seja dor e sofrimento no semblante das pessoas vale a pena. Pego Am espiando à beira da multidão, com um olhar julgador. Desvio os olhos.

Paramos na frente do dr. Ziad, que finalmente se recompôs. Ele começa com um pequeno discurso sobre achar a felicidade em meio aos obstáculos, e todos silenciam. Depois disso, todos lemos Al-Fatiha juntos, e Kenan recita os votos de casamento após o dr. Ziad. Dou meu consentimento com a voz baixinha.

E, então, estamos casados.

Eu me caso usando jaleco, um suéter três tamanhos maior que eu, com poeira no hijab e marcas de sujeira no jeans. Não temos bolo, um vestido de noiva, nem mesmo roupas limpas. Mas não importa. Parece que a coisa toda acontece em flashes. Tento memorizar cada palavra dita, cada ação e olhar, mas tenho dificuldade para acompanhar. Kenan parece atordoado, como se caminhando por um devaneio. Nós nos olhamos com timidez.

Nada vai estragar este momento. É meu para curtir, para amar, para ser feliz.

Todo mundo bate palmas, e alguns até gritam em comemoração. O rosto de Lama parece a lua quando está cheia, e ela se balança para cima e para baixo na ponta dos pés, enquanto Yusuf dá um sorrisinho, como se quase não conseguisse se segurar.

Nour se aperta para atravessar a multidão, agarra minhas mãos e beija minhas faces, os olhos brilhando.

Pouco a pouco, a multidão se dissipa e o dr. Ziad pede que toda a equipe volte ao trabalho, mas a energia que alimenta o hospital agora está diferente. A esperança que cultivei com tanto cuidado já não está só no meu coração.

— Meu consultório está vazio — diz o dr. Ziad a Kenan e a mim, baixinho. — Com certeza, vocês dois vão querer conversar sobre algumas coisas em particular.

— O-Obrigada, doutor — gaguejo de timidez.

— Você merece toda a felicidade do mundo, Salama. — Ele sorri com carinho, o que me faz lembrar de Baba. — Parabéns para os dois, e que Deus encha a vida de vocês de alegria e bênçãos.

Ele aperta a mão de Kenan antes de ir, apressado, cumprir seus deveres.

— Vou cuidar das crianças por um momento — oferece Nour. Ela sorri para Lama e Yusuf, e Lama devolve o sorriso. Yusuf se senta encurvado em uma das cadeiras de plástico, mas parece menos tenso do que quando chegou.

Felizmente, todos estão ocupados demais para notar que entramos de fininho no consultório do dr. Ziad. Kenan fecha a porta com suavidade, perturbando as partículas de poeira.

Sinto calor com o suéter. *Será que eu devia falar alguma coisa? Onde coloco os braços?* Eu os balanço desajeitadamente por uns segundos, então paro.

— Salama? — diz ele, e eu me viro devagar. Ele dá alguns passos na minha direção e, de repente, está mais perto do que jamais esteve.

Olho para ele, nervosa, e fico surpresa de ver que sua expressão não tem qualquer tensão. Vejo os pontinhos cor de mel em seus olhos e, se me concentrar, consigo contá-los. O cabelo está bagunçado de ontem e por causa do número de vezes que foi atacado pelas mãos dele durante toda a manhã. Vejo uma cicatriz desbotada partindo a sobrancelha esquerda ao meio e me pergunto como não notei antes. É como se eu o estivesse vendo pela primeira vez. Kenan não fala nada, apenas sorri com carinho para mim e, antes que eu possa falar, se inclina para a frente, prendendo os braços sob os meus e me puxando para perto. Eu arfo e, depois de uns momentos de hesitação, coloco a mão em volta dos seus ombros. Ele enterra a cabeça na curva do meu hijab, me abraçando apertado. Meus nervos tilintam, milhões de pensamentos passam por mim, me atordoando.

De repente, cai sobre nós uma imobilidade, e todos os pensamentos e sentimentos de nervosismo se dissipam. Estou em paz. Consigo respirar, e inspiro o aroma dele. Kenan tem o cheiro da Síria de antigamente. Um toque de limão colhido dos jardins, mesclado com escombros e terra. Tem cheiro de casa. Ele murmura algo que não entendo, as palavras ficando presas no tecido do meu hijab.

— Oi? — sussurro.

— Nada — diz ele, mais alto, mas com uma dureza, como se estivesse segurando as lágrimas. Então, depois de um momento, completa: — Desculpa por não poder te dar um casamento de verdade.

Eu me solto de seu abraço e olho para ele com curiosidade.

— Você acha que estou chateada?

— Não sei — responde ele, acanhado, com a mão na nuca. — Eu sei que nós dois estamos meio mal ultimamente e que eu não consigo nos sustentar. Mas juro que vou. Minha família tem um pouco de dinheiro guardado, e também temos terras aqui. Mas por enquanto não posso usar nada disso. *Droga*, eu devia ter te dado alguma coisa. Talvez um vestido? Você devia pelo menos ter tido um vestido de noiva. Estou tão, tão...

Eu o interrompo ficando na ponta dos pés e segurando o rosto dele. Ele fica me olhando.

— Eu quero um casamento duradouro. Não uma festa. — Sorrio. — Além do mais, é *bem* mais romântico assim.

— Sério? — pergunta ele, incerto.

— Ah, com certeza! Um casamento em meio a uma revolução. Não é uma boa premissa para uma história?

Ele sorri de volta.

— Parece mesmo uma trama excelente.

— Exato. Eu sou uma farmacêutica experiente, Kenan. Posso cuidar de nós dois enquanto você fica em casa olhando as crianças e desenhando — digo, com um sorriso provocador.

— Ha-ha.

Volto a me apoiar nos calcanhares, levando comigo as mãos antes que comecem a suar.

— Eu estava pensando... — falo, brincando com a barra do jaleco. — Se você gostaria de ir morar comigo e com a Layla.

Por um segundo, seguramos a respiração.

— É que... tem aquele buraco enorme na sua sacada, e imagino que não seja muito quente — explico.

Ele dá uma risadinha e segura minhas mãos, fazendo círculos suaves.

— Qual é o motivo real?

Fico corada.

— Esse é um de vários.

— Tá bom, então. — Ele sorri. — Vou levar meus irmãos para casa, a gente faz as malas e te encontra no fim do seu plantão.

— Está bem.

Reunindo cada grama de coragem, fico na ponta dos pés e dou um beijo na bochecha dele. Kenan fica paralisado, com a respiração presa na garganta. Gagueja uma despedida e vai para a porta antes de se voltar e me olhar.

— Até mais tarde.

— Até.

Khawf está me esperando no almoxarifado, e dou um pulo quando o vejo.

— Não esperava que eu estivesse por perto neste dia feliz? — Os lábios dele se contorcem de desgosto.

Fecho a porta, suspirando.

— Por que você está chateado agora? O Kenan ser meu marido me dá mais motivação para ir embora com ele.

Khawf assente.

— É verdade, mas tem seus riscos.

— Como assim?

Ele chega mais perto.

— Se, Deus me livre, Kenan ou os irmãos dele forem mortos, ou pior, presos. Você ainda iria embora?

O temor rasteja em meu estômago.

— Muita coisa pode acontecer em cinco dias — continua Khawf, sem rodeios. — Quem você vai escolher? Layla ou Kenan? — Os olhos dele faíscam. — Ou você mesma?

Pigarreio.

— Estou deixando o meu irmão, não estou?

Ele dá batidinhas com o dedo no queixo.

— Verdade. Mas será que outra tragédia vai te fazer quebrar a promessa? Querer morrer aqui, em vez de se arriscar a viver?

— Não — respondo.

Ele dá um passo na minha direção. Seu hálito é gelado, e há preocupação em seu olhar.

— Espero, pelo seu bem, que não. Seria uma pena enterrar você aqui.

28

As palavras de Khawf pesam em meus ombros o dia todo. Meu coração está em guerra, tentando se agarrar a fiozinhos de felicidade. A esperança é um fantasma rondando meu corpo.

Algumas pessoas me cumprimentam enquanto sigo minhas rondas. Vislumbres de alegria faíscam brevemente, mas é como tentar segurar a névoa. Nour me abraça forte de novo, e tento absorver o deleite dela.

— Eu sabia que ele gostava de você! — ela exclama, caminhando ao meu lado.

— Sabia?

— Sim. Ele sempre te olha enquanto você trabalha. Não de um jeito bizarro... Sei lá — diz ela, pensativa. — Como se só existisse você no mundo.

Fico corada.

— Ah. Pensei que ninguém visse.

— Tem sido uma boa distração da rotina de ver os pacientes entrando sem parar. Quer dizer, é um milagre nós estarmos sãs.

— Sabe, no Ocidente e em outros lugares em que as pessoas têm uma vida normal, a equipe médica pode fazer terapia para falar do que vê enquanto atende os pacientes.

— Que palavra estranha! Como se pronuncia? *Te-ra-piiia?* — diz ela, sarcástica.

Dou um sorriso genuíno.

— *Alhamdulillah* que nosso humor está são e salvo.

— Vai precisar de mais que isso para nos quebrar. — Nour dá uma piscadela antes de correr até uma criança que chora.

Eu a observo ir, suas palavras me sensibilizando. Quando vasculho meu coração, espero encontrá-lo em frangalhos, cortesia das palavras de Khawf e das ações dos militares, mas não. Talvez fosse assim no início, mas agora há uma vela acesa na escuridão, iluminando meu caminho. E ela promete uma vida.

— Parabéns, Salama — diz Am de trás de mim, e eu dou um pulo. Ele está vestindo uma jaqueta marrom desgastada, e há em seu rosto uma sombra de barba por fazer.

— Obrigada — falo, mas tem gosto de serragem em minha boca.

— O noivo feliz sabe do seu compasso moral quebrado? — O sorriso dele é qualquer coisa, menos gentil.

Fico imóvel.

— Você está me ameaçando?

Ele levanta as mãos.

— Deus, imagina! Temos um acordo. Mas acho que estou, sim, no direito de te assustar depois de você quase destruir a minha vida.

Ele estende a mão, eu busco o comprimido de paracetamol no bolso, então jogo na palma dele. Mas, antes de Am se afastar, reúno coragem para perguntar:

— Como está a Samar?

Ele para, as costas rígidas, e vira na minha direção. Seus olhos castanhos ficam turvos de desgosto.

— Achei que tivesse dito a você que é uma transação...

— Não estou nem aí — interrompo. O ácido revira em meu estômago, mas eu sigo. — Eu posso ter feito uma coisa terrível, mas não deixo de ter consciência.

Uma veia pulsa na testa dele, que então responde devagar:

— Ela está bem. Os pontos foram removidos. Não infeccionou.

Solto um suspiro aliviado do fundo das minhas entranhas, a força do ácido diminuindo.

— Ela ficou com uma cicatriz — diz Am. — Assim, sempre vamos nos lembrar de você e da sua *consciência*.

Ele se afasta, e meu estômago volta a digerir a si mesmo antes de eu correr para vomitar na pia.

Kenan e os irmãos estão parados em frente aos degraus do hospital quando saio no fim do meu turno. Yusuf carrega uma mochila destruída do Homem-Aranha e está escavando as pedrinhas do chão com o sapato, enquanto Kenan segura a mão de Lama, que usa uma mochila puída da Barbie. A mochila de Kenan é preta.

Meu coração se expande quando os vejo, e eu desço a escada correndo.

— Oi — digo, e Kenan sorri para mim. — Há quanto tempo.

Dou um passo para o lado e acaricio o cabelo castanho-claro de Lama.

— Fiquei com saudade.

Ela dá um sorrisão, balançando a mão que segura a de Kenan.

Eu me viro para Yusuf, que continua olhando para o chão.

— Fiquei com saudade de você também, Yusuf.

Ele se recusa a me encarar, e outra pedrinha se choca com um degrau. Olho confusa para Kenan. Yusuf tinha ficado mais tranquilo depois da cerimônia, achei que continuaria assim durante o dia.

Kenan balança a cabeça, triste, e fala em voz baixa:

— Ele está chateado por irmos embora do nosso apartamento. Mudança demais hoje.

— Ah.

Kenan estende a mão livre e bagunça o cabelo do irmão. Yusuf dá um tapa na mão dele, mas não tem como não ver o prazer escondido em seus olhos — ele está feliz porque o irmão mais velho está lhe dando atenção.

— Você está bem? — pergunta ele, e Yusuf dá de ombros.

Kenan suspira, se vira para mim e pega Lama no colo.

— Não consigo nem dizer como sou grato por isso. Nosso bairro virou um dos locais mais difíceis de defender depois do ataque químico. Acho que não poderíamos ficar muito mais tempo lá.

Coloco a mão na frente da boca, chocada. Meus olhos vão para o céu laranja, buscando aviões.

— Vamos.

A tagarelice de Lama preenche o silêncio enquanto caminhamos; parece que ela superou a timidez. Ando ao lado dela, que olha para mim. Apesar de serem um tom mais escuros, seus olhos têm a mesma intensidade dos de Kenan.

— Quantos anos você tem? — pergunta ela de repente.

Um sorriso divertido curva meus lábios.

— Dezoito.

Ela franze a testa, tentando calcular quanto sou mais velha que ela.

— O Kenan tem dezenove — diz ela, enfim.

— Eu sei.

— E você se casou com ele. — Seu tom é de afirmação.

— Casei.

— Por quê? Ele vive no laptop. Às vezes tenho que gritar três vezes para ele me escutar.

Ela fala isso de um jeito tão solene que caio na gargalhada, e os ombros de Kenan sacodem com a risada que ele está segurando. Yusuf avança e agarra a barra do suéter de Kenan.

— Por que você está rindo? — quer saber Lama.

Estendo a mão e acaricio a bochecha dela.

— Desculpa. É que você é muito fofa.

Ela enruga o nariz enquanto debate consigo mesma se devia analisar mais ou aceitar o elogio. Decide-se pela segunda opção.

Olho para Yusuf e sorrio.

— Gostei da sua mochila. O Homem-Aranha é demais. Ele é seu super-herói favorito?

Pela primeira vez desde que o conheci, os olhos de Yusuf se acendem, e ele assente uma vez com a cabeça antes de apertar os lábios e segurar as alças. Ele parte meu coração. É óbvio que foi forçado a crescer tão repentinamente que está se agarrando a qualquer coisa que lembre a inocência que perdeu. Normalmente, aos treze, ele já teria jogado fora a mochila do Homem-Aranha e trocado por videogames e por encontrar os amigos para jogar futebol em um dos becos. Seu amadurecimento emocional é uma planta que esqueceram de regar e que, por isso, tenta capturar qualquer umidade disponível.

Uma multidão emerge do meu bairro. Rapazes e moças, além de adolescentes, todos carregando várias placas e pôsteres para um protesto, e os olhos de Kenan os seguem. Ele contrai o maxilar e na mesma hora toco o cotovelo dele, tentando desesperadamente trazê-lo de volta para mim. De volta à promessa que ele fez.

O olhar ardente desaparece quando ele volta a olhar para mim, e eu consigo respirar de novo. Aperto meu anel. Ele vê o movimento e segue minhas cicatrizes.

Minha casa aparece a distância, então pego minhas chaves. De repente, fico nervosa ao destrancar a porta e perceber que Kenan e eu viveremos sob o mesmo teto.

Juntos.

Onde ele vai dormir? Layla vai me deixar usar o quarto dela para Lama e Yusuf. Talvez ela fique comigo no meu, e Kenan pode ficar no sofá.

Ele vai estar a passos de mim. A um corredor de distância.

— Layla — chamo ao entrar, afastando o frio na barriga. — Cheguei, o Kenan está aqui com os irmãos!

Quando só o silêncio responde, os pelos na minha nuca se arrepiam. Ela está bem. Sou eu que estou louca e paranoica, tratando cada silêncio como perigo.

— Entrem — digo. — A Layla ainda deve estar dormindo.

Eles entram arrastando os pés, e Kenan fecha a porta. Tudo parece real demais. A altura dele enche o corredor estreito, e Yusuf espia curioso de trás do irmão. Kenan põe Lama no chão e diz para os dois tirarem os sapatos enquanto eu vou procurar Layla.

Quando entro na sala, eu a vejo sentada no sofá com uma expressão distante. Está olhando para o quadro do oceano como se tentasse separar cada pincelada. O cabelo dela cai em ondas sobre os ombros, e uma das mãos está na barriga.

— Layla! — falo alto, e ela dá um pulo.

— Salama! Você me assustou!

— Eu estava te chamando. Aconteceu alguma coisa?

Ela sorri, mas é perturbador.

— Está tudo bem.

Dou um passo mais para perto.

— Tem certeza? Por que você está me olhando assim?

Ela coloca o cabelo atrás da orelha.

— Nostalgia pelos bons tempos. Lembra quando eu pintei isso? — Ela faz um gesto de cabeça para o quadro.

— Sim.

Ela dá um sorriso de leve.

— Lembra que eu odiei quando terminei?

— As cores estão todas erradas! — gritou Layla, com listras azul-marinho na testa e nas bochechas. Ela havia passado as últimas sete horas pintando, sem sair do lugar nem para beber e comer. Seu avental com estampa de margaridas estava manchado com uma variedade de tons azuis e cinza. Ela tinha me ligado em pânico, quase sem conseguir falar duas palavras ao telefone. — Os tons! Aff. Está um lixo!

Dei risada, olhando pela sala. Havia gotas de tinta no plástico que tinha sido estendido para proteger o piso. O restante dos móveis havia sido empilhado contra a parede para abrir espaço para a criatividade de Layla. Ela estava no olho do furacão, segurando a tela e lacrimejando, o cabelo preso num coque bagunçado.

— Sério? — falei, indo até ela com cuidado para não chutar o kit de tinta acrílica. — Olha isso!

— Estou olhando! — falou ela, choramingando. — Levou sete horas da minha vida, Salama!

Tirei a tela da mão dela e coloquei em cima da lareira. Obriguei-a a parar no meio da sala, de frente.

— Não está, não. Feche os olhos.

Ela fechou.

— Pense numa tempestade decidindo se vai assolar o mar. No meio do nada. Sem navio à vista. Sem pessoas. Imagine as cores que nenhum ser humano nunca verá. A tempestade vai berrar e rasgar as ondas, e ninguém vai estar lá para testemunhar. Ou talvez isso não aconteça. Talvez as nuvens se abram e o sol brilhe.

Ela respirou fundo.

— Agora abra os olhos. — Sorri. — Você capturou uma coisa que ninguém nunca viu. Sua imaginação fez isso.

Ela se virou para mim, com um sorriso amplo.

— Obrigada.

— Você se lembra disso? — pergunta Layla de novo do sofá, e um estranho nó se forma em minha garganta.

— Óbvio que lembro.

— Você fez esse virar um dos meus quadros favoritos. — Tem algo na voz dela que não consigo decifrar. Algo melancólico.

— Então por que você parece tão triste?

Ela sacode a cabeça.

— Não estou. Quero que você saiba como é incrível. Como você toca a vida das pessoas.

— Salama? — diz Kenan atrás de mim, e imediatamente dou um pulo na frente de Layla, escondendo-a. Ele está com a testa franzida e os olhos grudados em mim.

— Kenan! — repreendo. — O que você está fazendo? A Layla não está usando o hijab.

— Layla? — ecoa ele.

— Sim! — Faço um gesto para ele sair. — Layla, coloque um lenço ou algo assim.

— Não tenho nada — responde ela, sorumbática.

— Ache alguma coisa! — digo, exasperada.

Kenan fica ainda mais confuso, então seus lábios se abrem.

— Salama.

Olho por cima do ombro para verificar se Layla pegou um xale ou toalha de mesa. Ela procura entre as almofadas, fazendo biquinho.

— *Salama*. — A voz de Kenan sai mais firme, e eu olho para ele.

— O que foi? — Eu me irrito. — Por que você continua aqui?

Ele hesita.

— Eu entrei porque ouvi você falando e ninguém respondendo. Achei que tivesse acontecido alguma coisa.

Agora *eu* é que estou confusa.

— Quê? Eu estou falando com a Layla.

Ele dá um passo na minha direção gentilmente, como se estivesse se aproximando de um cervo ferido.

— Não está, não.

Meus braços caem pesados ao lado do corpo.

— Como assim?

Kenan envolve minhas mãos nas suas, quentes.

— Salama, não tem ninguém aqui. Não tem Layla nenhuma. Eu não estou vendo ninguém.

29

Dou risada.

A expressão de Kenan é um misto de tristeza e terror.

— É óbvio que você não está vendo — digo. — Estou parada na sua frente, seu bobo.

Ele passa a mão pelo cabelo.

— Ficar parada na minha frente não esconde o sofá.

Viro e vejo Layla empoleirada no sofá, as mãos abraçando a barriga grávida. O cabelo castanho-avermelhado, os olhos azul-oceano. Eu consigo enxergá-la. Consigo cheirá-la e tocá-la.

— Layla? — digo, com pânico na voz.

Ela dá um sorriso triste.

— Sinto muito, Salama.

Um novo medo arrasta meu coração num abismo escuro e eu cambaleio à frente, caindo de joelhos diante dela.

— Kenan — peço, com a voz oca. — Estou *implorando*. Por favor, me diga que você vê a Layla. Por favor, diga que você vê o rosto dela e o vestido azul que ela está usando.

Kenan muda de posição atrás de mim.

— Não vejo — diz ele baixinho. — Só tem o sofá.

Layla roça minha bochecha.

— Eu sou real no seu coração.

Um som estrangulado escapa de mim.

— Não. *Não*, não é.

Ela morde o lábio, as lágrimas caindo.

— Lembra do tiroteio em outubro?

Estou oca. Uma árvore queimada.

Enquanto ela continua, cada palavra puxa um fio, e outro e outro, até eu estar completamente desfeita.

— Eu fui ao mercado no fim da rua. Tinha um atirador. Eu não sobrevivi. Estava sangrando, mas consegui ser trazida para casa nos meus últimos momentos. Eu morri na frente da porta.

Minhas mãos tremem, a agonia estilhaçando meu esqueleto, e solto um grito abafado.

Eu estava no hospital quando aconteceu. Layla morreu sem que eu estivesse lá segurando a mão dela. Fragmentos de lembranças me invadem em esguichos, se infiltrando entre aquelas que eu mesma inventei. *Eu corri de volta para casa, mas estava tudo acabado. Layla estava voltando do mercado quando a bala de um atirador militar atravessou a cabeça dela. E a outra passou pelo útero. O rastro de sangue em frente à calçada rachada é dela. Era grosso, se recusou a se dissolver no solo. Assim, do nada, ela foi arrancada de mim. E minha sobrinha foi levada. E eu fiquei sozinha.*

O enterro de Layla foi às pressas naquele mesmo dia. Alguns dos vizinhos me ajudaram a lavá-la e envolvê-la em branco, e ela foi colocada ao lado dos pais.

Mas eu esqueci tudo isso.

Acordei no dia seguinte, a vi sentada na minha cama com aquele sorriso largo e... esqueci.

Não. Eu mudei a realidade.

As mãos de Layla estão em minhas bochechas, e eu tremo. Eu *sinto* as mãos dela.

— Não foi culpa sua, você entende? Você *não* quebrou a promessa que fez ao Hamza.

Meus soluços são secos, fazendo meu peito chiar dolorosamente, e não consigo formar palavras coerentes. Estou morando *sozinha* desde outubro. Por cinco meses, minha mente criou uma ficção para manter minha agonia trancada.

Olho para o rosto dela, tentando decorar suas feições. Eu precisava dela em minha vida. Precisava daquele conforto e daquela segurança depois de perder meu mundo inteiro. Os pequenos momentos de felicidade que vivi com Layla foram uma tábua de salvação. Sei que tenho esse direito, então forjei uma vida que *poderia* ter sido. Ela permitiu que eu me curasse pouco a pouco. Ela é mais que real.

Layla acaricia meu rosto com os polegares e sorri, os olhos azuis mais brilhantes que uma estrela.

— Você sabe que eu estou no céu. Você sabe que estou segura e feliz. A bebê Salama também. — Ela pressiona a mão em meu peito. — Você tem sua fé *aqui*. Vai viver por mim, pelos seus pais e por Hamza. Vai manter sua promessa a ele se salvando.

— Não vá — imploro. — Por favor.

Ela segura minhas mãos e beija os nós dos meus dedos.

— Você tem uma família agora, Salama. Você não está sozinha.

Uma mão pesada e sólida descansa em meu ombro. Tão diferente do toque de Layla, que mais parece uma nuvem sussurrando em minhas mãos. Pisco com olhos cheios de lágrimas e, quando me viro, vejo o olhar pesaroso de Kenan.

— Salama — sussurra ele. — Está tudo bem. Você está bem.

Olho ao redor. A sala está sem brilho e as cores, opacas. Há uma camada grossa de poeira no tapete árabe ao lado do sofá. Uma aura fria paira no ar, dando ao lugar uma sensação de abandono. Isso me lembra de como percebi o apartamento quando Kenan me trouxe para casa depois da cirurgia de Lama. Não parece a casa em que Layla e Hamza colocaram partes de sua alma. Não era assim que eu a via nos últimos meses. Com o toque de Layla, era um lugar mais suave e iluminado.

E percebo que não falo nada há um tempo. O choque me forçou a me retirar para um lugar onde Layla existe. Em minha mente.

Kenan me levanta e me puxa para ele, e permito que ele envolva os braços em meus ombros, grudando minhas costas ao seu peito. Ele se torna uma parede sólida para eu me recostar, e meus músculos relaxam.

— Salama — diz Layla baixinho, e o mundo volta a se iluminar.

Ela está parada à minha frente, segurando meu rosto, mas seu toque é quase inexistente. Agora, mal o sinto.

— Não é culpa sua — diz ela.

Engulo em seco.

— Hamza jamais ia querer que você se culpasse. Eu não culpo você. Ninguém culpa você. — A expressão dela é feroz.

Concordo com a cabeça.

Satisfeita com minha resposta, Layla respira fundo e, quando pisco, ela se foi.

Os braços de Kenan se afrouxam, mas imediatamente agarro as mãos dele antes de me virar em seu abraço e apertá-lo. Enterro o rosto em seu suéter, inalando seu cheiro de limão.

— Você é real, né? — murmuro, enfim. — Por favor, seja real.

Ele levanta minha cabeça, e as estrelas ainda estão em seus olhos.

— Eu sou real — diz com firmeza. Ele segura minha mão e a aperta em seu peito. Seu coração pulsa contra as costelas, e as vibrações saltam em minha pele. Fecho os olhos por alguns segundos, desfrutando da sensação. Acho que nunca conseguirei soltá-lo.

Aperto os lábios para me impedir de chorar ao ver Lama e Yusuf espiando de um canto da parede.

Kenan os nota também, e seu rosto muda. Ele chama os dois e então se ajoelha para abraçá-los. O tempo todo, não solta minha mão, o que deixa o abraço esquisito, mas ele está decidido a não me soltar.

— Cadê a Layla? — pergunta Lama, olhando ao redor com uma curiosidade que vira apreensão quando ela vê meus olhos vermelhos.

Kenan faz uma careta de dor e me encara. Assinto uma vez.

— A Layla está no céu — responde ele, com doçura.

Lama franze a testa.

— Mas você disse que a gente ia morar com a Salama e a Layla.

Kenan desvia os olhos, sem saber como achar as palavras exatas para explicar. Mas os olhos de Yusuf de repente se arregalam de entendimento e se desviam para mim. As emoções se acendem em seu rosto.

No espaço silencioso entre nós, ele me vê. Não como a garota com nervos de aço que salvou a irmã dele. Nem como a garota que se apaixonou pelo irmão dele e o levou embora. Ele se vê em mim, e eu me vejo nele.

Kenan encontra as palavras com cuidado, e Lama escuta, mas eu não.

Estou olhando pela janela, onde as cortinas flutuam com uma leve brisa e um único raio de sol atravessa, caindo sobre o tapete árabe.

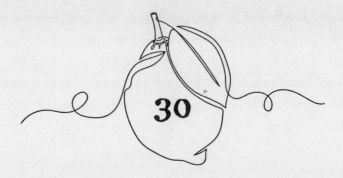

30

Fico deitada no sofá, no lugar de Layla, durante a maior parte da noite. Kenan perguntou se eu queria privacidade, mas não quero. Agora não. Fiquei sozinha nos últimos cinco meses, e pensar nisso arrepia minha nuca de horror. Sozinha. Falando com o ar. Dando risada com o ar. Chorando com o ar. Agora, encho meus olhos e ouvidos de pessoas reais, vivas.

Lama e Yusuf jantam só uma lata de atum, e quase me dou uma bofetada por ser tão ingênua. Layla nunca comia comigo, e eu sempre supus que ela comesse enquanto eu estava no hospital. Eu devia ter percebido. Todos os toques dela, seus maneirismos, eram ecos das minhas lembranças mais fortes. Tudo nela eram minhas lembranças ampliadas até ela se solidificar.

Meu coração fica em paz sabendo que ela está no céu. Meu arrependimento é não ter estado lá nos momentos finais dela.

Lembro do último dia que estive com Layla. Com a Layla real.

Estávamos sentadas no tapete árabe da sala de estar, bem na frente do sofá, e ela estava morrendo de rir da vez que nosso carro atolou na areia nos arredores da cidade.

— Você achou que o Hamza fosse te matar por estragar o carro dele. — Ela riu, agarrando a barriga. Estava com três meses de gravidez, e a barriguinha era pequena.

Abri um sorriso.

— Eu subestimei a profundidade da areia.

Layla e eu queríamos ser espontâneas e dirigir da cidade até a casa de verão dos meus avós. Pensei em pegar um atalho, mas acabamos presas numa vala com a noite se aproximando rápido.

Os olhos dela brilharam.

— Eu amei aquele dia. Tudo bem, a gente teve que aguentar o Hamza gritando por meia hora antes de tirar o carro, mas lembra como estavam as estrelas?

Elas estavam penduradas no céu escuro como limões, prontas para serem colhidas e muito próximas.

— Lembro.

— Espero que possamos vê-las assim de novo. — Layla deu uma batidinha na barriga por cima do cobertor que eu havia enrolado no corpo dela. — Se não na Síria, em algum outro lugar.

Ela queria ir embora, mas estava com medo de formar as palavras. Esfrego a testa, exausta, e afundo na almofada que, de algum jeito, ainda tem o cheiro de margaridas dela. Meu hijab está meio solto na cabeça, enrolado no pescoço. Estou tímida demais para já tirar. Mas puxo o colar e acaricio a aliança pela corrente.

— Ei — diz Kenan em voz baixa. Ele está parado na porta da sala.

— Ei.

— A Lama e o Yusuf estão dormindo na sua cama. — Ele parece perturbado, o que, por sua vez, me deixa confusa. Ele entrou no meu quarto, e não consigo de jeito nenhum lembrar se deixei desarrumado. Espero que não.

Ele se ajoelha à minha frente e eu instintivamente puxo os cobertores mais para perto.

— Sinto muito pela Layla — sussurra ele.

Um nó se forma em minha garganta, e eu estendo a mão. Ele imediatamente a segura, e eu pressiono a dele contra meu rosto, curtindo a sensação sólida. Os dedos dele são cheios de calos, prova de uma vida dura, mas estão quentes com o sangue correndo em suas veias.

— Eu estou bem. Talvez seja um choque, mas... acho que é aceitação. Ela está bem, e é tudo o que eu sempre quis para ela.

Ele acaricia minha bochecha, sorrindo de leve, e eu derreto com o toque. Mas um pensamento me ocorre.

— Por que eu vou embora agora? — sussurro, e ele pausa. — Todo o motivo era honrar os desejos do Hamza. E agora... perdi Mama e a Layla. Não mantive a minha promessa.

Kenan entrelaça nossos dedos, leva minhas mãos aos lábios e os beija.

— Salama, você não pode ficar.

Os olhos dele estão cheios de terror.

— Você sabia que estava tendo alucinações com Khawf, mas achou que a Layla estivesse viva — murmura ele. — Estou preocupado com você. Ficar aqui, no lugar em que ela morreu, só vai piorar as coisas. Você não vai conseguir ajudar ninguém se não se ajudar primeiro.

Fecho os olhos por uns segundos, lembrando da alucinação ao lado dos escombros da minha casa. Quando meu cérebro reconstruiu meu bairro em sua antiga vida.

— Não vou embora da Síria sem você — continua Kenan. — Você mesma disse, a luta não é só aqui. Você é necessária lá fora, tanto quanto eu. E não posso ficar parado vendo você com tanta dor e sem saber como ajudar.

O tom dele é de súplica, sua expressão, de desespero. Um espelho da minha quando lhe pedi para parar de filmar. Não posso fazer isso com Kenan. Ficar não beneficiaria nenhum de nós dois. Significaria continuar quebrando minha promessa a Hamza. Ainda estou viva, e meu irmão gostaria que eu continuasse assim.

— Está bem — sussurro.

O rosto dele relaxa de alívio. E seu olhar me faz acreditar que ele tem mais a dizer. Espero, mas, em vez disso, ele põe a mão no bolso e me entrega um pedaço de papel dobrado.

— Eu desenhei outra coisa para você.

Meu coração se eleva, mas não abro. Uma sensação desconfortável aflige meus nervos, e meu estômago dá uma cambalhota. Kenan foi mais que compreensivo com relação a Khawf, sem vacilar. Mas eu havia contado sobre Khawf. Layla é outra história.

— Kenan, o que você está pensando? — pergunto baixinho. Minhas mãos suam.

Ele olha para mim, e seu pomo de adão desce.

— O que você passou com a Layla, eu entendo. Desejo todo dia poder ver meus pais de novo. E eu sei o que o estresse pós-traumático fez comigo, com a Lama e especialmente com o Yusuf. Consigo lidar com o que eu sei, e aprendi sozinho a ajudar. Os ferimentos da Lama, o choque do Yusuf, meus pesadelos. Mas, Salama, tenho medo do que *não* sei. — Ele solta uma respiração trêmula. — Não sei consertar isso. Não sei o que dizer nem como te ajudar. Cheguei ao limite do que eu posso *fazer*.

Afasto o cabelo dele para trás, e seus cílios tremulam. Ele é tão jovem e está sobrecarregado com três pessoas e um país inteiro.

— Você estar aqui é o suficiente. — Sorrio. — Eu juro. Você me dá um chão.

Ele sorri de volta. No início com timidez, e depois se torna genuíno.

— Quando chegarmos na Alemanha, vamos buscar ajuda.

Ele acha que pode acontecer de novo. E pode. Então faço que sim com a cabeça.

— Deixe eu ver o que você desenhou — digo e abro o papel para ver um esboço de... mim. Ele me desenhou como Sheeta, com a blusa amarela e a calça rosa dela. Meu hijab é rosa-claro e estou sentada em cima da asa de um avião. E ao meu lado... — Meu Deus, é você? — pergunto.

Ele sorri, tímido.

— Sim. Como Pazu.

Ele pega mais um pedaço de papel.

— Este é outro esboço para a nossa história. Detalhei a casa em que a nossa protagonista moraria. Eu imaginei que a comunidade construiria casas nas árvores. Tipo uma aldeia inteira suspensa no ar.

— Plantando hortas e flores nos galhos. Para a árvore dar os seus próprios nutrientes para as plantas que estão crescendo!

Ele abre um enorme sorriso.

— Que ideia incrível.

Passamos o restante da noite construindo nossa história devagar, adicionando elementos.

Kenan pega no sono antes de mim, a cabeça pendendo, até eu sair do sofá para ele poder se esticar direito. Ele protesta um pouco, mas, no fim, o sono faz suas pálpebras pesarem. Coloco o cobertor bem apertado, e a nostalgia de ter feito isso por Layla quando ela estava viva — e nas minhas alucinações — traz lágrimas aos meus olhos.

Ele parece em paz no sono, as rugas de preocupação ao redor dos olhos suavizadas. Seus cílios são tão impossivelmente longos que roçam as bochechas.

Fico olhando para Kenan por mais alguns minutos, meu coração se expandindo de amor por ele.

— Vamos ficar bem — murmuro, deixando a noite capturar meu desejo. Temos direito pelo menos a isso. Uma vida sem ficar esquadrinhando os telhados, sem ficar aliviados porque o teto não caiu na nossa cabeça durante a noite.

Ele e eu temos direito a uma história de amor que não acabe em tragédia.

Com minha cama e o sofá ocupados, o único lugar que sobrou é o quarto de Layla e Hamza. Paro em frente à porta, os dedos na maçaneta. Respiro fundo e abro com um clique.

Uma onda de ar frio me recebe. O quarto ainda tem toques do cheiro de margarida de Layla e da colônia de Hamza. Ou talvez seja uma alucinação.

Não acendo as luzes, deixando, em vez disso, minhas córneas e retinas se adaptarem à escuridão. Passo um dedo pelos móveis esquecidos. Uma camada espessa de poeira reveste a colcha da cama, a cômoda, o armário e a mesa de cabeceira. Não ponho os pés aqui dentro há cinco meses. O quarto se tornou uma relíquia, entregue às memórias, sem nunca querer ser ressuscitado. Ou provavelmente seja impossível de ressuscitar. Assim como Layla. Assim como Hamza.

Eu me sento na cama deles, me sentindo estranhamente confortada. Como se houvesse ecos deles aqui. Fecho os olhos por um breve segundo e sei que, quando abrir, ele vai estar parado na minha frente.

E está.

As manchas vermelhas nos ombros de Khawf parecem papoulas em tom e formato, e seus olhos são pedras de gelo azuis brilhando na escuridão. Ele me dá um sorriso irônico torto.

— Você sabia — sussurro.

Não estou em choque. A cicatriz na minha cabeça e tudo o que ela representa — meu luto, meu transtorno de estresse pós-traumático — criaram em meu subconsciente camadas que jamais pensei serem possíveis.

Ele dá de ombros.

— Foi bem divertido ver o nível dos seus delírios.

Não falo nada; olho para a janela ao lado dele. As cortinas não estão bem fechadas, o que permite que um pouco do luar entre. Logo estaremos seguros. E não vou precisar olhar pelas janelas e fingir que o mundo não está em chamas.

Khawf dá um passo em minha direção, e volto a olhar para ele.

— Em que você acredita, Salama? — pergunta ele, baixo. Uma sombra passa por seu rosto, um sorriso secreto dançando nos lábios.

Minha boca fica seca.

— Como assim?

Ele pega um cigarro. O tubinho branco lampeja, ficando quase translúcido antes de voltar a ser opaco.

— Você acredita na sua fé. Acredita em si mesma. Em Kenan. Em Layla, quando ela estava viva. Acredita que esta revolução vai ser um sucesso, com as pessoas sacrificando o próprio coração.

— Sim.

Ele traga.

— Você acreditava em Layla, a *alucinação*?

Faço que sim.

— Acredita em mim? — Seu sorriso se amplia.

Franzo a testa.

— Você está bem na minha frente. Então acredito.

Ele dá uma batidinha no cigarro e a cinza cai, mas desaparece no meio do caminho. O olhar dele está distante. Ele olha para mim, mas parece que enxerga alguma coisa além.

— Estou. Mas nem sempre vou estar.

Eu me endireito. Sei que ele não vai estar sempre na minha vida. Mas escutá-lo dizer isso ao mesmo tempo me entristece e me alegra.

— Por quê? — pergunto.

Ele joga o cigarro longe com um peteleco e vai até a janela.

— Na Síria, há muito medo e temor. Isso está aguçado em você, e é por isso que me vê. Dá para dizer com alguma certeza que você não vai ter esses mesmos horrores na Alemanha. Então, por que eu iria com você para lá?

Fico de pé, juntando as peças.

— Quer dizer que... quando eu subir naquele barco... quando eu for embora...

— *Eu* vou embora — ele completa por mim. Khawf se vira e nós nos olhamos por uns minutos.

Neste momento, ele parece tão sólido quanto seria se fosse recortado da noite e transformado em carne e osso.

— Onde você vai estar? — Eu me vejo fazendo a pergunta mais boba, mas Khawf não ri. Seu rosto está solene; seus olhos, muito velhos.

Ele diminui a distância entre nós, e eu levanto o queixo para encará-lo.

— Em todo lugar — responde, e então desaparece quando pisco.

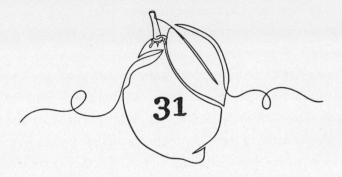

31

Na manhã seguinte, Kenan me leva até o hospital.

Lama e Yusuf permanecem em casa. Eu me certifiquei de que a menina tivesse uma garrafa d'água por perto para se manter hidratada. Kenan fica comigo, conversando com os pacientes e ajudando os médicos quando necessário. Ainda estamos nos recuperando do ataque químico e perdemos alguns pacientes durante a noite, mas ter Kenan ao meu lado me faz respirar mais tranquila.

Minha mente entra no piloto automático por um tempo enquanto repasso a conversa que tive com Khawf à noite. Em menos de uma semana, vou estar livre dele. Em duas semanas, estarei na Europa, em uma nova cidade, cercada de pessoas que não falam minha língua. Homs vai parecer estar a anos-luz. Mas vou sentir cada ferimento sofrido aqui, cada bomba caindo, cada vida perdida. Vou sentir a agonia de Hamza, sem nunca saber se ele morreu. Isso vai continuar me corroendo até eu ser só osso. E, quando chegar ao osso, vai arranhar o endósteo, se enterrando na cavidade medular e chegando à medula.

E, ainda assim, a luta aqui continua.

Os protestos se espalharam por todo lado, por várias cidades sírias. Hama, Douma, Ghouta, Deir ez-Zour. Cada uma delas está revoltada com os bombardeios cada vez piores que estamos enfrentando aqui em Homs. Kafranbel tem as placas mais lindas e criativas. Fico me perguntando como o mundo longe daqui se sente, como dorme à noite sabendo que estamos sendo massacrados durante o sono. Como permitem que isso aconteça.

A mão de Kenan desliza para a minha enquanto voltamos para casa, e esvazio minha mente de tudo, exceto dele. Roubo olhares furtivos. Ele ainda não viu meu cabelo, e estamos casados como deve ser. Ele não me pediu, e nunca falamos a respeito do grau de afeto físico que nos sentiríamos confortáveis em demonstrar aqui. Nossa história de amor pode não ser convencional dadas as circunstâncias, mas por que não podemos agarrar os pequenos momentos de felicidade? Quero criar um lar e encontrar alegria em Homs antes de irmos embora. Minhas últimas lembranças não precisam ser cheias de angústia e perda.

Estamos todos sentados comendo juntos um jantar simples na cozinha e repassando a lista do que levaremos, quando Kenan olha para mim como se tivesse acabado de lembrar alguma coisa.

— Salama, você ia pagar Am pelo lugar da Layla no barco, né?

Minha colher cai com um estrépito no atum que passei os últimos cinco minutos empurrando pelo prato.

— É. Não tenho mais que fazer isso.

São quinhentos dólares a mais em minhas economias. Duvido que Am vá querer isso em vez do anel de ouro, mais valioso, que prometi pelo lugar de Kenan. Fico olhando melancólica para a mesa, desejando poder abraçar Layla.

Kenan pigarreia.

— O que mais estamos esquecendo?

Sou grata pela distração.

— Algo para combater o enjoo. A Layla sugeriu usarmos limões.

— Parece uma ótima ideia — diz Kenan, docemente. — Vou passar no mercado amanhã e ver se tem. O clima ainda está bem frio, então vão durar até irmos embora.

Depois do jantar, todos rezamos Isha juntos. Lama e Yusuf ficam acordados um pouquinho antes de irem para a cama, e eu vou ao banheiro lavar o rosto.

No espelho, tento achar a garota que Kenan vê, aquela com os olhos lindos, mas só vejo minhas bochechas encovadas e o queixo pontudo. Eu *era* bonita. Minha pele marrom, reluzente de vida, era macia. Meu cabelo castanho, mais escuro que a casca de uma árvore silvestre, combinava com meus olhos, e eu tinha bastante orgulho. Puxo meu hijab. Ele cai ao redor do meu pescoço, e meu cabelo se desata do coque. O tom castanho esmaeceu; parece desbotado, caindo pelos ombros.

Naquela vida que *poderia* ter sido, eu estaria piscando para mim, admirando o jeito como o delineador azul contrasta com meus olhos cor de chocolate e como minhas clavículas afiadas aparecem no vestido que deixa os ombros nus. Kenan ia corar ao me ver, incapaz de desviar os olhos.

Bom, pelo menos este é meu suéter favorito, penso, triste. Um grená suave. Suspirando profundamente, puxo meu colar para o anel de ouro descansar brilhante contra o algodão e me preparo para sair, deixando o hijab para trás.

Luzes bruxuleantes vazam da sala de estar para o corredor, as sombras dançando no chão. Kenan deve ter acendido as velas, e espio de trás da parede, ficando repentinamente envergonhada.

Kenan está sentado no sofá, um cotovelo apoiado no braço, olhando para o quadro do mar. A luz das velas ilumina o rosto dele de forma mágica, lavando-o de ouro. De repente, meu suéter está quente demais.

Ele me sente parada aqui e se vira para mim, o rosto se abrindo em um sorriso.

— O que você está fazendo? — diz ele, com um toque de provocação na voz. A noite e a débil luz das velas me escondem de seu olhar. — Você está me *encarando*?

— Talvez. — Seguro a quina da parede.

Ele sorri.

— Preciso te dizer que agora eu sou casado. Minha esposa não vai gostar de saber que tem garotas aleatórias de olho em mim.

O calor em meu rosto se espalha até a raiz do cabelo. *Esposa*.

— Mas, se você insiste, que tal fazer isso de perto? — Ele dá uma batidinha no lugar ao seu lado.

Pigarreio, prendendo o cabelo atrás da orelha, e saio devagar.

O sorriso dele vacila, substituído por uma respiração forte, e ele fica boquiaberto.

Nossas respirações preenchem o silêncio. Acho difícil olhar para ele, então encaro o tapete, seguindo suas espirais. Um minuto inteiro se passa antes de Kenan dizer:

— Salama.

Sua voz está ofegante, e isso me dá um frio na espinha. Eu me abraço, e ele fica de pé, vindo até mim, até estar a um sussurro de distância. Seu cheiro de limão domina o espaço minúsculo, e ele levanta meu queixo para olhar em meus olhos. Meu coração está mais quente que o sol, seus tentáculos ardentes se espalhando pelo meu sistema vascular.

— Linda — murmura ele. Há reverência e espanto em seu tom. Em seu toque. Em seus olhos. — Tão linda.

Dou uma risada nervosa.

— Não precisa falar para me agradar.

Ele parece confuso.

— Não estou falando para agradar você. — Estende o braço para passar os dedos pelos meus cachos, e meus cílios vibram. — Eu queria que você pudesse se ver do jeito que eu te vejo.

Ele segura uma mecha do meu cabelo.

— Seu cabelo é lindo.

Seus dedos roçam minha bochecha.

— Seu rosto é lindo.

Ele coloca a mão no meu peito, por cima da minha aliança.

— Seu coração é lindo.

Meus joelhos bambeiam e eu cambaleio para trás, até minhas costas baterem na parede. Ele se move comigo, segurando minha cintura.

— Mas posso ser específico, se você quiser — sussurra.

— À vontade — digo, gaguejando.

Seus olhos cor de jade brilham de diversão, e ele dá um beijo em minha testa.

— Eu gosto da sua testa.

Isso me faz rir e acalma os nervos que crepitam em mim.

— Gosto da sua risada. — Ele abre um sorriso. — Não, esquece. Eu *amo* sua risada.

Com um leve suspiro, fecho as mãos nos ombros dele, distraída, puxando-o mais para perto. Satisfeito, ele dá um beijo em meu nariz.

— Eu amo seu nariz. — Então em minhas bochechas. — Eu amo suas bochechas. — Depois, na pulsação em minha garganta. — Eu amo seu pescoço.

Meus lábios formigam quando ele paira sobre eles, e conto os segundos esperando o toque, mas ele fica imóvel.

— O que mais você ama? — sussurro enfim, meus olhos semicerrados.

Kenan sorri.

— Sua boca.

E ele me beija. É um beijo suave, hesitante, que faz um caleidoscópio de cores dançar atrás das minhas pálpebras. Seguro o rosto dele, e sua barba por fazer pinica minhas mãos, mas quase não sinto com o efeito inebriante do beijo. Eu existo em uma bolha em que o tempo fica parado e limpa todas as minhas preocupações.

Todas menos uma.

O arrependimento me arranca do momento e eu empurro o peito dele.

Kenan para, me soltando imediatamente, com preocupação enevoando seus olhos. Ele levanta as mãos.

— Desculpa. Fui longe demais.

Balanço a cabeça, com o coração trovejando.

— Não foi. — Tremo, respirando com fraqueza, tentando regular minha atividade pulmonar. Não posso mais guardar o segredo sobre Samar por nem um segundo. Ele vai continuar aparecendo em cada momento feliz. — Preciso te contar uma coisa — digo e vou me sentar no sofá.

Ele se senta ao meu lado, estalando os dedos, nervoso.

— Você disse que eu sou forte. Que tenho um coração lindo.

Foco minhas mãos, que estavam pressionadas contra a pele dele há segundos.

— Mas não sou. Eu fiz... uma coisa. Foi uma decisão impetuosa, e me arrependo muito.

Kenan chega mais perto.

— O quê?

Respiro fundo de novo e conto tudo. Sobre como eu não podia pagar pelo barco até colocar a vida de Samar em perigo por causa disso. Não deixo nenhum detalhe de fora. No fim, meus olhos estão fechados, lágrimas quentes ardendo no canto.

— Se eu pudesse voltar atrás, voltaria — sussurro.

A mão de Kenan acha a minha e a aperta forte, me fazendo olhar para ele. Há dor em seus olhos, mas também compreensão.

— Foi por isso que você emagreceu tanto? E vomitou tantas vezes? — pergunta ele.

Um nó se forma em minha garganta. É evidente que ele notou.

— Sim — digo, ofegante.

Ele me puxa para perto, e eu caio contra o peito dele.

— Você pagou suas dívidas — sussurra ele, me abraçando, e beija minha testa. — Samar está viva, você garantiu isso, e é só o que importa.

— Mas...

Ele sacode a cabeça ferozmente.

— Nós somos humanos, Salama. Quando pressionados, somos forçados a tomar decisões que normalmente não tomaríamos. Você estava pensando na Layla quando fez isso. Não estou falando que foi certo, mas você já sofreu o suficiente. Salvou a vida dela e salvou várias, *várias* depois.

Engulo um soluço e enterro o rosto no tecido gasto do suéter dele, respirando fundo seu cheiro.

Ele levanta minha cabeça, acariciando meu cabelo para trás, e seu toque me dá frio na barriga. Ele parece solene.

— Está tudo bem.

Aperto a testa contra o peito dele e deixo escapar um suspiro de alívio.

— Eu te amo — murmuro.

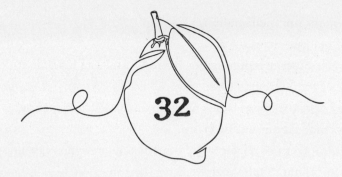

32

— Vou falar com meu tio hoje para ver quando ele vai para Siracusa — diz Kenan enquanto coloco o jaleco. — Vou dar uma olhada no mercado no fim da rua, e, se eles não tiverem limões, vou naquele ao lado do hospital.

— Tudo bem. Tome cuidado. — Seguro um bocejo. Dormimos no sofá já no início da manhã, quando nosso corpo privado de sono já estava esgotado. Mas consegui não vomitar o pequeno sanduíche de atum que Kenan me fez no café da manhã. Só isso já me deu um impulso de energia.

Ele me dá um beijo no rosto.

— Vejo você depois do seu plantão.

Quando chego ao hospital, o dr. Ziad me faz checar alguns dos pacientes cujos sistemas respiratórios foram mais afetados pelo sarin. Mais alguns faleceram durante a noite, a maioria crianças, o rosto ainda congelado em expressões petrificadas. Engulo o café da manhã que ameaça voltar. Entrego água e ministro antibióticos e anestésicos até o meio-dia.

Quando finalmente vou cambaleando para o átrio principal, encontro o dr. Ziad sozinho, o que me parece estranho.

— Doutor, está tudo bem? — pergunto. Não contei a ele que vou embora, sem saber como colocar em palavras, e a culpa se retorce em minha alma.

Ele faz uma careta de sofrimento.

— O ataque químico enfraqueceu muito as defesas do ELS. Eles estão achando difícil enfrentar os tanques militares.

O ar some dos meus pulmões.

— O que isso quer dizer?

— Quer dizer que precisamos rezar. O ELS está fazendo todo o possível, mas agora só temos Deus.

Fecho os olhos, meus lábios fazendo uma súplica silenciosa.

O dr. Ziad dá um sorriso triste.

— Se morrermos, Salama, pelo menos morreremos fazendo a coisa certa. Morreremos como mártires.

E eu vou ver Layla, a bebê Salama, Mama e Baba de novo. Com sorte, Hamza também.

— Não tenho medo da morte, doutor — sussurro. — Só de ser levada viva.

Ele estremece, concordando com a cabeça.

— *Insh'Allah* que isso não aconteça.

Um paciente o chama e ele vai, me deixando só com meus pensamentos. É evidente que o dr. Ziad acha que temos dias, se não momentos, de uma segurança frágil antes de as paredes ruírem.

Preciso encontrar Am. Procuro em todos os quartos de pacientes antes de localizá-lo na porta dos fundos, mordendo um palito de dentes.

— Am — chamo, e ele se endireita.

— O que foi?

Expiro.

— Você ouviu o que andam dizendo?

Deve ter ouvido. As pessoas falam. Há membros do Exército Livre da Síria entre nós. Ele meio que dá de ombros.

— Ouvi o suficiente.

— E se os militares invadirem antes do dia 25? — pergunto baixinho, temendo invocar eu mesma essa invasão.

Ele suspira.

— Salama, eu sou a pessoa que consegue o barco. Não sou do exército nem sou influente. Se isso acontecer, eu vou perder mais do que dinheiro, só que algumas coisas estão fora do meu controle. Essa é uma delas.

— Podemos ir embora antes? — pergunto. — Tipo hoje?

Ele faz que não.

— Eu conheço os guardas das fronteiras. Conheço os turnos e os horários deles. Os que vão nos deixar passar vão estar lá no dia 25. Vamos arriscar a vida de todo mundo se tentarmos com guardas que eu não conheço. Tem aqueles que levam você *e* o seu dinheiro. Não tem lei para responsabilizá-los. — Flashes do horror que Khawf me mostrou na véspera do protesto aparecem diante dos meus olhos, e eu sufoco um arquejo aterrorizado.

Am dá um passo na minha direção, e fico surpresa de ver seu rosto cheio de pena.

— Salama, você já fez tudo. O resto está nas mãos de Deus. Do destino. Se for para você estar em Munique, você vai estar, mesmo que os militares destruam este lugar inteiro. E, se não for, nem um avião particular pousando no meio da Praça da Liberdade para te levar embora vai conseguir.

Fico abalada. São palavras nas quais acredito profundamente, assim como todo muçulmano. O destino tem suas cordas, mas somos nós que as trançamos com nossas ações. Minha crença no que é para ser não me torna uma participante passiva. Não. Eu luto, e luto, e luto pela minha vida. Layla lutou pela dela. Kenan luta pela dele. E, não importa o que aconteça, aceitamos o resultado, sabendo que fizemos de tudo. Não ouço essas palavras há um tempo, e escutá-las justamente de Am acorda algo em mim.

— Obrigada — sussurro. Considero dizer a ele que vamos ser só quatro pessoas naquele barco, mas, por algum motivo, as palavras não conseguem atravessar a névoa do luto.

— Mesquita Khalid, dez da manhã — ele me lembra. — São só mais três dias.

Assinto, sentindo minha determinação se fortalecer. As palavras de Am me sustentam pelo restante do dia, até a exaustão fazer meus joelhos vacilarem.

Quando o céu fica de um laranja vivo, eu me sento nos degraus quebrados do hospital, deixando meus pensamentos se encontrarem. Há uma serenidade neste silêncio. Felizmente, hoje não houve vítimas de bombas ou ataques militares. Isso me enerva por alguns segundos; nunca tivemos uma pausa nos ataques. Um pensamento horrível cochicha para mim que os militares podem estar planejando algo, mas o afasto quando vejo Kenan saindo do hospital.

Ele se ilumina ao me ver, e não consigo impedir o sorriso em meu rosto. Ele se senta ao meu lado, estendendo as longas pernas à frente, e eu apoio a cabeça em seu ombro.

— Dia longo? — pergunta ele.

— É.

Ele entrelaça os dedos nos meus e leva minha mão aos lábios. Seu hálito é quente em minha pele, e ele beija minhas cicatrizes.

— Obrigado pelo seu esforço. Obrigado por salvar vidas — sussurra, e meus olhos ardem de lágrimas. Já me agradeceram antes, mas sempre quando o terror estava em alta, e nunca tive a capacidade de absorver as palavras. Ninguém nunca me disse isso durante os momentos tranquilos. Ninguém que conhece os horrores pelos quais passo, a batalha que travo a cada dia, me viu verdadeiramente e falou essas palavras.

Minha alma se expande de amor por ele.

Ele nota as lágrimas e fica alarmado.

— O que houve? Eu falei algo errado?

Faço que não, esfregando os olhos.

— Não. Estou bem.

Ele ainda parece preocupado, então passo os braços ao redor de seus ombros, abraçando-o.

— Estou bem mesmo. Mas você me fez pensar em uma coisa.

— Em quê? — responde ele, a voz abafada em meu ombro.

— Acho que quero passar esses últimos três dias no hospital. Ajudar o máximo de pessoas possível antes de ir embora.

Ele inclina o corpo para trás.

— Você quer dizer ficar aqui à noite?

Assinto com a cabeça.

— Você não tem que ficar aqui comigo. A Lama e o Yusuf vão precisar de você — digo.

Ele estala os dedos.

— Você sabe que os militares estão se aproximando. Se eles conseguirem entrar na nossa parte da cidade, vão vir direto para cá e... — As palavras dele caem uma por cima da outra, e ele fica em silêncio.

Sorrio, tocando a bochecha dele, e penso no que o dr. Ziad me disse de manhã.

— Kenan, eles também vão em todas as casas, arrombar as portas, roubar, destruir, estuprar e matar. Ou vão nos prender. Você sabe disso. Então, se formos morrer, quero morrer no hospital, fazendo alguma coisa para ajudar. Não escondida em casa.

Eu sei que Layla teria orgulho de mim. Queria poder contar a ela.

Ele desvia o olhar, e seus cílios tremem. Pelo aperto dos lábios, sei que está segurando o choro.

— Tudo bem — finalmente ele diz e segura minhas mãos. — Mas não vamos nos separar. Vou trazer a Lama e o Yusuf para cá, e vamos ficar juntos até o barco chegar.

E me apaixono ainda mais por ele. Fui tímida demais para pedir que ele ficasse comigo. Não queria que Kenan escolhesse entre mim e os irmãos. Lama e Yusuf são parte dele. São sua responsabilidade, e eu sou uma novata entre eles, tentando achar um espaço para me encaixar. Mas ele abriu espaço mais que suficiente para mim.

— Vamos ficar juntos — concordo.

Ele me dá um beijo na testa antes de ficar de pé num salto.

— Eu volto em uma hora.

Agarro a mão dele e aperto.

— Tome cuidado.

Kenan sorri. Sinto falta da mão dele assim que solta a minha, e observo até ele atravessar os portões e se virar para acenar antes de desaparecer atrás dos escombros.

Suspiro. Olho para o céu e faço uma rápida oração por ele.

— Layla — murmuro, vendo as primeiras estrelas começando a brilhar. — Mama. Baba. Espero que o Hamza esteja com vocês. Imagino todos vocês sentados um ao lado do outro, rindo, comendo, bebendo. Eu amo vocês e sinto muita saudade. Mas... não quero me juntar a vocês por enquanto. Quero que vocês conheçam o Kenan depois. Quando ele e eu estivermos velhos, após uma vida juntos. Eu ainda tenho mais em mim. Ainda consigo continuar. Sei que consigo. Porque sei que é o que vocês iam querer que eu fizesse.

Respiro fundo e sinto a serenidade se acomodando em meu coração. Estar a um triz da morte me enche de uma calma que eu nunca soube ser possível. Eu fiz minha parte. Continuarei a lutar pelo que é meu de direito e, não importa o que aconteça, eu vou aceitar.

A brisa faz as folhas emergentes farfalharem nas árvores, e sinto Khawf sentado ao meu lado.

Ele não fala nada, nem eu.

Depois de alguns minutos, me levanto e volto ao hospital.

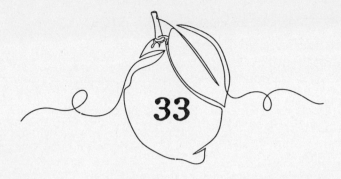

33

Lama e Yusuf protestaram por ter que se mudar de novo até Kenan lhes prometer todos os doces que quiserem quando chegarmos à Alemanha. Agora estão acomodados em um dos quartos que separei para crianças cujos parentes estão se recuperando no hospital.

As crianças já estão dormindo, algumas gritam de vez em quando e outras chutam, agitadas. Kenan acha um lugar em um canto para os irmãos. Lama pega no sono assim que Kenan a coloca em cima do cobertor. Yusuf se deita ao lado dela com olhos grandes como os de uma coruja.

Quando ele me lança um olhar, eu sorrio. Ele desvia os olhos, e, mesmo na luz fraca que entra pela porta aberta, consigo ver que está corando.

Kenan se certifica de que os dois estão cobertos e quentinhos antes de sair e fechar a porta.

— Você não está com sono? — pergunto, olhando para o relógio do corredor. São quase dez da noite.

Ele faz que não com a cabeça.

— Não posso dormir enquanto minha esposa trabalha.

Essa palavra de novo. *Esposa.*

Ele nota que fico meio desorientada e sorri.

— Esposa — repete.

Paro, cobrindo o rosto com as mãos, incapaz de olhar para ele sem explodir de calor. Ele segura meus punhos e os afasta.

— Olha para mim — sussurra.

— Se eu olhar, pode ser que meu coração pare — respondo, olhando para o chão e depois por cima do ombro dele, ao nosso redor. — Não podemos fazer isso aqui. Pode passar alguém.

A resposta dele é segurar minha mão e sair andando pelo corredor. O jeito como eu me sinto é como me sentiria em uma vida que *poderia* ter sido. Uma adolescente saindo de fininho com o garoto que ela ama, o coração acelerado. Chegamos ao almoxarifado e ele fecha a porta depois que entramos, me apoiando contra ela.

Ele não me toca, não levanta meu queixo, mas está a centímetros de mim.

— Você pode olhar para mim agora? — pergunta ele. Sua voz está baixa e rouca, dançando em minha pele. Levanto os olhos para ele e vejo a diversão em seu olhar. Uma espiada em quem ele é quando a revolução não o está forçando a construir um escudo e esconder pedaços de si. A percepção me faz rir, e ele levanta as sobrancelhas. — Não era a resposta que eu estava esperando.

— Você é um paquerador, né? — Dou uma risadinha.

Ele balança a cabeça, rindo também.

— E você só percebeu isso agora?

Eu o encaro com curiosidade.

— Salama, eu estava te paquerando desde que a gente se conheceu — diz ele. — Pelo jeito, fui sutil demais.

— Bom, que truques mais você tem na manga? — pergunto, me sentindo encorajada pela privacidade deste cômodo. Este lugar minúsculo existe fora da realidade. Assim como todos os nossos momentos juntos.

Com um sorriso misterioso nos lábios, ele abaixa a cabeça. Instintivamente, fecho os olhos, esperando que seus lábios toquem os meus, mas ele não me beija. Em vez disso, apoia a testa na porta bem ao lado da minha orelha, e seu corpo fica encostado no meu.

Por algum motivo, parece mais íntimo.

Está quente demais sob meu suéter, e me aperto com firmeza contra a porta, até ter certeza de que estou prestes a me fundir a ela.

— Pensei tanto no tempo que nos foi roubado — murmura ele, e quase suspiro. Sua voz está tão próxima. — Se as coisas não fossem como são, já estaríamos casados há muito tempo. Eu ia te levar pela Síria inteira de carro. A gente visitaria todas as cidades e aldeias. Para ver a história que vive no nosso país. Eu te beijaria nas praias de Lataquia, colheria flores para você em Deir ez-Zour, te levaria à casa da minha família em Hama, faria um piquenique sob as ruínas de Palmira. As pessoas olhariam para nós e pensariam que nunca viram um casal mais apaixonado.

Não consigo me mexer. Não consigo respirar. Espero que ele nunca pare de falar.

— Eu queria tantas coisas — continua ele, descansando a testa em meu ombro. Há melancolia saturando seu tom. — Mas te conhecer, te amar... Você me fez perceber que a vida pode ser salva. Que merecemos felicidade nesta longa noite.

Finalmente, ele se afasta e me olha com tanta ternura que é capaz de eu começar a chorar.

— Obrigado por ser minha luz — sussurra.

E, desta vez, não espero que ele me beije.

Fecho os braços em volta do pescoço dele e o puxo. O beijo é doce e me enche de esperança por um futuro em que eu vou acordar nos braços dele, sem pesadelos nos afundando. Só nós em uma casa transformada em lar, com um jardim florido e cadernos de desenho preenchidos pela metade.

Ele levanta meu queixo, olhando no fundo dos meus olhos, e diz:

— Nós vamos ficar bem.

— *Insh'Allah* — sussurro.

Passamos pelo dr. Ziad quando entramos no átrio de mãos dadas. Ele não fala nada, apenas sorri para nós e corre para ver um paciente. Acho que me ver contando com o apoio de alguém o tranquiliza.

À noite, Kenan se torna assistente, me ajudando no hospital. Ele aprende rápido e, depois que mostro a ele como trocar curativos sem desperdiçar gaze, consegue fazer sozinho.

Roubamos olhares um do outro, sorrindo como bobos antes de voltar ao trabalho, e é a sensação mais estranha do mundo.

Quando o ritmo no hospital se acalma, Kenan e eu nos sentamos no chão apoiados em uma das paredes, a exaustão finalmente nos dominando. Todas as camas estão ocupadas, então ele gesticula para que eu deite a cabeça no colo dele, e faço isso, exausta demais para ter vergonha. Caio num estado de dissociação da realidade, não exatamente dormindo nem acordada. Alguma coisa no meio. É como se minha mente e meu corpo não conseguissem descansar completamente.

Perto do início da manhã, uma explosão alta acorda todos nós com um susto. Parecem estilhaços caindo. O tambor de um rifle furando um prédio. Fico de pé apressada, o coração na garganta, e Kenan acorda arfando.

— O que está acontecendo? — pergunta ele, frenético.

— Não sei.

Outra explosão. Desta vez mais perto, e os pacientes que conseguem se mexer saem correndo, fugindo para dentro e mergulhando nos corredores do hospital. Crianças choram e vozes em pânico ecoam no teto.

— Kenan, levanta — falo, com a voz oca. A urgência incha meu coração. — Agora! Precisamos pegar a Lama e o Yusuf.

O que quer que esteja acontecendo lá fora vai entrar aqui e, quando isso acontecer, deixará o hospital em ruínas.

34

Kenan agarra minha mão, mas, antes de podermos dar um passo, as portas do hospital são abertas com um estrondo e cinco soldados entram. O uniforme militar verde fede a assassinato, o rifle pendurado em frente ao peito sem a bandeira do Exército Livre da Síria. Um deles pega um revólver e atira em uma paciente, como numa execução. Uma menininha com tapa-olho e dois elásticos de cabelo que não combinam.

Paro no meio do caminho e agarro o braço de Kenan. Ficamos olhando a menininha cair, uma poça de sangue engolindo seu corpinho e manchando seu cabelo preto curto.

Uma mulher berra, e o som rasga minhas entranhas. Ela cai de joelhos ao lado da garota e a abraça forte, implorando o tempo todo para ela estar viva.

— *Te'eburenee!* — uiva ela.

Outro tiro, e o corpo da garotinha cai para trás com um baque surdo quando a mãe se junta a ela.

— Mais alguém quer falar alguma coisa? — grita o soldado.

Os lamentos aterrorizados ficam instantaneamente mudos, e gemidos abafados enchem o espaço. Mal consigo me concentrar com os estrondos do meu coração, mas me forço a pensar. Onde está o restante desse grupo? Os militares jamais enviariam apenas cinco soldados para o território do els. Será que estão logo atrás?

Os soldados se espalham, caminhando entre os pacientes, ocasionalmente batendo na cara de um ou enfiando a coronha do rifle nos ferimentos.

— Está doendo? — zombam. Rezo para o ELS chegar antes que mais militares se juntem a eles.

O braço de Kenan fica tenso sob minha mão, e sei que ele está pensando em Lama e Yusuf. Eles estão no fim do corredor e com certeza acordaram com as outras crianças.

Devagar, ele me puxa mais para perto.

— Tira o jaleco — sussurra, tão baixo que mal entendo as palavras.

O terror congela meu sangue. Ser mulher e farmacêutica me torna um alvo especial. Vou ser acusada de ajudar e curar rebeldes. Vou ser torturada com as mesmas ferramentas que uso para salvar as pessoas. Vou ser estuprada.

Kenan se move deliberadamente até eu estar atrás dele, suas costas me cobrindo. Agarro minhas mangas e as puxo muito de leve.

Mas, enquanto faço isso, pouso os olhos em uma garotinha de uns sete anos encolhida contra a parede enquanto um dos soldados avança sobre ela. Seu braço está numa tipoia, há um curativo velho em torno de sua cabeça, e ela está com os olhos esbugalhados de medo. Em seu rosto, vejo Ahmad. Vejo Samar. Vejo que isso vai acontecer com Lama e Yusuf. Vejo uma garota cujo último fiapo de inocência está prestes a ser rasgado em pedacinhos.

E, sem pensar, me movo.

Agarro uma bacia e jogo nas costas do soldado. Imediatamente o atinge e cai com um estrépito no chão. O silêncio se estabelece no átrio, quebrado apenas pelo resmungo de dor do soldado. Meu braço treme conforme ele se vira devagar.

Melhor eu que a garotinha.

O olhar dele passa por mim, e o tremor se espalha por todo o meu corpo.

— *Você* acabou de jogar isso? — late ele.

Seu tom faz Kenan fechar a mão na minha e me puxar para trás, mas o soldado é mais rápido. Ele agarra meu outro braço, me arrancando das mãos de Kenan, e, quando me viro, vejo o choque e o terror nos olhos do garoto que eu amo enquanto sou prensada contra a parede.

O antebraço do soldado aperta meu pescoço, me segurando firme, a um apertão de ser estrangulada.

— Você se acha muito corajosa, né? — diz ele, cuspindo as palavras.

Pelo canto dos olhos, vejo Kenan sendo segurado por dois soldados. Sua expressão se contorce de fúria, xingamentos transbordando de sua boca. Um dos militares dá com a coronha da arma no rosto de Kenan, e o sangue jorra de sua bochecha. Tento chegar até ele, mas o soldado me empurra contra a parede. Com tanta força que, por um momento, não consigo respirar.

— Você trabalha aqui? Está curando esses rebeldes? Todos esses traidores? — fala ele, com sarcasmo.

— Sai de cima de mim — rosno, sem saber de onde está vindo a coragem. Mas não tenho medo da morte. Khawf me mostrou consequências piores. E o que está na minha frente não é um homem, mas um animal em pele humana.

O soldado ri e me solta. Antes de eu entender direito o que está acontecendo, uma dor aguda dispara pela lateral da minha cabeça e volto a ser empurrada contra a parede. Solto um gemido, de olhos fechados, tentando me recompor em meio às pulsações em meu cérebro. Levo uns segundos para perceber que ele me bateu com a parte metálica do rifle. Passo o braço pela boca, o ar entrando e saindo em chiados. Dói ainda mais olhar para Kenan e ver puro medo em seus olhos.

— Não me diga o que fazer — ouço o soldado gritar com irritação.

— Eu vou te *matar*! — berra Kenan, com sangue pingando no chão.

O soldado se vira para ele, levanta a arma bem na altura da têmpora de Kenan, e eu grito:

— *Não!*

Ele para, a arma ainda pressionada contra a testa de Kenan, cujo rosto não demonstra medo. Não por ele. Só por mim. O soldado me olha.

— Não?

Eu o encaro de volta, cheia de ódio escorrendo com as lágrimas.

— Então, que tal o seguinte? — O olhar dele cintila. — Que tal eu deixar o seu namorado vivo para poder assistir, hein?

A raiva estrangula minha garganta.

— Não temos tempo para isso — diz baixinho o outro militar, puxando Kenan para trás quando ele tenta se soltar. Kenan xinga, e o homem bate na cara dele. — Os rebeldes podem estar próximos. Nosso pessoal não vai conseguir chegar aqui. Precisamos ganhar tempo até eles...

— Nós temos tempo — interrompe o soldado e me agarra. Minha mente dá um estalo assim que ele me toca, e me contorço contra ele, chutando.

Os pacientes atrás de nós assistem ao espetáculo macabro com um olhar aterrorizado, nenhum deles ousando se mexer. Dizer alguma coisa. E não os culpo.

Ele enfia o cano do rifle sob meu queixo. Tem cheiro de sangue e fumaça. Tusso.

— *Vai pro inferno* — rosno, me recusando a lhe dar a satisfação de me ver tremer.

Ele sorri, afundando mais a boca do rifle, até quase furar minha pele. Antes que eu consiga piscar, o rifle cai no chão com um som metálico, e ele agarra meu braço com uma força mortal. Ele é maior e está bem alimentado, enquanto eu estou sobrevivendo na reserva. Ele me empurra contra um leito vazio e eu grito, arranhando seu rosto. Ele agarra meus punhos com uma mão só, me imobilizando, meio deitado em cima do meu corpo, de frente para mim. Fede a cigarro velho e suor.

— Solta ela! — grita Kenan, apesar da arma apontada para a cabeça dele. O segundo soldado vem por trás e bate com o rifle nas costas de Kenan.

Cuspo na cara do soldado que me agarra. Escorrendo pelo rosto dele, minha saliva é avermelhada, e ele ri, secando com a mão que não está apertando meus punhos.

— Bate nele de novo — ordena, e Kenan dá um solavanco à frente com a força de outro golpe, um arquejo arrancado de seus pulmões doloridos.

— Não desista, Salama. — A voz de Khawf entra em minha mente. Não consigo vê-lo, mas seu tom é afiado, incitando uma onda de adrenalina que limpa o pânico enevoado. — *Não. Desista.*

— Faz um tempo que ninguém luta. Eu gosto — desdenha o soldado. Ele passa a mão livre pelo meu corpo. A repulsa amarga meu sangue e levanto o joelho entre nós, mas ele antecipa o movimento, apertando o dele em minha coxa até eu ver estrelas. Minha perna estala de dor, e tenho certeza de que há um hematoma na pele.

Escuto o som metálico de um cinto sendo aberto, um zíper sendo abaixado, e começo a perceber a realidade. Eu me contorço no lugar, gritando até minha garganta estar em carne viva. Ele me ignora, seus olhos cheios de um brilho malicioso e a boca com um sorriso torto, e ele enfia a mão por baixo do meu suéter, tocando minha pele nua. Engulo um grito e, reagindo por instinto, bato a cabeça contra a dele. Não tem espaço para o choque paralisar meus membros quando a raiva está queimando em mim. Me dando combustível. A segurança está a *dois* dias de distância. Perdi Mama, Baba, Hamza, Layla e a bebê Salama. Aprendi a ver as cores e achei minha própria versão da felicidade. Eu *devo* isso a mim mesma.

Ou vou morrer, ou vou chegar à Alemanha, mas *não* vou ser tocada por esse animal.

Ele cambaleia para trás, uivando de dor com a mão na testa enquanto caio no leito, minha cabeça girando. Será suficiente? Pensamentos enevoados pingam como mel, grossos e desorientados. Meu sangue trovoa no crânio, latejando contra os ossos. Cada grama de energia me abandona. Não consigo pensar nem me mover e estou com medo demais de Kenan levar um tiro se eu tentar alguma coisa. Os gritos de Kenan e dos soldados ficam mais baixos, e minha visão borra.

Quando ela se estabiliza, vejo que o soldado está espumando, todos os traços de humor desapareceram. Um vergão raivoso surgiu na testa dele. Quase dou risada. Ele tira uma faca do coldre e me sacode pelos ombros antes de apertar a ponta afiada no meu pescoço.

— Você devia ser sacrificada que nem uma *cadela* — rosna ele, e passa a lâmina pela minha garganta.

O tempo desacelera. Vai arrebentando as costuras, um fio vermelho de cada vez. E, com cada fiapo, me lembro de Karam el-Zeitoun. Como, há poucos dias, crianças foram chacinadas dessa forma. Como elas devem ter suplicado e gritado para viver. Meras crianças.

Penso em Baba e Hamza e em como eles prefeririam morrer mil vezes a me ver torturada assim.

Penso em Mama e suas mãos macias acariciando meu cabelo, dizendo que eu sou os olhos e o coração dela.

Penso em Layla e em sua risada imensa, seus olhos cor de oceano.

E penso: *É isto. É assim que eu morro.*

Finalmente vou sentir o cheiro das margaridas.

Mas as mãos dele se abrem e eu caio de novo no leito. Tudo fica escuro.

Acordo assustada, com algo pesado na garganta, e arranho freneticamente.

— Ei! — diz uma voz alarmada, e alguém segura meus braços. — Cuidado, Salama!

Aperto os olhos, os arredores ganhando forma. Vejo o rosto preocupado de Kenan.

— Você está bem, meu amor — murmura ele. — Você está bem.

Ofego. Há um tecido áspero em torno do meu pescoço. É gaze. Meu estômago dá um solavanco quando lembro como foi fácil a lâmina do soldado cortar minha pele. Me abrir. Sacudo a cabeça, querendo que a imagem desapareça. Minhas mãos voam até a cabeça descoberta, e sou tomada pelo choque.

— Meu hijab — arfo, tremendo.

Kenan hesita antes de pegar minhas mãos.

— O dr. Ziad fez um curativo no seu pescoço. Precisou de uns pontinhos. Você está no consultório dele e só estamos nós dois, não se preocupe. Não vai entrar ninguém. — Ele respira alto. — *Alhamdulillah*, você está bem.

Minha respiração se estabiliza. Viro a cabeça devagar, examinando a sala, que está vazia, exceto por mim e Kenan. A mesa do dr. Ziad, ainda lotada de papéis amarelos e algumas seringas, está encostada na parede, e o leito em que estou deitada está no meio do chão. A porta está fechada e as cortinas também. É noite.

Kenan volta a se sentar na cadeira de plástico ao meu lado, com alívio e exaustão no rosto. Seu globo ocular esquerdo está vermelho-escuro. Há um corte com pontos no lábio inferior e um mosqueado de hematomas novos espalhados desordenadamente pelo rosto. Seus olhos estão vidrados com o resíduo de adrenalina, e ele está usando um suéter verde-floresta limpo, sem nada de sangue.

— O que aconteceu? — sussurro, com medo de falar mais alto. Não consigo parar de olhar para o rosto dele. Eles o machucaram. — Você... Você está machucado.

Ele muda de posição na cadeira.

— O dr. Ziad me examinou. Tenho só uma concussão leve.

A voz dele é casual. Kenan está tentando aliviar o peso das palavras.

— *Leve?* — repito alto. — Eles bateram nas suas costas. No seu peito. Você está bem?

Ele não responde e, em vez disso, respira fundo. Noto que suas mãos estão tremendo.

— Você está com sede? — pergunta ele.

Tusso, de súbito consciente de como estou desidratada. Faço que sim.

Ele fica de pé e, cautelosamente, pega uma garrafa d'água na mesa do dr. Ziad, depois me ajuda a beber.

— Você dormiu quase o dia todo. — Ele segura a garrafa. — Depois que aquele soldado... Tinha sangue por todo lado. Eu achei... achei que você tivesse morrido. Mas o dr. Ziad entrou naquele momento com uns dez soldados do Exército Livre da Síria. Ele saiu sem ninguém perceber pela porta dos fundos e entrou em contato com eles. Três militares se entregaram, mas o que te machucou e um outro, não. Só que eles estavam em menor número. — A voz dele assume um tom frio e satisfeito. — Eles estão mortos.

Ele estende o braço e aperta meus dedos.

— O dr. Ziad correu até você e conseguiu estancar o sangramento. Aí você acordou, lembra? — Não respondo, então ele continua: — O dr. Ziad te deu um remédio para dormir. Seu corte não é profundo. Não pegou nenhuma artéria, *alhamdulillah*, mas você precisou de sangue. Um dos soldados do Exército Livre da Síria conseguiu doar.

Estremeço. Por um fio não estou a sete palmos do chão.

— Por que eles estavam aqui?

— Conseguiram achar um meio de entrar por um ponto fraco das fronteiras com o Exército Livre da Síria. Queriam fazer uma matança fácil no hospital antes de o resto dos militares se juntar a eles.

— Então a luta está se aproximando? — pergunto.

Ele faz que sim, triste.

— O ELS tem muita esperança. A fé deles é forte, e eles têm armas, mas... estou preocupado.

— Eu também. — Arquejo. — Lama? Yusuf?

Ele coloca a mão no meu ombro, me acalmando.

— Estão bem. Os soldados não chegaram ao quarto deles. Estão dormindo agora e... — Ele para, a voz falhando, lágrimas correndo pelo rosto.

— O que foi? — digo, em pânico, minha mente tirando a pior das conclusões.

Ele se senta na beirada da minha cama e passa os braços por baixo das minhas costas antes de me puxar ao peito.

— Eu quase te perdi. — As palavras saem engasgadas, soluços secos chacoalhando seus ombros. — Meu Deus, eu me senti *tão* impotente. Quando ele te cortou, eu... Eu não posso te enterrar, Salama. Não posso.

Ele aperta mais forte e eu afundo nele, os olhos cheios de lágrimas.

— Nós conseguimos.

Ele me beija nas bochechas, na testa e suavemente nos lábios.

— Me enterre antes de eu te enterrar — sussurra ele, em uma oração. — Por favor.

Seguro o rosto dele entre as mãos, afastando as lágrimas.

— Eu...

— Eu te amo — diz ele, antes que eu possa dizer. Sorrio. Só preciso de algumas palavras dele para desemaranhar as videiras crescendo em meu coração. Kenan é mesmo mágico. Eu vou ficar bem. *Nós* vamos ficar bem. Preciso acreditar nisso. Preciso ver as cores em vez de fechar os olhos à beleza e à esperança.

Mesmo quando é difícil.

— Me conta alguma coisa boa — sussurro e me afasto, abrindo espaço para ele. Kenan se deita devagar, de lado, e fico de frente para ele, nossas pernas emaranhadas.

Ele entrelaça nossos dedos e beija os nós dos meus.

— Eu queria te desenhar mesmo antes de te conhecer.

— Como assim?

— Meu tio mora em Berlim. Eu me lembro de ver fotos no Google há alguns anos. A arquitetura é de tirar o fôlego. Eles têm um monumento chamado Portão de Brandemburgo. Sempre fantasiei levar minha esposa lá. Colocá-la sentada no meio enquanto a desenho. Como se o lugar todo tivesse sido construído só para ela.

Neste olho do furacão, as palavras dele ganham vida em minha mente. Eu nos vejo passeando por Berlim, de mãos dadas, enquanto ele equilibra os materiais de desenho no ombro. Eu escolheria cravos na floricultura local e os transformaria em uma coroa. Em alguns dias, quando o sol brilhasse em meio às nuvens, raios se espalhando pelos campos, lembraríamos de Homs. De casa.

— Eu iria gostar disso — murmuro.

Kenan solta minha mão para girar uma mecha do meu cabelo no dedo.

— Eu sinto como se te conhecesse a vida toda, Salama.

Sorrio.

— Todo mundo se conhece em Homs. Provavelmente a gente já tinha se visto.

— Quando crianças? Eu passava o tempo todo no parquinho, jogando futebol e fazendo bagunça no tanque de areia.

— Ah, então não nos conhecemos. É que, ou eu estava fazendo jardinagem na nossa varanda, ou brincando de Barbie com a Layla.

Ele sorri.

— Pode parecer cafona, mas tenho certeza de que nossas almas se encontraram bem antes de entrarem no nosso corpo. Acho que é daí que a gente se conhece.

O calor sobe ao meu rosto. O que ele está dizendo é parte da nossa fé. As almas existem além do corpo mortal. Mas escutá-lo falar isso queima minhas orelhas e meu rosto.

Ele dá uma risadinha.

— Então, me conta alguma coisa boa.

Mexo no punho da manga dele, agradecendo pela maneira como ele me distrai da minha vergonha.

— O Studio Ghibli me inspirou a escrever — começo, e ele olha para mim, espantado. — Depois de ver *A viagem de Chihiro*, quando eu tinha dez anos, minha mente ficou hiperativa. Um dia, pensei: por que não escrever minhas histórias?

— E você escreveu?

Faço que não com um gesto.

— Não, nunca uma história completa. Veio a escola. Mas nunca as esqueci. Especialmente quando me apaixonei por botânica.

Ele se aconchega mais perto.

— Me conta uma? Não tem problema se você não quiser.

Meu sangue deve ter se recuperado um pouco, porque corre para o rosto.

Meu coração dá um salto.

— É boba.

Ele parece ofendido.

— Boba? Como você tem coragem de chamar as histórias da minha esposa de bobas?

Seguro uma risada. Sei que este momento de felicidade vai correr como areia em uma ampulheta, mas quero fazer cada segundo valer. Quero manter a dor afastada mais um pouco.

— Tudo bem.

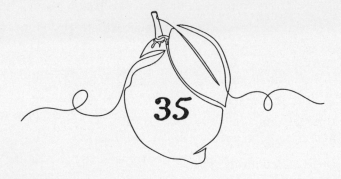

35

Os pássaros estão cantando quando acordo de repente, aconchegada ao peito de Kenan, o braço dele em volta do meu ombro de forma protetora. O temor desliza pela minha pele, indesejável e sem ser convidado, e meu coração acelera.

Um pesadelo?

Eu me sento e me desvencilho de Kenan, rezando para ele não acordar. Ele murmura algo ininteligível enquanto dorme.

Não lembro se tive sonhos perturbadores, mas minha ansiedade não se dissolveu. Aliás, aumentou. O corte em meu pescoço arde um pouco quando giro a cabeça. Fico de pé, procurando meu jaleco, e o vejo pendurado na cadeira do dr. Ziad. Molho a pontinha dele e esfrego o lugar da minha barriga que o soldado tocou. Aperto com força, tentando destruir as células, até arder e minha pele reclamar.

— Bom dia — murmura alguém do canto da sala. Meus olhos se ajustam à escassa luz de início de dia que entra pelas venezianas, e consigo discernir a silhueta de Khawf.

— Bom dia — sussurro, deixando o jaleco cair no chão.

Ele sai das sombras, o terno escuro ondulando como o mar numa noite sem lua.

Isso explica o temor.

Khawf parece desconfiado.

— Explica mesmo?

— Como assim?

Ele olha para o consultório do dr. Ziad e de repente avança na minha direção. Sua voz está cheia de urgência, muito diferente do tom arrastado de sempre.

— Se cinco militares conseguiram passar pelas defesas do Exército Livre da Síria, o que isso quer dizer?

O medo é uma coisa cruel. A maneira como distorce pensamentos, transformando-os de montículos em montanhas.

— Escute com muita atenção — continua Khawf. Se eu não soubesse, diria que ele parece ansioso. — Quer dizer que o hospital não é mais seguro. O hospital vai ser o primeiro lugar que eles vão atacar. Ou com soldados a pé, ou com bombas. Você sabe que os hospitais sempre são alvos, e o tempo do seu acabou.

As veias e capilares das minhas mãos se estreitam.

— Quer dizer que você precisa ir embora *agora*, senão... — Ele para, avaliando minha reação, mas não me movo. Meu coração está acelerado enquanto tento entender por que ele está agindo assim. Alguma coisa nele, em seu tom e no jeito como está me olhando parece diferente. É quase como se eu estivesse conversando com outra pessoa, cuja alma não é extraída da minha.

Ele resmunga, o maxilar contraindo.

— Você nunca aprende. Tudo bem. — E estala os dedos.

O consultório do dr. Ziad muda e se transforma em um cemitério. À minha frente, há quatro lápides coroando quatro túmulos cavados às pressas. Meu, de Kenan, Lama e Yusuf. O cenário é meu hospital, agora no chão.

O cenário muda rápido, antes de eu conseguir compreender. Estou parada na orla, com um céu cinza no horizonte, vendo um barco cheio até as tampas de refugiados navegar. Ondas rebentam na areia, ensopando meus tênis, e o ar salgado do mar faz minhas narinas arderem. Atrás de mim, o som de mísseis caindo rimbomba em meus tímpanos, e o céu brilha um vermelho-alaranjado lustroso, que engole a melancolia. Árvores pegam fogo, e os gritos dos feridos sobem com a fumaça.

Meu futuro está no mar, desaparecendo.

— *Espere!* — grito para o barco, mergulhando na água gelada de inverno. A temperatura me faz silvar.

Uma bomba cai, e sua força oblitera tudo no caminho, criando uma corrente de vento quente que me joga de quatro no chão, encharcada do Mediterrâneo. Tremendo, olho por cima do ombro e vejo o contorno de mais um míssil caindo.

Está a segundos de distância. Abro a boca para gritar de novo e...

Cambaleio, batendo com as costas na parede do consultório do dr. Ziad, e deslizo até o chão, soluçando baixinho na manga da roupa. Mordo o tecido enquanto meu peito chia. Khawf se agacha à minha frente.

— A morte vai dominar este hospital — sussurra ele. — Lembra o que o soldado disse? Pense, Salama! Pense! *Nosso pessoal não vai conseguir chegar aqui. Precisamos ganhar tempo até eles...* — Meu coração está prestes a explodir, e eu sei que vai. O rosto de Khawf se abre em um sorriso aliviado, e ele assente. Há palavras escondidas em seus olhos que ele se recusa a pronunciar, mas espera que eu saiba.

Quando pisco, ele se foi. Fico de pé com esforço e pego meu hijab.

— Kenan, acorda — digo, a voz rouca. Ainda sinto a acidez da fumaça na garganta.

Ele se senta, os olhos assustados.

— O qu... O que aconteceu?

— Nada. — Puxo o jaleco com firmeza no corpo. — Precisamos sair do hospital.

Ele esfrega os olhos.

— Como assim?

Coloco a mochila nas costas.

— Não dá tempo de explicar. Pegue a Lama e o Yusuf e me encontre lá fora. Precisamos ir agora.

Abro a porta e vejo os médicos e pacientes começando o dia. Corro para procurar o dr. Ziad. Felizmente, Kenan não discute e vem atrás.

Meu coração está batendo dolorosamente, e, a cada segundo que se passa, tenho certeza de que estamos mais perto da morte. Depois de procurar freneticamente em alguns quartos e no átrio, eu o encontro no almoxarifado.

— Doutor! — Arfo. — Precisamos evacuar o hospital.

Ele leva um susto.

— Salama! Você está bem? Como você...

Passo por ele e agarro caixas de paracetamol e amoxicilina, enfiando-as no bolso.

— Doutor! Pegue os remédios que conseguir carregar e vamos embora!

Ele fica ainda mais confuso.

Meu desespero está dificultando juntar os pensamentos em uma frase coerente.

— Precisamos... Provavelmente vai ter... Todos os outros hospitais...

Ele levanta a mão, numa tentativa de me acalmar.

— Salama, calma.

Respiro fundo, segurando o ar nos pulmões, e, em uma voz artificialmente calma, digo:

— Se os militares conseguiram entrar no hospital, quer dizer que já estão na nossa porta. Um dos soldados ontem falou alguma coisa sobre ganhar tempo até os militares... *fazerem algo, não sei*. Pode ser uma bomba. Pode ser outra coisa. Mas precisamos ir embora...

Não consigo explicar. Alguma coisa está prestes a acontecer. Khawf tem razão.

Onde você vai estar?

Em todo lugar.

O dr. Ziad está aflito, mas não se mexe. Não temos *tempo*.

— Não consigo contatar o ELS há três horas — declara ele.

Meu estômago afunda.

— Precisamos ir.

Ele faz que sim com a cabeça, agarrando uma caixa de papelão vazia e enfiando remédios dentro.

— Salama, mande todo mundo evacuar agora mesmo.

Não desperdiço nem um segundo e corro pelos corredores até o átrio.

— *Pessoal!* — grito, e todos se viram para mim, alguns me reconhecendo. — Saiam do hospital *agora*! Não é seguro!

Por alguns preciosos segundos, eles se olham, desconfortáveis.

Minha frustração aumenta. É porque sou uma adolescente. Eles ficam mais relutantes em ouvir. E não é fácil para alguns se mexerem, porque estão sem pernas, e outros estão grudados no soro. Muitos são crianças e idosos.

— Os militares vão bombardear o hospital! Precisamos ir embora!

Kenan para de repente atrás de mim, segurando as mãos de Lama e Yusuf. Parece horrorizado.

— Bombardear? — ele diz, sem fôlego. Com a iluminação, finalmente consigo ver que seu olho esquerdo está inchado, quase não abre, e o hematoma escureceu à luz do dia.

— Cadê o dr. Ziad? — Uma paciente geme na cama. — Ele vai saber...

— O dr. Ziad disse que temos que ir embora! — respondo, irritada. Não vou ficar esperando que eles escutem, então agarro o braço de Kenan e o puxo atrás de mim. Lama e Yusuf vêm junto, em choque.

A ação dispara um efeito no resto do lugar. As mães são as primeiras a se levantar; elas pegam os filhos e abrem as portas, depois saem correndo.

Começa um caos. As multidões se empurram. Médicos ajudam quem está preso na cama a ficar de pé. Aperto mais forte o braço de Kenan. Eu me recuso a vacilar.

Assim que chegamos à porta, escuto a voz do dr. Ziad rugindo por cima das massas.

— Saiam agora!

O tom dele dá lugar a outro ímpeto de urgência, e passos trovoam no piso. Todos corremos escada abaixo e saímos pelos portões do hospital. Meus olhos vão para o céu, procurando aviões em meio ao azul enquanto atravessamos a rua. A multidão me empurra, e sua força apavorada quase me faz perder o controle sobre o suéter de Kenan. Meu braço está formigando, mas não me importo. Pelo canto dos olhos, vejo Am abrindo caminho e sinto uma onda de alívio. Depois que passamos pelo primeiro prédio, puxo Kenan para o lado, indo contra a corrente para nos refugiarmos atrás de uma parede destruída, e o solto.

Estamos ofegantes enquanto nos olhamos. Hoje é um dia de sol, e os raios esquentam meu hijab. Lama e Yusuf estão confusos e assustados, os olhos grudados em Kenan. Ele lhes dá um sorriso de segurança.

Olho para o hospital, e meu coração começa a martelar quando não consigo ver o dr. Ziad entre as pessoas que se derramam para fora como uma hemorragia. Então, percebo.

Os bebês nas incubadoras continuam lá dentro.

Meu estômago afunda, e me apoio na parede. Preciso voltar. Preciso salvar os bebês. Mas minhas pernas estão pesadas de medo, metade de mim grita para eu ficar onde estou — para ficar segura. A outra repassa o rosto pálido e sem vida de Samar enquanto eu fazia a vida dela de refém.

Cerro os dentes, afastando o medo, e, antes que possa repensar minha decisão, me lanço de trás da parede e corro em direção ao hospital.

— *Salama!* — grita Kenan.

Corro pela rua, empurrando através da multidão, atravesso o pátio e volto a subir as escadas.

O átrio está vazio, algo que nunca imaginei que veria. Há lençóis jogados no chão, algumas das macas foram viradas em meio ao pânico. Duas figuras emergem do corredor. O dr. Ziad equilibra uma caixa enorme de papelão embaixo de um braço e aninha dois corpinhos no outro. O hijab branco de Nour flutua quando ela passa correndo por mim, com dois bebês próximos ao corpo.

O dr. Ziad para de repente e me entrega os bebês. Estão mergulhados em cobertores brancos finos, cada um do tamanho de um pão. A pele deles é vermelha; a boca, minúscula; e os dedos, mal visíveis.

— Tem um terceiro lá dentro — diz o dr. Ziad, muito ofegante, colocando a caixa no chão. As rugas em torno de seus olhos se aprofundam. Olho dentro da caixa e vejo um bebê deitado em cima de uma pequena pilha de embalagens de remédio.

— Você consegue levar a caixa? Eu preciso...

— Eu levo. — Kenan para ao meu lado, a respiração superficial. Ele coloca a caixa embaixo do braço, se vira e corre. O dr. Ziad dá as costas, voltando direto para as incubadoras.

— Doutor! — guincho, paralisada. — *Doutor!*

Ele não olha para trás.

— Salama! Vamos! — grita Kenan da frente.

Lágrimas irrompem em meus olhos, e eu soluço ao segurar os bebês mais perto e correr atrás dele.

Assim que atravessamos a rua, escutamos.

O avião.

Chegamos ao muro de onde os irmãos de Kenan estão olhando, assustadíssimos.

— Não. — Engasgo, girando de frente para o hospital e abraçando mais forte os bebês. — *Por favor*, saia!

Pacientes, socorristas e equipe continuam a sair pelas portas da frente. No último segundo, eu o vejo. Ele quase tropeça, segurando mais dois bebês enquanto corre. Seu jaleco está rasgado, e a distância parece impossivelmente grande.

— *Yalla* — suplico. — Deus, por favor!

Quando a bomba cai, o som penetrante corta o ar.

— Não! — grito, meus braços tremendo. — *Doutor, rápido!*

Kenan me agarra, abaixando minha cabeça enquanto a bomba estraçalha o único lugar onde havia esperança em Homs. A terra treme e se abre como se tivesse havido um terremoto. A força faz meus tímpanos zumbirem, e a fumaça cheia de escombros me cega e sufoca. Minhas pernas tremem e eu me curvo, tentando proteger os bebês.

Depois de alguns segundos em que o único som é o estrondo das colunas do hospital ruindo, uivos de sofrimento sacodem o céu cheio de poeira. Gritos de cortar o coração e orações sacodem meu corpo.

— Você está bem? — pergunto a Kenan. A poeira assenta o suficiente para eu discernir a silhueta dele.

— Estou — responde ele, com uma tosse rouca, e faz uma careta de dor. Ele se vira para os irmãos para garantir que estão bem.

— Kenan, pegue os bebês — ordeno. — Preciso encontrar o dr. Ziad.
Ele balança a cabeça com força.
— Eu...
— Salama, dê os bebês para mim — fala Nour, e eu a encaro, meu coração ficando mais leve por um breve momento. Ela está ilesa. — Eles não podem ficar aqui. Precisam de ar fresco. Alguns já estão sofrendo sem a incubadora.
Há dois voluntários atrás dela, e eu entrego os bebês para um, enquanto o outro pega a caixa de papelão.
— Se você encontrar o dr. Ziad... — Nour para, a voz tremendo. — Diga a ele... Diga que vamos estar na casa dele.
Faço que sim e fico de pé, apesar dos joelhos bambos. As ruínas me jogam em outra espiral de desespero. O hospital em que passei todos os meus dias se foi.
É um cemitério.
O prédio foi reduzido a pedras. Os voluntários estão espalhados pelo que restou, tentando desesperadamente remover os escombros. Ao me aproximar, escuto os gritos longínquos daqueles que ficaram presos lá dentro, o que rasga meu coração ao meio. A agonia deles me faz esquecer o motivo pelo qual estou indo embora.
Da fumaça, emerge Khawf, sobrancelhas levantadas, nem um fiapo da destruição o toca.
— Salama, não há nada que você possa fazer — diz ele, com frieza. — Não se atreva a repensar sua decisão. O hospital se foi. Seu lugar de trabalho está destruído. Não sobrou nada para você aqui. Sua família está morta ou presa. Eu sei que você não quer ser a próxima.
Desvio os olhos dele, com lágrimas correndo pelo rosto, e vou em frente, apesar de minhas pernas tremerem de medo.
— Dr. Ziad! — chamo por cima dos gemidos. — Doutor!
Aos poucos, a poeira assenta. Os raios de sol abrem buracos nas plumas de fumaça. O zumbido em meus ouvidos diminui, e, quando grito o nome dele pela quarta vez, escuto uma resposta fraca.
— Salama!

Olho ao redor, em desespero, tropeçando na direção dos portões principais, e encontro o dr. Ziad sentado no meio-fio. Ele está com um corte na testa e o sangue escorre pela bochecha. Seu rosto está cinza de fuligem, as pontas do cabelo e do jaleco queimadas.

— Doutor! — exclamo, caindo de joelhos na frente dele. — Você está machucado?

Ele solta uma respiração trêmula, esticando os braços devagar e revelando dois bebês aninhados ali.

— Eu tive que escolher. — Ele fica quieto, o rosto pálido e os olhos vazios de emoção. — Saí correndo com os que escolhi. Mas... não consigo escutar o batimento cardíaco deles.

Engolir dói.

— Eu tentei salvá-los — sussurra ele. Lágrimas correm pelas bochechas. — Eu tive que *escolher*. O restante ainda está lá dentro. Eles mataram *bebês*.

Seco os olhos.

— Eles estão no céu, doutor. Não estão mais sofrendo.

Ele os levanta, dando um beijo na testa de cada um.

— Perdoem-nos — sussurra para eles. — Perdoem-nos por nossas falhas.

Fico lá sentada com ele, em luto. Eram prematuros, e suas chances de sobreviver sem as incubadoras eram mínimas. Mesmo assim... *mesmo assim*.

Depois de alguns minutos, falo:

— A Nour levou os outros bebês para a sua casa. Acho que estão vivos.

Ele levanta os olhos.

— Obrigado.

Balanço a cabeça.

— Estamos fazendo o certo. Não fazemos para receber agradecimento.

Ele me entrega uma bebê. É uma menina embrulhada num cobertor rosa. Eu a seguro perto do corpo. Será que a bebê Salama seria tão pequena? Estremeço, e conseguimos ficar de pé com cuidado. O rosto da bebê está sereno e, se eu fechar os olhos, posso fingir que ela está dormindo.

— Salama — diz o dr. Ziad, e eu olho para ele. Ele estende o braço, e, gentilmente, eu lhe devolvo o bebê. — Você salvou muita gente hoje — diz ele após um segundo de silêncio. — Sem seu raciocínio rápido, sua intuição, eu não estaria na sua frente agora. — Ele expira. — Eu devia ter desconfiado que tinha algo errado quando minhas ligações para o ELS não foram completadas, mas o ataque de ontem deixou minha mente confusa.

— Somos humanos. Ninguém pode esperar que você antecipe tudo.

O sorriso dele fica triste.

— Quem dera minha consciência culpada pudesse concordar.

— O que você vai fazer? — Aponto para o hospital. — Para onde as pessoas vão?

Ele está encurvado, os anos cobrando seu preço, e, em seus olhos, vejo a devastação. Ele olha o hospital destruído, absorvendo aquilo.

— Vamos construir um novo — sussurra ele. Então endireita as costas, e a determinação engole a mágoa. — Outras cidades, como Ghouta, estão montando hospitais subterrâneos. Vamos construir túneis e labirintos profundos no solo. Eles podem nos bombardear quanto quiserem, nunca vamos nos dobrar.

A resiliência dele me dá orgulho.

— Que Deus o mantenha a salvo — murmuro. Sinto que não poderia ir embora da Síria sem contar a ele. Ele ficaria preocupadíssimo se eu nunca mais aparecesse. — Doutor, eu vou embora. Amanhã.

A surpresa se transforma em tristeza, mas não há julgamento em seus olhos.

— Foi uma honra e um privilégio trabalhar com você, Salama. Que Deus a mantenha viva e bem. Por favor, não nos esqueça em suas orações.

Meus olhos ardem, e consigo fazer que sim com a cabeça. Ele se afasta, ainda segurando os dois corpos como se fossem seus próprios filhos.

A casa de Layla está sombria. É como se ela soubesse que vou embora amanhã.

Quando entramos, Kenan manca até o sofá. Só saímos do terreno do hospital quando não suportávamos mais. Ele arrastou escombros até seus braços tremerem. Já estava fraco da surra que levou ontem e suprimiu a dor até a exaustão o dominar.

Lama e Yusuf vão para perto dele, com medo. Acendo rápido as velas.

— Estou bem — diz Kenan, fechando os olhos e respirando rápido e curto. — Só preciso de um minuto.

— Alguém pode por favor pegar um copo d'água? — Abro minha mochila e vasculho o conteúdo atrás de um paracetamol. Tem uma cartela em algum lugar.

Yusuf corre até a cozinha, onde coloca água do balde de água da chuva numa caneca, e volta apressado.

— Aqui — sussurra ele, e todos ficamos paralisados.

Kenan reage primeiro, o choque suavizando a tensão em seu rosto. Tremendo, ele pega a caneca e a deixa na mesa à sua frente antes de estender a mão. Yusuf a segura. Kenan o puxa mais para perto, sem nem piscar com a dor, e abraça forte o irmão. Lama começa a chorar, e eu também solto algumas lágrimas de alegria.

Então, Lama pula em cima de Yusuf e o aperta forte, abafando os soluços no ombro dele.

— Kenan, toma seu paracetamol — sussurro, entregando-lhe o comprimido, que ele engole com a água.

Lama e Yusuf saem da frente, mas não se afastam muito enquanto ajudo Kenan a se deitar. Ele segura a mão do irmão, sorrindo.

— Talvez eu deva me machucar mais vezes.

Yusuf fica vermelho, e Kenan começa uma história exagerada sobre os modos ridículos como ele vai se machucar, enquanto os dois dão risada. Reconheço o esforço em suas palavras e a tranquilidade forçada no tom. Ele está tentando se distrair da devastação que testemunhamos hoje. De um refúgio transformado em cinzas.

— Ou talvez eu deixe uma baleia me engolir! — diz ele.

Lama sufoca um risinho e Yusuf não consegue evitar o sorriso.

— Irreal demais? — diz Kenan, pensativo. — Então vou escorregar numa casca de banana, que nem aqueles desenhos. O que acham?

Yusuf dá um soquinho no braço dele.

— Você é esquisito.

Os olhos de Kenan brilham de alegria.

— Esquisito é bom.

Eles ficam assim por um tempo antes de Kenan finalmente convencer os irmãos a tentarem dormir. Com uma nova esperança nos olhos, eles vão saltitando até meu quarto. Eu ajudo, cobrindo o corpinho deles e garantindo que o frio não entre pelas rachaduras. Dou um beijo na bochecha de Lama e sorrio para Yusuf. Ele hesita um segundo antes de sorrir de volta. Meu coração infla, e eu sussurro:

— Boa noite. Durmam bem, amanhã é um grande dia.

Fecho a porta suavemente, vou na ponta dos pés pelo corredor e paro ao chegar ao quarto de Layla e Hamza. Meus dedos dançam na maçaneta de latão. Não preciso entrar. Uma vez foi mais que suficiente.

Apoio a cabeça na porta e sussurro:

— Adeus.

Pego as duas mochilas que fiz com Layla e vou até a sala. Kenan está de olhos fechados, mas pisca quando entro e me sento no tapete em frente ao sofá. Tiro o hijab, passando os dedos pelo cabelo, e faço uma careta por causa da dor no couro cabeludo. O corte em minha garganta arde, mas não ouso tocar por baixo dos curativos.

— Como você está? — sussurra ele.

— Sobrevivendo — sussurro de volta. — Você está com dor?

Ele se mexe devagar.

— O paracetamol está ajudando.

— A boa notícia é que vamos encontrar Am cedinho.

— Quando conversei com meu tio, há alguns dias, ele disse que ia pegar o voo para Siracusa hoje — diz ele. — Vai nos encontrar na praia. Na pior das hipóteses, a gente liga para ele.

A segurança está tão próxima que quase sinto o gosto. Pego o pen drive da mochila de Layla e passo o polegar pela casca metálica, sorrindo.

Obrigada, Hamza.

— Conforme o combinado, só vamos pagar quinhentos dólares e o colar de ouro, agora que a Layla... — Paro, respirando fundo.

Kenan passa os dedos pela minha bochecha, o que me faz levantar os olhos. O toque dele é reconfortante.

Dou um sorriso fraco antes de voltar a vasculhar a mochila de Layla e pegar o ouro. Enfio no bolso interno da minha e puxo bem o zíper. Conto o conteúdo lá dentro mais uma vez. Oito latas de atum, três latas de feijão, uma caixa de paracetamol, meu diploma do ensino médio e passaporte, meias, uma muda de roupa.

— Eu trouxe os limões — diz Kenan, com um gesto de cabeça para a cozinha. — Estão na geladeira.

— Obrigada. — Fico de pé num salto e corro para pegar. — Cadê a sua câmera? — pergunto enquanto coloco os limões na mochila.

Ele se encolhe.

— Destruí na noite do ataque químico.

Fico boquiaberta.

— Está tudo bem — sussurra ele. — Eu subi todos os vídeos no YouTube antes.

Seguro forte a mão dele.

— Ah, Kenan.

Ele dá um sorriso triste.

— É só uma câmera.

— Vou te dar uma nova.

Ele ri de leve e beija os nós dos meus dedos. Quando roça minha bochecha, meus cílios vibram.

— Sinto muito — murmura ele, a voz saturada de culpa.

— Por quê? — Franzo a testa.

O maxilar dele se contrai.

— Pelo que aconteceu no hospital quando você estava... quando rolou aquilo.

Balanço a cabeça. O terror da menininha me lembrou de Samar. Do meu pecado.

— Eu não podia deixar que ele... chegasse até aquela garotinha.

— Eu sei — sussurra Kenan. — Está tudo bem. Você fez o que era necessário. Só fico feliz por você estar a salvo. — Os dedos dele roçam o curativo em meu pescoço. — Pode ser que fique uma cicatriz.

Concordo com a cabeça, mexendo nas mangas, precisando de conforto, então pergunto:

— Você se importaria?

Ele dá uma risada incrédula.

— Minha esposa tem uma cicatriz de batalha. Ela é durona.

Balanço a cabeça, sorrindo.

— Não é minha única.

Ele levanta as sobrancelhas.

— Você está falando das cicatrizes das mãos, né? Eu amo.

Meu sorriso aumenta.

— Aqui. — Pego a mão dele e coloco na base do meu crânio, sob o cabelo. — Consegue sentir?

— Consigo. — Ele traça de leve as estrias, com um toque suave. Seus olhos se arregalam de espanto. — Dói?

— Não. É de quando aquela bomba matou Mama. Quando comecei a ver Khawf.

Franzo a testa. Quando Khawf me alertou sobre o hospital ser bombardeado, pareceu uma venda que eu não sabia que estava usando sendo tirada dos meus olhos. Agora, vejo com mais nitidez do que antes, mas não sei o que estou vendo.

— Você está bem? — pergunta Kenan, e eu pisco. Seus dedos escorregam, e ele passa um deles pela minha aliança.

— Estou. — Sorrio, e isso dissipa a preocupação em seu rosto.

— Você se importaria com *isto*? — Ele aponta para o lábio arrebentado. — Pode ser que fique cicatriz. Eu sei que você se apaixonou pelo meu rostinho bonito.

Dou risada e passo o polegar com delicadeza pelos pontos na borda do lábio inferior. Os cílios dele tremem.

— Acho que vou superar.

Sua expressão então fica séria, e ele se senta e pega minhas mãos.

— O que quer que aconteça amanhã, vamos ficar bem. Mesmo que... — Ele respira fundo e apoia a testa na minha. — Saiba que, mesmo na morte, você é minha vida.

Meu coração falha uma batida. Depois outra. Não tenho palavras para moldar em uma promessa duradoura que desafia o mundo. Então dou um beijo suave em seus lábios.

Ele suspira e, depois de alguns segundos, diz:

— Me conta alguma coisa boa, Sheeta.

Fico vermelha.

— Você está tentando me distrair de hoje?

Ele sorri.

— E me distrair também.

Suspiro.

— Você vai gostar desta. No dia em que era para você ir lá em casa, eu ia preparar um *knafeh* inteiro.

Ele se afasta um pouco, um brilho diferente nos olhos, até eu jurar que a luz das velas ficou presa ali.

— Você sabe fazer *knafeh*?

— Da massa de semolina até o queijo e a calda de flor de laranjeira para regar os pistaches e as amêndoas — murmuro e dou uma batidinha na testa com o indicador. — Está tudo salvo bem aqui.

Tem uma felicidade genuína na expressão dele, sem nenhum traço de dor.

— Você é perfeita — declara Kenan.

Dou risada e entrelaço os dedos nos dele.

— Você também não é nada mau.

E, naquelas últimas horas do nosso tempo em Homs, meu coração machucado se cura silenciosamente. Célula a célula.

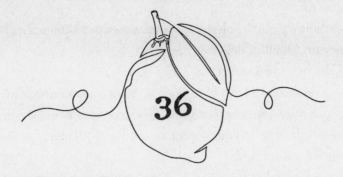

36

No geral, meu bairro existe em um limbo repetitivo. O vento carrega a risada e o choro tímido das crianças pelas ruínas desanimadas. A esperança colore as conversas dos manifestantes que passam pela minha porta, seus passos ecoando sobre o cascalho. Um pai consola a filha, dando sua porção de comida para ela. Flores de jasmim abrem as pétalas em direção ao sol. Elas florescem no solo encharcado do sangue dos mártires. Por um tempo, vivemos. Então, quando os aviões rugem através das nuvens, os cascalhos na calçada vibram. E paramos de viver e começamos a sobreviver.

Hoje não é diferente. Mas, hoje, dou adeus a mim mesma. A quem eu era.

Kenan e seus irmãos já estão na porta, com uma expressão séria. Vamos encontrar Am em meia hora. Parada na porta do meu quarto, sou tomada por uma onda de nostalgia. Por mais miserável e vazia que esteja, aqui foi a minha casa. Por um tempo.

Não vai ficar desabitada por um longo período. Uma família que perdeu a casa talvez se refugie aqui, ou, se os militares finalmente invadirem a parte antiga de Homs, vão saquear o lugar. Tento não pensar nisso.

Ando pela sala e paro na entrada, olhando pela última vez para o quadro de Layla. Suspensas na sombra, as ondas parecem vivas, lambendo as bordas da moldura, e uma história desperta em minha mente.

— Vamos — digo, me virando antes de perder a coragem.

Saímos arrastando os pés, mochilas cheias de tudo o que temos no mundo, e fecho a porta atrás de mim.

— Adeus — sussurro e dou um beijo na madeira azul.

A mão de Kenan desliza para dentro da minha.

— Nós vamos voltar.

Assinto, concordando.

Lama está entre Yusuf e Kenan, e caminhamos juntos, os pássaros cantando uma doce melodia de despedida.

A Mesquita Khalid fica a dez minutos de caminhada. Pegamos a segunda bifurcação para o lado oposto do hospital, e, enquanto caminhamos, tento memorizar cada árvore florida e prédio abandonado por onde passamos. De vez em quando vejo a bandeira da revolução pichada nas colunas metálicas de garagens ou em paredes. A quietude destes últimos momentos frágeis só é quebrada pelas multidões paradas em frente ao mercado e pelos soldados do Exército Livre da Síria andando por aí. A presença deles me acalma, e faço uma rápida oração para que suas mãos não vacilem, para que seu amor por esta terra e pelo seu povo os leve à vitória.

A Mesquita Khalid fica em meio a uma clareira ampla de prédios residenciais em ruínas. Pisamos com cuidado por cima do asfalto quebrado e dos fios elétricos soltos e mortos. De perto, as paredes da mesquita estão arranhadas e as janelas empoeiradas estão estilhaçadas, assim como os degraus que levam à porta da frente. Ela está entreaberta, revelando os destroços que cobrem o tapete verde-escuro no qual há alguns homens em posições variadas de oração.

— Que horas são? — pergunta Kenan. Yusuf e Lama se sentam com as pernas penduradas por cima dos degraus. Yusuf sussurra algo, e ela se inclina mais para perto para ouvir antes de assentir.

— Mais quinze minutos — respondo, meus nervos formigando, e foco o rosto de Kenan, contando os hematomas que decoram sua pele. Há sete no total, e seu olho contundido ficou com um tom ameixa. Seus ombros estão encurvados, mas seu olhar vai para todo lado, gravando na memória o azul do céu. — Kenan. — Seguro a mão dele e o puxo mais para perto.

Ele parece abandonado, com o sofrimento escrito no rosto. Não tenho a menor ideia do que dizer para abrandar a mágoa. É o mesmo luto que está me rasgando, então passo o braço em torno dele e encaixo a cabeça sob seu queixo.

— A Síria vive no nosso coração — sussurro. — Sempre viverá.

Ele me abraça, dando um beijo no topo do meu hijab. Ficamos assim, balançando e olhando para nossa cidade. Os quinze minutos se passam lentamente. Pessoas entram e saem da mesquita, e, a cada minuto extra, minha ansiedade piora. E se Am não aparecer? E se algo tiver acontecido com ele?

Se ele não vier, nós quatro podemos cavar aqui nosso túmulo.

Mas minha paranoia diminui quando escuto o som distante de um carro se aproximando pela rua. É um Toyota cinza velho, com as laterais manchadas de lama e o para-brisa precisando ser lavado. Mesmo a distância, vejo que é Am sentado ao volante. Ele freia com força à nossa frente.

— Entrem. — Um cigarro pende de seus lábios. — Estamos com o cronograma apertado e cinco minutos atrasados.

— Quer dizer, *você* está cinco minutos atrasado — retruco, cruzando os braços.

Ele me olha com raiva.

— Você quer ficar batendo papo ou quer ir embora? Entre no banco de trás e... — Ele para, nos contando, e franze a testa. — Cadê a Layla?

Meus olhos ardem e eu luto contra o vazio em meu estômago, desviando o olhar. Am fica com uma expressão séria.

— Então é um pagamento a menos — diz ele, e, embora seu tom não seja nem um pouco malicioso, sinto muita vontade de dar um soco nele.

A mão de Kenan pesa em meu ombro, e ele acena para mim com a cabeça. Hesitante, abro a porta, e Yusuf entra primeiro, depois Lama e Kenan. Eu entro, e Lama vai se sentar no colo de Kenan. Deixamos o banco da frente vazio, querendo estar perto uns dos outros.

Am dá ré, os olhos refletidos no retrovisor. Ele vai para a rua, e, quando olho pela janela, meu corpo começa a tremer de expectativa e tristeza. Passamos por ruas estreitas, chegando mais perto das fronteiras do Exército Livre da Síria.

— Você ganhou esses hematomas quando os militares entraram no hospital? — Am pergunta a Kenan, olhando para ele no espelho.

— Sim — responde Kenan. Sua voz ainda está cheia de culpa.

— Isso vai ser um problema para nós? — pergunto, fechando a mão na de Kenan, ancorando-o a mim.

Am dirige com uma mão só e usa a outra para bater as cinzas do cigarro.

— Seria melhor se ele não estivesse assim, mas os guardas não vão causar problemas, desde que a gente dê dinheiro. A primeira fronteira é em alguns minutos.

Meus músculos ficam tensos, meu coração bate forte, e, ao olhar para Kenan, vejo um medo semelhante em seus olhos. Mesmo que Am nunca tenha sido parado, não quer dizer que não vai acontecer hoje. As pessoas podem mudar de ideia ou de sentimentos. Os soldados com quem ele fez negócio podem estar aborrecidos com o acordo.

Finalmente, saímos da parte antiga de Homs, passando por um tanque decorado com a bandeira da revolução.

Logo à frente, a fronteira militar fica visível. Reconheço pelo enxame de soldados e a fila de carros parados um atrás do outro. Quanto mais nos aproximamos, mais altas ficam as vozes, e escuto gritos. Viro a cabeça devagar para ver, com medo de o mero movimento chamar atenção para nós. Am desvia para uma das laterais, e, da minha janela, vejo três soldados chutando um homem jogado no chão. Cada pontapé me faz levar um susto, e a mão de Kenan aperta a minha.

— Não olhe — sussurra ele, e paro de olhar, perfurando meus joelhos com os olhos. Ainda escuto o homem uivando de dor, e minha garganta se fecha.

Deus, por favor. Se não passarmos, não permita que eles nos levem, rezo com força. *Por favor, deixe que eles nos matem.*

Am para em frente a um soldado com óculos escuros do exército. Seu cabelo preto está penteado para trás, e ele parece entediado. Am abaixa a janela e diz:

— Bom dia. Como vai?

— Bem — responde o soldado, antes de inclinar a cabeça para o lado para nos inspecionar.

Sinto o toque de seu olhar e colo de novo os olhos nos joelhos. Estou com medo demais de olhar para Kenan e os irmãos para ver se eles estão fazendo o mesmo.

— Abaixe a janela — ordena o soldado, e Am ri, nervoso.

— Isso é necessário? Nós...

— Agora — o soldado se irrita. A janela protesta quando Am obedece.

Meu coração está na garganta. O soldado apoia os dois braços no parapeito da janela. Estou consciente de seu rifle batendo no teto do carro, e o corte em meu pescoço começa a queimar.

— Para onde vocês vão? — pergunta ele, e todos congelamos.

Pigarreio e, antes que eu consiga dizer algo, ele fala:

— Olhe para mim quando falo com você.

Ele fala baixo, mas não tem como deixar der perceber a letalidade em sua voz. Viro para ele pesadamente.

— Tartus — digo, e minha voz falha.

A boca dele se curva para cima, cheia de diversão.

— Tartus? O que vai fazer lá?

Ele está brincando comigo como um gato com um rato. Analisa o fio de suor que desce pelo meu rosto.

— Visitar familiares — invento, torcendo para ele não ouvir a mentira em minha voz.

Ele sorri, cheio de dentes e sem nenhuma cordialidade.

— Familiares.

Ele fala de um jeito provocador, como se nós dois compartilhássemos um segredo. Seus olhos perfuram os meus, e ele espera que eu me encolha de medo. Mas eu resisto. Por fim, ele assente para Kenan e pergunta:

— O que aconteceu com você?

Fecho brevemente os olhos. *Por favor, permita que eles nos matem.*

Kenan inclina a cabeça, tentando reunir um último resquício de orgulho. Aperto a mão dele, implorando silenciosamente que deixe passar.

— Fui atacado — responde ele, em um tom forçadamente educado.

— Te pegaram de jeito, hein? — fala o soldado.

O maxilar de Kenan fica tenso.

— É.

— Tem certeza de que não foi porque você estava protestando e recebeu o que merecia? — diz o soldado sem cerimônia, e o horror quase faz meu coração parar. Yusuf e Lama viram estátuas. Até Am fica ereto de repente, antes de se virar no assento.

— Eu não carregaria criminosos no meu carro — diz ele, como se a própria ideia o ofendesse.

O rosto de Kenan não demonstra nada, mas sinto quanto ele está tenso.

— Tenho.

— Que tal eu revistar suas coisas para garantir que nenhum de vocês é uma ameaça a este país? — pergunta o soldado.

Não estamos carregando nada que nos incrimine, mas isso não vai importar para ele. Se ele quiser, pode falar que os limões são bombas. Alegar que o pen drive que contém fotos da minha família está cheio de informações sigilosas.

Mas eu sei o que o soldado está fazendo. A tortura não é só física.

Minhas mãos tremem ao levantar a mochila, e eu me resigno ao meu destino.

Nunca verei o mar Mediterrâneo.

Ele a pega da minha mão e abre o zíper, depois sacode violentamente, e tudo lá dentro cai e sai rolando. Por sorte, meu passaporte, diploma e ouro estão escondidos no bolso menor. Ele não comenta como é estranho o que estou levando para visitar familiares. Sabe para onde estamos indo de verdade.

— Tudo em ordem — diz preguiçosamente, jogando a mochila no chão. — Recolha suas tralhas.

Dou um olhar a Kenan antes de abrir a porta e ir pegar meus pertences jogados. A humilhação arde em mim. Meu jeans está manchado de terra, e pedrinhas afiadas espetam minhas mãos. Um limão rolou para debaixo do carro. Depois de pegá-lo, eu me endireito, abafando o ódio em meus olhos. O soldado apoia o braço em cima da porta aberta, o olhar me percorrendo da cabeça aos pés. O nojo ameaça me sufocar.

Hesitante, volto a me sentar e ele bate a porta com tanta força que todos damos um pulo.

— Me dá o dinheiro — diz ele, e Am não precisa ouvir duas vezes.

O soldado conta as notas, satisfeito, e as guarda no bolso da camisa. Enfia a mão pela minha janela aberta e puxa de leve a ponta do meu hijab. O tecido escorrega um pouco e minha franja sai para fora.

— Você ficaria mais bonita sem. — Ele sorri, inclinando a cabeça para o lado, esperando uma resposta. E, pelo jeito como Kenan se move, sei que ele está a ponto de explodir, prestes a fazer algo insensato, e preciso intervir.

— Obrigada — consigo dizer, querendo mais que tudo arrancar os olhos do guarda com minhas próprias mãos.

— Divirta-se com sua... *família* — diz o soldado, e dá um tapa no porta-malas do carro.

Am pisa no acelerador e os pneus cantam, criando um redemoinho de poeira atrás de nós.

Quando nos afastamos o bastante, soltamos uma expiração coletiva e eu tremo, colocando a franja para dentro do hijab.

— Você está bem? — pergunta Kenan imediatamente, e faço que sim, de olhos fechados, antes de descansar a cabeça em seu ombro e cruzar meu braço com o dele.

— Estou — sussurro. — Nada disso importa, desde que a gente consiga sair.

— Foi por pouco. — Am mexe no bolso e tira mais um cigarro amassado.

— Faltam quantas fronteiras? — questiono, inspirando o aroma de limão de Kenan.

— De quinze a vinte.

Kenan respira fundo, e eu gemo.

— Não se preocupem. Aquela costuma ser a pior, porque é a primeira depois de Homs. As outras são mais próximas umas das outras e... um pouco mais lenientes.

Quase solto uma risada irônica com o tom nada convincente que ele usou e fecho a janela, não querendo arriscar pegar um resfriado.

— Por que você nunca tentou ir embora? — pergunto a Am, direta.

— Não é da sua conta.

Olho séria para ele pelo retrovisor, e ele me encara de volta.

— Eu ganho bem aqui, tá? O mercado de refugiados está em expansão.

Meu olhar para ele é de nojo.

— Dane-se — murmura Am, sabendo exatamente o que se passa na minha cabeça. — Pode me chamar do que quiser, mas é verdade.

Quanto mais fronteiras ultrapassamos, mais ansiosos ficamos. Em uma, nos obrigam a esperar duas horas. Em outra, Am é revistado, e eu, assediada. Depois, zombam de Kenan e o insultam. E, na última, um soldado dá a entender que vai levar Lama. Só ela.

— Ela é muito linda para uma menina tão nova. — O soldado lhe dá um olhar lascivo, e o rosto de Kenan fica branco como um lençol.

Lama se aperta contra ele, os braços finos tremendo.

Am consegue distrair o soldado com algumas perguntas sobre a economia síria. No fim, ele nos deixa passar e Am olha para Lama pelo retrovisor.

— Você está bem? — pergunta a ela. Lama deita metade do corpo no colo de Kenan, abraçando-o. Ele treme ao segurá-la, como se sua vida dependesse disso. Os olhos de Am demonstram pena. Lama tem mais ou menos a idade de Samar.

Depois daquele último posto de controle, levamos uma hora dirigindo sem parar para enfim chegar a Tartus. Com a janela da frente meio aberta, sentimos o cheiro do mar antes de vê-lo.

O mar Mediterrâneo.

Logo do outro lado, a segurança — não a liberdade. Estou deixando a liberdade e sinto o luto da terra quando saio do carro. O mato cansado tenta abraçar meus tornozelos, implorando que eu fique. Murmura histórias sobre meus ancestrais. Aqueles que estiveram onde estou agora. Aqueles cujas descobertas e civilização englobaram o mundo todo. Aqueles cujo sangue corre em minhas veias. Meus passos afundam no solo de onde os deles já foram lavados. Eles me suplicam: *Este é o seu país. Esta terra pertence a mim e aos meus filhos.*

Dou alguns passos na direção do mar, inspirando o ar frio e salgado, sentindo-o me limpar.

O Mediterrâneo está raivoso hoje. Uma tempestade se forma sob suas ondas inquietas. Eu o vejo roncar e se contorcer em si mesmo. Escuto os vestígios dos que vieram antes de mim caminhando pela areia, jogando pedras no fundo, tentando entender o que está acontecendo há mais de cinquenta anos.

— O barco está bem ali — anuncia Am, e eu olho. Se eu tivesse alguma expectativa, talvez tivesse caído dura aqui mesmo.

Chamar de barco seria generoso. Já deve ter sido branco. Agora, está sujo e surrado, com riscos marrons de ferrugem escondendo a cor verdadeira. Ele flutua inocentemente um pouco além da costa. Não sou especialista, mas já vejo uns dez sinais de alerta. O número enorme de pessoas dentro dele é o primeiro. Um bebê começa a chorar, e outro se une a ele. *Um movimento errado*, imagino, *e vai virar*.

— E chegamos bem a tempo! — Am abre o porta-malas e tira quatro coletes salva-vidas idênticos aos que as pessoas do barco estão usando. Laranja, para podermos ser vistos. Ele os joga para as crianças.

— Que diabo é isso, Am? — pergunto quando encontro minha voz. Kenan está paralisado, os olhos grudados no barco.

— O quê? — Ele coloca o colete com segurança em Lama.

— Como assim *o quê*? — cuspo. — É uma porcaria de barco de pesca, não é?

— E?

— Tenho quase certeza de que barcos de pesca não conseguem carregar uma pequena aldeia! Tem muito mais gente do que deveria.

— Você achou que fosse encontrar um navio de cruzeiro? — Ele vira o corpo e joga um colete para mim. Eu o pego habilmente. — Sinto muito não atingirmos o seu nível de exigência, Alteza.

— Você sabe exatamente do que eu estou falando. Esse barco é uma bomba-relógio!

— Vocês vão sobreviver — diz ele, com firmeza. — Não é o primeiro barco que mandamos. Esse aí já fez a viagem inúmeras vezes.

Olho para Kenan, impotente. *O que fazemos?*

Atrás dele, as montanhas de Tartus estão firmes. E atrás delas? O inferno. E, percebo, a morte.

— Se ficarmos, vamos morrer — diz Kenan, baixinho. — E, se formos embora, *talvez* a gente morra.

Não podemos ficar. Não há garantia nem de que chegaremos de volta a Homs.

Prefiro morrer afogada.

— O barco vai embora sem vocês — diz Am.

Dou uma olhada em meu colete antes de fechá-lo, então ajudo Kenan a ajustar o dele. Ele pressiona a testa na minha, a mão na minha nuca.

— Tenha fé, meu amor — sussurra.

Seguro o punho dele, assentindo. Os olhos de Kenan se enchem de lágrimas ao olhar para as montanhas de Tartus.

— Estamos prontos. — Eu me viro para Am, fungando alto.

— O dinheiro e o ouro — diz ele. Eu os pego e jogo em sua mão.

Ele conta o dinheiro baixinho, examina o colar e o anel, então guarda o dinheiro na carteira e o ouro nos bolsos.

— Tudo bem, podem ir. — E nos enxota na direção do barco.

— É só subir? — pergunto.

— Sim. — Ele entra no carro e liga o motor. — O capitão do barco me viu, e vocês não estão voltando comigo, então ele sabe que vocês pagaram. Anda!

Tento não demonstrar como estou nervosa. Parece... fácil demais?

Quando não nos mexemos, Am suspira alto e murmura uma oração para Deus lhe dar paciência.

— Salama, pode acreditar em mim. Juro pela vida da minha filha que esse barco vai levar vocês para a Europa. Vai!

Se tem uma coisa em que confio vinda de Am, é que ele ama a filha.

— Bom, nem haveria uma filha para jurar se você a tivesse deixado morrer. Deus me livre de te deixarem trabalhar de novo — murmura ele, mas eu escuto. Fecho os olhos, respirando fundo.

Eu me viro e marcho até ele. Ele pausa.

— Sei que quase destruí a sua vida com o que eu fiz — digo. — Mas você quis arrancar tudo de mim. Você não é nenhum santo. Nem eu. Mas pelo menos eu me arrependo.

Saio andando, sem querer ouvir a resposta dele. Um segundo depois, o motor é ligado e ele sai com o carro.

— Vamos — digo a Kenan, Yusuf e Lama. Kenan passa a mão pelos olhos, virando de costas para as montanhas. De costas para o túmulo de Layla. Para Mama e Baba. Para Hamza.

Pego a mão de Lama, e Kenan pega a de Yusuf. Atravessamos as ondas que rebentam contra nossos joelhos, tentando nos empurrar de volta — nos alertando. Mas não escutamos. Nós nos recusamos a escutar.

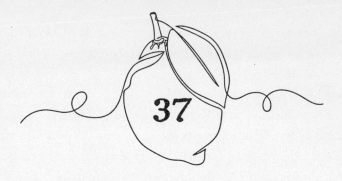

37

Quanto mais perto do barco chegamos, mais parece que tem gente transbordando. A pessoa que está no comando — o capitão, suponho — nos recebe com mau humor e ajuda Yusuf e Lama a subir. Os rostos que nos cumprimentam enquanto subimos desajeitados e tentamos encontrar espaço para sentar estão famintos, com frio, vazios. Eles bufam, irritados com mais gente lotando o barco já sobrecarregado.

Achamos um espaço pequeno e nos sentamos rapidamente, apoiando as costas na lateral do barco. Minhas pernas cedem de alívio, meus dentes batendo enquanto me aconchego a Kenan. Ele abraça meus ombros e me puxa para perto. Nosso jeans e casaco estão encharcados até os joelhos. Lama se agarra a Yusuf, o corpo tremendo. O casaco dela não vai secar tão rápido, então pego um suéter e jogo para Yusuf, rezando para não morrermos de hipotermia.

— Coloque em volta dela. Não é muito, mas é alguma coisa.

— Obrigado — sussurra Yusuf.

O céu está cinza, combinando com o mar, e, se não fosse uma situação tão trágica, eu gostaria desse clima. Não estaria desnutrida; em vez disso, estaria coberta de casacos e cachecol, segurando uma xícara de chá fumegante.

Meus olhos vagam para as outras pessoas que viajam com a gente. Há mais crianças que adultos. Meu coração dá um solavanco quando vejo uma grávida, e desvio o olhar antes que ela perceba. Kenan geme baixinho e, por um momento doentio, fico contente por ter uma distração.

— O que foi? — pergunto, me virando para olhar em seu rosto.

— Estou bem. — Ele fecha os olhos, respirando fundo. Espero que a concussão esteja suavizando seu domínio sobre ele. — Pode... Pode me dar paracetamol?

— Sim! — Vasculho rápido minha bolsa e tiro um comprimido, passando-o discretamente para Kenan. Ele o coloca na boca e engole sem água. A exaustão de mover os escombros pesados depois de ser chutado e espancado, e de não dormir direito, está cobrando seu preço. Sem mencionar que nossas roupas molhadas não estão ajudando.

Kenan percebe minha preocupação e sorri, me puxando contra ele, e nosso tremor abranda.

— Estou bem. Não se preocupe. O dr. Ziad me examinou. — Ele gesticula para o rosto, que continua inchado e roxo. — São só uns hematomas chatos.

— Você está enjoado? Com dor de cabeça? — Pego o celular e aponto a lanterna nos olhos dele, que reagem normalmente.

— Não, dra. Salama — diz ele, como um paciente obediente. — Só quero ficar aqui sentado com a minha esposa. — Ele esfrega meu braço com a mão. — Você está com frio.

Deixo para lá. Ele está mesmo só cansado.

— Um pouco — admito, feliz por estar nos braços dele. — Quer que eu te conte uma coisa boa?

— Quero, por favor.

— Tenho uma ideia nova para uma história.

Quando o encaro, há uma faísca em seus olhos. A tensão na testa se suaviza.

— Me conta.

— Me veio antes de sairmos de casa. Quando eu estava olhando para o quadro da Layla.

— É um quadro lindo.

Acaricio a bochecha dele, e ele se inclina contra minha mão.

— É uma história sobre uma garotinha que encontra sem querer retratos mágicos que a levam a universos alternativos. Mas, para atravessar a imagem, ela precisa sacrificar alguma coisa valiosa.

Ele fica em silêncio por alguns segundos e diz suavemente:

— Não quero ilustrar isso. Quero animar.

Sorrio.

— *Outra* colaboração?

— Seria uma honra trabalhar com essa gênia de novo.

— Com mais alguns elogios, pode ser que você consiga.

Ele ri de leve, e fico feliz de conseguir tirar o pensamento dele do terror do caminho até aqui.

— Salama, amor da minha vida. Meu céu, meu sol, minha lua e minhas estrelas, você me concederia esse desejo mortal?

Finjo pensar um pouco enquanto minhas orelhas queimam.

— Tá bom.

— Estamos saindo! — grita o capitão, e voltamos para a realidade. Os sussurros desaparecem e, como se fosse ensaiado, todos olhamos para a orla.

O barco começa a balançar gentilmente, as ondas lambendo seu corpo, tentando achar buracos pelos quais entrar. Eu sei nadar. Baba ensinou para mim e Hamza. Kenan me disse que ele e os irmãos também sabem. Mas não quero testar nossas forças contra a do mar. Hoje não.

Pela primeira vez, o zumbido em meu cérebro para, e a única coisa que escuto é o mar e o lamento do meu país. Levanto a cabeça para dar uma boa e longa olhada para a Síria.

Meus olhos vão para a costa, tentando desesperadamente memorizar suas feições antes que ela desapareça, e bem ali vejo uma menina de uns oito anos, rindo, correndo pela praia, o vestido rosa destoando do cenário. Seus cachos castanhos caem pelos ombros, e, ao olhar na minha direção, ela abre um sorriso. Conheço esse rosto e a janelinha no dente da frente, porque tenho fotos minhas assim. Dez anos afetarão muito o brilho travesso no olhar dessa menina. Dez anos a ensinarão a sobreviver. Cravarão o solo da Síria embaixo das suas unhas. Apesar de ser farmacêutica, ela sabe que algumas feridas nunca cicatrizam.

Pisco e ela desaparece.

Uma canção começa. Uma das canções da revolução que comparam a Síria ao paraíso. *Paraíso.* Escuto como se fosse a primeira vez. Absorvo as palavras e as tatuo em meu coração.

E percebo que não estou alucinando a canção — todos no barco estão cantando. Minha garganta fica apertada conforme as vozes roucas se misturam ao vento, carregando nossa melodia ao céu. Escuto as lágrimas caindo pelas bochechas e sinto seu gosto em minha boca. São salgadas como o mar.

Logo minha voz se junta à deles, e canto em meio aos meus próprios soluços silenciosos, que pingam, pingam, pingam nas tábuas do barco, penetrando na madeira velha. Até Yusuf canta, sua voz machucada pela falta de uso.

No fim, estamos todos entortando o pescoço na direção da Síria enquanto ela desaparece devagar às nossas costas. Kenan se apoia em meu ombro, tentando ver melhor, e suas lágrimas caem em minha mão. Levanto os olhos para ele e percebo que realmente somos a Síria agora. Como eu disse a ele. Nossa pequena família é o que nos sobrou como lembrança deste país. Eu o abraço, chorando, e ele chora também.

Não piscamos, e só desviamos o olhar quando não conseguimos mais vê-la.

38

DE INÍCIO, NÃO NOTO QUANTO ficou frio. Culpo a adrenalina que nada preguiçosa em meu corpo e tem um pico quando Kenan roça em mim ou escuto uma onda alta batendo na lateral do barco. Os outros passageiros estão amontoados uns contra os outros, o rosto molhado de lágrimas, cada um perdido em sua própria agonia. Eles esfregam as mãos para tentar conjurar algum calor. Fico aliviada ao ver que Lama está bem, apesar do frio penetrante. Mas Kenan me preocupa. Seus olhos estão baixos, e a cabeça pende como se ele estivesse prestes a dormir.

— Ei — sussurro, me movendo um pouco para criar mais espaço. — Dorme no meu ombro.

Ele levanta os olhos e balança a cabeça, mas, quando seguro a frente de seu suéter e o puxo para baixo, ele não oferece resistência. Meu ombro ossudo não amortece muito, mas pelo menos meu hijab é macio.

— Salama — ele diz baixinho. — Estou be...

— Shh. Estamos um passo mais perto de comer *knafeh*. Sonhe com isso.

Ele suspira e só precisa de três segundos para pegar no sono. Rezo para que o paracetamol diminua sua dor.

Olho para o céu, observando-o trocar lentamente de cor e ficar cinza-escuro, sinalizando o fim da minha antiga vida e o início de uma desconhecida. Eu me distraio olhando as nuvens se dissiparem sem pressa após o sol, como donzelas seguindo sua rainha. A lua sobe ao seu lugar, jogando um brilho assombrado na água escura. As ondas balançam suavemente contra o barco, suas vibrações se espalhando pelo metal até alcançarem minha pele.

As pessoas começam uma a uma a pegar no sono. Mas minha mente, apesar de mais esgotada do que nunca, está acordadíssima. Não consigo parar de ver as estrelas emergirem em meio à escuridão e percebo que, da última vez que vi essas constelações, estava com Kenan nas ruínas abandonadas da minha casa. É difícil acreditar que foi há menos de uma semana. Parecem anos. Eras.

Eu me concentro nas estrelas, conectando-as com linhas imaginárias até realmente enxergar o fio prateado que minha mente está conjurando.

Ele está aqui. Abaixo os olhos e o vejo sentado na beira do barco, os pés pendurados na água, de costas para mim.

— Noite tranquila — comenta, e eu tremo. Ele parece dolorosamente belo ao luar. Meu coração dá um solavanco.

— O que está fazendo aqui? — Franzo a testa. — Você não disse que está preso à Síria?

Ele se vira para mim, jogando as pernas para dentro.

— Está tão ansiosa assim para se livrar de mim?

— Desculpa, não tive tempo de sofrer com a sua ausência, com a coisa toda de estar assustadíssima no caminho até aqui — digo, irritada, embora só esteja aqui por influência dele. Do meu cérebro assumindo o controle.

Ele sorri.

— Você mentiu para mim? — questiono. Ele vai mesmo manter a promessa e me deixar em paz? Estremeço, pensando em acordar em uma manhã aleatória na Alemanha e vê-lo parado ao pé da cama.

Ele faz que não.

— Ainda estamos em águas sírias.

Eu o encaro com raiva.

— Eu não vou estar com você em Siracusa. Juro — diz ele, rindo.

Pondero suas palavras.

— Isso não é verdade — sussurro. — Você é parte de mim, assim como é parte de todo mundo aqui.

Ele aponta para a escuridão.

— E de todos aqueles que foram levados pelo mar. Todos aqueles que viraram ossos e poeira. — Suspira. — É verdade. Eu já te disse, quando você me perguntou para onde eu iria. Estou em todo lugar. Mas não vou estar com você fisicamente. Não como na Síria.

Estremeço outra vez.

— Em todo lugar — repito, experimentando as palavras na língua. A resposta à existência dele estava ali o tempo todo.

Vejo a história trançada em suas íris.

— Em todo lugar. Desde o início dos tempos, eu acordei no coração das pessoas. Recebi muitos nomes em inúmeros idiomas. No seu, sou Khawf. Em inglês, Fear. Em alemão, Angst. Em português, Medo. Os humanos escutaram meus sussurros, obedeceram aos meus conselhos e sentiram meu poder. Estou em todo lugar. Na respiração de um rei executado por seu povo. Nas últimas batidas do coração de um soldado que sangra sozinho até a morte. Nas lágrimas de uma garota grávida morrendo na porta da própria casa.

Desvio o olhar, passando o braço pelos olhos. Layla. Minha irmã. Khawf diz, com doçura:

— Não foi culpa sua.

— Então por que parece que foi? — sussurro, deixando as lágrimas escorrerem pelas bochechas. O luto não é constante. Ele vacila, puxando e soltando, como as ondas do mar.

Ele sorri com tristeza.

— Porque você é humana. Porque, não importa o que aconteça, você tem um coração tão mole que se machuca facilmente. Porque você *sente*.

Um choro baixinho me escapa.

— Mas não é culpa sua — continua Khawf. — Lembra o que Am disse? Se for para você estar em Munique, você vai estar, mesmo com o mundo todo contra. Porque é seu destino. Não era o de Layla. Não era o dos seus pais nem o de Hamza.

Destino. Uma palavra complexa que contém muitas portas, as quais levam a inúmeros caminhos na vida, todos controlados por nossas ações. E, assim, me apego à minha fé — me apego a saber que tanto Layla quanto eu fizemos tudo para sobreviver. A saber que ela está no paraíso — viva, com a bebê Salama. A saber que a verei, *insh'Allah*, quando for a minha hora. Que verei Mama, Baba e Hamza.

— No meu coração, eu sei que não é culpa minha — murmuro, olhando para o céu incrustado de pérolas. Eu daria tudo para abraçar Layla agora. — Mas vai levar um tempo para minha mente aceitar isso. E dói. Mais do que consigo suportar. É só que... eu sinto muita saudade dela.

— Eu sei.

Khawf de repente se levanta, e meu coração dá um pulo ao vê-lo de pé na amurada, a um fio de cair. Mas a postura dele é ereta, perfeitamente equilibrada.

— Você amadureceu no último ano, Salama. Estou torcendo por você, sabia? Você superou muitas dificuldades, e isso me comove. Talvez você não me considere um amigo, mas eu a considero.

— Você vai embora? — pergunto, com frio na barriga.

Ele ri e me olha.

— Você parece tão decepcionada!

— Não estou — murmuro, mas mesmo assim sou engolfada por um cobertor de melancolia. Sem Khawf, eu estaria enterrada em algum lugar de Homs, onde ninguém se lembraria de mim. Sem Layla aparecendo para mim, eu não teria encontrado a coragem para viver pela Síria. Para lutar pelo meu país.

Ele joga o cabelo para o lado, os olhos da cor de pétalas de hortênsia.

— Eu fiz o que tinha que fazer. Coloquei você no barco. O que vai acontecer agora depende de você. Mas, seja o que for, estou orgulhoso.

— Ele estende uma perna para trás, me fazendo uma pequena mesura.

— Adeus — sussurro, e, quando pisco, ele se foi.

Fico olhando para o lugar de onde ele desapareceu, pensando que pode voltar, mas não volta. Levanto as mãos e as examino, fazendo uma busca interior por alguma diferença, e a encontro em meu coração, que parece um pouco mais leve. Alguma coisa no ar também mudou. Como se fosse a realidade ficando mais nítida e se acomodando.

Kenan se mexe, levantando a cabeça, os cílios batendo, sonolentos.

— Oi — sussurro, me inclinando para ele e colocando a palma da mão em sua testa. Quente, mas não demais. — Como você está?

Ele faz uma careta.

— Um pouco enjoado.

Lama e Yusuf estão dormindo a sono solto, a cabeça apoiada na mochila, e fico contente. Se estivessem acordados, também sofreriam com a náusea.

— Vou pegar um limão. — Tiro um e a faca da mochila de Kenan, corto em gomos e dou um para ele. Mordisco o meu, desfrutando do azedo.

Volto a me recostar ao lado de Kenan.

— Como estão suas costas? Seu peito? Cabeça? Eu vi o que os soldados fizeram com você.

Ele morde o limão, o rosto se enrugando com a acidez, e tosse.

— Estão bem.

— Kenan.

Ele suspira.

— O paracetamol ajudou um pouco, mas ainda dói.

Paracetamol de um grama só pode ser tomado a cada quatro horas, para não haver risco de intoxicação. Ele tomou um há menos de duas, antes de pegar no sono.

Decido, então, distraí-lo.

— Khawf foi embora.

— Para sempre?

— Mais ou menos.

— Bom, que ótimo — diz ele, satisfeito. — Porque agora eu posso te contar que não gostava dele.

Coloco a mão na boca, rindo em silêncio.

— Você tinha ciúme?

Um sorriso leve surge nos lábios dele.

— Na verdade eu queria dar um soco nele por te perturbar, mas não queria que você achasse que ele me incomodava. Nem queria te lembrar dele quando ele não estava.

— Ah, meu herói.

Ele sorri.

— Eu tento.

Eu me aconchego mais perto e terminamos nossos gomos de limão.

— Me conta uma coisa boa, Salama — murmura ele, pressionando a cabeça contra a minha.

— No último ano — começo devagar —, a Síria era cinza. Os prédios e as ruas destruídos. O rosto cinzento dos esfomeados. Às vezes o céu. Nossa vida *literalmente* ficou monocromática, alternando com um vermelho duro. Mesmo que alguns conseguissem ver diferente, eu esqueci que existiam outras cores. Esqueci que a felicidade era possível. Mas, quando você me mostrou aquele pôr do sol do seu telhado e eu vi o rosa e o roxo e o azul... pareceu que... que eu estava vendo as cores pela primeira vez.

Olho para ele e seus olhos reluzem de emoção.

— Imagine como vai ser na Alemanha — continuo. — Imagine pintar nosso apartamento de azul como o quadro da Layla. Eu pensei em desenhar o mapa da Síria na parede.

— Amei — diz Kenan instantaneamente. — Eu te amo.

Sorrio e, neste momento, sei que Layla estaria felicíssima, os olhos brilhando com lágrimas de alegria, se pudesse me ver assim: largada no meio do Mediterrâneo, a água fria tentando se infiltrar sob minhas roupas e, em vez de deixar o terror assumir as rédeas, eu escolho me concentrar em um futuro em que estou viva. Em que estou segura.

Acordo com um sobressalto. Por quanto tempo dormi? O efeito do limão deve ter passado, porque meu estômago revira e a náusea amarga meu sangue.

O formato do corpo das pessoas entra e sai da minha visão, e a voz delas é vaga em meus ouvidos. Esfrego os olhos, gemendo de cólica, e, quando volto a olhar, tudo entra agudamente em foco. Deve ser de manhã, mas o sol está escondido atrás de nuvens grossas. Alguém me chacoalha, e eu me viro para Kenan.

— O que foi? — pergunto, grogue. Um grito perfura o ar e me acorda do meu estupor.

Kenan agarra forte meus ombros e, com uma voz comedida que não reconheço, diz:

— Salama, o clima está ruim.

Ele suprime um tremor, e eu estico o pescoço para analisar o mar. Auxiliadas pelo vento, as ondas estão se jogando com força contra o barco, balançando-o com meu coração.

— Tem muita gente. O barco não é novo. Não vai conseguir segurar todos nós. Não temos tempo — ele diz calmamente, mas o terror está mais que visível em suas palavras.

Não entendo. Este barco fez a viagem inúmeras vezes. Am jurou!

Kenan me puxa para trás. O hematoma embaixo do olho parece feito de tinta preta.

— Quando o barco afundar, você precisa ficar o mais perto possível de mim, entendeu? — fala, firmemente.

Lama está chorando, e não é a única. Os gritos, as súplicas e as orações são ensurdecedores — eu me pergunto se os sons chegam à terra.

— Estamos longe da Itália? — pergunto.

— O capitão está tentando se comunicar com eles — explica Kenan. — Mesmo se vierem, vai levar horas. Já vamos estar na água.

Aperto a mão contra a testa dele. Quente.

— A água está congelante. Você está exausto e talvez até febril. Se entrar, não sei o que vai acontecer com o seu organismo.

Ele vai ter hipotermia. Meu coração bate dolorosamente contra o peito.

Ele sacode a cabeça.

— Não temos escolha.

— Botes salva-vidas?

— Salama, isso aqui é um barco de pesca. Não é feito para ficar mais do que poucas horas em alto-mar. *Não tem bote salva-vidas.*

Devo estar mostrando sinais de perturbação, porque Kenan segura minha bochecha com uma das mãos e me puxa mais para perto.

— Tenha fé — sussurra ele. — Nós vamos sobreviver. Fique perto de mim e *tenha fé*.

Assinto, deixando cair algumas lágrimas. Ele se endireita e olha para os irmãos, tão petrificados que não conseguem se mexer.

— Tudo bem, pessoal — diz ele, e fico chocada com sua calma. — Preciso que vocês fiquem juntos e, quando estivermos na água, mexam as pernas só um pouco para se manter em pé, tá? O colete salva-vidas vai fazer o resto. É importante não entrar em pânico. Respirem fundo e, *insh'Allah*, vamos ficar bem.

Lama se agarra a Yusuf, e os dois fazem que sim. Prendo a mochila por dentro do colete e meu coração afunda — sei que, quando estivermos na água, meu passaporte e diploma não vão sobreviver. O céu parece próximo, como se também prometesse nos afogar em seu cinza-escuro.

A maioria das pessoas já está de pé, então Kenan nos manda fazer o mesmo. O barco se inclina perigosamente à esquerda e perdemos o apoio, cambaleando e caindo. Pessoas gritam. Tem uma mãe histérica, segurando o bebê junto ao peito, e eu desvio o olhar. Não posso ajudar ninguém. Minha cabeça balança com cada movimento do barco, e a água nos encharca inteiros conforme a ameaça de virar aumenta. Agarro a mão de Kenan, e Lama e Yusuf se seguram a ele enquanto o barco dá solavancos e outras pessoas esbarram em nós.

Esperamos, sem saber o que fazer. *Será que devemos pular? Ou ficar no barco até afundar? Pense, Salama, pense!*

De repente uma voz, cortante como vidro, soa em minha mente, me alertando para não pular.

Não faça isso, ressoa a voz de Khawf em minha cabeça. *É suicídio. Você não sabe o que te espera na água. O barco é mais seguro. Quanto mais gente pular, mais provável que não afunde. Não pule.*

Fecho os olhos e respiro pelo nariz, visualizando minhas margaridas. Khawf não está *aqui*, mas vive em minha mente, sempre me fazendo questionar *cada* decisão. Só que isso não é jeito de sobreviver — nem de viver.

— Kenan — digo. Lágrimas começam a correr pelo meu rosto. *O fim está próximo.* — Precisamos pular. Quando o barco afundar, vai criar uma corrente contra a qual não vamos conseguir nadar.

Ele me olha e assente, solene. As ondas lambendo a lateral do barco prometem violência. Talvez uma bomba tivesse sido uma escolha melhor.

De repente, um homem carregando a filha pula na água. Ela se agarra às costas dele, soluçando, e ele usa toda a sua energia para se afastar. Leva exatos cinco segundos para todo mundo segui-lo.

Kenan agarra forte a minha mão. Nós dois assentimos.

— Agora — diz ele.

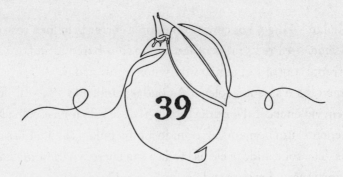

39

O FRIO ME LEMBRA DE dezembro do ano passado, quando voltei do hospital pingando neve e granizo. Layla estava no sofá usando *todas* as roupas dela. Eu me aconcheguei ao lado da minha alucinação e peguei no sono, pensando que estava me aquecendo, mas o frio continuou cobrindo meus ossos, forçando sua entrada.

No entanto, apesar da familiaridade, este frio não me faz pegar no sono. Em vez disso, traz uma onda de choque depois da outra ao meu corpo. Afundo no mar, abrindo os olhos para o preto-azulado que se estende por quilômetros.

O medo se agarra a mim. Meu coração fica apreensivo, minha traqueia está tensa, e minhas extremidades, tão geladas que ardem. Antes que eu consiga gritar, o colete salva-vidas me joga para cima.

— *Mama* — grito sem pensar. — *Mama, me salve!*

Chuto a água, o medo virando histeria. Ele me sufoca em soluços quebrados quando lembro que há tubarões no Mediterrâneo.

— *Mama* — entoo, segurando essa palavra e permitindo que ela se expanda e me inunde. — *Mama. Mama.* Por favor, *por favor*, me salve. *Por favor*. Não consigo mais suportar!

Neste momento, estou quase enlouquecida, chutando para afastar os tubarões — como se isso fosse ajudar contra os dentes afiados e os olhos desalmados. Cada pensamento desaparece. Estou esquecendo meu nome e com quem eu estava. Com quem eu deveria estar. Só consigo pensar que vou ser arrastada para o fundo.

— Salama! — Uma voz corta minha histeria, e, desastradamente, tento me virar, lágrimas quentes correndo pelo rosto. O frio queima até minhas costelas. Respirar dói.

Figuras borradas ficam nítidas, e vejo uma pessoa boiando com olhos aterrorizados. Yusuf. E atrás dele está Lama.

Meu coração se restabelece. Sim. Não posso me perder. Minha família está aqui. Yusuf. Lama. E Kenan.

Kenan.

Cadê ele?

— Lama! Yusuf! — A pressão da água deve ter arrancado minha mão da de Kenan. Por todo lado há gente nadando, procurando seus entes queridos, e gritos familiares sobem no vento glacial. Minha mochila continua presa embaixo do colete. — Cadê o Kenan?

— Não sei. — Lama soluça.

— *Kenan! Cadê você?* — berro. *Deus, por favor, permita que ele viva. Ele já aguentou o suficiente.*

Eu me viro, impotente, meus olhos pulando de um corpo para o outro, mas só vejo estranhos.

— Precisamos nos afastar do barco — digo. Olho para trás, e ele está começando a afundar. Eles fazem que sim e, com esforço, tentam nadar atrás de mim. Continuamos procurando, chamando Kenan. Fico chapinhando, o colete impossibilitando o movimento fácil. Eu me estico, esquadrinhando o barco, mas não há ninguém.

— Lá! — grita Lama, apontando para uma figura que boia. Os dois braços estão estendidos, como se ele tentasse abraçar o mar, e a cabeça pende para o lado. Vou até lá e tiro seu cabelo do rosto, para garantir que é ele.

— Ah, graças a Deus — falo, abraçando-o forte. — Ele está aqui. É ele!

Desajeitada, tento checar a pulsação. Está mais fraca do que eu gostaria. O choque da água deve tê-lo deixado inconsciente, e ele não pode ficar muito mais tempo assim. Seu rosto está gelado.

— Ele está bem? — pergunta Yusuf, e eu levanto a cabeça de Kenan. Os músculos do pescoço estão completamente flácidos.

— Está inconsciente — respondo e escuto o barco finalmente afundando, mas no momento não me importo com isso. — Kenan. Acorde!

Depois de uns minutos batendo no rosto dele e rezando a Deus, seus olhos se abrem vacilantes, e ele murmura algo incoerente.

— Oi — digo com doçura, segurando as bochechas dele e então agarrando uma das mãos, quando vejo que seus dedos ficaram azuis.

— Oi — sussurra ele.

— Estamos na água. O barco acabou de afundar, e você estava inconsciente. Você não pode dormir. Entendeu?

— Sim — diz ele, entorpecido, e faz uma careta por causa do frio.

— Muito bem, pessoal — chamo, prendendo a mão no colete de Kenan. — Precisamos ir para onde os outros estão e ver se o capitão fez contato com a guarda costeira italiana.

— Estou com frio. — Lama funga.

— Tem isso também. Preciso que vocês fiquem em movimento. Mantenham o sangue fluindo. Senão vão pegar no sono, e isso não é bom.

Eles murmuram um "sim", e nadamos devagar na direção do grupo de sobreviventes que flutuam. Um homem está chapinhando desesperadamente e gritando pelo filho pequeno. Nadamos ao lado de corpos, mortos ou inconscientes, não sei e não posso parar para descobrir.

— ... entrei em contato e falei com eles, mas não sei quando vão vir — o capitão está gritando para a multidão frenética. — Estamos longe da costa. Vão levar um tempo para chegar até nós. Algumas horas, pelo menos.

A pequena chama de esperança nos olhos de todos tremula, como uma vela se apagando. Ninguém liga para um bando de refugiados sírios abandonados no meio do Mediterrâneo. Não somos os primeiros nem os últimos. E daí se uns cem acabarem morrendo? Vai dar uma boa manchete para fomentar um pequeno protesto ou campanha de doações antes de sermos de novo esquecidos, como espuma no mar. Ninguém vai lembrar do nosso nome. Ninguém vai saber a nossa história.

— K-Kenan — gaguejo. — N-N-Não d-durma!

Ele assente, mas precisa de cada grama de energia para ficar acordado. Eu o puxo para perto e tento encorajá-lo a chutar. O colete é a única coisa que o mantém de pé, mal e mal. As nuvens se agrupam ainda mais, até parecer que estamos cercados pelo mar e pelo céu. Nem um único raio de sol nos alcança.

— Lama. Yusuf. Continuem se mexendo — balbucio uma ordem. — A ajuda vai chegar.

— Estou cansada — choraminga Lama, meio se chacoalhando na água, sem vontade. Yusuf mexe os braços e as pernas por um minuto antes de se entregar.

— *Não* — grito, me impulsionando para mais perto deles, com o braço de Kenan preso ao meu. — *Continuem. Se. Mexendo!*

Yusuf segura as mãos de Lama e as sacode, criando vibrações na água.

— Nós vamos ficar bem — murmuro, focando minhas palavras, não a hipotermia que pouco a pouco desliga cada célula. Que pouco a pouco me mata. Tento não pensar nos tubarões. — *Nós vamos ficar bem.*

Algumas pessoas já se entregaram ao frio, os gritos e clamores morrendo, e sei sem precisar olhar que o Mediterrâneo os pegou para si.

— Lama, fale comigo. — Lambo o sal dos meus lábios, que queima minha garganta. Queima o corte em meu pescoço.

— Estou bem. — A voz dela mal é audível.

— Yusuf?

— Sim — sussurra ele.

Agarro os ombros de Kenan e o chacoalho, e ele leva um susto.

— Kenan, não se atreva a dormir.

— Não vou — diz ele, então tosse e chuta as pernas um pouco. Leva a mão livre nas costas do meu hijab encharcado, pressionando a testa contra a minha.

As ondas lentamente afastaram Lama e Yusuf de nós, e nos aproximamos outra vez, formando um círculo, dando as mãos.

— Ótimo — encorajo. — Agora, c-continuem chutando.

Criamos espuminhas na superfície do mar enquanto o sangue se move preguiçosamente em nossas veias. As roupas grudam no meu corpo trêmulo, meu hijab lentamente escorrega, mas, ainda assim, continuo chutando.

— Kenan, olhe as cores — digo, e ele mira o horizonte.

Não há nada exceto céu e mar cinza.

Não como o cinza em Homs.

Cinza como o quadro de Layla, com o azul arranhado em meio às pinceladas.

Tento ver os outros tons, mas o cinza parece entranhado nas células da minha retina. Desvio os olhos para minha família, memorizando o rosto de cada um.

— Lembrem como, no Ramadã, as ruas ficavam iluminadas, cheias de lanternas — balbucio, e todos me olham. — Não pensem no frio. Lembrem como o pão era quentinho. Fresquinho, direto da padaria.

Kenan se junta a mim.

— Lama. Yusuf. Lembrem quando a gente ia para o interior. Para a fazenda de Jedo, colher pêssegos. Eu subia na árvore e jogava para você, Lama. Yusuf, lembra quando você achou aquele ninho de pombos?

O garoto assente, batendo os dentes.

— Todo verão, a Layla e eu ficávamos ou na casa de campo dos avós dela, ou na dos meus — sussurro. — A gente nadava na piscina. Brincava com as galinhas. Até andava a cavalo. O avô dela levava a gente na casa de um vizinho que tinha uma criação.

Lembro muito bem. Com quinze anos, eu tinha começado a usar o hijab. Ele flutuava ao vento enquanto o cavalo galopava pelo campo, com Layla montada no dela ao meu lado. Nossos gritinhos de alegria zunindo por cima dos cascos.

Kenan continua encorajando os irmãos a se mexerem e falarem, a lembrarem o passado e terem esperança no futuro, em que novas lembranças os esperam. Ele se vira para mim e levanta minha mão, e gotículas de água deslizam de volta para o mar.

— Salama, vamos comer aquele *knafeh*. — As bochechas dele estão molhadas, e sei que não é só do mar. Seus lábios roçam os nós machucados dos meus dedos. — Se não na Alemanha, no paraíso.

Engulo o choro, assentindo.

Voltamos a conversar, tentando nos concentrar em algo que não o frio. Recordamos nossa antiga vida. Visualizamos a Síria e pintamos uma descrição de um país que jamais veremos. Uma Síria que nunca conheceremos.

Uma cama infinita de verde cobre os morros, onde o Orontes leva vida para o solo, fazendo crescer margaridas nas margens. Árvores carregam limões dourados como o sol, maçãs firmes e doces e ameixas maduras e reluzentes como rubis. Seus galhos estão baixos, nos chamando a colher a fruta. Pássaros cantam a canção da vida, as asas vibrando contra um céu azul-royal.

O campo lentamente se dissolve, asfalto substitui a grama, e os sons das pessoas em rebuliço no mercado afogam os gorjeios ocasionais dos pássaros. Mercadores estão vendendo vestidos de cetim, opulentos tapetes árabes cor de ametista e preciosos vasos de cristal. Restaurantes transbordam de famílias e casais aproveitando o lindo dia ensolarado, bandejas de carne grelhada e tigelas de tabule dispostas à sua frente. O *azan* soa alto dos minaretes, e as pessoas se reúnem para a oração nas mesquitas espaçosas e primorosamente decoradas que existem há séculos. Crianças correm pelas ruínas antigas, lendo a história de seus ancestrais tecida entre o calcário. Aprendem sobre os impérios que outrora transformaram seu país no coração pulsante da civilização. Visitam os túmulos dos nossos guerreiros, recitando Al-Fatiha por suas almas e lembrando suas histórias. Mantendo-os vivos na memória. Eles se orgulham dos avôs e das avós, que deram a vida para que eles pudessem crescer numa terra em que o ar tem a doçura da liberdade.

Em meio à névoa da hipotermia, sonho com aquela Síria. Uma Síria cuja alma não esteja em correntes de aço, refém daqueles que amam machucar seus filhos e ela. A Síria pela qual Hamza lutou e sangrou. A Síria com que Kenan sonha e que ilustra. A Síria em que Layla queria criar a filha. A Síria em que eu teria encontrado amor, vida, aventura. A Síria onde, ao fim de uma longa vida, eu retornaria ao solo que me criou. A Síria que é meu lar.

O dia passa, e perco a noção do tempo. A escuridão finalmente cai e não tenho mais energia, meus braços e pernas param de se mover. O frio invadiu cada nervo. Não sei se Kenan parou de falar também ou se eu perdi a capacidade de escutar. Preciso de todos os meus esforços para lembrar onde estou e que tenho que respirar.

Em algum lugar distante, um brilho de luz aparece de repente. Pisco, a dureza machucando minhas pupilas. Pisco de novo.

Estou morta?

EPÍLOGO

Um lilás-claro nasce no horizonte enquanto o sol irrompe devagar na escuridão. A madrugada de setembro em Toronto assume muitos tons do espectro, mas ultimamente parece preferir pular de lilás para azul-claro enquanto as estrelas desaparecem em silêncio.

Estou na varanda, me banhando no brilho suave e olhando para o canto que transformei em um pequeno jardim. Margaridas. Madressilvas. Peônias. Lavandas. Cultivei todas sozinha, cuidando muito bem de suas minúsculas raízes e pétalas, murmurando palavras de amor.

— Você é tão linda — arrulho para uma margarida bebê que espalha, tímida, suas pétalas contra as cicatrizes das minhas mãos. — Estou tão orgulhosa de você.

Uma brisa leve me faz puxar o cobertor mais apertado ao redor dos ombros. Embora eu esteja vestindo pijama de lã, o gelo do Mediterrâneo não derreteu.

Kenan e eu estamos há quatro meses em Toronto, e ainda não me acostumei ao frio. É muito diferente de Berlim, mas as duas cidades têm o mesmo tipo de silêncio nas manhãs de sábado: um silêncio que só é quebrado de vez em quando pelos ruídos surdos de um avião voando bem lá em cima. Kenan e eu levamos dois anos para deixar de morrer de medo deles. E às vezes ainda esquecemos, o trauma voltando na forma de mãos trêmulas e olhos cheios de pânico.

— Achei você — diz Kenan, arrastando os pés aqui para fora com duas canecas fumegantes de chá *zhourat*.

Olho para ele de relance, sorrindo.

Ele ficou mais resistente ao frio e está só com uma calça de pijama simples e uma camiseta branca. Seu cabelo está desgrenhado da cama e os olhos, ainda marcados de sono. Levou um tempo e muito trabalho, mas nós dois agora temos um peso saudável. Olho para os bíceps dele, sentindo minhas bochechas quentes quando ele me entrega a caneca.

— Obrigada — sussurro, sem querer perturbar a paz.

Ele se senta ao meu lado. Ajusto o cobertor para enrolá-lo em nós dois e descanso a cabeça no ombro dele.

— Você acordou cedo — diz ele baixinho. — Pesadelo?

Algumas vezes, os pesadelos se infiltram em nosso sono como veneno de beladona. Fazem Kenan acordar assustado; ele se engasga tentando respirar, o suor correndo pela testa. Enchem a cabeça dele de paranoia, convencendo-o de que Lama e Yusuf estão presos em Homs ou se afogando no Mediterrâneo. Só se acalma quando liga para o tio na Alemanha e fala com eles. Só quando eu o abraço forte e faço cafuné, sussurrando "uma coisa boa", ele relaxa e enfim volta a dormir em meu peito.

E, embora Khawf tenha desaparecido da minha vida como um sonho febril, os pesadelos voltaram de onde tinham parado. Seu veneno me paralisa e eu fico presa em minha mente, gritando. Às vezes Kenan leva um tempo para me acordar, para me convencer de que estou aqui *mesmo*, mas seus braços sempre estão lá para me estabilizar — para me trazer de volta.

Kenan entrelaça os dedos nos meus e beija a lateral da minha cabeça.

— Prometemos falar um com o outro, Sheeta.

Eu me viro para ele, meus olhos suavizando. Prometemos mesmo. E, quando não conseguimos encontrar as palavras, temos outras pessoas para ajudar. Uma sala tranquila com uma mulher compreensiva que olha para nós com óculos redondos. Ela sorri gentilmente, e o jeito como seus olhos reluzem me lembra de Nour. Quando nossa conversa fica difícil, só preciso, para diminuir o peso, me lembrar do jeito como ela pronunciava "te-ra-piiia".

Assim que Kenan e eu nos acomodamos em Berlim com os tios dele, o choque do que passamos se dissolveu devagar, em uma dor sobre a qual ficou mais difícil conversar a cada dia que passava. Layla, Mama e Baba estão enterrados em Homs. Por um tempo, esqueci como respirar em meio à agonia pela vida de Hamza na Síria.

Toco distraída a cicatriz em meu pescoço. Se a da nuca está coberta pelo cabelo, esta não é fácil de ignorar. Parece uma gargantilha, e, quando meus pensamentos ficam sombrios, quase consigo senti-la apertando minha garganta. Kenan olha para ela, o entendimento enrugando seus olhos.

Ele apoia a caneca antes de abaixar a cabeça e beijar a cicatriz. Entrelaço os braços ao redor dos ombros dele, abraçando-o com força.

— Algum plano para hoje? — murmuro.

Ele se afasta, corado.

— Vou encontrar o Tariq para ver se está tudo certo com a nossa admissão na universidade.

— De todos os futuros que visualizei para nós, morar e fazer faculdade em Toronto não era um deles.

Ele sorri.

— Não é uma reviravolta ruim.

Tudo foi possibilitado por um dos amigos de Hamza. Pouco antes do início da revolução, um amigo que era próximo dele no ensino médio veio estudar medicina no Canadá. Agora cidadão canadense, ele se ofereceu para patrocinar nossa mudança para Toronto. Para nos ajudar a continuar os estudos, arranjar emprego e ter uma vida boa e segura. Nós nos reconectamos depois de eu reativar minha conta no Facebook, em Berlim, onde familiares e amigos distantes ofereceram todo tipo de ajuda.

Quando Tariq falou comigo, Kenan e eu nos sentamos e analisamos todos os fatores. Sabemos mais inglês que alemão. Na área da animação, o Canadá tem mais opções, e instantaneamente me apaixonei pelo programa de farmácia da universidade. Yusuf e Lama estavam se adaptando bem à escola e à vida alemã, o tio e a tia cuidando deles como se fossem seus próprios filhos. Seríamos só Kenan e eu. Por enquanto. Somos jovens demais para cuidar de duas crianças. E eu sei que Kenan sofre todo dia por estar longe deles. Mas ser refugiado limita nossas opções, e também sei que nossa situação é bem melhor que a de tantas outras famílias sírias por termos os tios de Kenan. Famílias vivendo na diáspora sem parentes costumam ser separadas, espalhadas por vários países, dependendo de qual as aceite.

Kenan manteve a foto de Lama e Yusuf na tela do celular bloqueado, embora a imagem de fundo sejamos nós dois. Ele liga para os irmãos todos os dias e está planejando ir visitá-los na Alemanha.

— Não acredito que a faculdade começa daqui a uma semana. — Balanço a cabeça. — Não acredito que estamos aqui sentados, três anos depois, tomando chá *zhourat*.

— Não acredito que você está comigo. — Ele beija minha aliança de casamento, então beija toda a cicatriz que corta meu pulso. — Como eu consegui alguém tão mais gata do que eu?

Dou uma risadinha.

— Você me seduziu com todo o seu conhecimento sobre o Studio Ghibli.

Ele abre um sorriso.

— O Miyazaki não usa roteiro nos filmes. Ele inventa os diálogos na hora.

Finjo que estou toda atordoada, me abanando.

— Ai, meu Deus!

Ele ri e terminamos o chá. Assim que a luz do sol engolfa o céu, entramos.

É um apartamento pequeno, de um quarto, mas é nosso lar. Algumas caixas ainda atulham o chão. Tariq e seus amigos mobiliaram o apartamento para nós, e precisei me esconder no banheiro para chorar de gratidão por uns bons dez minutos antes de conseguir falar com alguém.

Os cadernos de Kenan estão espalhados pela mesa de jantar, todos preenchidos com desenhos das nossas histórias. Ao lado deles, uma forma de *knafeh* pela metade. O retrato que ele desenhou a carvão de mim em frente ao Portão de Brandemburgo está numa moldura de madeira, pendurado acima do sofá na sala. As paredes são uma tela para nossa imaginação, e jogamos diferentes tons de azul no branco. Uma delas mostra o mapa da Síria em andamento de Kenan, enquanto eu escrevi um poema de Nizar Qabbani na superfície da outra, porque, afinal, minha caligrafia é melhor que a dele. É um poema que eu vi no protesto do aniversário da revolução.

كلُّ ليمونةٍ ستنجب طفلاً ومحال أن ينتهي الليمونُ

Cada limão gerará uma criança, e os limões jamais se esgotarão.

Colocamos as canecas na pia, debatendo os vários elementos de storytelling usados em *Princesa Mononoke*. Abro o armário e pego uma barra de cereal. Todos os armários estão lotados de sacos de arroz, *freekeh*, homus em lata e *kashk*. Como a barra toda, sem deixar nem uma migalha, antes de jogar a embalagem no lixo.

Kenan tira um frango do freezer para descongelar, e me vejo maravilhada com o fato de que temos um frango *inteiro*.

Enquanto Hamza não tem.

Diariamente, vasculho páginas do Facebook e do Twitter que postam atualizações regulares sobre os prisioneiros sírios que foram libertados, além das que têm informação sobre os que ainda estão detidos. Procuro o nome de Hamza até ficar vesga, mas ele nunca aparece. E, do fundo do coração, rezo para ele ter se tornado um mártir. Rezo para ele estar com Layla no paraíso, bem longe deste mundo cruel.

Desvio o olhar e sinto a mão de Kenan em minha bochecha.

— Ei — sussurra ele, sabendo o que estou pensando. — Está tudo bem.

Estremeço, assentindo antes de voltar à sala. Para me distrair, contemplo se devo ler um livro de farmácia ou trabalhar em um novo vídeo. Depois de chegar a Berlim, Kenan voltou ao ativismo de onde tinha parado e, após mais alguns vídeos, começou a chamar a atenção do mundo. Pratiquei meu inglês me juntando a ele, escrevendo artigos e fazendo vídeos sobre o que passamos em Homs. Teci nossas histórias, e no início foi difícil. Eu caía em prantos depois de cinco minutos de monólogo, lembrando a sensação de um cadáver frio.

Kenan segura meu braço, me vira e eu caio surpresa em seu peito.

— *Ei!* O que você está fazendo?

Ele sorri e mostra o celular. Uma música em inglês que eu não conheço começa a tocar.

— Dançando com a minha esposa.

Meus olhos ardem. Costuramos distrações entre os acessos de agonia. Lembrando um ao outro de que ainda estamos aqui.

Ele joga o telefone no sofá ao lado do laptop, me balançando ao som da música.

— Estou de pijama — murmuro, pressionando a testa na clavícula dele.

Ele dá de ombros.

— Eu também. — Kenan gira um dedo por uma mecha do meu cabelo, agora cortado na altura do queixo. — Você fica linda de pijama.

— Você também.

Ele ri. A distância, escutamos o ruído baixo de um avião, e não deixo de perceber o jeito como a mão de Kenan aperta a minha por uma fração de segundo.

Eu o trago de volta a mim:

— O que você acha da nova adição à nossa família?

Ele olha para a sacada.

— A gente comprou há dois meses e não vimos mais que uma folha.

Dou risada.

— Limões demoram, Kenan. Estamos cultivando uma *árvore*. Precisa de paciência, assim como as mudanças.

Ele me dá um sorriso torto.

— Eu amo quando você fala de mudanças.

Dou uma risadinha, e ele apoia a testa em meu ombro, cantarolando a música.

Meus olhos passam por cima do ombro dele até o vaso azul de cerâmica empoleirado diretamente sob os raios de sol. Mudinhas romperam o solo, lutando contra a gravidade, e isso me lembra a Síria. A força e a beleza dela. As palavras e o espírito de Layla. Mama, Baba e Hamza.

Me lembra que, enquanto houver limoeiros, a esperança nunca morrerá.

NOTA DA AUTORA

Esta história é sobre aqueles que não têm escolha a não ser deixar seu lar.

A ideia surgiu quando eu morava na Suíça, onde, sempre que alguém descobria que sou síria, eu escutava: "Ah, a Síria! O que está rolando lá?", e eu percebia que as pessoas não sabiam de verdade o que estava acontecendo. Os sírios raramente conseguem contar sua história. O que o mundo conhece são os fatos duros e frios relatados pela mídia e em livros. O foco está nas forças políticas em jogo, reduzindo os sírios — os mortos, os feridos, os órfãos, os desabrigados — a números.

Este romance mergulha na emoção humana por trás do conflito, porque não somos números. Há anos, sírios vêm sendo torturados, assassinados e banidos de seu país pelas mãos de um regime tirânico, e devemos a eles conhecer suas histórias.

Eu queria que esta narrativa existisse livre do confinamento dos estereótipos. É possível ver essa intenção em Salama e Layla — garotas que usam hijab, têm o espírito livre e vivem com cada célula do corpo. É possível vê-la em Kenan, que dá as costas à masculinidade tóxica e carrega a família no coração. Em como os meus personagens estão dispostos a arriscar tudo em nome da liberdade. É possível ver na história de amor *halal* que eu queria que lembrasse os clássicos de Jane Austen. De um jeito simples, você vê uma representatividade poucas vezes mostrada.

Para lançar a luz mais forte possível na realidade da história da *Síria*, precisei tomar algumas liberdades literárias com a passagem do tempo na trajetória de Salama. A revolução começou em março de 2011, e, embora tenha sido recebida com horrível violência por parte dos militares, eles só começaram a bombardear civis em junho de 2012. No entanto, condensei a linha do tempo entre esses dois incidentes para eles estarem contidos dentro do período da gravidez de Layla. Ghiath Matar foi preso em 6 de setembro de 2011 em sua cidade natal, Daraya, e seu corpo mutilado foi devolvido à família quatro dias depois. O filho, que ele nunca conheceu, porque a esposa estava grávida na época, leva o nome dele. Ghiath Matar tinha vinte e quatro anos. E, embora eu aluda ao Massacre de Karam el-Zeitoun no capítulo 20, na realidade ele só aconteceu em 11 de março de 2012. E é um dos inúmeros massacres cometidos pelo regime contra inocentes.

Os próprios acontecimentos, porém, são todos verdadeiros. Realmente houve uma criança que, antes de morrer, disse: "Vou contar tudo para Deus". Essas histórias aconteceram, e há outras se desenrolando enquanto você lê estas palavras.

Mas, apesar das atrocidades que meus personagens precisam enfrentar, espero que você os veja além de seus traumas. Eles representam cada sírio do mundo, com suas esperanças e seus sonhos, e uma vida a viver. Temos *direito* a essa vida.

Foi muito difícil escrever este livro, mas tentei tecer uma mensagem em cada página, cada linha, cada letra.

Essa mensagem é a esperança.

E eu *espero* que você a leve no coração.

AGRADECIMENTOS

Leitor, há um motivo para os autores escreverem agradecimentos, e é porque um livro nasce de um pensamento e é criado por uma família. E *"ohana* quer dizer família. Família quer dizer nunca abandonar ou esquecer" (*Lilo & Stitch*, 2002).

Limoeiros foi exatamente isso. Um pensamento. Uma necessidade de gritar das montanhas uma injustiça que se abate sobre milhões. Até ela encontrar um lar em muitos, encorajando-a a crescer de um sussurro a um grito de guerra.

Então, à família *Limoeiros*. Sem vocês, os leitores não estariam folheando estas páginas.

Primeiro, a Batool, minha irmã, minha fã número 1. Obrigada por ler *Limoeiros* inteiro na forma de mensagens de WhatsApp. Por me dizer para tentar. Você acreditou em mim mesmo quando eu não acreditava. Eu me tornei autora por sua causa.

A minha mãe, Ola Mohaisen, minha melhor amiga e tão preciosa em meu coração. Ninguém está mais feliz por mim que você. Foi longa a jornada que nos trouxe até este ponto, e nós duas aprendemos muito.

Quando comecei a escrever este livro, minha vida estava em câmera lenta enquanto todos ao meu redor viviam no dobro da velocidade. Por causa disso, Mama queria que eu parasse de escrever até conseguir meu diploma de alemão, até ser aceita na pós-graduação etc. etc. Mas eu não ouvi. Sei que muitos jovens autores às vezes acham assustador escrever. Tentar tornar isso uma parte da vida. Eu mesma teria gostado de ouvir palavras encorajadoras quando comecei. E, por esse motivo, pedi para Mama dizer alguma coisa a todos os pais que têm suas dúvidas.

"Seria fácil alegar que tive um papel de mãe que apoia completamente durante o período em que Zoulfa decidiu começar sua jornada avant-garde de escrever um livro, mas não seria a verdade que me sinto obrigada a dividir com todos os pais e mães. Seria simples afirmar uma confiança inabalável, uma crença cega e um encorajamento incondicional, mas não seria um retrato preciso da minha reação às inclinações dela durante um ponto de virada crítico para nossa família, que estava em uma encruzilhada em um novo país. Tentei definir as prioridades dela, agi no impulso do primeiro instinto maternal e desprezei, ao menos temporariamente, o desejo pulsante dela de escrever esta história. Mas eu estava errada, e que bom que ela estava certa. Seria fácil não dizer nada, mas espero que estas palavras confortem pelo menos um pai ou mãe céticos: plante uma semente de confiança, regue com humildade e paciência e, se fizer isso apesar de suas dúvidas, você pode se surpreender com os limoeiros; a fragrância deles é inesquecível e muitíssimo gratificante."

Ao meu baba, Yasser Katouh, que é o motivo para eu falar inglês. Cada palavra escrita em meus livros aconteceu por sua causa. Você acreditou cento e dez por cento que eu conseguiria. Não cem por cento, cento e dez.

Ao meu irmão, Moussab, que me forneceu muitas barras de chocolate e bolinhos, e nunca se esqueceu de me trazer um sanduíche de *sheesh tawouk*. Você é demais, garoto.

Aos Capacetes Brancos, que arriscam a vida para salvar outras. Por incorporar o verso do Alcorão: "Salve uma vida e você terá salvado toda a humanidade". Que Deus os proteja por nos proteger, que suas mãos não falhem e sua alma nunca vacile.

Alexandra Levick, acho que, se os milagres fossem uma pessoa, seria você. Palavras não conseguem expressar minha gratidão por você e por aquele momento em que você clicou o botão de favorito em minha apresentação. Um clique mudou minha vida. Obrigada por ser minha agente — por ser minha amiga. Obrigada por realizar meus sonhos.

À Writers House, por acreditar de verdade em mim. Por acreditar em *Limoeiros* e dar seu melhor a ele. Um agradecimento especial a Alessandra Birch, Cecilia de la Campa e Jessica Berger, por tudo o que vocês fazem relacionado a direitos estrangeiros. Vocês são incríveis!

A Ruqayyah Daud, que se arriscou com meus limões bebês. Ainda não acredito que você leu em uma noite. Você acendeu a faísca que começou tudo. Obrigada por ser não só minha editora, mas também minha amiga, com quem posso gritar por causa do BTS. Eu roxo você!

A todos na Little, Brown: vocês realizaram o sonho de uma garotinha. A Patrick Hulse, Sasha Illingworth e David Caplan, do design. A Jessica Mercado, Allison Broeils e Nisha Panchal-Terhune, do design de marketing. A Shanese Mullins, Stefanie Hoffman, Savannah Kennelly e Emilie Polster, no marketing. A Cheryl Lew, minha relações-públicas super-heroína, uma estrela do rock. A Hannah Klein e Marisa Russel, na publicidade. A Victoria Stapleton e Christie Michel, que trabalham com escolas e bibliotecas. A Andy Ball, Annie McDonnell e Caroline Clouse, minhas incríveis editoras de texto. A Virginia Lawther e Olivia Davis, na produção. A Megan Tingley, Jackie Engel, Alvina Ling e Tom Guerin, na editoração. A Shawn Foster e Danielle Canterella, em vendas. Sou eternamente grata a cada um de vocês. Obrigada por darem voz a *Limoeiros*. Não me sinto mais tão sozinha.

À minha maravilhosa editora, Hannah Sandford, e a todos na Bloomsbury que dedicaram tempo e amor para transformar este livro de documento do Word em exemplar físico. Obrigada é uma palavra pequena demais para expressar como me sinto. Vocês são literalmente os melhores Bloomsberries do mundo todo! Falando sério: a Zoulfa de onze anos está tremendo em seus tênis de ginástica.

Às minhas editoras estrangeiras: Verus, Editorial Casals, Gyldendal, Blossom, Nathan, Dressler, Dioptra, Piemme, Poznanskie, Hayakawa, BookZone e Laguna, obrigada do fundo do meu coração por dar um lar a *Limoeiros* em tantos lugares. Ter *Limoeiros* em outros idiomas era um sonho distante que jamais achei possível, mas vocês fizeram acontecer.

A Kassie Evashevski, minha extraordinária agente de audiovisual, que viu alguma coisa na minha história. Ainda fico muito emocionada com tudo o que você disse sobre *Limoeiros*.

Um agradecimento mais que sincero a Beth Phelan, por criar a DVpit. Você transformou a vida de muitos autores por aí. Obrigada por isso. Cada mudança começa com uma pessoa. E a sua mudança causou muitas ondas lindas em águas paradas.

À Author Mentor Match, que reuniu tantos autores e lhes deu uma lanterna para segurar enquanto exploram este lado da vida. A todos no Writer's Clube e às lindas memórias que criamos juntos. Um agradecimento especial a Alexa Donne, por criar essa comunidade que me deu os melhores amigos que uma escritora poderia pedir.

A Joan F. Smith — quero escrever seu nome completo para o mundo inteiro saber. Joan F. Smith é uma lenda. Joan F. Smith tem um coração maior que o oceano. Joan F. Smith faz inveja na Lua. Joan F. Smith é minha pessoa favorita no mundo. Joan F. Smith tirou meu livro de um mar de histórias e disse: este. Joan F. Smith salvou a minha escrita.

A Leah Jordain, uma verdadeira rainha. Aprendi a amar meus personagens por seus olhos. Seus olhos foram os primeiros, fora os da minha mentora e os de uma amiga da vida real, a ler minhas palavras. A amá-las? Ainda fico chocada por você as amar.

A Safa Al Awad, que é mais que uma amiga. Que é como minha irmã. Sinto saudade das nossas longas caminhadas em Buhaira, das nossas conversas que nunca acabavam e dos nossos choros por causa de *Doctor Who* e *Agents of* s.h.i.e.l.d. E de Everlark. E de todos os livros! Obrigada por amar Salama, Layla e Kenan o bastante por nós duas. A Shahed Alsolh, que leu o mais preliminar dos esboços deste livro. Que leu *Limoeiros* pelo menos três vezes. Que me apoiou em cada etapa da minha jornada. Que leu minha escrita bagunçada e escutou meus áudios muito, muito longos. Você é mesmo um anjo encarnado. Eu te adoro mais do que você imagina. A Rowad Al Awad, que pode ser minusculinha, mas tem um coração grandinho. Eu te amo, minha metade. Seu apoio e fé incessante em mim são tudo. Sinto saudade dos dias que passávamos no seu quarto só conversando e rindo. Era uma vida mais simples. A Rawan Shehadeh, cujo coração é mais macio que algodão-doce. Minha melhor amiga. Minha "irmoa". Você sabia que este livro seria algo sólido quando eu achava que sempre seria abstrato. A Aya Adel, minha parceira. A maneira como compartilhamos um neurônio. Eu vivo para nossas longas conversas, nossas aventuras e aqueles dias de pôr do sol na praia em que líamos poesia e estávamos mesmo vivendo aquela vida de estetas. A Judy Albarazi, que amou meus limões bebês o suficiente para desenhá-los. Você é o anjo mais angelical do mundo. A Amoon, um amigo de infância sobre quem os escritores escrevem em seus livros. Eu amo saber que nem mesmo os anos conseguiram quebrar o fio da amizade entre nós. À srta. Josephine, minha professora de inglês favorita, que percebeu meu amor pelos livros e o encorajou. A Tata Naima Hatti Dehbi, que acendeu a chama da minha jornada de leitura. Você é o efeito borboleta.

A BBH/O Esquadrão dos Limões: Alina, Aliyah, Miranda, Rhea. Vocês são a minha sanidade. O dicionário não é capaz de descrever a felicidade e o pertencimento que sinto com vocês. Agradeço a Deus todos os dias pela maneira como nosso grupinho engraçado se conheceu. Estávamos destinadas a sermos amigas. Ninguém está fazendo igual à gente. Literalmente. E também somos hilárias, né? Tipo, uau, a gente realmente tem tudo.

A FOG, Emily, Meryn, Page. Assim, o que posso dizer? Nós somos quatro pedaços do mesmo neurônio, dançando em torno de uma lata de lixo flamejante e gargalhando alto. Nós somos sopas e cavilhas e bebês do Yoon-gi e melão. Nós somos o começo e o fim. Nós somos as estrelas. Nós somos. Nós. Emily, acho que nosso cérebro é feito da mesma poeira de estrelas. Obrigada por existir. Meryn, suas fotos de antes e depois de ler *Limoeiros* são *tudo*. Page, você é o Dazai do meu Tamaki Suoh.

A Kelly Andrew, que eu amo mais do que palavras podem descrever. Sou incrivelmente sortuda por minha autora favorita ser uma das minhas melhores amigas. Você, Meryn e eu somos creme de amendoim, geleia e pão dos bons. O caos que se passa no nosso grupinho traz tanta serotonina que não consigo acreditar que não nos conhecemos desde sempre.

A Brighton Rose, uma rosa em um campo de margaridas. Você me completa. Não é lindo nossos personagens serem amigos em um universo alternativo que conjuramos? Nossa mente! Nosso poder! E as citações incorretas sem fim que escolhemos para eles. A Kalie Holford: fico honrada de ser sua amiga e te conhecer antes de você dominar o mundo. Sua alma é brilhante como o sol. A Allison Saft, que leu *Limoeiros* em UM DIA (tipo? Como assim?!). Eu te amo e sempre serei *muito* grata por ter invadido suas DMs. Quero ser seu estilo de escrita quando eu crescer. A Chloe Gong, uma rainha com o coração mais gentil e mole que tenho a sorte incrível de conhecer. Você merece o mundo, meu bem. A Rameela, uma estrela que brilha forte no céu noturno. Salama, Layla e Kenan te adoram. E eu também. A Molly X. Chang, o fato de Kim Tae-hyung ter nos unido é um testemunho de quem somos. Que fundação maravilhosa para uma amizade maravilhosa. A Braden Goyette, cujas histórias vão mudar o cenário da literatura. Obrigada por me permitir ser parte do caminho! A Jen Elrod, minha bebê, eu amo você e nossos áudios e nossas conversas e tudo o que fazemos. Juro, raramente encontro alguém que simplesmente me ~entende~. A Mallory Jones, um ícone que Yoon-gi teria orgulho de conhecer. Eu te idolatro. Às LBYR-H :P Maeeda Khan e Ream Shukairy. Maeeda, você é o sol. Uma galáxia inteira. Um universo. Ream, minha parceira, minha amiga. Eu roxo você. Estamos arrombando portas, bebê :")

A Janina e Rae e nossas sessões de escrita comoventes em que rimos mais do que escrevemos. A Sabrina, que me recebeu, uma *bèbè* nova, no NaNoWriMo e me fez sentir menos solitária. A Sebastian, que leu as cento e trinta mil palavras de pura dor e escrita ruim, mas as amou mesmo assim. A Emma Patricia, Janice Davis, Jenna Miller e Melody Robinette, essa gente linda é muito linda. A Elizabeth Unseth, Jess Q. Sutanto, Kate Dylan, Marion Gabillard, Monica Arnaldo, Sarah Mughal, Shana Targosz, S. J. Whitby, Sophie Bianca, Yasmine Jibril, que são defensoras do *Limoeiros*. Eu mereci todos os gritos que ouvi. A Naz Kutub, que literalmente salvou *Limoeiros*. Você fez isso mesmo. Sem você, esta jornada teria sido diferente. Um agradecimento especial a Hannah Bahn, que aguentou com tanta paciência minhas perguntas. Muito obrigada, amor. Menção honrosa para Ayesha Basu. Sua mente é tão diabólica quanto a minha. Amamos ver. Quando eu tiver muito sucesso, vou ~~talvez~~ passar o seu contato para Ji-min.

A Meredith Tate, que estava junto desde o começo desta jornada. Uma amiga de quem sinto saudade todos os dias no Starbucks que tornamos nosso. A Suíça é mais solitária sem você.

A S. K. Ali, por tudo o que você faz por nós. Obrigada, obrigada, obrigada por Zayneb e Adam. Obrigada por todas as suas mensagens gentis sobre *Limoeiros*. Elas foram tudo!

A Huda Fahmy, que é uma das pessoas mais compreensivas que já conheci. Obrigada por ser você e por seus quadrinhos. Nunca me senti mais vista na vida. Meu coração fica mole.

A Laura Taylor Namey, por ler *Limoeiros* em tempo recorde. Meu Deus, fiquei abalada! Obrigada por suas lindas palavras.

A Sabaa Tahir, cuja existência torna o mundo um lugar melhor. Somos todos muito abençoados por poder ler suas histórias. Obrigada por dar uma mãozinha a uma *bèbè* como eu.

A Hafsah Faizal, que me recebeu em suas DMs, respondendo a uma pergunta atrás da outra. Obrigada por sua paciência — por tudo o que você faz.

A Zeyn Joukhadar, o primeiríssimo autor cujas DMs invadi. Meu coração estava prestes a pular do peito de orgulho por ver um autor sírio escrevendo sobre a Síria. Obrigada por me dar força para mostrar *Limoeiros*.

A Suzanne Collins, pelo mapa que são Katniss Everdeen e Peeta Mellark. Sem Everlark não haveria Flor de Limão.

A David Curtis, por me dar a capa dos meus sonhos. Duas vezes! Há toda uma história só nessas capas, e agradeço por ilustrar tão lindamente a alma de *Limoeiros*.

O agradecimento mais sincero e especial a Maia (twitter: @maiahee_) e Juliana (twitter/instagram: @joleanart), por dar vida aos meus personagens com sua arte. Não consigo dizer como fico emocionada de ver. Muito obrigada.

Obrigada, Taylor Swift, por escrever "Marjorie". Precisei ouvir três vezes para perceber por que era tão familiar. Naquela letra, encontrei Salama e Layla. Minhas lágrimas não param de cair toda vez que escuto. E também por "Epiphany", que acabou comigo. Quer dizer... é basicamente Salama *choro*.

A "Run for Your Life", do The Fray. Essa música foi lançada em 2012 e, dez anos depois, é publicado um livro em que a letra lembra os leitores da amizade de duas garotas que viveram, amaram e perderam juntas.

Um agradecimento enorme ao Dyathon, que tece trilhas sonoras feitas de magia. Todas as cenas de Salama e Kenan foram escritas ao som de "Wander". É a música do casal Flor de Limão. A Hans Zimmer, que tem o poder de transformar melancolia, felicidade, tristeza, solidão, amor, luto e pertencimento em música. A Marika Takeuchi e sua melodia de cortar o coração, "Horizons". Se *Limoeiros* fosse uma trilha sonora, seria "Horizons". Eu com certeza sou responsável por mais da metade daquelas transmissões no Spotify e no YouTube. Ao HDSounDI, um canal lindo do YouTube que desperta todo tipo de emoção em mim e me ajuda a escrever cenas que fazem eu e os meus leitores chorarmos. Ao BigRicePiano e suas doces melodias, que acompanharam muitas tardes chuvosas enquanto eu escrevia e editava. A Hiroyuki Sawano, pela trilha sonora de *Attack on Titan*. Muitas das cenas emotivas de *Limoeiros* foram produto de escutar essa trilha sem parar. A Ólafur Arnalds e à beleza melancólica de suas canções poéticas.

A Ezgi Kalay e Ioanna Kastanioti e a amizade solidária que formamos como estudantes durante a pandemia. A muitos mais dias caminhando por Zurique, conquistando nossos sonhos e simplesmente arrasando.

Ao Studio Ghibli, que acolheu uma garota impressionada de nove anos em seu lar, a cobriu de ilhas que voavam, meninos que viravam dragões e as meninas corajosas que os salvam. Obrigada pela minha vida. Suas histórias me tornaram quem eu sou.

A Kim Nam-joon, Kim Seok-jin, Min Yoon-gi, Jung Ho-seok, Park Ji--min, Kim Tae-hyung e Jeon Jung-kook. Talvez vocês não leiam este livro, mas vou continuar torcendo para que sim. Nam-joon, vai sair em duas línguas que você fala, então minha sorte subiu alguns níveis. Mas, se este livro cair na mão de um de vocês, por favor me deixem agradecer. Obrigada por serem nossa baleia roxa. Suas palavras e canções me confortaram enquanto eu tentava me recompor nos momentos livres em meio à edição deste livro. É pesado, e vocês me lembraram de que nunca caminho só. Vocês me inspiraram, seguraram minha mão em outro continente e secaram minhas lágrimas. Obrigada por não desistirem. Obrigada por serem as pessoas em Seul que me entendem. Somos à prova de balas. 보라해요 e 감사합니다 <3

E obrigada a você, caro leitor. Independentemente de como tenha ficado sabendo deste livro, obrigada por ler. Se passou por ele numa livraria, gostou da capa e o escolheu, ouviu falar por um amigo ou no Twitter, ou me viu chorando por causa dele — obrigada por ler. Mesmo que não tenha comprado, obrigada por ler. Só peço que você espalhe a palavra agora que tem uma ideia do que está acontecendo. Vamos mudar o mundo juntos. E bem-vindo à família *Limoeiros*.

Por fim, mas muitíssimo importante, agradeço Àquele Cujos Olhos não dormem por me proteger, me guiar com Sua Mão Gentil e dar ao meu coração a paz e o orgulho que ele sente. A Você, eu devo tudo.

Impresso no Brasil pelo Sistema Cameron da Divisão Gráfica da
DISTRIBUIDORA RECORD DE SERVIÇOS DE IMPRENSA S.A.